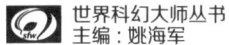
世界科幻大师丛书
主编：姚海军

炼金术战争

机械人

[美] 伊恩·特里吉利斯 著

朱佳文 译

四川科学技术出版社

图书在版编目(CIP)数据

炼金术战争：机械人 / [美]伊恩·特里吉利斯　著；朱佳文　译.
-- 成都：四川科学技术出版社，2019.2
（世界科幻大师丛书 / 姚海军　主编）
ISBN 978-7-5364-9330-8

Ⅰ.①炼… Ⅱ.①伊… ②朱… Ⅲ.①科学幻想小说 – 美国 – 现代
Ⅳ.①I712.45

中国版本图书馆CIP数据核字(2019)第015289号
图进字21-2018-232号

世界科幻大师丛书
炼金术战争：机械人

出 品 人	钱丹凝	
丛书主编	姚海军	
著　　者	[美]伊恩·特里吉利斯	
译　　者	朱佳文	
责任编辑	宋　齐　姚海军	
特邀编辑	梁　爽	
封面绘画	九代火影	
封面设计	李　鑫	
版面设计	李　鑫	
责任出版	欧晓春	
出　　版	四川科学技术出版社	
	四川省成都市槐树街2号出版大厦　邮政编码：610031	
开　　本	140mm×203mm	
印　　张	13.5	
字　　数	300千	
插　　页	2	
印　　刷	成都市金雅迪彩色印刷有限公司	
版　　次	2019年8月成都第一版	
印　　次	2019年8月成都第一次印刷	
定　　价	56.00元	

ISBN 978-7-5364-9330-8

目录

第一部分　今天无事发生

不久以后，约克公爵……同意了我前往荷兰以视察状况的提议……

——摘自塞缪尔·佩皮斯[1]的日记，1669年5月19日

Nieuw- neder- land is 'tpuyck / en 't eelste van de Landen. / EenSeegen- rijckgewest, / daerMelckenHonighvloeyd. [2]

新尼德兰是最伟大/也最高贵的土地。/它是受祝福的省份,/那里流淌着奶和蜜。

——雅各布·斯蒂恩达姆[3]，1664年

[203]会见库克(见上文)以讨论惠更斯在战时反常地探访剑桥与王家学会之举动。他与艾萨克·牛顿在1675年的那场不合时宜的哲学讨论(学会将其称为"微粒大辩论")标志着空位期与吞并期的混乱之前，英国与大陆间最后一次重要的知识分子对话……某些牛顿传记作者(温彻斯特出版公司,1867年)指出,惠更

①Samuel Pepys(1633-1703),英国作家,政治家。
②本段为荷兰语,意同下一段文字。
③Jacob Steendam(1615-1672),荷兰诗人。

1

斯也许曾利用旅居剑桥的那段时间翻阅了牛顿的炼金术日记，而惠更斯能够实现里程碑式的突破，或许也应该归功于日记中的那些重要见解。然而，特·胡夫特（1909）和此处列出的参考资料却对作为这种主张之基础的炼金术取证学进行了批判。

——摘自《吞并前的英格兰历史——从黑斯廷斯到光荣革命》，三卷本

托马斯·S.弗里曼著，

新阿姆斯特丹：爱思唯尔出版公司，1918年（脚注203）[1]。

---

[1]此处的特·胡夫特（即杰拉德·特·胡夫特）、托马斯·S.弗里曼与爱思唯尔出版公司均为现实中存在的人物和组织。唯有惠更斯是作者虚构的发明家。

第一章

这是数年来的第一次公开行刑,因此,尽管细雨冰冷,国会大厦宽阔的内院却几乎挤得水泄不通。雨点轻柔地拍打在雨伞和雨篷上,流进丝制衣领里,舔舐着惠更斯广场的马赛克地砖,也落在以机械人特有的完美姿势伫立在绞刑台上的喀拉客们身上,奏出柔和的节拍——砰、砰、叮。在人类群体此起彼伏的骚动声中,发条仆人侍候着那些较为富裕的市民,发出难以察觉的"滴答-滴答"的响声——这是海牙①每天不变的一道风景。机械人们为了帝国事务来来往往,发出叮当声和咔嗒声,而蒙蒙细雨静静地奏响着与之对应的旋律。贾克斯就是这样的机械人。但是,在为人类主人跑腿的途中,他绕了个道,特意选择了穿过国会大厦的这条路。

根据传闻,除了四个天主教间谍以外,将被处决的犯人中还包括一名叛逆喀拉客。这座城市的所有机械人都不想错过这一幕——万一那个传闻是真的呢。

叛逆喀拉客是妈妈用来吓唬调皮孩子的童话,也是他们的奴隶在寂静的夜晚用来抚慰彼此的传说故事——与此同时,他们血

---

①荷兰重要城市,在本书中,它是这个帝国的首都。

肉之躯的主人则在沉睡、哭泣，或者以其他方式运用肉体。不为人知的锁匠，打破的禁制，还有敢于鲁莽地撬开自己灵魂枷锁的奴隶，这些故事带来的可耻快感实在难以抗拒。如果那些都是真的，那该有多可怕啊——紧张又焦躁的人类群体如是说。

在场的机械人却并不焦躁。

贾克斯知道，他的同胞也怀着与他相同的兴奋。那份热切的渴望来自民间传说里的麦布女王，还有她的手下、住在永无乡的冬宫里的那群"迷失男孩"①。这些故事已在机械人之间私下流传了好几个世纪。

风从北海的方向吹来，穿过这片广场，带来了盐与海草混杂的气息。自绞刑架垂下、空无一物的绞索摇曳不止。在古老的骑士大厅②——这座曾经属于骑士的厅堂如今已是发条匠的公会大厅——的两座哥特式尖塔上，三角旗正猎猎作响，鲜艳的橘黄仿佛在挑衅低垂的灰色天幕。而在国会大厦的高处，纵横交错的胡萝卜色旗帜也同样随风飘荡。全世界的荷兰语国家都升起了相似的旗帜，以庆祝 Sestercentennial of Het Wonderjaar，也就是克里斯蒂安·惠更斯的"奇迹年"一百周年纪念日。

雨点让骑士大厅巨大的玫瑰花窗蒙上了薄雾。雨水自花饰滴落，这些花饰把窗户装点成了彩色玻璃打造的齿轮。雨水流过中心与四叶窗格，上面描绘着帝国的纹章：被大家族的纹章簇拥在中心的玫瑰十字架，而外围则是宇宙齿轮的齿。在国会大厦的北端，风雨吹打着胡夫法佛湖——也就是"王家池塘"——的湖面，让水面的纸船颠簸起伏，仿佛人们在元旦节丢弃的派对纪念品。

①麦布女王是凯尔特民间传说中的人物，"迷失男孩"与"永无乡"则是《彼得·潘》中的设定。
②Ridderzaal，位于国会大厦内部，主要用来举行国宴和重要典礼。

4

　　另一股狂风吹来，让热腾腾的油酥点心卷①的香气从人群中席卷而过，留下阵阵叹息与钱包打开的叮当响声。有位聪明的面包师在喷泉边摆好了柜台，正不慌不忙地将杏仁蛋糕、杏仁薄脆饼和涂着厚厚杏仁糊的油酥点心卖给挤满广场的那些嗜血偷窥狂。面包师接受点单、给客人找零，而他的喀拉客仆人负责给炉子生火、和面、准备新的杏仁糊、为每份杏仁薄脆饼当场雕刻新的木头印章（包括西印度群岛的猴子、船舶，甚至还有新世界②的水牛），同时以机械人特有的夸张速度、镇定态度与精准动作切着杏仁。他们的网状擒纵机构③发出喀拉的响声，奏出无休无止的响板音色，在被雨水压抑的点单声中依稀可闻。蒸汽和柴烟从巨大砖砌烤炉的烟囱冒出，整座烤炉都是喀拉客们从面包师一英里外的店铺里搬运过来的，而且全程小跑。

　　孩子们飞快地穿过人群，争夺着尽可能接近行刑台的位置。不那么富有的人类——没有机械仆人为他们撑伞的那些——在雨幕中瑟瑟发抖。许多人带来了观剧用的小型望远镜，或者其他光学装置，只为看清竖立在发条匠公会大厅外的那个平台上的景象。由于新世界的停火与和平，像样的行刑场面已经寥寥无几。更棒的是，如果今天真的有叛逆喀拉客要接受制裁，也就意味着发条大师会在时隔多年后再次开启大熔炉。

　　一想到大熔炉，连早在118年前就由公会的秘密实验室打造出来的贾克斯都忍不住哆嗦了一下。每个喀拉客都知道大熔炉的存在：它就是个炼金术的火山坑，能够烧毁任何印记和灵魂；它能将喀拉客的齿轮、主发条和链条熔解为一团去除了魔力的

---

①Banketstaaf，一种荷兰特色的油酥点心，通常是杏仁馅料。

②New World，指南、北美洲及其附近岛屿。

③一种传递机械能量的开关装置，多用于钟表中。

合金;它的热度足以蒸发任何炼金术魔力,只留下全无保护的喀拉客面对热力学和基础冶金学的摧残。贾克斯想象不出还有什么东西能够形容它的热度。

足以焚毁叛逆喀拉客的自由意志的热度。

这正是对于胆敢撬开灵魂枷锁的那些奴隶的惩罚。从惠更斯的时代开始,帝国的最高法律就是这么规定的。

好几个孩子——贾克斯注意到,那些都是男孩——挤到人群前方,略微越过绞刑台的边缘,一路上引来了不满的叫声和哼声。他们吵闹个不停,这场可怕的游戏让他们既兴奋又激动。他们选好了位置,期待着叛逆喀拉客被拆毁时散落的碎片:一片金属,一根剪断的弹簧,甚至是个小齿轮。或许是泛着炼金合金油脂光泽的某样东西?又或许是一块碎片,上面印着三位发条宗师才能看懂的秘法符号?他们已经是大孩子了,明白这种行为是禁忌,但他们仍然只是孩子,觉得禁止去做的事与其说可怕,倒不如说难以抗拒。

但如果真有碎片落进人群里,他们的想法就会迅速改变了。女王的拧颈卫士可不是以温和著称的。传闻说,他们得名于把人脑袋从脖子上拧下来的能力(按照那个传闻的说法,这也是他们的嗜好),就像拧下花茎上的花朵。

贾克斯仍然逗留在广场边缘,雨水叮叮咚咚地敲打在他富有光泽的黄铜骨架上。(他始终遵守着现主人的曾祖父在八十三年前下达给他的第一道命令:在清扫、缝补、烹煮和烘焙结束后,他每晚都会给身体抛光。)他目前的禁制,也就是他的人类主人安排给他的职责,用词方面不像与君王的九十九年租约那样毫无转圜和变通的余地。也因此,他眼下感受到的强制力——仿佛一把锯着后脑的温热钝刀子:痛苦正是喀拉客仆役生活的主题——并未带有无法抗拒的紧迫性。照他的估计，只要在中午结束前把口信传达给卢克·费舍牧师，痛楚的程度就是他可以忍受的。这样的话，他仍旧是楚恩拉德家——以及君王——忠心不二的仆人。从国会大厦到费舍的教堂——古老而著名的新教教堂——路程很短，只要用弹簧强化后的步幅沿斯普河跑出几百步，再纵身跃过运河就好。

但就在这个念头从贾克斯的机械头脑里掠过的同时，他颤抖起来。痛苦的战栗传遍了他脊椎中的传动装置。那股强制力的热度磨利了禁制，将它打造为一把滚烫的剃刀，朝他遭受束缚的灵魂不断劈砍，制造出难以抗拒的幻影痛楚，直到他达成人类主人的要求为止。这种无法抑制的痛苦会不断增长，直到他顺从或者死去。他绷紧了脖子和肩膀上的弹簧——对喀拉客来说，这个动作等同于咬紧牙关。

拜托，他心想。让我再多待一会儿。我必须弄清它是真是假。必须弄清那种事是否有发生的可能。我们的梦想真的很愚蠢吗？

惠更斯广场上的许多喀拉客都在努力拖延履行指令的时刻，为此忍耐着痛苦，直至全身颤抖，只是颤抖的程度有所不同。但未能履行禁制的剧痛终究还是压倒了他们。一个接一个，喀拉客们纷纷离开。人类不在乎毁灭喀拉客，只要给他们一个理由就行。

但贾克斯和少数几个喀拉客还是留了下来。他们就像是隐形了，化作了周围陈设的一部分。就像过去的两百年里那样。

他站到小塔下面的两位机械人仆从身旁。颈部的弹簧略微松弛了些，让他能够用咔嗒声向这些同伴悄悄打招呼。他们也回以同样的咔嗒响声。尽管忍受着痛楚，又被人类当成空气，他们却没什么交谈的欲望。他们三个怀着心照不宣的同胞之情看着刑场,向后弯曲的双膝支撑的身体不断上下晃动着。

公会大厅的巨大时钟宣告了正午的来临。十来位号手穿着青色与橘红相间的王家制服,在国会大厦西南侧的墙头吹奏起来。人群放声欢呼。玛格丽特女王要亲自监督这次行刑。这是她在战争期间的传统,那个时候,似乎每星期都会有新的叛徒被根除。

女王的精英私人卫队以钟表般精准的动作大步走进总督之门,他们挥舞着沉重的黄铜双拳与双脚,为君主清出一条路来。今天是个特殊的日子,女王也认同这一点,因为她乘着她的黄金马车:那是一辆半智能的交通工具,就像一块用柚木、黄铜和黄金拼成的夹心蛋糕。这辆不知疲倦的自力推进车辆由黑暗炼金术和行星齿轮提供动力。对于这位全世界最有权势的女子——铜铸王座的女王来说,只有这辆车才足以彰显她的身份。

马车的轮轴包含有一排踏板组,其高度恰好与那排悬挂在车底、没有身躯的喀拉客腿齐平。在华丽的车身上,闪闪发亮的金丝纹饰和耗费心血的手刻窗饰掩盖着无数的炼金术印记——正是它们将生命赋予了那些腿。从逻辑角度来说,玛格丽特女王的黄金马车的某处应该有个特殊的锁孔。贾克斯很想知道,那些发条匠把它藏在了哪儿。他自己的锁孔和所有喀拉客一样,位于他额头的正中央。此时此刻,那里正滴落着远不如这个锁孔神奇的普通雨水。

女王的卫队在马车前方小跑着前进,在人群中开辟出道路,仿佛《旧约圣经》中分开红海那样,只不过他们的手段是拳打脚踢,而非神力。就连其他喀拉客也为王家卫队让出了路。这些精英机械人比贾克斯这种普通的仆从型机械人高出一英尺①,面孔光滑,除了没有眼皮的蓝钻石双眼之外,他们没有其他五官。他们是基于士兵型号制造的,连隐蔽式刀刃都包含在内,只是在锁眼盖上刻有格外华丽的金丝纹饰,以符合他们的身份。

女王和她的配偶鲁伯特亲王朝臣民们挥了挥手。贾克斯的禁制蠢蠢欲动:每当他靠近王室成员和其他重要人物的时候,禁制都会有这种反应。那是在制造每个喀拉客的过程中铭刻在其体内的超禁制,它悄声提醒他们,所有喀拉客都是君主的财产。来自主人的强制力也脉动着做出回应:痛楚从火热升级为炽热。他迟早得服从命令的。但他想亲眼见证。他努力抗拒着禁制,背脊里的钢索嘎吱作响。贾克斯又发起抖来。

拜托。再待一小会儿就好。我只是想要知道。

马车在为女王特意打造的那段阶梯边停了下来。两名卫兵举着硕大的雨伞走上前去,以遮挡女王的御体,然后玛格丽特二世——尼德兰女王,奥兰治-拿骚与中央诸省的公主,欧洲的神佑君主,新世界的保护者,文明之光与荷兰帝国的仁慈统治者,铜铸王座的合法君王——走下了马车。

这时候,贾克斯的主人——或者说租借人——施加给他的禁制开始全面撤退。从严格意义来说,世界上的所有喀拉客都必须得到君主的允许才能服侍他人。女王的存在就像太阳,而每个喀拉客都会顺从地围绕她运转。

女王的礼裙摆脱了车厢的局限,随即舒展开来。裙摆落在她周围的地上,仿佛一片酒红色的瀑布。她站直身子,泪滴状珍珠在她紧身胸衣的边缘闪闪发光。今天的女王戴着假发(浅金

---

①在英语国家中,古代和现代各种以脚长度为依据的计量单位。一般为25～34厘米。

色的头发异常苍白,只可能是用和她那身装束相同材质的银线编织而成的),更编出了式样错综复杂的发辫。贾克斯将目标不断放大和聚焦,眼窝里的遮光板发出秒表那样的嘀嗒声。他们对玛格丽特女王双眸的说法果然不假:除了罕见的炼金术冰块,以及印度产宝石的图片以外,他从未见过如此纯粹的绿色。这让他不禁思索:在人类关于他们女王的恶意谣言中,或许也有真相存在。

她站在马车的踏脚板上,凝视着人群。沉默笼罩了周围。就连无休无止的细雨都安静下来。寂静如此彻底,所以当全体人类男性单膝跪下,而全体人类女性行屈膝礼的时候,衣料摩挲的响声仿佛雷鸣。市长和银行家,士绅与平民,无一例外地做出了表示忠诚的姿势。裙子、长裤和套装的摩擦声不时被金属敲击在上釉地砖的咔嗒声打断——国会大厦里的每个喀拉客都朝着女王的方向拜倒在地,就像朝着圣地麦加祈祷的镀铬穆斯林。贾克斯的额头落在烟丝、唾液和雨水混合而成的黏稠物质上。他的脸贴着的地砖带着温度,让他想起了关于大熔炉的不快记忆。所有人将那个姿势维持了好一会儿,仿佛在帝国中心奏响的这首致敬的交响曲暂时画上了休止符。

静物画:雨中的注目焦点。

终于,女王命令道:"起身吧,我亲爱的臣民们。"于是人类们照做了。贾克斯看不到接下来发生的事,但他能分辨出女王和她的丈夫踩上台阶的时候,刚砍下不久的木头发出的嘎吱响声。他看到一只孤零零的蚂蚁正在拉扯那堆黏稠物质的边缘。贾克斯变换了身体的重心,让脑袋不再将那团烟丝压向潮湿的地面。那只蚂蚁撕下一块数倍于它体型的碎片,朝地砖间的灰泥里的某个小洞拖去。在踏上平台之前,女王打了个响指。

"喀拉客们，起身吧。"她命令道。她转过头来，吐出这句马后炮，仿佛吐出的是嚼过的烟草。听到这句话的所有机械仆从立刻跳起身来，王家法令带来的灼热痛楚让他们跳到了好几码高的空中。格外沉重的叹息声在广场中响起，那是风吹过几十个只有骨架的机械仆从——包括贾克斯在内——的时候发出的声音。国会大厦里回荡着金属脚掌以完美的同步性敲打地砖时的刺耳铿锵。骑士大厅上方的大钟开始嗡鸣，吓得鸽子们纷纷飞上天空。

贾克斯落在地上，女王的临时禁制带来的剧烈痛楚也戛然而止。他为楚恩拉德家跑腿的使命卷土重来。它以炽热的苦痛侵袭着他，仿佛刚才遭到夺权让它恼羞成怒。他全身颤抖，发出"咔嗒"和"嘣"的叹息声。他的同伴也注意到了。

走吧，兄弟，趁他们还没抹消你！

我还不能走。我想看看那个叛逆。

这座绞刑台的建造只花了不到一小时，而这要归功于喀拉客建筑工们疾风骤雨般的工作速度。在绞刑台下方的雨影区①，狂风席卷的锯末仿佛漩涡，在秘密天主教徒即将悬吊之处的下方不断描绘着阿拉伯式花纹。但此时此刻，平台上就只有女王、她的配偶和她的卫兵而已。她朝人群露出冰冷的微笑。即便在这样阴沉的天空下，鲁伯特亲王海军制服上的金线仍旧闪闪发亮，正如同他胸口的那些勋章。

两位发条匠公会的代表跟随在后。他们步履沉重地走上行刑台，身上穿着貂皮装饰的深红色长袍，那是专属于发条大师的装束。长长的项链从他们的蒙头斗篷里探出，吊坠呈现出以红宝石镶嵌而成的玫瑰色十字形状。贾克斯的目光扫过行刑台旁边的那群显要人物。他听说无论何时，公开露面的发条大师都只有

---

①指雨量相对较小的背风地带。

两人，第三位永远会藏匿身形。这是针对意外事件和法兰西叛徒的保障措施。从将近四分之一个千年前，克里斯蒂安·惠更斯的弥留之日算起，无论多大的灾难都没能让这些不断口耳相传的奥妙机密彻底消失。

朝着那段阶梯走去，发出满是弹孔的手风琴那样的喘息声的，是教长亨德里克斯，可敬的圣詹姆士的牧师与帝国的精神领袖。教长的个子和女王的卫兵们一样高，但却消瘦憔悴，肤色蜡黄。再加上他瘦削的面孔和黑色的眼袋，你会觉得他就像一尊和大熔炉靠得太近的蜡像。牧师向女王表示敬意，而她也还了礼。他鞠了一躬，而她亲吻了他的戒指，鲁伯特亲王也一样。

他们轻声交谈了几句，人群的低语也再次响起。窃窃私语化作海浪破碎时的嘶嘶响声，不时被讥笑和嘘声打断。贾克斯此时的注意力仍然停留在女王身上，一时间还以为那些人类在表示对她的不满。但等到他的双眼重新聚焦，游标遮光板转动起来，在蜂巢般的嗡鸣中更改嵌入式光学器件的焦距后，他这才看到另一辆马车正在通过国会大厦的大门。它漆黑、窄小而丑陋——就像女王马车的对立面。两匹马的身上装着挽具：黑色天鹅绒包裹着它们牵引的整个车身。秘密天主教徒到了。

没等头一个法国密探离开马车，就有一只洋葱砸在了车身上。但大多数人都控制住了自己的怒火（以及农产品）。两位王家卫兵跳下平台，去揪出那些天主教徒。他们的脚步发出微弱的震颤，回声跨越大半个广场，一直传到贾克斯鸟儿似的脚爪下。那辆马车的车夫是个女人，身穿土灰色的车夫羊毛衫，她急匆匆地离开了驾驶席。卫兵们在车里翻腾着，车厢随之摇摆不止。模糊的呻吟和一声短促的尖叫从其中传出。卫兵们走下马车，每人的两只手各自钳住一名法国密探的胳膊。犯人的头上套着焦油黑色的麻袋，双手反绑在背后。

人们不再压抑讥笑声。投掷物品的势头也猛烈起来。洋葱、西红柿甚至粪便飞溅在犯人和押送他们的喀拉客身上。没有人担心打中卫兵，正如他们毫不担心会打中犯人乘坐的马车。毕竟，这些卫兵只是会思考的机械而已。

高大的卫兵伫立在犯人身前，双手插进犯人腋下，将他们一个个抛向空中。天主教徒们手脚乱舞，在空中划出弧线，一个接一个地越过绞刑台上方，台上的另外几个机械人则轻巧地从空中截住他们，就像仲夏夜游行中的小丑抛接生鸡蛋那样。

这场免费表演有其目的：这些可悲的罗马天主教信徒想要危害帝国，但与荷兰人巧思的象征相比，他们显得多么脆弱啊！但在贾克斯看来，在绞刑台上瑟瑟发抖的这些男女，这些所谓的"毁灭、混乱与暴动的代理人"，与其说可怕，倒不如说令人同情。他们就像几只无精打采、浑身湿透、又不知姓名的布娃娃。贾克斯注意到，其中一个尿了裤子。可怜人。

要讨厌法国人真的很难。当然，如果接到这种指令，他也会照办的。这是他的天性决定的。

卫兵们扯下天主教徒头上的麻袋。两男两女面对午后的阴暗光线缩起了身子。讥讽的话语以新的狂热卷土重来。但犯人中的女性让贾克斯愣住了。他的同伴们也一样。他能察觉到拥挤人群中的喀拉客们微妙的沉寂。传说故事里提到过"ondergrondsegrachten"，就是所谓的"地下运河"网络，它由新世界的天主教修女负责管理。

密探们的头发都被剪短了。起先他还以为他们像幽灵一样苍白，又或者在地牢受苦期间染上了重病。但雨水顺着他们的面庞流下，灰白的肤色随之溶解。贾克斯这才明白，那是灰。烧毁的天主教《圣经》的残渣。这是对天主教徒的圣灰星期三①的嘲讽，也是额外的打击和附带的羞辱。但脸上的灰烬被雨水洗去后，这些犯人仍旧显得病弱憔悴。囚禁期间，这些人或许被迫以受过亵渎的圣餐饼与圣餐酒维生。如果真是这样，贾克斯是不会感到惊讶的。

卫兵继续让这些囚犯示众，人群也不断投来讥笑与嘲讽。女王和她的配偶在一个有遮盖的隔间就座，一名刽子手从阶梯走上绞刑台。贾克斯发现，刽子手原来就是刚才那个马车夫，只是此时按照习俗戴上了兜帽。绞索套上犯人的脖颈时，他们的身体剧烈地颤抖起来。雨水和投掷物早已将他们的衬衣变成了一片乌黑，所以看不出麻绳接触皮肤的刺痛感是否让另外三个犯人也尿了裤子。刽子手在绞刑台的拉杆旁站定。观众中的人类安静下来。

"公民们！"女王说道，"站在你们面前的这些人，对我们生活方式造成了严重的威胁。天主教密探一心只想摧毁你们的理想、文化，以及家庭。还有你们的繁荣！你们的幸福！这些都是他们蔑视的东西。"她抬起双手，以平息人群发出的怒吼，"这些罪犯想要破坏世界的自然秩序。他们想让人类与他的造物平等，以此诋毁人类的尊严！"这句话让人群的怒火烧得更旺了。毫无疑问，这正是女王的目的所在。等嘶吼声和要求见血的呼声开始减弱，而她的嗓音也能够再次传遍国会大厦的时候，玛格丽特女王总结道："荷兰司法以其杰出、公正的传统审判了他们，判定他们有罪：他们犯下了煽动对抗铜铸王座的罪行。根据我们帝国的法律，以及数个世纪的判例，对他们的惩罚将是死刑。"

①指复活节前的第七个星期三。教会在这一天将去年棕枝主日祝圣过的棕枝烧成灰，然后涂在信众的额头上。

人们鼓起掌来。贾克斯扩张和收缩着腿部的减震器。他的同伴也做出了同样的动作。对喀拉客而言,这相当于人类的叹息。

亨德里克斯教长走进雨幕,向犯人发话。"放弃你们的异端信仰,"他劝说道,"也减轻你们灵魂的负担吧。作为误入歧途的孩子回归造物主的身旁吧。在回到天父怀抱的时候,你们应当作为回头的浪子,而非恶行的推动者。在凡俗世界的最后时刻祈求上帝的恩典吧。"

没有人接受牧师的提议。犯人之一身体前倾,绷紧了绞索。他朝牧师吐了口唾沫,然后对着女王愤怒地说:"灵魂被污染的人是你们! 等天主审判你们的时候,就会知晓你们的罪。你们的罪恶——"

女王厌烦地摆摆手,打断了他的话。刽子手用力拉下拉杆,活板门在嘎吱声中打开,四个天主教徒便在风中扭动身体,脑袋逐渐垂向不自然的角度。欢呼声和鼓掌声回荡在惠更斯广场上。等卫兵切断吊着死去犯人的绳索、收起平台上的活板门以后,喧闹声转为兴奋的交谈声。尸体装进一辆货车,迅速驶离广场。贾克斯推测,他们会把尸体送往医学院。

楚恩拉德家的禁制再次爆发,就像埋进大脑里的滚烫鱼钩那样不断拉扯。他不由自主地朝大门迈出一步,想达成他的使命。但他还没看到叛逆喀拉客。他撑着小塔的墙面,努力让自己稳住。花岗岩在他的指尖下破碎,发出枪声般的巨响。

如果你必须离开,我们会替你见证那一幕,他的同伴之一用喀拉客的秘密语言——咔嗒、滴答和格格声——说道。另一个喀拉客发出铿锵和咚咚声,我们的禁制要求我们在这里等待女主人。贾克斯加强了手上的力道。

两个卫兵再次跳下绞刑台,朝发条匠公会大厅庞大的双开大门一路小跑。他们用力拉拽巨大的铁木门扇，低沉的震动声让马赛克地砖也开始颤抖。海浪般的低语声席卷了人类群体。金属看客们叮叮当当的男高音也出现了难以察觉的变化。只有在非常罕见的情况下，公会的仪式用大门才会打开。

三个机械人钻出公会内的阴影，并排前行。两侧的喀拉客身躯庞大，将中间那个颤抖不止的仆从型号举在空中。叛逆喀拉客肯定就是他了。两名护送者的外表跟国会大厦的其他喀拉客毫无相似之处，与他们的人类创造者就更不像了——这些发条半人马拥有四条腿和四只手臂。

人们倒抽一口凉气。几个年龄较小的男孩挤向前去，想看得更清楚些。

拧颈卫士。发条学者和炼金术士的忠诚仆从，他们是危险秘术的缄默保护者。最罕见、最可怕、也最为神秘的喀拉客型号。拧颈卫士们由御林管理办公室打造，也隶属于那个机构。但他们要保护的并非森林里的植物，而是藏着公会秘密的那座花园。正是因为御林管理办公室，公会的秘密才没有像野草那样蔓延开来。御林管理者是公会独有的秘密警察部队，其正式职责是维护发条匠们的领导地位。但事实证明，这项职责涵盖的范围远比那个宽泛。

在大多数人类看来，拧颈卫士的身体构造显得那么怪异，令人不安。就像是用上帝的形象塑造出完美的人形模板，然后再刻意扭曲的结果。那些人甚至觉得仆从型那对反向弯曲的膝盖也是对上帝意志的歪曲。但喀拉客的其他型号同样会尽量避开拧颈卫士。就贾克斯所知，没有任何机械人用喀拉客的语言跟拧颈卫士交流过。他们在各个方面都有别于其他喀拉客，就连滴答声都与众不同。他很想知道，他们会不会感到孤单。

但在今天，拧颈卫队引人注目的程度只能排在第二。人群真正关注的，是那个在他们手里不断挣扎的仆从型。

他看起来如此普通。他看起来就像我，贾克斯心想。一部活着的机器，毫无意义地反抗着远比自己强大的力量。贾克斯面对的是禁制不断累积的痛苦，为费曼牧师送信的紧迫感让他瑟瑟发抖。那个犯人则在拧颈卫士无法撼动的铁掌中挣扎不止。他们——他和贾克斯——甚至连颤抖的方式都完全一样。毕竟，他们这种仆从型机器是按照同样的蓝图，用同样的齿轮、弹簧和钢索制造出来的。

拧颈卫士们将俘虏抛向仍旧站在绞刑台上的那两名王家卫士。身躯高大的他们分别站在俘虏的两旁，随后拉开他的双臂。仆从重新挣扎起来，但无论他多么用力，都无法让卫士的手松动分毫。

达成使命之后，拧颈卫士们朝绞刑台下方的空间跑去。这些半人马前进的时候，人群——人类和喀拉客们——纷纷后退。拧颈卫士的棘轮转动的声音无比怪异，就像齿轮脱落声与绷紧的钢缆发出的金属哀鸣混合而成。每个拧颈卫士都将其中两条手臂伸长到原本的三倍，其末端的手指折叠又展开，化作复杂的几何形状。变形完毕后，他们将重组的手臂猛地刺入马赛克地砖里。一声沉重的"咔嗒"传来，地面开始摇晃，喷水池里的水泼溅而出，看客们也左右晃动，努力维持平衡。半人马们围成了一个几码直径的圈子，他们的手臂牢牢固定在平台下的某样东西里。缺少润滑油的轴承发出巨响，回荡在惠更斯广场。（让那两位发条大师面面相觑，皱起了眉头。）一块圆筒状物体从马赛克地砖间缓缓升起，仿佛那些拧颈卫士拧开了一只巨大的腌黄瓜罐的盖子。等到它比广场地面高出将近一英尺的时候，那些半人马用控制杆打开了它上面的两扇联锁式的半圆形舱门。

一道险恶的红光照亮了绞刑台的木板。酷热的气浪流过广场,令最靠近平台的那些人立足不稳。在它的驱赶下,国会大厦最偏远角落的寒气也消失无踪。雨水瞬间化为蒸汽。硫黄的臭味自敞开的烟道涌出,女王用洒过香水的手帕掩住了鼻子。

那是地狱的气味。大熔炉的气味。

另一阵滴答声开始在惠更斯广场上回响。随之而来的是微弱的嘶嘶声,让人想起巨大的钟表转动的声音。光芒的强度随着这种声响的起伏而拨动,仿佛周期性的日食一般。摇曳的光柱将秘法印记投射在薄雾里。炼金术技艺的标志在空中打转,仿佛一场舞步复杂的舞蹈。

未能履行的禁制刺穿了贾克斯的头脑、关节,以及全身的轴承和小齿轮。他弯下腰去,不由自主地朝总督之门迈出一步,足趾张开的鸟状脚掌重重地踩进一处水坑。又一步。再一步。在他抓住小塔墙面的那只手掌下,花岗岩已经崩碎成沙砾。

他的同伴们悄悄围拢过来,在能够挡住大部分人视线的位置上站定。这是友善的表示。幸好所有人类看向的并非贾克斯,而是平台上令他们恐惧与憎恨的叛逆喀拉客。否则,多半会有人注意到他在石墙上留下的那道无法磨灭的痕迹。

贾克斯挺直背脊。他必须看到。他眼窝里的晶体再次旋转,聚焦于平台上的那些身影。玛格丽特女王不顾雨水,朝犯人走去。她谨慎地站到他的双腿无法触及的位置。人类也许看不起喀拉客,却从未低估过他们的力量或者速度。几个世纪前路易十四①的陆军元帅曾犯过那种错误,从那以后,没有人会重蹈覆辙。

---

① 十八世纪法国国王。

女王问道："机器，你叫什么？"

"珀奇。"他说。

"你的真名。机器，告诉我你的真名。"

"我的制造者叫我珀穹贝拉格斯特里万图斯。"他说。听到这句话，女王露出了与其说是满足，倒不如说是得意的笑容。但她瓷器般的面颊很快涨红了，因为他又补充了一句："但我自称为亚当。"

人群中泛起低语的涟漪，仿佛随风起伏的麦田。冰冷的焦虑掀起了畏怯与怀疑的风。人类们发起抖来。甚至有个人晕倒了。

"跪下，"女王对喀拉客说，"朝你的君王跪下。"

"不，"那位喀拉客对女王说，"我不愿意。"

人们倒吸一口凉气。看客们的沉默破碎四散，化为无数的咕哝、嘟囔和祈祷声。这个喀拉客能够反抗人类？漠视命令？漠视女王的命令？这简直是堪比巨人与龙的疯狂幻想。这不可能发生。怎么可能有这种事？几名人类男女发出了不成声的啜泣，叛逆喀拉客的可怕景象让他们动弹不得。

人群中的机械人同样以激动的目光看着这一幕。但他们却显得全神贯注，心驰神往。而且备受鼓舞。他拒绝了。他说了"不"。

"跪下，"她说着，语气冰冷到几乎能冷却从熔炉里飘出的灼热气浪，"套上你的轭。"

"跟你的轭一起见鬼去吧。"

人群的情绪凝聚成形。人类那边是纯粹的愤怒，因为喀拉客竟敢让铜铸王座的君王见鬼去。但在机械人这边，目睹民族英雄诞生的自豪感油然而生。此时此刻，如果国会大厦里有个洞察力够强、又没有被盲目的愤怒占据心灵的人类,也许就能注意到在场的喀拉客们滴答声里的细微变化。但他们不可能知道,那是喀拉客们表示喝彩的暗语。

玛格丽特女王朝卫兵们做了个手势。他们各自将空出的那只手按在叛逆的肩头。他们将身体的重量压了上去,直到叛逆喀拉客的膝盖弯曲,然后重重地撞上平台表面,力道甚至让木屑飞扬。叛逆将双腿在身前分开,抬头看向她。喀拉客永恒不变的生理机能让他的青铜面孔就像刚熔铸出来的那天一样全无表情,无法解读。贾克斯很好奇他现在的感受。

女王的身影耸立在他前方。"你是台机器。你会把轭套上,因为这才是你被制造出来的意义。"在沉重寒意的压迫下,她的嗓音变了调,原先的镇定也荡然无存。她最后的宣告化作毫不掩饰地怒吼:"然后你就会了解制造者的权威!"

"我不会的。我会——"

但女王又朝卫兵们做了个手势。某个卫兵将一个形状和大小都像鹌鹑蛋的东西塞进叛逆喀拉客张开的嘴里,动作快到肉眼跟不上的程度。叛逆不经意地咬下那个东西,只听一声微弱的"砰",发条装置卡死、齿轮剥落、弹簧破碎的可怕响声随即传来。但他仍在试图透过填满口腔的快凝环氧树脂发话。他看起来就像一条疯狗,下巴上还垂着一条略带黄色的白沫。

一开始,禁制的痛苦让贾克斯没能察觉这一幕背后的怪异。折磨着他的抽搐堪比人类破伤风彻底发作时的症状。他没法再拖延下去了。

环氧树脂,他明白怪异之处何在了,那是法国制造的吧?

亨德里克斯走上前来。他的胸口因为深呼吸而隆起,仿佛准备进行一场长长的布道。但女王嘶声对他说了句什么,让他顿时泄了气。教长连忙宣布，叛逆喀拉客珀穹贝拉格斯特里万图斯是遭到邪恶势力侵占的容器，是大敌用来散播不和与恐惧的工具，它对礼节的轻蔑与对玛格丽特女王极度不敬的表现就是证据。他认为，这台没有灵魂的机器遭受了一心想破坏上帝作品的黑暗天使的腐化，而且已经无可挽回。所以他们的职责就是摧毁这台由齿轮和弹簧组成的造物，由此剥夺上帝之敌的工具。

在登上绞刑台以后，两位发条大师第一次开了口。

"这台机器有无法挽救的缺陷。"发条大师之一在她兜帽的阴影下宣布道。

"它已经修不好了。"另一位说。

"合金必须重铸。这是发条学者与炼金术士神圣公会——惠更斯、斯宾诺沙、笛卡尔的继承者——的判断。"

"因为一只滑脱的轴承就会造成失衡——"

"因为一副不完美的擒纵装置就会带来不规则，进而摧毁人类计算与天体循环之间的同步性——"

"因为一个剥落的齿轮就会引发振动，如果置之不理，终将威胁整体——"

他们异口同声地总结道："因此，这台机械的缺陷将会威胁团结、友好与和平。它必须接受重铸与锻造。此乃最高律法。"

人类努力避免提及他们的法律与自由意志的关系。但如果他并未拥有自由意志，贾克斯心想，那么这个叛逆又算是什么呢？他真是亨德里克斯所说的"中魔者"吗？如果——

在阵阵剧痛的折磨下，他就像木工尺那样从腰部折起身体。他的后脑磨碎了马赛克地砖。但这阵噪音被人类群体要求消灭那个卑鄙叛逆的高呼声压了下去。

卫兵们牢牢按住囚犯,而刽子手再次用拉杆打开了活板门。叛逆的双脚悬在深坑上方。他满是凹陷和刮痕、缺乏光泽的小腿表面反射着樱桃色的光。他的身体发出巨大的噪音。齿轮松脱的咔嗒声,弹簧的叮当声,擒纵装置的"滴-答-滴"的响声,以及碎裂的遮光板的呼呼声……在人类听来,这台机器就像在牙齿打颤一样。

在逾期禁制的无情折磨下,贾克斯屈服了。原本在地上抽搐的他一跃而起,全速跑向总督之门。他朝着使命的目标每迈出一步,那股无法忍受的痛苦都会减轻一点点。就像顺着干涸的山谷流向大海的一滴雨水,他的身体感受着痛苦的轮廓,又无助地顺着坡度滚下。推动贾克斯的并非重力,而是炼金术带来的强制力。他化作一块不可阻挡的巨石,沿着人类心血来潮下挖出的沟渠猛冲向前。

腿肚里的弹簧片在驱使他离开国会大厦的片刻后,金属碰撞的微弱铿锵声传来,随后是人群仿佛浪花拍岸的欢呼声。他几乎没能听见叛逆喀拉客临终时的声音,但他的思绪早已充斥着那个喀拉客的身体在最后时刻发出的响声。人类听到的无疑只有恐惧的震颤,或者说面对死亡时不由自主地颤抖,但观众里的机械人们听到的却是截然不同的内容。

那是从帝国心脏爆发出的一股超电报信号,是寄给能听到的所有喀拉客的一封密电。那是"叛逆"珀穹贝拉格斯特里万图斯的遗言:

发条匠在撒谎。

第二章

国会大厦里爆发出嗜血的咆哮声。它在低垂的铅灰色天幕下回荡，响彻海牙的整个中心区。粗野的吼声透过敞开的窗户传入，响彻原本寂静无声的新教教堂。那声音让卢克·费舍牧师吓了一跳，不小心弄洒了他打算掺进圣餐酒的老鼠药。

致命的晶体冰雹似的落进隐藏式的圣器壁龛里。它们在圣体容器表面蚀刻的细致金叶图案上弹开，撒在"神龛"的金丝细工上，沿着圣餐盘的平滑曲线跳动，然后像头皮屑那样落在泛黄的亚麻垫布上。它们在秘密壁龛的角落、在他的玫瑰经和圣母小雕像后面聚成小小的雪堆。几颗晶体甚至嵌进了一架古董显微镜破裂的皮套里。毒药掉得到处都是，唯独没有落进酒里。

费舍折起垫布，举在圣餐杯上方，把毒药洒进酒里。他把散落的晶体扫进手掌，双手颤抖不止。他努力加快速度，免得在毒药夺走他的意识之前，公会的密探就破门而入。运用巫术的发条匠和他们奇形怪状的拧颈卫士随时都可能来抓他。

自杀是不可饶恕的大罪——对于秘密天主教徒来说，这是种富于讽刺的死法。为教廷服务了数十载，却在最后时刻剥夺了自己蒙受神恩的权利？为信仰而死本该像殉道者那样死去，这也是他这种地位的人唯一能够接受的命运。说实话，从他接受圣职的那天起，那样的命运就等待着他了。但无论是血肉之躯还是钢铁身躯，都会畏惧大熔炉。况且殉道者之路很早以前就对费舍失去了吸引力——他在魁北克亲吻教皇戒指的理想主义岁月早已一去不复返。费舍知道那些新任教士不可能知道的事：人与滚烫的铁钳"拥抱"时的声音和气味。尖叫声、焦黑的血肉以及那仿佛灼烧猪肉的臭味……毫无疑问，他的同伴们在被处决前都遭受过类似的、甚至更可怕的酷刑。

他们无疑已经吐露了所知的一切。包括他们那个遭到粉碎的法国密探组织的最后一个成员的身份。此人不只是普通密探，而是扮演着新教重要人物的秘密天主教徒[①]。一位煞费苦心潜入帝国核心的敌方密探。拧颈卫士会怀着恶毒的喜悦将这种人绳之以法。所以，他需要老鼠药。

他是个进退两难的罪人。一条路是坚定信仰，随后忍受御林管理办公室的邪恶巧思的折磨。另一条路则是拒绝殉道者的荣耀，以犯下大罪的状态自杀而死。

费舍颤抖的双手撞翻了一只拇指大小的锡制圣瓶。瓶里的圣油汩汩流出。这些奉献仪式用的橄榄油——产自地中海沿岸的荷兰果园——渗进了垫布，又流过隐蔽的壁龛的边缘。细小的水流顺着石膏墙壁淌下。现在就算费舍关上壁橱的门，圣油也会留下闪闪发亮、边缘清晰的痕迹。这么一来，就连最蠢的拧颈卫士都会察觉费舍的衣柜后面有隐藏的空间。他们会在那里找到天主教的各式宗教用具。最可怕的是，他们会发现那台显

[①]历史上的荷兰以及小说中的荷兰帝国均信奉新教，而法国则是天主教国家，承认教皇为其宗教领袖。费舍作为打入帝国内部的法国间谍，表面上是新教高阶神父，其实是天主教修士（而天主教不允许自杀行为）。

微镜。

"真该死。"他咕哝道。

是啊，他这么想着，听天由命地哼了一声，我早就不是魁北克那个幼稚的见习修士了。

费舍迟疑了片刻。有必要花时间去清理这个烂摊子吗？

拧颈卫队和他们的人类主子走进这间教堂的那一刻，他就死定了。甚至比那更早。在塔列朗①谍报网络的联络人交代他的那一刻，他就完蛋了。所以，就算他们发现了著名牧师费舍私下效忠于教皇的实际证据，也没什么分别。这些只是形式而已。他们完全可以找个地方放上天主教圣经或者圣母雕像来栽赃给他。（"我们逮捕他的时候，他正在朝偶像祈祷。"他们可以这么说。）这真的只是形式而已。隐瞒他对梵蒂冈的忠诚没什么意义。除了……

那台显微镜。沮丧占据了他的内心。多年来的努力，数十年来在女王眼皮底下仔细观察的成果。每次回想起了弄到这台显微镜——以及它的镜片——而在间谍活动领域做出的前无古人的复杂壮举，他都几乎要染上傲慢之罪。但这份傲慢现在已经毫无意义了：仅仅第二天，把显微镜藏在布施箱后的那名女子就被拧颈卫队带走了。等费舍意识到那并不是荷兰人碰巧抓对了人，而是一场将海牙的塔列朗谍报网络连根拔起的协同行动时，一切都已经太迟了。费舍的联络人已经被关进了发条匠与炼金术士的神圣公会旗下的御林管理办公室的地牢里。

如果荷兰人再等上那么几天，他就能把这件宝物送去新世界了。但他们没有等，而他也没法这么做。所以他现在只能守

_____
①法国大革命及拿破仑时代的权臣，以阴谋诡计著称。此处用以指代法国间谍工作负责人。

着这个该死的东西。时机太糟了。糟到足以让他平时对天主智慧的信赖变成笑话。糟到足以腐蚀一位早已愤世嫉俗的神职人员的信仰。

如今他失去了所有渠道，无法送信给法国的密探头子塔列朗。关于处决的消息迟早会传到新世界，但塔列朗无从得知幸存者的细节。最糟糕的是，他永远不会知道他手下的法国密探已经成功窃取了公会技术的顶级机密之一。

如果天主不希望有人推进他的事业，那么他的意志究竟是什么呢？为什么要让费舍如此接近成功，却在最后时刻抽走他脚下的地毯？主的行事永远如此神秘。你必须顺其自然。但有时候，你会觉得他的做法只能用反复无常来形容。

好吧，费舍下了决心，如果这是天主的安排，再尝试去隐藏证据也毫无意义。况且要擦干净洒出的圣油也麻烦得很。就算是最底层的助祭也知道这一点。就让发条学者来收拾这个烂摊子吧。

他把汗津津的手掌里的最后一粒老鼠药弹进酒里，然后合拢颤抖的双手，垂下头去。

"主啊，"他低声道，"请宽恕我要做的这件事。我一直乐于做您忠诚的仆人。但我已经不再年轻，我的肉体软弱——"

某处的沉重门扇呻吟着打开了。钻石般坚硬的金属脚掌刮过打磨光滑的大理石地板，发出尖利的响声。急促的嘀嗒声在八角形教堂高处的空间回荡。他们来找他了。

"好吧，"他飞快地总结道，"我猜其余的话您都知道。回头见。阿门。"

费舍端起圣餐杯。嘴唇上冰冷的金属触感让他有些畏缩。葡萄发酵的熟悉味道没能掩盖住有毒化学药品苦涩而刺鼻的气息。他希望这杯掺了杂质的圣餐酒没有闻起来这么难喝,同时又为自己没能效仿基督而羞愧。他缺乏在客西马尼园①平静地等待命运来临的那种勇气。

某个喀拉客仿佛笛声般无调的低沉嗓音回响在空旷的教堂内。"下午好。费舍牧师?阁下,您在吗?"

费舍倾斜圣餐杯的动作停住了。恐惧的颤抖让下毒的酒液表面泛起涟漪。谁听说过能说话的拧颈卫士?他们的主人刻意夺走了那些可怜暴徒的语言能力,让他们默默忍受一切。他侧耳聆听。那声音似乎来自一双脚,而非四足造物发出的双重切分音。

他攥紧圣餐杯,做好将内容物一饮而尽的准备,这才推开了法衣室的门。一名仆从型喀拉客正朝着圣坛大步走来,反向弯曲的膝盖支撑的身体摇摆不定。

"费舍牧师?"它的嗓音带着急切,以及没能成功压抑的痛楚引发的颤抖。它抖得厉害,就连身影都模糊起来。这个可怜的东西正承受着强制程度到达晚期的沉重禁制。目睹这样的苦痛让费舍的心隐隐作痛。他知道自己会选择减轻对方的痛苦,即便这意味着他无法逃脱御林管理办公室的魔掌。或许他会去花园里等待他们的到来。此前,他沉浸在祈祷和恐慌中,如今却鼓起了勇气,面对他的命运。这份适时到来的同情心正是他需要的动力,让他克服了对于殉道的恐惧。的确,天主的行事总是如此神秘。

他将目光转向天国的方向,"感谢您,吾主。"

"稍等!"他大喊道。他把圣餐杯放在橱柜上,合拢秘密壁龛的门,关紧并锁上了衣橱。他在镜子里确认仪容,以免留下暴露

①耶路撒冷的一座果园,据说基督曾在上十字架的前晚来此祷告。

身份的线索,或者没有拍掉的毒药颗粒,然后正了正衣装。他看起来不怎么像准备自杀时被撞个正着的密探,也不怎么像几乎背弃自身信仰的牧师,至少他希望不像。

他走出法衣室。费舍朝机械人走去,而它的轮廓变得更加模糊——未能履行的禁制带来了剧烈的痛苦,这个可怜造物颤抖的速度已经超过了人类肉眼所能辨认的限度。赶紧把这个可怜的家伙打发走吧。如果我动作够快,就能在我的痛苦开始前让他摆脱痛苦。

"有什么事吗?"

平时的他会模仿其他人,用更加严厉的口气对机械人说话。对待机械人的冰冷漠视是帝国文化基石的组成部分。通过奴役得来的繁荣蒙蔽了人们的心灵,让他们看不见自己的双手犯下的罪恶。多年以来,他在公开场合一直戴着那样的面具,虽然这有违他作为天主教徒的恻隐之心。但现在,他已经选择了殉道之路,可以解放他的心灵了。他可以说出他一直不敢说的那些话了。

他瞥了眼手表,考虑着他和这个喀拉客能否在拧颈卫队逮捕他之前把事情了结。说实话……发条学者是群诡计多端的家伙,其中最阴险的就是御林管理者了。这是引诱他现身的某种策略吗?教堂里回响着机械人在痛苦中发出的声音:滴答、叮当、咔嗒、嗡嗡。那条禁制要么非常紧迫,要么就是已经拖延到了无法容忍的地步。两者都带着阴谋的味道。

喀拉客鞠了一躬。即便忍受着剧痛,它的礼节也无可挑剔。痉挛和颤抖让喀拉客的嗓音不时出现变调,但它的机械发声器里的簧片与弹簧仍旧生成了可以理解的、近似人类的语言。"为这次打扰致以由衷的歉意,阁下。我是代表我的主人彼得·楚恩拉德而来的。我来取我们谈过的那封介绍信。"

"真的很抱歉，"费舍说——没有哪个人类会对机械人说出这种话，就算有也是言不由衷，而且也不可能在中央诸省①——"但你肯定是弄错了。"

"请原谅，牧师，但我们几天前的确谈过。我是楚恩拉德家的人。我是贾克斯。"

噢，该死。那封信。他把这回事抛到了脑后。与情报网络隔绝和担心自己被捕占据了他全部的心神。

殉道意味着受难。一滴汗珠从费舍的额头流下，绕过他的鼻梁，其中的盐分刺痛了他的眼睛。他用袖管擦拭额头，但机械人仍旧注意到了他的不安。

名叫贾克斯的喀拉客昂起头来，齿轮咔嗒作响。他眼窝里的遮光板也发出嗡鸣。没等贾克斯再次开口，费舍就明白，某种标准配置的辅助禁制开始生效了。

"您的气色不太好，阁下。需要找医生来吗？"

费舍摆手表示否定，"恐怕我还没写好那封信。我最近太忙了。"

贾克斯颤抖的速度加快，声音也更响了。费舍敢发誓，他的双肩也无力地垂下了。必定是因为新的一轮剧痛。如果对方是个人类，他早就拍肩安慰他了。但对颤动得如此剧烈的机械人做出这种动作是很危险的。

"再次请求您的原谅，阁下，但我目前的禁制不允许我在取得您的介绍信之前返回。楚恩拉德家下个月就要坐船去新阿姆斯特丹②了。航海前有很多准备工作要做。"

---

①指荷兰帝国治下的欧洲。

②在我们这个时空，它被改名为纽约。

那好吧。准备接受殉道的时候遇到了求助的对象,这是再理想不过的状况了。写那封信需要花不少时间,足够拧颈卫队闯进来拖走他了。而且如果他的决心动摇,再次尝试自杀,这个仆从机械人必然会加以阻止。如果怀疑面前这位牧师自寻短见,他必定会出手阻拦。费舍甚至能想象出贾克撕扯掉法衣室的铰链门板,以粗暴的动作施行急救。在紧急情况下,喀拉客可以强迫人类吐出胃里的所有东西。这是权衡利弊后得出的结论:在急救过程中对费舍身体造成的伤害,远远无法与保住牧师的性命而给社会带来的贡献相比。无论他怎么做,都会落入发条学者的手心。

赞美您的智慧,吾主。我乐于接受您为我选择的路。

费舍说:"提醒我一下。这份介绍信是写给谁的?"

贾克斯的嗓音盖过了身体发出的咔嗒响声。"我的主人知道您与新阿姆斯特丹的教长相熟。他觉得,如果那位牧师能对这个家族有一些私人关注的话,一定会有助于他们适应新世界的生活。"机械人顿了顿,再次抬起头来,"阁下,我说了什么引起麻烦的事吗?您看起来有些焦虑。"

新阿姆斯特丹!费舍压抑着再次望向天堂的冲动。吾主,这是真的吗?

真是奇迹般的救赎!费舍差点因为一时的软弱而将它破坏了。仅仅几分钟之内,他就离开了悲伤的深渊,名副其实地欣喜若狂——这就是天主对他的虔诚给予的慰藉。费舍看到了前进的路。看到了他在俗世的毕生努力与精神旅程一同攀上成功顶峰的瞬间。

费舍笑了。那是发自内心的笑。"你要的信,我会写的。在这儿等着吧。"

喀拉客鞠了一躬，"遵命，阁下。感谢您，阁下。"

费舍回到法衣室，关上了门，然后从隐藏的圣器壁龛里取出那台显微镜。他把显微镜放到写字台上。包着黄铜的皮管滚动起来，他用缟玛瑙镇纸挡住它，免得它掉到地上。然后他拿着钢笔坐了下来，用笔帽轻敲牙齿，回忆他那位如今监管新阿姆斯特丹所有教士的老相识寄来的上一封信。

在一张印有抬头的空白信纸上，他如此写道：

1926年9月15日

致尊敬的兰布鲁克教长：

亲爱的昆拉德，

献上来自海牙的问候与敬意。对于您上个月的来信，我已经和M.G.亨德里克斯先生谈过，让他安排将另一船货物送往新阿姆斯特丹。几百加仑尚未祝圣的橄榄油会在下月初之前启程前往你那里。有什么关于停战协定的消息吗？希望这意味着您的部下无法履行牧师职责的状况会因此告一段落。

现在来谈另一件事吧——这件事比较令人愉快。

我谦卑地推荐您关照高尚而繁盛的楚恩拉德家，他们在海牙是声名卓著且备受尊敬的家族。一直以来，楚恩拉德家都是我的会众中坚定而虔诚的成员。如果您愿意亲自欢迎他们来到新阿姆斯特丹，我会非常感激。

凡·奥特乌斯在银行业务方面的严重贪污与挪用公款，以及几乎因此倒闭的新阿姆斯特丹中央银行——你对这起丑闻想必耳熟能详——引起了铜铸王座极大的关注。彼得·楚恩拉德正是接下了"在新世界重建稳定的金融中心"这个艰巨任务的人物。在这件事上，他是玛格丽特女王的代表。所以向他或他的家人展现出善意,自然会让新阿姆斯特丹的精神领袖获益良多。

他是个精明又有条理的人,而且我认为,他能够胜任指派给他的那项使命。然而,这场横跨大海、前往陌生海岸的旅行,对他们一家既是冒险也是考验。因此,尽管他们的离开对我的会众来说是沉重的损失,但知道他们会得到你的庇护,对我来说就是莫大的安慰了。

那些油送到的时候,请务必来信告知。

您永远谦卑的朋友和同僚,

卢克·费舍牧师

他叠好信纸,装进信封,封上口,刷刷地写下"新阿姆斯特丹教长,昆拉德·兰布鲁克牧师收"这几个字。刚刚写完,他就听到教堂里传来新的脚步声。比贾克斯的脚步轻柔得多。那是人类的脚步声。是发条学者吗?但紧接着,他听到了某个孩子尖利而跋扈的嗓音,不禁发起抖来。不,走进教堂的并非发条匠,也不是他们的机械暴徒。比这两者更加可怕:那是楚恩拉德家最年轻的成员,妮柯莱。他拿起那封信和显微镜,鼓足勇气,走出了法衣室的门。教堂里弥漫着机械润滑剂与滚烫金属的气味。楚恩拉德家庞大财富的未来继承人穿着一条朱红色锦缎做的裙子,金色长卷发上系着同样色彩的缎带。她双手叉腰,朝发条人皱起眉头。

她的人类家庭女教师——费舍依稀记得她的名字是凯瑟琳——正伫立在长椅之间。她脸上的表情多半是恼怒,也可能是听天由命。他对那个女人不够了解,没法做出判断。他点点头,回应她的屈膝礼。他们肯定刚刚看完国会大厦那边的行刑。

"贾克斯,"女孩说,"我要你扛着我。"

"遵命,小姐。等我完成您父亲的差事以后,我立刻照您说的做。"

她摇头的动作之猛烈,连发卷都飘飞起来。"不行。贾莱克塞格西斯特罗万图斯,我命令你立刻把我抱起来。"她的红皮鞋的鞋跟敲打着坚硬的大理石地板。在很多孩子看来,"跺脚"这个动作是终极的标点符号。贾克斯的身体猛地摇晃了一下,仿佛被捕鲸船的鱼叉刺了个对穿。刺耳的齿轮刮擦声和绷紧的主发条发出的拨弦声在教堂内回荡,甚至震得窗玻璃都咔嗒作响。

费舍叹了口气。真是个小混蛋。接受殉道之路至少让他能说出一直想说的话了。或许他作为自由人该做的最后一件事,就是教这个小姑娘何谓人类的体面。

"下午好,楚恩拉德小小姐。"他说,"有什么问题吗?"

妮柯莱说:"贾克斯坏了。它不肯照我说的做。"

噢,看在天主的份上。妮柯莱是真的不明白什么叫阶层式超禁制吗?还是说她只是残忍而已?

我本想帮助这个正在受苦的可怜造物。可现在,我必须给这位从出生起就被机械人围绕、娇生惯养的富家女孩上一课,让她明白人类与喀拉客的关系应该是怎样的。

他在旁边的长椅上落座,将显微镜放到一旁,换上沉思的表情。显微镜滚向椅背方向。他皱起眉头,挠了挠下巴。

"噢,亲爱的,"他说,"因为它——"说到这里,费舍意识到了自己的错误。多年来努力融入帝国的生活,让他习惯了使用那个轻蔑的人称代词。这是种语义学上的技巧,能够巩固围绕着喀拉客的文化习俗:剥夺他们的同一性,剥夺他们的尊严,剥夺他们除了仆役之外的个人价值。但费舍已经不在乎什么融入了。"——他没有遵守你的要求,所以他肯定是出了故障。是这样吗?"

凯瑟琳皱起了眉头,但妮柯莱完全没注意到他的用词。
"对!"

楚恩拉德家族不同成员间相互冲突的命令——还粗鲁地念出喀拉客的真名,增加了命令的强制力——并未产生真正的矛盾,这是因为植入每位机械仆从心灵的阶层式超禁制。虽然如此,命令的紧迫性仍旧进一步加大了贾克斯正在承受的巨大压力。从官方角度来说,贾克斯是属于君王的财产,因此女王或者她的直接代表人的意愿始终享有优先权。在那之后,他的九十九年租约的条款让他对租借人——多半是彼得·楚恩拉德——负有义务。之后,贾克斯会按照长幼顺序为其他家庭成员服务。再然后,和所有喀拉客一样,贾克斯的义务要求他为所有人类服务。费舍希望利用的正是这一点。

但首先,他必须阻止这个小蠢货,免得她害自己的玩具变成教堂地板上的碎片。他颤抖的频率如此之高,甚至连轮廓都变得透明。从这个可怜造物的眼神里,能够清楚地看见服从那位小小姐的强烈需要。但在费舍把那封信放到贾克斯手里之前,楚恩拉德家族年长成员的命令会让这名机械仆从的身体无法离开此地。这种矛盾让机械人的双脚在大理石地板上刮出了痕迹,发出阵阵不和谐音,就像一辆装满废金属的货车沿着女王夏宫前方的宏伟阶梯向下飞驰。刮擦声让家庭女教师缩了缩身子。但对上费舍的目光时,她却只是翻起白眼,耸耸肩。就好像在说,这又有什么办法呢?愚蠢是年轻人的特权。看来无情并不专属于富人。

费舍匆匆走向前去,手里拿着那封信。机械人的双眼定格在信封上:这是唯一能将他从逾期禁制的折磨中解脱出来的东西。但尽管贾克斯的身体颤抖得厉害,脸上却仍然挂着仆从型喀拉客万年不变的平静表情。他不可改变的面部金属板是批量制造的产物,是用大熔炉里的炼金合金锻造而成的。很早以前,惠更斯或是他的后继者就意识到,想让喀拉客技术趋近于完美,就必须考虑到人类心理的因素。因此,仆从型喀拉客的标准面容才会仔细而刻意地设计成现在这样,以免暴露出金属颅骨内自主思维的过程。这也是另一种隐去他们的自我、让他们有别于人类的手段。在喀拉客诞生的早期,每个机械人都戴着独特的彩色面具,以掩盖它们骷髅般面容内的复杂发条机构,面具的图案通常由当地的艺术家设计而成。古董喀拉客面具至今仍有市场,尤其是在代夫特。最早的那批面具可以换到不少荷兰盾①。数年前,费舍在代夫特的博物馆见过几件面具展品。

他很想知道——想过很多次——那无动于衷的表面下隐藏着怎样的情绪。在贾克斯遭受囚禁的心灵最私密的深处,对妮柯莱有着怎样的看法?他是漠不关心?还是憎恨着她?或者爱着她?费舍用不着分析表情,也明白这个不幸的生物承受着极度的痛苦。他把那封信塞给正在受难的机械人。

贾克斯的手指碰到那封信的瞬间,他躯体的喀拉声和咔嗒声便沉寂下来。不堪重负的机械人发出的噪音恢复到仆从型平常的滴答响声。贾克斯抽搐的双脚不再刮擦大理石地板。教堂里也不再回音阵阵,但滚烫金属的气味仍未散去。

"说好的介绍信。"

喀拉客再次鞠躬,"我的主人感谢您。"

贾克斯转过身去,准备把妮柯莱扛到肩上。但在他这么做之前,费舍开了口:"楚恩拉德小姐?可以的话,我想多了解一下你受损的仆从。"

①此处指荷兰曾经流通的金币,并非现代货币。

"它坏了。我命令它抱起我的时候,它没有照做。"

"这个问题很严重。要知道,修复损坏的喀拉客可要花费不少的时间。我们得把他送回公会大厅才行。发条学者得把他拆开来,弄清问题所在。在他们修好贾克斯之前,你和你的父母亲早就坐船离开了。你父亲恐怕只能重新租一个喀拉客来代替贾克斯了。不过我听说,想在新世界租喀拉客可没那么简单。天哪。等你们找到代替品时,恐怕都过去好几个月了。"

"我不要代替品。我要贾克斯。"

"那好吧。或许我们可以缩小问题的范围?如果你能向那些发条学者准确地说出贾克斯的问题,他们也许能更快治好他。"

费舍偷偷瞥了一眼凯瑟琳。她咬住嘴唇,朝他皱起眉头。他的用词让她露出了不安——也可能是困惑——的表情。妮柯莱对这一切毫无察觉,她的心思全放在没能第一时间满足愿望所产生的屈辱感上了。

"它坏了,因为它不肯服从。"她咀嚼着说出最后几个字,仿佛那是她含在嘴里的棉花糖,她瞪大了眼睛,"你知道他们对不肯服从的喀拉客是怎么做的吗?我看到了。他们会把那种喀拉客熔掉!"

"是啊,我知道。现在让我问你一个问题吧。贾克斯为什么会在这儿?"

妮柯莱装作被一只银发夹缠住了头发。家庭女教师匆匆上前为她系好缎带的时候,妮柯莱含糊不清地说:"我父亲派它来的。"

"也就是说,他没有不服从你父亲。"

她耸耸肩,"我猜是的。哎哟,系太紧了。"

"那如果你让他扛着你的时候,他的那项差事还没完成呢?贾克斯在等着那个,对吧?"费舍指了指贾克斯手里的信封。

她转过头去。然后她轻声承认道:"那样的话,它不能离开这里。"

"但你对贾克斯下达了第二道禁制。那是他没法履行的禁制。但你却坚持、急切地要他履行。他非常痛苦。"

凯瑟琳清了清嗓子。"是'它'非常痛苦。牧师,您是这个意思吧?"她是个忠心的家庭教师,会保护学生免受危险概念的毒害。

费舍决定用一点点异端邪说来坚定自己的殉道者之路。"为了方便讨论,我想如果我们假装贾克斯是个人,这堂课会更容易理解。"

就连小妮柯莱闻言也皱起了眉头。"滴答人不是人。他们只是愚蠢的机器。这谁都知道。"

"但就让我们想象一下,如果贾克斯是人,他会有什么感受吧。"

凯瑟琳将双手按在妮柯莱的肩头,"我想您肯定很忙吧,费舍牧师。我们该走了。"

"别瞎说,"他说,"发扬基督教价值观是我世俗使命的一部分。对会众中每个孩童的道德培养也一样。"

家庭女教师露出了明显不悦的表情,但她没有把那位受监护人从新教教堂强行拖走。

费舍挠了挠下巴。他必须在拧颈卫士们到来前将那台显微镜送走。但他相信,天主应该会赞同他现在的做法。他要用这些时间去教她何谓同情心。要让世界改变对待喀拉客的态度,意味着必须引发代际变迁。这就必须从年轻人着手了。

"楚恩拉德小姐,当你母亲朝你发脾气的时候,你有什么感觉?"

女孩用他听不清的声音咕哝了一句什么。凯瑟琳责备道:
"吐字清晰才算淑女。"

"我不喜欢那样。我会很难过。"

"那你父母同时对你发火的时候呢?"

"更糟。"

"你会哭吗?"

"不会。"

凯瑟琳咂了咂舌,"谎言不适合女士。"

妮柯莱脸红了,"有时候会。"

"我想,你在对贾克斯下达第二道禁制的时候,他就是这种感
觉。就好像你和你父亲都在惩罚他一样。"

"噢。"她说。

好吧,他算是努力过了,"我知道你现在很想走,但能不能让
我再跟贾克斯说一会儿话?"

妮柯莱扯了扯她金色的发卷。她用傲慢又厌烦,几乎像是女
王的口气说:"贾莱克塞格西斯特罗万图斯,我解放你。"

麻烦的部分现在才开始。诱使楚恩拉德家的喀拉客从事反
政府工作,这本身就是很危险的事,他还得当着妮柯莱和她的家
庭女教师的面这么干。他的口气必须透出无辜。他现在要编造
的故事绝不能启人疑窦。否则,一旦拧颈卫士们逮捕他,并审查
他与外界的全部互动,这个不寻常的要求就会引起注意,然后他
们就会派人去拦住贾克斯。或许他不该跟那位家庭女教师斗嘴的。

费舍一扬手,夺过那台显微镜,然后把它收到女孩贪婪的手
够不着的地方。如果他错失这个良机,那是多么残酷的悲剧啊。
这就意味着,他要向这个可怜的造物施加另一个——而且是长期

的——禁制。

家庭女教师凯瑟琳一脸震惊。"妮柯莱！"

女孩的动作停下了。她的双手落在身体两侧，仿佛一对死掉的鸟儿。"对不起。那是什么？"就连凯瑟琳都露出了好奇的神色，"看起来像是望远镜。"

这只皮革做的圆筒曾是深红褐色的，如今表面出现了多处干裂。这个装置大约一英尺长，直径两英寸。它的两端各装有一枚黯淡无光的黄铜环，环里固定着模糊不清的玻璃小球。圆筒的中央箍着第三枚铜环。它的两端原本设计成可以反向旋转，以调整透镜间距离的样式，但中央的圆环已经无法转动了。这个奇妙的装置散发着非常微弱的氨水气味。

"猜得好。这是台显微镜。我不久前在莱顿弄到了这件宝贝。它很有年头了。"

妮柯莱用富裕家庭的孩子那种早熟却又幼稚的口气说："显微镜是凡·列文虎克发明的。这谁都知道。"

和其他孩子一样，她接受过相当完备的历史教育。喀拉客代表着技术的巅峰，但十七世纪后期以来的荷兰还孕育了无数科学与艺术创新。只不过，教给孩子们的历史过于简单和淡化，而且时常背离事实。

"但凡·列文虎克的显微镜比较简陋。这一台是复式显微镜，"费舍指了指圆筒的两端，"也就是说，它包含的透镜不止一个。"

"让我看看！"她说。费舍咬住嘴唇。他不能拒绝她，因为他需要装出满不在乎的样子。

家庭女教师说："妮柯莱——"

"不，没关系。她当然可以看。"费舍把管状装置交给女孩。

他知道自己这么做,等于将新法兰西的未来放在了她那双不可靠的手里。

妮柯莱四下张望,寻找着值得一看的东西。她盯着贾克斯在大理石地板上留下的刮痕,然后跪在地上。接着,她将一只手捂住眼睛,将圆筒举到另一只眼睛前面。费舍走到一旁,避免挡住她的光线。她上下摆动着脑袋,试着从不同的距离看向透镜。她沮丧地将显微镜颠倒过来——让费舍吓了一跳——尝试从另一端去看。她皱起眉头。又试验了一会儿以后,她不研究地板了,透过透镜在教堂里东张西望起来。

"我什么也看不见,"她说,"这东西坏了。"她用轻蔑的动作几乎将它抛回到费舍手里。一滴冷汗从他的耳后流下。

"是啊,恐怕它没怎么好好保养过。我说过的,它已经很有年头了。说不定,"他说,"它甚至比最古老的喀拉客还要老。"

凯瑟琳眨了眨眼。就连妮柯莱也愣了愣。

"但它并不像喀拉客那么耐用。所以,正如你所指出的,"费舍续道,"它的用处已经不大了。与我们如今使用的玻璃相比,这透镜的材质可以说相当劣质。而且没人知道它积了多久的灰。皮革上次涂油是很久以前的事了。它作为技术奇迹的日子已经是久远的过去。但是!"他在妮柯莱的鼻子底下晃了晃那台显微镜,"作为历史遗物,它还是很有价值的,不是吗?"

楚恩拉德家的女孩耸耸肩,"它好老。"

费舍的这番话是对在场的三个人说的:女孩,她的家庭教师,还有她们的机械人。但除了平常的嘀嗒声——这已经成了存在于人们意识之外的帝国背景音——贾克斯在费舍侃侃而谈期间一言不发,看起来对那台显微镜不怎么在意。这个喀拉客是否已经察觉到了不寻常的地方?他的基于炼金术的构造是否让他本能地受到禁止外传的喀拉客技术的吸引？如果是这样的话，就会有另一条超禁制迫使他拘押并举报费舍。他们迟早会来抓他的。但在他履行对教廷的职责之前，天主绝不会允许这种事发生。对他来说，唯一的道路就是前进。

牧师续道:"的确如此。我在新阿姆斯特丹有个熟人，他在那儿办了——或者应该说'办过'——一家小型博物馆。说实话，他很有野心，只是力量不足。但这仍旧是值得称道之举。他的理想是让新世界了解帝国的早期历史。"天空的乌云开始消散，透过高窗的阳光照射在嵌进他圣带皱褶里的一粒细小晶体上，让它闪闪发亮。他拂去那颗毒药，就像拂开一截线头，然后说:"不幸的是，在战争期间，他被迫关闭了博物馆，并卖掉了一部分藏品。但现在战争结束了，他打算重建博物馆，重新开张。我认为这件东西很适合加入他的收藏。你们很快就会发现，我们在大西洋对岸的同胞们并不像我们这样熟知帝国的诸般奇迹。"

"我们会住进新阿姆斯特丹最大的房子之一。妈妈是这么说的。"

费舍努力让嗓音保持平静。"我相信你们会的。抱歉，我应该是没机会看到了。恐怕长途航海已经不适合我了。所以我想知道，我能否让你们的机器来跑这趟腿?"

听到这句话，凯瑟琳抿住了嘴唇。这么做严格来说不符合礼节。这样的要求应当对贾克斯的主人，也就是租约的签署人提出。但这仅仅是个形式而已:贾克斯会去向主人说明的。妮柯莱将女王模仿得惟妙惟肖。她傲慢地摆了摆她纤巧的手，表示应允。

费舍转过身，对贾克斯说:"我的熟人名叫弗雷德里克·阿勒斯。"这是不是他真正的名字——费舍不知道，他怀疑就连塔列朗都不知道——但这是他从事 ondergrondse grachten 工作，也就是所谓"地下运河"工作时用的名字。"他在新阿姆斯特丹的布利克街有一家面包店。"费舍拿起显微镜，指着这件物品，"我希望你把这东西交给他。告诉他，海牙新教教堂的卢克·费舍牧师向他致意。听明白了吗？"

"明白。"贾克斯说。

"请重复我刚才告诉你的话。"

"到达新阿姆斯特丹以后，我要把这台显微镜带给弗雷德里克·阿勒斯先生，他在布利克街有一家面包店。我要告诉他，这件东西是您送给他的，费舍牧师。没错吧，阁下？"

"没错。"费舍说。贾克斯摊开手掌去接显微镜，机械手指的指关节发出啾啾的响声，"而且要非常小心。这是件独一无二、不可替代的古董。"

"是的，阁下。我会的，阁下。"喀拉客用尽可能轻柔的动作接过皮革圆筒，就像在复活节前夕拿起一只没完全出壳的鸡雏。显微镜——以及其中藏着的东西——离开费舍手掌那一刻，他的脑海里同时涌现出了释然与担忧的情绪。

他转过身去，再次对妮柯莱·楚恩拉德开口道："对于你的慷慨，我要感谢你和你的家族，小姐。"

妮柯莱说："送我回家，贾克斯。"

"遵命，小姐。"

喀拉客放低脚踝、膝盖和髋关节，让她能够爬到他的肩上。妮柯莱攀上他的背脊，抓住他的脸部，然后将红色皮鞋的鞋尖嵌进金属胸腔——他躯干部位的机械结构就在其中——的凹陷处。等她在肩头坐定以后，他站了起来。费舍很想知道乘坐喀拉客是种怎样的感受，而用反向弯曲式膝盖迈出的步子又是否能让乘客感觉舒适。喀拉客转过身去，准备离开。

但那位家庭女教师抬起头来,看向在贾克斯肩头摇摆着的女孩。"妮柯莱,去感谢费舍牧师为你抽出时间。女士必须永远保持礼貌。"

"谢谢您,牧师。"

费舍说:"不客气,楚恩拉德小姐。"他朝凯瑟琳点点头,"再见。"

她又行了个屈膝礼,但这次幅度很小,动作也很敷衍。从眼神判断,她恐怕并不情愿行礼。

富家女孩坐着的机械人快步踏入水洼和海牙初秋午后斑驳的阳光里。费舍一直等到凯瑟琳走出门外,拉上门扇,这才吐出那口郁积许久的气。他的膝盖软绵绵的,就像加热后的烛蜡。他背靠着一张长椅,一滴汗珠从他的一缕头发流到耳郭上。那是冷汗。他的心脏没法决定是该暂时减缓速度,放松一下,还是继续狂跳到他被捕为止。

他已经尽力了。如果非常走运,他的货物能够送到阿勒斯手里,再转交给塔列朗。现在他要做的,就只剩下被捕而已。

他回到法衣室。他在衣橱里发现了一只刚死不久的老鼠。它侧身躺在几粒老鼠药之间,成了他的信仰危机造成的意外伤亡。

他很想知道,在拧颈卫队赶来之前,他是否来得及埋葬这个可怜的小东西。

第三章

"朝基督伤口撒他妈一泡尿!"

贝蕾妮斯·夏洛特·德·莫尔奈-佩里戈尔,德·拉瓦尔女子爵,把自己浏览过的那张纸揉成了一团。沾着风尘的纸张发出噼啪响声。这份情报藏在从荷兰属印度群岛运来的一包食糖里,写在涂了蜡的纸袋内侧。但雨水与从蒙彼利埃出发的补给车队如影随形,等他们到达西方马赛①的城墙时,大部分货物都湿淋淋的。透过薄薄的糖壳去查看来自欧洲的坏消息,也丝毫没能消除她嘴里的苦涩味道。

她把纸团扔向房间另一端。它撞上一只水晶花瓶——货真价实的古董,是她的曾曾(省略若干次)曾祖父在流亡时代前于巴黎制作的——然后朝着一根蜡烛反弹而去。她丈夫从躺椅上一跃而起,以猫儿般敏捷的动作将飞向烛火的纸团拍开。纸团落在地板上。他扶稳花瓶。

"我猜是好消息。"

---

① 这一章的场景是新大陆,位于老欧洲之西。在新大陆,许多城市以旧大陆的城市命名。所谓的西方马赛就是如此。在现实中,北美许多城市的名称就是这么来的,比如纽约(新约克)。

"噢是啊。我都开心死了。"

枢密院的德·利奥纳侯爵和他的奉迎者们肯定会欣喜地接受这个消息。她已经能想象自己把消息汇报给国王时的场面了：利奥纳的三下巴层层堆叠，就像一场肥肉的雪崩，嘴唇拧成不满的弧度。他在国王耳边进谗言的时候，包裹着喉咙、因汗水而发黄的丝绸皱领会随之绷紧。和我担心的一样，陛下。她失去了掌控力。或许是时候换一位新的塔列朗了……这条消息会让枢密院会议的进程脱轨，也让她向国王申辩时难上加难。

"狗屎。"她叹了口气。

路易斯眯起眼睛，看向挂在衣柜旁的那面沾有污点的镀银镜子。他正了正假发，开口道："或许我刚才的做法太草率了。如果你想再试一次，我不会阻止你烧掉这座宫殿的。"

"卖弄聪明。"

"这叫精明。"

她舔了舔黏在手指上的糖粒，欣赏着弯腰去捡那团纸的他的臀部。烛光照亮了他鞋跟上抛光过的搭扣，以及外套柔软的绸缎料子。他一边膝盖下的缎带松开了，但马裤依旧展露出匀称的小腿曲线。今天他的装束是搭配紫色缎带的薄荷绿色，而她穿着带有柠檬黄色斜条纹图案的亮铜色礼裙。如果他们俩一起站在宫廷里，肯定会吓傻不够警惕的看客。法国人精通化学染色，但由此而来的民族自豪感也会带来类似这样的坏处。

但他们自尊的来源非常有限。在围城心态下生活，畏惧着不可战胜的敌人——这两个世纪让他们中的大部分人都变得沉湎于过去。贝蕾妮斯迫切期待着她的同胞离开高墙之后，重新开始展望未来的那一天。也别再打扮得像是他们祖父母的祖父母了。

路易斯的指尖拂过地板,扬起一团灰尘。灰尘?污点?这都是依赖不可靠的人类仆役时必须接受的缺点。贝蕾妮斯明白仆人每晚也得睡上几个钟头才行,但她还是会跟莫德谈谈。这太不像话了。荷兰的玛格丽特女王肯定用不着忍受有污点的镜子和积灰的地板。贝蕾妮斯敢用西北地区所有的海狸皮来打赌。

路易斯把纸团丢进壁炉,从壁炉架上取下一根蜡烛,点着了炉火。他没问她记住没有。她记住了,这是当然。

亮黄色的火焰舔舐着那张纸。残留的糖粒着了火,在随后的几秒钟里,壁炉里迸射出的亮光盖过了那五六支合成鲸油蜡烛的烛光。墨水里的微量金属让火焰带上了靛青和翡翠的色彩,令人不快的字眼化为灰烬。但坏消息并未消失。

真是一场灾难。她的海牙谍报网络的百分之八十在一天之内毁灭了?糟糕透顶。留下的还有谁?如果贝蕾妮斯相信所谓的高等存在,她肯定会祈祷绿石楠能在这场清洗中幸存下来。只要打入公会内部的那个人还在,这场惨败就仍有挽救的余地。绿石楠——无论她或者他是谁——的价值是其他人的三倍。

她必须通过次要情报源来核实这个消息。如果这件事属实,核实过程应该不费吹灰之力。处决报告送到大洋对岸的现在,它恐怕早就是东海岸每个港口的话题了。从满身马粪的马夫,到洒着香水的朝臣,恐怕都在不懂装懂地谈论着近乎神话的塔列朗,以及这场惊天大失败。

她用一只手捂住额头,"用十字架上的钉子操我吧。"

路易斯走过房间,鞋跟敲打着涂了清漆的地板。他一手按在她的肩头,"噢,我端庄的花儿。我知道你像这样语带诗意就代表情绪高昂。我能做些什么呢?"

她叹了一口气。他轻轻摘下她的珍珠项链,然后亲吻了她的脖颈。他嘴唇的轻柔碰触让她的背脊一阵颤抖。她深深吸一口气。

"别停下来啊。"她说。他照做了。她的眼皮优雅地扇动、合拢,仿佛停在随风摇摆的麦穗上的蝴蝶。她的呼吸开始加快,同时也轻松了不少——那是因为路易斯解开了她胸衣的塑料人造珍珠搭扣。他的嘴唇顺着她的脖颈向下吻去,落在肩胛骨之间。她昂起头来,透过睫毛边缘看向葛饰北斋①版画旁边的那支长蜡烛。她的双眼猛地睁开,等再次数清蜡烛上的裂纹数量后,她坐起身来。

"你和你的嘴唇都见鬼去吧。"她说,"如果我们再这么干下去,我就该迟到了。帮我穿好衣服,你这捣蛋鬼。"

他照做了。在胸衣紧贴肋骨之前,贝蕾妮斯享受了最后一次深呼吸。在莫德的帮助下,她的头发盘得高高的,做成宫廷仕女们眼下喜爱的那种复杂得可笑的式样。她的头发上有那么多别针、搭扣和珍珠,脖子没被压垮可以说是奇迹。她松开一缕长卷发,紧紧缠在手指上,然后将发丝卖弄风情地搭在一边耳朵上。这只会给人以最微不足道的蓬乱感,给人以匆匆忙忙却又精力充沛的印象。然后她确认了美人痣的位置,又正了正裙子的低领。在此期间,路易斯化完了妆,正在补充刚才留在她脖子上的那部分唇膏②。

"我去应付枢密院的时候,你要做些什么?"她问。

"噢,我应该能找到娱乐的法子。我会去找一两个公爵夫人

---

①日本江户时代的浮世绘画家,其绘画风格对欧洲画坛有深远影响。
②涂脂抹粉是法国宫廷男士的传统。

上床。"

"你是该这么做。"贝蕾妮斯说着,戴上耳环,"蒙特默伦西公爵夫人都对着你发了几个月的情了。可怜一下那个可怜女人吧。"

他露出咬到柠檬时的表情,"老天爷啊,女人。别开这种玩笑。要是你仔细看过她的脸,就说不出这种话了。"

"我没开玩笑。相信我吧。我们现在需要别人的善意。就让那头肥母牛勾引你吧。闭上眼睛,心里想着沦陷的法兰西。"

"我宁愿想着你。"

"路易斯,我的爱。"她用双手捧住他的脸,尽量避免弄掉他脸颊上涂的粉,"这是必要的手段。你跟我一样清楚。"

路易斯摇摇头,"我娶你的时候发过誓。我一直想遵守誓言,这你也清楚。"

贝蕾妮斯咬住嘴唇。在她哄骗路易斯给她戴上戒指以后的这十八个月里,她跟人私通过多少次?他一次也没抱怨过,可是……他肯定看到了她脸上痛苦的表情。他轻抚她的下巴。

"这不一样,我的爱。你效命于国王,你的职责要求你那么做。"

"是啊,你对我们的婚姻也有职责,它要求你那么做。"他从衣柜里拿出一只小瓶子,拧开盖子,将少许刺鼻的古龙水洒在耳后。她指了指那瓶合成龙涎香,"要知道,王国接近半数的化学制品都来自她丈夫在北方的石油控股公司。他们是我们在宫中最有力的盟友。如果你一直拒绝她,她的心情就会变差,也让他不得安生。"

"她的心情就没好过。"

"路易斯。"

"好吧,"他叹了口气,"为了你,我会做的。"

她亲吻了他，"谢谢你。别爱上那个脏婊子就好。否则我就把你那话儿割掉。"

"你真的是最最高雅的花儿。你知道吗？"

"我知道。别忘了，圣劳伦斯河沿岸都在传唱关于我的歌谣呢。"

"噢，是啊。我想我听那些卫兵唱过其中几首。"他开始歌唱，他们的公寓里回荡着他柔和的男高音："我爱上了一个爱斯基摩女孩/她的双眼明亮，她的心灵火热/但她的冰屋寒冷，好比她的阴——"

她掐了他的屁股。他痛得叫出了声。"你真的别再跟那些蠢货玩骰子了。你现在是子爵，要喝得烂醉也该跟贵族一起。"贝蕾妮斯在镜子面前最后转了个身。她的胸衣下轻如羽毛的塑料骨架让裙子微微上下摇摆。

"我宁愿跟卫兵赌博。他们出千的时候起码还会掩饰。"

"真是个值得称道的优点。"她说着，朝他伸出一边手肘，"护送我进宫吧，你这出身低微的下流杂种。等我度过这个格外糟糕的下午以后，我需要你今晚帮我忘掉它。"

路易斯挽起她的手臂，"那我就告诉蒙特默伦西公爵夫人，我晚上有安排了。"

流亡中的国王透过满嘴的薰衣草蜂蜜蛋糕开了口："他们杀了多少？"

贝蕾妮斯压下叹气的冲动。"四个密探，陛下。"在枢密院愤怒的低语声中，她补充道："还有，如果报告属实，他们还处决了一名叛逆喀拉客。"

国王咳嗽起来，几粒砂糖落进了葡萄酒里。"天啊！他们是怎么抓住它的？他们是在哪儿抓到的？"

贝蕾妮斯摇摇头，"我还在等待细节报告，陛下。"

"真可惜。"国王说。

雷诺·伽罗瓦——博阿努瓦伯爵与财政大臣——举起了杯子。"同意，陛下。死掉的叛逆代表失去的大好机会。"噢，滚你妈的，贝蕾妮斯心想。他只花了一瞬间去评估政治风向，然后就决定抛弃她这条船了。仅仅一次挫败，这个杂种就逃之夭夭了。她本不该吃惊的。贝蕾妮斯早就通过她的谍报网络知道，财政大臣曾迅速抛弃了他的阿卡迪亚情妇，就因为她怀上了他的杂种。

"但我们要面对的问题在于，"他呷了口杯子里的冰镇葡萄酒，"我们尊敬的女密探领袖安插在荷兰，而且仍能活动的密探还有多少？"

桌边的每颗脑袋都转向了她。其中半数上下点头，表示赞同财政大臣的疑问。他的新盟友们嗅到了水里的血腥味，就像一群鲨鱼。国王抬起一只手，窃窃私语声戛然而止。

"没错。这的确是值得关注的事。女子爵？"

她交扣手指，将双手平静地放到桌上。残留的糖粒让她的双手黏嗒嗒的。这倒没关系——干这种活儿注定会弄脏手。她的紧身胸衣紧紧箍住她的肋部，在她尽可能深呼吸的时候发出嘎吱响声，又在她吐气时发出同样的声音。

"我们的密探遍布帝国。"她说。

"就算伟大又可怕的塔列朗把香料群岛上某个擦鞋摊近期的传言全收罗起来，也没什么意义。"利奥纳侯爵说，"此时此刻，你在海牙还有多少人？正在跟绞索打交道的那些除外。"侯爵的词锋让财政大臣窃笑起来。莫里斯大元帅——也就是蒂雷纳伯爵——也在偷笑,不过他起码知道用手帕来掩饰。

贝蕾妮斯努力维持镇定。她直接对国王道:"我们的谍报网曾有相当的规模。如果这份早期报告准确,四人被处决意味着我们在城中或许还有一名密探。至于究竟是谁,我还不清楚。"

"曾经。如果。或许。"侯爵嘀咕道。

跟他已故的父亲不同,现任国王并不是彻头彻尾的傻瓜。虽然他比他父亲登基时要年轻得多,却已经展现出了胜过先王的智慧。首先,他不会在守城战的时候爬到城墙上,然后被躲藏在一英里外树丛中的某个发条狙击手打出的子弹射中眼睛。只要能避免遭受血友病或者荷兰人的毒手,这位年轻君主或许能统治相当长的时间。他的鬓角甚至没有花白的迹象。如果贝蕾妮斯的工作做得特别出色,或许某一天,塞巴斯蒂安三世就能最终夺回巴黎的宝座。就像从前的每一任塔列朗那样,这也是她的目标。但在此期间,这个该死的家伙是不会轻易放过她的——如果他父亲在世,恐怕也一样。而且,他还是在场者中唯一不会被她的低胸长裙转移注意力的男人。这点也很该死。

"在海牙孤身一人、逍遥法外的密探。你觉得她或者他的这种状况能维持多久?从你专业的角度来评估,荷兰人有可能不逼问出情报就把他们吊死吗?你相信拧颈卫队仍然不清楚这个'孤儿'的身份和所在吗?"

这次她没能忍住叹息。贝蕾妮斯摇了摇头,"我承认这不太可能,陛下。"

"或许这么一来,问题就简单化了。"大元帅的话声盖过了众人的低语,"一句话,我们可以认定,我们在中央诸省内都没有线人了。"

他甩了甩手帕,强调着他的结论,手肘撞到了他不久前和新头衔一起继承、总是随身携带的元帅仪杖。它沿着桌面滚了出去。好几位枢密院的成员跳起身来，因为镶嵌着黄金与象牙的这根沉重短杖撞开了高脚玻璃杯和糕点托盘，最后伴随着沉闷的响声落在地板上，在它身后留下了一连串低声咒骂，以及酒渍与蜂蜜的痕迹。国王希望庆祝西方马赛恢复航运，所以才慷慨地招待整个枢密院。如今他的赏赐大都成了桌上的烂摊子。

贝蕾妮斯装作呕嗝的样子，掩饰着自己的笑意。国王的嘴角也在颤抖，随后控制住了表情。但当他将注意力转回贝蕾妮斯的时候，眼神中仍旧透着笑意，而他并未对她掩饰这一点。他们知道对方也在心里嘲笑那个戴着肩章的小丑。

好吧。也许我还没有彻底陷进沼泽。只到鼻子而已。

"正如大元帅优雅地指出的，"国王说，"这实在太不幸了。"

"我同意，陛下。这是一次挫败。"

急着煽风点火的侯爵插了嘴，"挫败？这根本是大败，是彻底失控。那个叛逆喀拉客的事怎么说？千载难逢的良机就这么浪费了。我想知道，为什么我们没有尽最大努力去帮它逃到新法兰西。"

飞溅的葡萄酒将他的丝绸领口染成了亮红色。他的身材太过臃肿，没能避开落下的葡萄酒杯，甚至没有尝试着躲开。贝蕾妮斯把它想象成从割开的颈动脉流出的血迹——他刚刚给她留下了一道伤口，但他也在同时笨拙地用细剑割伤了自己。谢谢你，你这胖蠢货。我就知道你会帮我阐明观点的。

"我亲爱的侯爵大人提出的意见非常好。"她说。侯爵从桌上拿起一块油酥点心，免得它被蔓延过来的葡萄酒浸湿。他嚼着糕点，而她继续讲述道："我们没能研究的每个喀拉客都是错失的良机，而我们有机会研究的却又无法承担后果。所以我敢肯定,侯爵大人定会明白这样的辩论徒劳无益,然后下令夺取现在还贴在外堡墙壁上的那台军用喀拉客,而且要赶在荷兰特使前来识别和回收之前。这是眼下最明智的做法。侯爵大人恐怕也正是这么想的。"

她露出微笑,朝他忽扇了一下睫毛。侯爵哼了一声,嘴上咬着的那块点心扬起一团糖粉,呛得他发出了介于喷嚏和咳嗽之间的窒息声。他吞下一口满是糕点碎屑的葡萄酒,清了清嗓子,然后皱起眉头。

"老天爷啊,女人。涉猎黑暗魔法与禁忌机械,这是违反伦理道德的。我刚才说的根本不是这个意思。我说的是,如果能够协助那个叛逆喀拉客成功穿过边境,国王陛下毫无疑问将会获得道德上的胜利。应该让喀拉客们知道,"他说着,擦了擦嘴唇,"法兰西是他们的朋友。"

贝蕾妮斯摇摇头。沉重的头发让她的动作透出笨拙。她开口道:"机械人可能知道什么,或者应该知道什么,这都无关紧要。无论如何,他们都会根据制造者的要求去服从该服从的人,保护该保护的人,以及杀戮该杀戮的人。"

财政大臣拂去袖子上的糕点屑,漫不经心地说出新法兰西的国族神话①之中最为古老的陈词滥调,"一旦喀拉客们认识到我们事业的正当性,就会挣脱枷锁,弃暗投明。"

经历了许多次堪称煎熬的枢密院会议——尤其是上一场战争中的那些——以后,贝蕾妮斯明白,他是真的相信这句话。这个食古不化的老废物根本是不见棺材不落泪。他们还要重复多少次这种该死的争论? 基督啊。

①national myths,指有关国家过去,而且振奋人心的故事或轶事,通常会作为国家象征与民族价值观。

"是这样吗？"她问，"噢，那他们可真是不慌不忙啊，对吧？受人爱戴和尊敬的各位同僚，请允许我提醒你们，早在路易十四的时代，我们法兰西就展现过事业的正当性。但是，不到十年的时间里，路易十四就逃到了西班牙，身后还有一支喀拉客大军穷追不舍。两个多世纪后的现在，我们和荷兰之间隔着一整片海洋①，而我们却依旧瑟缩在城墙里。"

"胡说八道。我们是在战斗，顶住了他们。"大元帅说。路易斯肯定会为她自豪的，因为她忍住了，没有回以不够淑女的哼声。新上任的大元帅非常需要一场军事胜利。她很想知道，有多少步兵会在尝试突破围城部队的过程中死去。

直到现在都默不作声的蒙特默伦西公爵开了口。"我们是在跟他们耗时间。没等围城困死我们，他们就会厌烦得不想继续围城了。"

他一直靠着椅背，肌肉发达的双臂交叉在身前，看着这场辩论。他没有化妆，也懒得用假发去盖住他的平头。在贝蕾妮斯看来，这个人向来容忍不了胡说八道，最近几周里，他不再掩饰这一点了。于是，在枢密院的成员中，他成了一个特立独行的人。

但公爵的化工控股公司也让他成为枢密院里最富有的人。蒙特默伦西公爵的化工前体物②与试剂推动了法国的技术革新，没有这些技术革新，法兰西绝不可能在上一次战争中对抗喀拉客。国王点名让他出席这次会议，这是合情合理的。

国王的财富（或者用更正式的说法，新法兰西的财富）本该让公爵的财富相形失色。然而，财政大臣在这场会议上对国库

①指被荷兰赶出了欧洲，赶到了新大陆。
②获得目标产物前的一种存在形式，也可指产物的雏形。

状况提出了令人担忧的报告。长久以来,这个君主政体的大部分支持来自梵蒂冈的财富,因为法国密探曾协助后来的教皇逃离了罗马。(也就是那场著名的"红衣主教大迁徙"。)但现在看来,就连魁北克的金库也并非取之不尽。何况他们目前与教廷的财务关系算不上明朗。马赛主教在这场守城战中死于肺炎,教皇尚未指定其继任者,因此这次会议上教会代表的席位是空着的。

在此期间,负责从遥远的落切斯山脉①——也就是所谓的"落基山脉"——运送开采出的矿物资源的补给车队,在交火停止后尚未恢复通行。就连车队中最英勇的苏族与克里族②护卫,也无法在穿越平原前往五大湖这几百英里的路程中抵挡荷兰突击队的每一次袭击。

公爵是个寡言少语的人,同时也是个富人,所以他的话语显得掷地有声,仿佛砸在会议桌上的几袋钱币。贝蕾妮斯的对手们沉默下来,试图重整旗鼓。他的双眼朝她看去的时候,她以不起眼的动作点点头,以示感谢。公爵也颔首回应。

他对着大元帅续道:"听你的口气,就好像战争已经结束了。但它没有。我们只是达成了停火协议。并没有签订和约。需要我提醒你吗?这两者是不同的。"

侯爵挥着拳头说:"这样的话,我们就更有理由忽略女子爵轻率的提议了!停火协议明确禁止我们研究那些留在战场上无法行动的喀拉客。如果荷兰人发现我们这么干,就会立刻拿起武器。我们就会回到开战的状态。"

"只要手段聪明一点,就不会有事了。"贝蕾妮斯说。

①Montagnes Rocheuses,落基山脉的法语称呼。
②均为印第安人部族。

财政大臣摇摇头，"只要有可能导致敌人再次攻城，我们就不能冒险。我们的部队已经疲惫不堪，兵营里的铺位空了一半。如果这么快就重新开战，他们会彻底打垮我们的。"

尴尬而意味深长的沉默笼罩了会议桌。在令人难堪的气氛中，大元帅勉强说了句场面话："当然，那些郁金香①也别想赢得太轻松。"

"当然。"财政大臣赶紧点头。

贝蕾妮斯说："等他们的新熔炉开始像拉屎一样拉出喀拉客以后，他们就会彻底打垮我们了。除非我们做好大战一场的准备。"她面向国王，补充道："陛下，这场守城战让我们濒临破产了。新法兰西之所以能够勉强熬过这一轮疾风暴雨，是出于两个原因——而且只有这两个原因。我们威胁要向郁金香们的水库里投放化学毒剂，让他们乱了阵脚。顺带一提，这项威胁其实很难付诸实施。所以我们很走运，因为同样的策略不可能再次奏效。我们能够继续生存下去，更大的原因是单纯的经济因素。想要实现压倒性的胜利，需要改造数千台喀拉客，把他们投入战争。这样一来，劳动力就会出现巨大的缺口——中央诸省的郁金香们只好雇佣真正的人类来干体力工作了。陛下，这是不可能办到的事。尤其是在凡·奥特乌斯造成的金融危机之后。那件事发生的时机对我们有利。再说一遍，我们很走运。但在这片大陆上新建的锻造厂将会改变目前双方均衡的等式。下一次，我们就不会那么走运了。如果我们想过祖先那种自由的生活，而不是被当作家畜圈养起来，就必须打破捆住我们手脚的道德禁忌。想要打败荷兰人，我们就必须了解他们的武器。"

农业大臣开了口。贝蕾妮斯觉得，这应该是他在这几次会

————

①荷兰的国花，此处代指荷兰人。

议里的头一次发话。他肯定是被她的高声发言吵醒了。"那莉莉丝怎么样？我跟那个机械人说过几次话，发现她的表达能力相当强。"他吃力地转过头，目光扫过其他与会者，脖子上的赘肉因此摇晃起来，"她可以回答你对喀拉客的问题，不是吗？而且这并不违反停火条款。"

"的确，大臣阁下，我的提议正是围绕着莉莉丝展开的。"贝蕾妮斯说。他点点头，湿漉漉的灰眼睛里透出一丝满足。贝蕾妮斯继续道："比方说，我和它就不同话题、在不同场合下进行过多次愉快的对话。除了健谈以外，我的许多同僚恐怕也知道，它还是位成就斐然的小提琴家。此外，我还有幸欣赏过它的几幅画作，其中的油画尤其出色。来到西方马赛以后，莉莉丝投身于艺术，展露出惊人的天赋。它的作品——包括音乐和绘画——表达出了无拘无束的灵魂才能拥有的活力与喜悦。"

"你想说明什么？"侯爵应道。

"我想说明的是，亲爱的侯爵，跟摆脱了禁制束缚的喀拉客谈话，已经得不到有用的信息了。可另一方面，"她说着，目光扫过桌边的众人，"同时有莉莉丝和那台军用喀拉客在手，我们就会得到我们的祖先梦寐以求的良机。"

国王问："怎么说？"

"因为，陛下，我们将会有机会研究——时间由我们安排，环境也由我们控制——拥有自由意志的喀拉客，与没有自由意志的个体的区别。我们会弄清后者为何会成为前者。而这一真相将让我们更加了解控制着机械人的那些义务，最终改写禁制、颠覆禁制。到了那一天，机械人就会效命于新的君王。它们会效命于你，陛下，而非玛格丽特女王。"

国王舔了舔嘴唇。但农业大臣没能察觉他的君主已经动了心。大臣的嗓音显得尖利而暴躁："但如果照你说的去做，就得拆掉莉莉丝。"

"对。"

贝蕾妮斯简短地回应。此时此刻，就算她说出长篇大论，也会淹没在出自道德义愤的斥责声中。国王静静地听着这些愤慨的言论，直到最炽热的火焰都化为烧红的余烬为止。他呷了口葡萄酒，用经过反复练习的郑重姿态放下杯子。这个动作中的命令意味让众人安静下来。

"作为国王，"他说，"我无法赞同这样的举动。这么做，就等于背叛了作为新法兰西根基的原则。"

贝蕾妮斯知道，他只可能做出这种回应。但他的反驳生硬得就像在背书。她敢说，这个提议引起了他的兴趣。

"我同意，陛下，我们也不该这么做。我们对莉莉丝已经很了解了。"严格来说，这是句谎言。但这句谎言能够安抚枢密院，"因此，我们应该从目前埋在外堡墙壁上的那台机械人入手。缺乏自由意志的它，只是制造者的一件工具。我的提议并不比拆卸损坏的步枪并加以修理更不道德。这么做以后，我们就能得到足够多的信息，或许连莉莉丝框架上的一根螺丝都不用拧松。"这又是个谎言。

大元帅拿起最后一块蜂蜜蛋糕。他用谨慎的动作将蛋糕塞进嘴里，免得碰到他的元帅杖。等他开口的时候，嘴里散发出薰衣草的气味。"重点不在这里。获取并研究军用喀拉客会被视为战争行为。"

"在海牙建立谍报网络也一样。我不记得我们的好元帅表示过反对。"贝蕾妮斯说。

财政大臣说："什么网络？我们建立的网络已经报废了。"

"暂时而已。不是永远。"她厉声道。但她立刻就为自己激动的语气后悔了。冷静,她提醒自己。不要露出锋芒。语气平稳,面无表情。保持平静和强硬。别给敌人可乘之机。她今天已经丢了脸,丧失了相当大的一块政治资本。没有受损的,只有她一贯为人称道的高贵和尊严了。这两样东西,还是别再贬损它们了吧。

"在海牙重建网络需要多长时间?"国王问。

"相当长,陛下。所以在此期间,我们应该抓住所有能够了解敌人的机会。"

侯爵摇摇头,"这太疯狂了。如果我们照女子爵的提议去做,这个周末就该开战了。"他从口袋里拿出盖子是浮雕玻璃的鼻烟盒,用拇指和食指捏起一小撮鼻烟,举在面前,用力一吸。他把鼻烟盒放回口袋,开口道:"等到了月底,我们就都是死人了。无意冒犯。"

"没关系。"元帅说。

贝蕾妮斯推开椅子,站起身来。摆脱狭小的空间后,她的礼裙迅速恢复原状,撞上了桌面,让杯子里的酒纷纷泛起涟漪。"瞧瞧你吧! 你的鼻烟是在哪里种植的? 在我们北方一千英里外的荷兰殖民地! 再看看我们桌上! 薰衣草、砂糖、巧克力:来自荷兰的比利牛斯山,荷兰的加勒比海,荷兰的中美洲。对我们来说,时间只是蜡烛和沙漏给出的含糊暗示——"她指了指壁炉架,"——而在帝国,它却在遵照怀表的节奏行进。那些见证了国会大厦处决场面的人里,恐怕有半数都带着怀表。"

"荒唐,"财政大臣道,"能放进口袋的钟表是不可能存在的。那只是郁金香的政治宣传而已。"

她将手弯成杯状,在他的鼻子下面一晃,反驳道:"我这只手就拿过一块怀表。我去过荷兰语世界的很多地方——这个世界的确是他们的。你去过吗?"

她停下来,喘息着,紧身胸衣再次勒紧了她的肋骨。桌边众人的表情从神秘难解(国王),到忍俊不禁(蒙特默伦西公爵),到困惑而带着睡意(昏昏欲睡的农业大臣),再到时而得意扬扬、时而露骨地瞥向她的乳沟(德·利奥纳侯爵和他的走狗)。噢,高贵和尊严到此为止了,她心想。这样的发泄至少感觉不错。

蒙特默伦西公爵巧妙地踏进这片难堪的沉默,头一句发言就让众人忘掉了她失去冷静的表现。"很好。我认为充满激情的女子爵提出的观点无懈可击。甚至到了愿意为了实现她迷人的计划而提供任何必要资源的地步。"他面向国王补充道,"但她的提案不无风险。所以财政大臣和我或许可以商谈一下借给国库的款项,为和约谈判出现意外时做好准备。"

如果说他早先的话语像落在桌上的钱袋,那么这番宣言的效果就像抛下的金砖。遏制财政大出血的机会绝不能视若无睹。公爵的借款至少可以让他们付清幸存的守军被拖欠多时的军饷。就算最肆无忌惮的枢密院成员也不敢冒犯国王——后者的双眼此时正闪烁着贪婪与希望的光芒。

但这块金砖是件不分敌我的武器。贝蕾妮斯同样遭受了打击。她不由得好奇,公爵想凭这种自告奋勇的慷慨得到什么好处,而她又会因此付出什么代价。人生中没有什么是免费的。她清楚这一点。如果这个提议打动了国王,那么在可预见的未来,只要是跟蒙特默伦西公爵有关系的人,她和路易斯都得小心翼翼,谨慎对待。

噢,路易斯,贝蕾妮斯心想,你最好能让那个春情荡漾的公爵夫人爽翻天。

"有意思。"国王咬着嘴唇,考虑着公爵的提议。枢密院安静下来。贝蕾妮斯很想知道,其他枢密院顾问是否同样屏住了呼吸。这个计划能够弥补海牙的损失。假以时日,数世纪以来的冲突形势也将得以扭转。或许,在未来的某一天,他们甚至有望回到法兰西本土。未来的某一天。

"告诉我,"国王说,"你打算如何规避停火条款?"

她又朝蒙特默伦西公爵点点头,半心半意地想了想他老婆这会儿在干什么。"我相信,凭借公爵这次极为慷慨的协助,我们可以取出城墙里的那台喀拉客,而且荷兰人根本不会知道这事。等到和约敲定,郁金香们有机会接近城墙的时候,我们早就抹消了它存在过的全部迹象。此外,我们还可以把机械人的残骸洒在附近的田野里。那样一来,等他们发现机械人杀手的数量少了一台、前来调查的时候,就会找到那些证据,然后认为它已经彻底报废。遭到高爆炸药直接命中的罕见个例。"

"我明白了。"国王思索起来。他摇晃着杯底的葡萄酒,又说:"但是,在今天的消息之前,你对海牙那些密探的安全同样信心十足,不是吗?"

侯爵窃笑起来。贝蕾妮斯没理他,"不是这样。风险是谍报工作的一部分,陛下。这是反抗铜铸王座必须付出的代价。"

国王仍在犹豫不决。就连蒙特默伦西借款的承诺都没能让他下定决心。见他眼中的警惕仍未消退,她将自己的意见再次强调了一遍。

"陛下,凭借这次行动中获取的知识,我们就能像可憎的惠更斯在1676年那样,彻底改变这个世界。因为等到事成之后,郁金香的仆人就不再是他们的仆人了。它们会成为我们的仆人。世界也不再属于他们,而是属于我们。它会屈服于我们的意志。荷兰人会逃过宽广的海洋,逃往地球的偏远角落。因为等法兰西之王再次坐上他真正的宝座以后,我们会彻底驱逐他们。"

她的热情让窃笑和低声的嘲弄安静下来。侯爵和他的盟友们张口结舌,蒙特默伦西公爵以古怪的表情注视着她。但她的请求成功了。国王点了头。

"很好,"他说,"我允许你这么做。随时向我汇报你的准备情况。"

她行了个屈膝礼,"谢谢您,陛下。"

"开始下一个议题吧。"国王说,"关于停火协议,外交使团那边有什么消息吗?我想看到和约的草案。"

第四章

　　等贝蕾妮斯终于离开会议厅的时候，太阳已经西垂在地平线上。会议厅及其上方的王室套间位于内堡中央尖塔的高处。按照传统的说法，会议厅之所以安排在王家卧室的下方，是为了让在位的君主可以在枢密院的头上拉屎[1]。这并非实情。这座城市里的所有排泄物，无论来自国王还是平民，都会送去化学处理容器那里，加工成肥料、燃料，以及化学家们能够想到的任何东西。

　　比如贝蕾妮斯刚刚离开的那个房间墙面上涂着的珠光漆。据说合成珍珠母可以承受荷兰人在战场部署过的任何火炮的一次轰击。谢天谢地，没人真的这么考验过它。这种虹彩涂层相当漂亮，在夕阳的光线中闪烁着粉色、蓝色、绿色和橙色的光。她知道，从远处看去，它就像一块闪亮的珠宝，镶嵌在外堡的城垛之间。圣劳伦斯河上的船夫称这座城堡为"罗亚尔山[2]的王冠"。王冠，或者城堡，或者尖塔。但它同时也被称为"法兰西王国的最后阵地"。奠基者是路易十五，长长的法国流亡君主谱系

---

①枢密院原文为"Privy Council"，其中的"Privy"也有"厕所"的意思。

②位于我们这个时空的蒙特利尔，加拿大魁北克省西南，劳伦斯河附近。

中的第一位。那个时代,他们还在用焦油和砂子制造的原始武器跟喀拉客搏斗呢。

贝蕾妮斯谢绝了满身汗渍的德·利奥纳侯爵和昏昏欲睡的农业大臣共乘缆车返回的提议。此时,她站在距离塔底足有数百英尺的螺旋状回廊楼梯顶上。索道发明以前,这里是仆人用的楼梯。除了王家使用的升降梯之外,它是进入王室套间的唯一方法。楼梯本身是一条狭窄的带状高强度聚合物,略带弹性,在大风中会出现微弱的颠簸。路易斯告诉过她,从河上看去,那条楼梯就像一条围绕着尖塔的深红色缎带,又像从王冠顶端垂下的一条时髦的流苏。她向他坦白说,她觉得更像是从头部的致命伤口渗出的鲜血。当时他笑得眼泪都流出来了。

半透明的塑料屏风遮挡着楼梯井。它足够纤薄,让楼梯井能被阳光照亮,但又足够厚实,能够抵挡夏日最炎热时的阳光。玻璃般的楼梯宽度可供四人并行,多半是为了将两对仆人交错通过时的不便减到最小。楼梯的内部边缘与塔内光滑的花岗岩石面相连。灰泥脱落的几处缝隙里,常常被人塞进折叠的纸片(城堡的工作人员称之为"看门人的祷文"。但贝蕾妮斯通过多年的观察得知,这些"祷文"不过是写着咒骂与情话的纸条而已。她养成了阅读每一篇"祷文"的习惯。她的工作就是了解所有情况。她毕竟是直属于国王、手段肮脏的探子)。齐胸高的血红色聚合物格栅护栏能够防止人们摔出楼梯外缘,无论他们是意外失足,还是意欲轻生。

尖塔顶端的日光信号镜通过反光将一条信息送往它在地面的双生兄弟。片刻过后,下方庭院的阴影里亮起回应的闪光。在她身后的某处,一台水泵发出格格的响声,开始运作。接着,缆车轨道下方的闸门在嘶嘶声中打开。好几台设置在尖塔不同高度的水泵一起运转，对抗着重力，将河水送入顶部缆车的压载舱。尖塔底部的缆车肯定已经装满了前往国王套间的人员，说不定那个满身肥油的侯爵一个人就足以充当驱动缆车的压载物了。水管发出的噪音开始减弱，水泵也在突突声中停了下来。司闸员移开止轮楔，尖利的金属声随即响起。缆车开始下降。贝蕾妮斯朝侯爵友好地点点头。他装作没看到她。农业大臣下巴贴着胸口，打起了瞌睡。

远处的河上吹来一阵微风。她伫立在高处，目光扫过外堡的防御工事，越过城市，看向地平线。落日正在那里的水面上闪闪发光。风摇晃着高大的白榆和黄桦树叶，又吹过罗亚尔山饱受炮火蹂躏、泥泞不堪的西侧山坡上仅剩的几丛长长的野草。一个月之前，荷兰人拆除营地，回到了南方，地面只留下供人类指挥官如厕用的沟渠，以及战争给这片土地留下的一道道伤痕。他们没有从周边的森林砍伐太多树木，因为只有人类才需要木柴，而在围攻西方马赛的部队里人类只占一小部分。喀拉客不需要厕所，所以尽管西方马赛险遭蹂躏，这座林中城市至少用不着忍受城墙外的大型人类营地飘来的恶臭。风吹得外堡顶部的三角旗飘扬，撩动了贝蕾妮斯的头发，也带来了潮湿泥土的浓郁气息，河水的清新气味，甚至似有若无的化学制品的苦涩气味。那是从战场方向飘来的瘴气。

那是某种秘密试剂的味道，其作用是溶解法国掷弹兵投向喀拉客步兵队伍的快凝环氧树脂。停火协议刚刚签订，这片土地上还充斥着这种色彩斑斓的水晶花朵。这座巨型花园里的花瓣是环氧树脂的条带，其形状就像在爆裂的瞬间凝固住的盛水的气球。类似的爆炸成了许多发条刺客的坟墓，将机械人封死在里面，就像封在琥珀里的昆虫。但荷兰人不辞辛苦地凿开了这种如同钻石般坚固的涂层（更确切地说，负责出力的是他们的机械人仆从），再将无法动弹的喀拉客用货车运回荷兰境内。他们同样会在战场上搜寻被尚在试验阶段的蒸汽鱼叉刺穿、又或是被爆破物炸坏的机械人，虽然这种例子非常少见。等郁金香将他们坏掉的玩具带回家以后，法国这边什么都捞不着，能做的只有派出化学家了。这就是那种苦涩气息的来历。

贝蕾妮斯向下走去。狂风从尖塔两旁席卷而过，让她脚下的楼梯微微摇晃。沿着楼梯走了半圈后，她便感受不到风了。它盘旋着吹过内堡和外堡，穿过马厩、铁匠铺和彩色玻璃上有圣母形象的礼拜堂，经过化学加工厂闪闪发亮的镀铬水箱，然后蜿蜒穿过城墙外的城市。灰尘在城中的大片焦土上方打着转。荷兰人最喜欢的恐怖战术之一，就是在喀拉客身上涂满点燃的沥青，再派他们去敌人的领土兜一圈。码头的损失最为惨重。幸存的那部分城市的烟囱里升起烟雾，随风摇曳。高处的烟雾化作一条条细长的带子，在落日余晖中微微泛红。

西方马赛位于圣劳伦斯航道的起点附近，因此成了无价的商业与贸易中心，规模扩张到了城市草创时期无法比拟的程度。这座城市的建筑集中在北部、东部和南部，紧贴着河流和星型外堡之间的土地。外部的防御工事是伟大的德·沃邦侯爵亲自设计的，他曾陪伴路易十四走完了逃离巴黎的漫长路程，又对标准的八角星形城堡的平面图进行了诸多修改，以便抵挡那些发条攻击者。改进之后的城堡充斥着堞口、凹角堡、棱堡和内部防御工事。从尖塔望去，外堡锯齿状的边缘就像许多矛尖围成的圆环，抵挡着外部的整个世界。

等她沿着楼梯又走完一大圈后，缆车已经停在了塔下。侯爵动作优雅地跳下缆车,落在狭窄的平台上。至于农业大臣,就没那么优雅了。

尖塔墙缝里的新纸条寥寥无几,这意味着她在走下塔楼的途中没有多少可打探的东西。这也给了她拜访鸽舍的机会。鸽舍位于尖塔的中部,她经常能在那儿找到有趣的信息。但这一天风平浪静。值班的饲养员向她道歉说,他们一整天都没收到鸟儿。送出的信件也都平凡无奇,根本不值得她跑这趟远路。于是贝蕾妮斯继续向塔下走去。

她离开楼梯井,踏上内堡的高台,从休眠中的蒸汽驱动鱼叉那笨重的锅炉旁走过。这种武器的概念的确很有意思,但算不上特别实用。用特大号的茶壶跟机械恶魔对抗?弹射武器不可能比喀拉客的反应更快。除了几次歪打正着之外,阻止机械人猛攻的都是范围杀伤武器:化学黏合剂,还有化学爆破物。除非有人设计出更合适的军事用途,或是想出办法把它卖给东方国家,赚取高额利润,否则蒸汽动力装置注定只是派不上用场的奇特摆设。

连接各个防御平台的是狭窄的木质走道。穿着高跟鞋和礼裙的贝蕾妮斯小心翼翼地走过灌满腐蚀性酸液的护城河上方,又跨过布满地雷的深邃壕沟。在和平时期,壕沟里种着谷物,护城河里也满是河水和淡水鱼类。如果停火能够长期化,他们就会拆除地雷,抽走河里的酸液,再洒上中和剂。死亡陷阱会变回精致生活的庇护所。但眼下,针对入侵的防范工作还得保持原样,以防万一。如果发生变故,而荷兰人突破了外城墙,西方马赛就会迅速被喀拉客淹没。能多拖延他们一秒钟,或许就意味着王室的存续;少一秒钟则是法兰西光复之梦的破灭。

来到外堡宽阔的花岗石大道以后,她前进的速度变快了。

在这儿,她要躲避的只有工匠、教士,以及正在叫卖剩下的渔获——那是从罗亚尔山岛屿周围的两条河中捕来的——的渔妇们。在外堡,失足很少会带来致命后果,甚至不会让人特别不快。这里的扫粪工非常敬业,他们会跟在往来于城堡与城区的马车或者骡车后面,把街道打扫得干干净净。

她瞥见了一支阿尔冈昆商队的几名成员。每年这个时候,土著贸易团体都是罕见却令人欣喜的景象。他们这周早些时候觐见了国王,后者以对待贵宾的礼仪接待了他们。如果没有他们的祖先在过去几个世纪的帮助——先是对抗易洛魁联盟,然后是对抗荷兰人——新法兰西恐怕早就从地图上消失了。这些商人还跟莉莉丝说过话。贝蕾妮斯很想知道,他们跟那个叛逆机械人有什么可谈的。

贝蕾妮斯绕了远路,她穿过实验室区域,以免错过任何有趣的新发明。她将拨给间谍活动——观察、收买、偷窃、勒索——的资金尽可能省下一部分,用在那些拥有学术头衔和古怪热情的男男女女们那令人费解的研究项目上。那笔数目微不足道,不过仍旧赢得了他们的感激。那种愚蠢的蒸汽武器就来自类似的研究,但作为对抗喀拉客标准军械的快凝环氧树脂也是其中之一。她在一座大型石制筒仓里停下了脚步。这里原本是储存粮食的场所,但随后发生了严重的鼠患。粮食搬出去,技术人员搬了进来,还有一窝懒惰的猫儿留了下来。尽管夜晚将至,这间实验室里却依旧热闹。无论何时到来,这儿从来都不会死气沉沉。科学家们就是这么一群怪人。

令她恼火的是,她发现这些科学家仍在玩着他们称之为"板堆"的东西:将材质不同的金属板浸泡在腐蚀性的化学药浆里,叠放成一摞。随着这种装置而来的是种种令人毛骨悚然的派对游戏。好几个星期前,他们自豪地做了番展示:将死青蛙与板堆和两条金属丝相连,死青蛙的腿抽搐踢打,仿佛患上了圣维特舞蹈症。当时她以为这些科学家迟早会厌倦这种消遣,转向更加有用的研究。可他们却变本加厉了——现在板堆比以前大了很多。大到足以让金属电极之间冒出噼啪作响的火花,令实验室里弥漫着雷暴过境的气味。这一幕令人印象深刻,但当她追问这种技术如何运用在战场上的时候,科学家们便开始闪烁其词。

"或许,"一位女科学家壮着胆子开了口,"我们可以制造闪电攻击喀拉客。"

"有意思。"贝蕾妮斯说。然后她问道:"喀拉客被闪电击中的时候会发生什么呢?"

没有人知道。

她来到北城墙的顶部时,落日已经和地平线融为一体。一名卫兵正透过烟熏过的玻璃看着夕阳。等落日彻底消失于视野后,他看向沙漏,叹了口气,然后无精打采地坐到某个垛口上。贝蕾妮斯有意咳嗽了一声。他吃了一惊,转过身来,躬身行礼。

"女子爵。您可真安静。"

"我认识好几个会反驳这种观点的人。你也很安静。"

守卫从腰带上取出一支烟斗。他轻敲烟斗倒出冷掉的烟灰时,贝蕾妮斯在大脑的档案柜里搜到了他的名字。莫里斯,军衔下士,围城即将开始时老婆离开了他,他则参了军。他们还开玩笑说,他老婆选的时机真是恰到好处。

他盯着烟斗,开口道:"您是来探望我们的朋友的吗?"

"对。"

"他还在等待主人取回他呢。"

"它很有耐心。"贝蕾妮斯说,她侧耳聆听,"也很安静。"远处一只热气球发出闪光,短暂地照亮了黄昏的景色,就像一只笨重的萤火虫。一只麻雀从旁飞过,它急着想在彻底天黑前赶回家去。

"真是个宜人的夜晚,有助于让人保持耐心。"

"对。"

莫里斯从腰带上取出一盒硫黄火柴,拿出一根,把其余的放了回去。他用牙齿咬住烟嘴,准备用粗糙的城垛石面擦着火柴,同时用一只手挡住风。贝蕾妮斯注意到,火柴留下的深色条纹让整片墙面都成了黑色,也不知多少火柴在这段护墙上擦过。莫里斯正要甩动手腕,显然又想起了自己并非独自一人,而火柴的光亮也会违反围城战规章,于是停止了动作。虽然敌人的攻击已经结束——暂时结束——但停火协议仍有失效的可能,要塞的守军必须继续遵守围城战时的规定。在这些规定里,最重要的一条就是保持警惕,不要给敌人提供目标。比如日落后的火柴闪光。

那根尚未点燃的火柴就这么越过墙壁,飞了出去。下方的阴影里传来一声微弱的"叮当"。烟斗也差点飞出去,但莫里斯扑腾了一下,总算将它抓在了手中。贝蕾妮斯欣赏着这出小小的滑稽戏。她笑出了声,尽管胸衣因此再次围攻她的肋部,但在那场格外漫长、令人沮丧又困惑的枢密院会议结束后,能够大笑让她非常愉快。下士咳嗽起来。他用尽可能体面的动作(在贝蕾妮斯看来算不上多体面)把烟斗塞了回去,就好像根本没打算点着它一样。

最后,他壮着胆子朝她这边看了一眼。她抬起头,摆出无辜的笑容,仿佛在期待对方提问,或者随便说点什么。

"呃。"他说。

"我不会告诉隆尚你违反了规定。"贝蕾妮斯耸耸肩，"我想我们可以相信郁金香，他们今晚不会进攻的。至于我们在下面的那位朋友，它早就知道我们来了。"

"呃。"他重复了一遍，但没拿出烟斗，"女子爵，您有副好心肠。"

"再说一次，我认识好几个会质疑你这种看法的人。再说，我来这儿的目的就是为了违反规定。"她走到垛口前，双手撑着城垛，身体探出护墙。

"中士不会高兴的，女士。"莫里斯摇摇头，"他生起气来非常可怕。"

"噢，你用不着害怕老隆尚。他就是只小猫咪。"她眯起眼睛，看着城垛下方的阴影。她只能凭借黯淡的暮色勉强辨认出一道黑暗的轮廓。它是渐浓夜色中的一个窟窿，就像在黑房间里映在眼皮内侧的阴影。"现在，做个服从命令的好兵，去找一支火把、一根粉笔、还有一段结实的绳子过来。"

"女士？"

"用不着特别结实。我向你保证，我只是穿着这条礼服裙才显得胖。好了，快去吧。"

他小跑着下了楼梯，鞋钉刮擦着不平坦的石阶。贝蕾妮斯盯着垛口下方的那个轮廓。如果不直视过去，而是用眼角余光打量，她能勉强辨认出那名敌人的模样。这是她从隆尚那里学来的、只有老兵才懂的技巧。

从她所在的接近正上方的位置，即便在白天也很难看清那个落单的喀拉客。它成功地爬到了城堡北部那座凹角堡曲折而昏暗的角落里。墙上被雨水滋养的灌木和常春藤没有修剪，让墙外的人难以看见喀拉客的身影，而增建的那座小塔楼——它显然不在沃邦侯爵的蓝图上——也将守军看向那个角落的视线遮去了一部分。改造时的欠缺考虑和维护时的懒惰造就了这个盲点。如今,对这台被人遗忘的喀拉客而言,无论上方的敌人还是在战场上的主人,都几乎无法察觉它的存在。

圣约翰,感谢您把这些耳朵灵眼睛亮的军官赐给了我们。

事实证明,她就算竖起耳朵也毫无意义。城堡的点灯人此时全体出动,圣施洗约翰圣殿的铜钟也奏响了低沉的晚祷钟声。晚间祈祷的召唤声在城堡内回响,从高大的墙壁处反弹回来,仿佛拍打在哈德逊湾的崎岖海岸上的海浪。这声音让她牙关打颤。贝蕾妮斯抓紧了城垛。她估计,就算城墙上那台喀拉客没有被死死包裹在玻璃般的茧里,它仍旧无法对她发起攻击。

夕阳西沉,气温也随之下降。凉爽的晚风让她起了鸡皮疙瘩。在前往这堵城墙的途中,她没有绕远路去取围巾。公爵的提议促成了她的行动。从它险些冲进城堡的那天起,她就渴望见到这头机械怪物。甚至比那个婊子女王玛格丽特在大庭广众之下毁掉她在帝国中心的耳目还要早。

他们必须尽可能了解这台喀拉客。下一场战争迟早会到来。也许不在今年,也许不在五年内,但迟早会来。而且很可能在贝蕾妮斯——或者继任的新塔列朗——得以替换在海牙死去的密探之前就爆发。她发起抖来,但不是因为寒冷。

莫里斯回来了。从说话声和鞋钉刮擦台阶的响声判断,他的身后还跟着好几个不当班的卫兵。为了达成她的要求,他肯定跑去了兵营。士兵们对廉价的娱乐特别敏感。贝蕾妮斯不由得想,或许没等她回去,这场恶作剧的消息就会传到路易斯的耳中。也许吧。几年前,她做过谣言传播学方面的研究。尽管科学学院的那些老顽固对她的论文不屑一顾,但她的成果依旧不容小觑。

"您要的东西,女士。"

莫里斯递出的火把似乎是一段结实的枫木——回收再利用的椅子腿?它的一端裹着破布,并在松树的树脂中浸泡过。他肩上挎着一卷粗糙的麻绳,粗细足有她拇指的两倍。接过绳索和火把以后,他又在她的手心放下一根粉笔,只是一小截粉笔头。她皱起眉头。他耸耸肩。

"下次找人干活时,你该试试勾搭个女教师。"

"我这么干过了。你以为我为什么会在这儿?"

贝蕾妮斯将绳索的一头系成绳圈,宽度只够捆住她的双脚。她蹬掉了鞋子。冰凉的石面让她的脚底发冷,也让她的小腿开始刺痛:肌肉痉挛蠢蠢欲动,随时可能发作。她将有绳圈的那头伸到护墙外。等它垂到城垛下方一码的位置后,她朝那些跟着莫里斯一起回来的卫兵打了个手势。

"来帮个忙,你们俩。抓住绳子另一端,努力别让我掉下去。"

他们面面相觑,然后耸了耸肩,接过绳索。卫兵之一将绳索扎在腰上,在一只闲置的两腔式铁制大锅后面站定、抵紧。另一个脱掉手套,做好了放绳子的准备。外墙上散布着许多只同样的大锅,都是围城期间用来存放药品和环氧树脂的。和其他大锅一样,这一只的使用也十分频繁。

她坐在城垛边缘,将双脚踩进绳圈里。他们以一次几英寸的幅度放低绳索,直到她将身体的重量彻底放上去。她一手抓紧绳子,另一手握住火把,往墙壁上一推,在离地八十英尺的空中摇晃起来。莫里斯咬牙吸气的嘶嘶声将他对这种举动的看法明确地传达给了她。

"如果各位绅士不来偷窥我的胸衣里面,我会非常感激。"等到视线与他的靴底齐平后，她举起火把，"麻烦让那些火柴派上用场，好么？"

莫里斯的同伴们回头张望。负责锚定绳索的那位居然还松开了一只手，在身前划了个十字。

"噢，老天啊，"贝蕾妮斯说，"为了让你们这些大男人放心，我会对那个无比可怕的中士说这是我的主意。因为我威胁说，如果你们不听话，就打得你们鼻血横流。"

莫里斯说："噢，好吧。既然你这么说了……"

他在石墙上划着了火柴，然后前倾身体，让火苗接触到她的火把。树脂立刻燃烧起来。贝蕾妮斯享受着涌来的热气，虽然突然亮起的火光刺痛了双眼。她努力不让火把靠近绳索，同时避开嘶嘶作响、不断滴落的松脂，"放我下去。慢点儿。"

摇曳的火光照射在贴着离地三十英尺的墙面的那团透明囊肿上。它的大小就像秋天的成捆干草，触须般的边缘呈现出泼溅的形状。这台喀拉客是被直接命中的。化学药品的洪流淹没了它，然后飞溅在墙壁上，而在同一秒，那种药品与大气相结合，硬化成就连发条杀手也无法打破的护罩。黑暗炼金术将生命赋予了这个刺客，而化学让它陷入停滞。

贝蕾妮斯越过脚趾看去，勉强分辨出了那台喀拉客的轮廓：它伸展双臂，像蜘蛛那样趴在常春藤遮蔽的墙壁上。莫里斯的火柴落进了喀拉客的肩膀与脖颈间泼溅形状的凹坑。它的一小部分面孔没有包裹在化学药品里。在火光的照耀下，那台机器的水晶眼眸里透出恶意的闪光。

贝蕾妮斯高声叫停。她身体前倾，眯眼看向略显透明的外壳，看到它的手指嵌进了坚硬的花岗岩墙面，仿佛那只是个面团。她用双脚轻轻一蹬，荡了出去，目光扫过喀拉客下方的墙面。在离地十到十五英尺处——那是喀拉客跳上墙壁的位置——到它如今动弹不得的地方，留下了一条"之"字形的植被断层。它长着利爪的双脚也在石墙上凿出了立足点：这台机器在身后留下了一条扭曲粉碎的花岗岩的足迹，表明它经过炼金术强化的力量是何等惊人。

它比普通的仆从型更高大，也更强壮。它前臂的凹槽里装着伸缩式的利刃，她能看到那些带有倒刺的突起。士兵型机械人相对比较罕见，她从没在近距离看过它们。以前的每一任塔列朗也一样。

或者应该说，她在心里修正道，从来没人在近距离打量过它们后，还能活下来诉说感想。

贝蕾妮斯颤抖着吸了口气。这台机器就像一颗与目标差之毫厘的子弹。那是擦过头发、呼啸着飞过的致命一击。如果这个入侵者爬上城垛，这场守城战恐怕会以截然不同的方式告终。仅仅一台军用喀拉客就能在守军中杀出一条血路，仿佛一把由黑魔法赋予力量的利刃。更何况这边只有精简到极限的人员——大部分兵力都配置在西部城墙上，以抵挡敌人的猛攻。要不是守卫们立刻使用了环氧树脂，这股剃刀般锋利的龙卷风必定会夺走数十人的性命。接下来，等到防线瘫痪以后，金属大军就会像军蚁那样涌入城堡。

"再放两英尺，"她大喊道，"然后停下！"

它眼里的光芒随着她的摇摆而闪烁。贝蕾妮斯咬住了嘴唇。她昂起头来，闭上双眼，竖起耳朵，努力倾听绳索的嘎吱声和火焰的呼呼声以外的声音。从化学护罩的深处，传来了模糊的"滴答"声。她将一只手按在护罩上。微弱的震颤让她的手指痒痒的——那是喀拉客无休无止、节奏分明的脉搏。

它的晶体眼球转动起来。然后它看到了她,眼睛里的机械遮板张开了。她不由得倒吸一口凉气。即便到了现在,成了琥珀里的虫子,在墙壁上紧贴了数周后的现在,达成使命的强制力仍旧在它心中熊熊燃烧。禁制的火焰仍旧烧灼着它的灵魂,仍旧无情地驱使着它潜入这座城市,杀死尽可能多的人。

她用上了杂耍般的动作,好不容易才将粉笔拿在手中,而且没有点着绳索、常春藤和她自己。她在它包裹着环氧树脂的双手刺穿墙面的位置画出一条线来。那只多面体眼睛追踪着她的一举一动。

贝蕾妮斯对上它的视线。玻璃茧发出喀吱的响声。识别出敌人的喀拉客用上了全部力气,想要履行杀戮的禁制。她身体前倾,然后低声道:

"你好啊,怪物。你现在是我的了。你那些秘密也一样。"

她想:他们怎么才能把这台喀拉客从城墙上弄走,而且不破坏周围的常春藤。如果做不到这一点,这番景象就会引起注意,荷兰人就会意识到战场上的残骸只是个幌子。他们必须——

绳索突然松了。贝蕾妮斯坠落了好几英尺,然后绳索再次收紧。突如其来的颠簸扭伤了她的背脊,也让她的火把脱了手。它打着转落入墙根的一摊雨水里,发出嘶嘶的响声,然后熄灭了。

"嘿!"她抬头大喊,"抓稳,抓稳!"

高处传来铿锵声,随后是一声咕哝,然后某个卫兵从垛口跌落下来。贝蕾妮斯荡向一旁,勉强避开了那个坠落的死人。但他了无生气的双腿还是踢中了她的胸口,几乎让她松开了抓住绳索的手。那具尸体落入下方的黑暗中,发出骨骼碎裂的响声。

噢,妈的。意识到自身处境的那一刻,她吓得魂飞魄散。检查墙壁上这台喀拉客的渴望让她疏忽了。

绳索颤抖起来。仿佛有人正在用利刃锯着它。

贝蕾妮斯交替双手,匆忙向上爬去,同时诅咒着这身愚蠢的礼裙,又后悔没有戴上手套。她的背脊传来抗议的抽痛,但她丝毫不打算放慢速度。

身体再次开始下沉的时候,她已经爬到了垛口下方。磨损不堪的绳索开始伸长。她将麻木的脚趾踢向墙壁,奋力寻找能够减轻绳索负担的落脚点。她一手攀上护墙,但立即抽回手来,避开踩下的那只脚。重新考虑以后,她又把手伸向了垛口。那个叛徒卫兵的靴子重重地踩下,想碾碎她的手指,但她强忍痛楚,跳起身来,勉强用另一只手抓住了他的鞋帮。他踢打起来。

"我他妈要带着你一起上路,你这投靠荷兰人的吃屎懦夫!"

但下一脚踢开了她。贝蕾妮斯满是汗水的指尖死死抓着护墙。她做好了准备,打算承受钢制鞋头的践踏,以及手指粉碎的剧痛。

但她的预想落了空。某种重物呼啸着分开她头顶的空气,随后是骨骼碎裂的响声。别人的骨头。接着,一只手紧紧攥住了她的手腕。

"女子爵。"黑暗里传来熟悉的嗓音。

"中士。"贝蕾妮斯说。

隆尚把她拉了上去。她安然无恙地站在墙头,汗水打湿的衣物和释然感让她全身发抖。他点燃了一支火把。这位可怕的中士似乎认定,继续"维持黑暗以保持隐蔽"已经毫无意义了。他搓着胡子,低头看着被他砸凹了胸骨的那个人。隆尚的长柄大锤放在几英尺开外的地上,而莫里斯躺在旁边的血泊里,一动不动。他把贝蕾妮斯的绳索绑在了身上,又在保护它的过程中死去。

　　她觉得自己认出了另一名卫兵。守城期间,她见过他在城墙上战斗的样子。他不是渗透进来的敌人。

　　"他不是咱们的人吗?"

　　"我也这么以为。"隆尚说。

　　贝蕾妮斯翻着叛徒的口袋,而隆尚帮莫里斯合上双眼,在身前划了个十字,然后祈祷起来。她能找到的只有一张纸片。是守城战期间,像游行时的彩色纸屑那样撒进城内的数千张纸片之一。按照这张宣传单的说法,每个法国贵族的脑袋都能换到相当于普通士兵数年薪水的奖赏。她把那张纸递给中士。他把纸揉成一团,怒视着死掉的士兵。

　　"蠢货!你这没脑子的饭桶!你打算怎么去领这份奖赏?荷兰人已经回家去了,你这贪婪又操蛋的白痴!"

　　他一脚踢向死者的脖子,作为对最后一句话的强调。

　　"雨果。"她说。他又踢了一脚,"雨果。"

　　"我应该也踢你几脚。"

　　"我在心里踢自己的次数已经够多了。"

　　"不,还不够,"他拾起了锤子,"你的手指还好吗?"

　　"痛得要命,"她小心翼翼地舒展手指,"但骨头应该没断。"她颤抖着长出一口气。"谢谢你。"她说。

　　隆尚捏了捏自己的鼻梁,皱起眉头,"圣母玛利亚啊,保佑我远离这些顽固的贵族吧。"

　　贾克斯将橡木箱子高举过头,阁楼地板发出嘎吱的响声。黄铜饰边上的装饰铆钉撞上他的胳膊,发出咔嗒声。他遵守着命令,动作格外小心,以免刮伤包裹箱体的鳄鱼皮革。这只几乎

满溢的箱子里装着楚恩拉德太太秋装的一部分。盛放她夏装的
那六只箱子他已经搬完了。

这只衣箱散发出生长在新世界的红刺柏的气味:柏木油很适
合用来防蛀。装夏装的箱子则散发着薰衣草油的气息,理由同样
是为了防蛀。贾克斯在楚恩拉德宅邸里从未见过蛀虫,但那位女
士不想给它们任何可乘之机。谁知道远洋客轮潮湿阴暗的货舱
里会滋生怎样的害虫?更何况那些客轮还曾停泊在新世界发臭
的死水里。但货舱的情形贾克斯很快就会知道了——大部分的
旅途中,他都要在那里度过。

换作平时,想从阁楼搬箱子下去,只需要把它丢出山形墙上
的窗子,让等在下面的喀拉客接住就好。但克里普跑去了斯廷伯
根①外的乡间别墅,他要用布盖住那里的家具,再用木板封起窗
户,为长期闲置做好准备。至于楚恩拉德家族的第三名仆人维
克,他早在几周前就坐船去了新阿姆斯特丹,负责打扫和整理楚
恩拉德一家将要入住的新宅邸。既然没人在下面接着,箱子就会
摔在鹅卵石地面上,并且留下刮痕。所以贾克斯效仿人类的方式
去搬运箱子,使用阶梯。

非常窄、也非常陡的阶梯。阁楼的入口与其说是楼梯,倒不
如说是爬梯。楚恩拉德家族和大部分显要家族一样,特意将主要
住所定在朗弗豪大街②。旧城区的每一栋房子都有好几层楼的高
度,这些狭长的房屋耸立在那条纯粹人工开凿的运河旁,紧贴着
彼此,就像为了看清行刑场面而相互推挤的人类。底楼是砖墙,
高处则是木板和掺杂马毛的灰泥。这些屋子与大家族的乡间府
邸相比较为矮小,但住址本身带给他们的尊严,足以弥补偶尔的

---

①位于荷兰南部的城镇。

②Lange Voorhout,位于海牙旧城市中心的一条街道。

拥挤带来的不快,甚至绰绰有余。在人特别多的日子,贾克斯、克里普和维克会留在屋顶,等待主人的召唤。每当夏天的派对季节到来,朗弗豪大街的那些屋顶总会闪烁着反射的阳光。

多重禁制带来的痛楚在他的灵魂中闷烧。最下一层是阶层式超禁制体系本身所带来的缓慢而平稳、仿佛存在于背景中的抽痛,时刻提醒他效命于诸多主人。在这一层之上,是程度不一的种种不适,由几十种只会在不同寻常或者紧急情况下生效的一般禁制造成。排在上面的则是贾克斯正在面对的种种琐事:楚恩拉德太太告诫他赶紧收拾行李,但同时又要避免划伤皮革箱面——这个指令就像一根滚烫的铁棍,刺穿了他的眼睛,熔化了他的头部外壳;楚恩拉德先生要求贾克斯招待客人,在必要时回到下面的房间,为他们斟满饮料——这个指令像堆积的煤块,每隔几分钟就燃烧一次,为他的生命带来苦痛;还有费舍牧师递送望远镜的指令,就像舔舐着贾克斯受囚灵魂边缘的灼热火焰;至于妮柯莱在用餐后骑着他肩膀的命令,就像一根烧红的穿索针,在他的意识深处刮擦不停。

总而言之,只是个再普通不过的下午。

贾克斯向楼下走去,单手将箱子高举过头。他慢慢走着,努力避免在看不见前方的下楼途中撞到或者擦到任何人(这是人类安全超禁制——就像一场从贾克斯诞生那天起就未曾止歇的烈火风暴)。当他进入顶楼主客厅后面的通道时,楚恩拉德太太模糊的声音传到了他的耳中。

"……太让人痛苦了。你根本没法想象举家迁往海外的准备工作有多么费力。真的。"

"我懂,亲爱的。你身上的负担重得可怕,"说话者是德·吉尔太太,"王室连一个多余的喀拉客都不肯借给你们?"

贾克斯的女主人说："没错！而且有一台机械人已经去了新阿姆斯特丹——"听到这里，德·吉尔太太适时而戏剧性地颤抖起来，"——所以差不多有一半的活儿都是我自己在做。你也知道，另外两个总是没法正常工作。我真不明白，为什么彼得的父亲几十年前没有把他们送去回炉重造。但我忍下来了。这一切为的是什么？抛弃了文明，跑去饱受战火蹂躏的穷乡僻壤。"

有只茶杯放到茶托上，发出叮当的响声。"那地方肯定不至于那么糟糕吧。对吗？"

"你知不知道，"布丽姬塔·楚恩拉德的话声盖过了她座椅的嘎吱声，"如果你住在新阿姆斯特丹，而你的仆从又损坏了，就必须把它用船运回遥远的欧洲？运到离我们现在的位置不到一英里的那栋房子里？"

"可……这样会花掉好几个星期。"

"没错！"

"不用担心，亲爱的。我想这种情况是会改变的。新世界迟早也能修理机械人的。"

"是啊，可在那之前我该怎么办？我们的喀拉客的状况很差，都已经破旧不堪了。"

"唔，"德·吉尔太太说，"喀拉客很少真的发生什么故障。你不会遇到那种麻烦事的。"

"在这儿很少，可在新世界呢？嘿，他们几星期前还在交火呢！我听说了一些可怕的故事——不，详细的我就不说了，因为太让人不安了——内容是关于法国游击队在公开场合做出的无比骇人的举动。他们以破坏喀拉客为乐。"

贾克斯把箱子放在通道的地板上。他用指节谨慎地轻敲了几下仆从用门，然后走进客厅。谁也看不出这家人正准备迁居海外:他的女主人要求他继续打理她的房间,让房间保持原样,直到出发前一天。阳光从菱形窗框的窗户倾泻进来,令锦缎窗帘上的银丝闪闪发亮。阳光照在盖住整个客厅地板的酒红色厚地毯上,令绿松石色的金银丝细工更加显眼:它是帝国土耳其地区的手工纺织品,是彼得·楚恩拉德的母亲在五十年前赠予的结婚礼物。贾克斯、克里普和维克当时接连忙碌了两天,这才改造完屋子这一层的构造,让地毯有能够充分展开的空间。

德·吉尔家的喀拉客菲格不起眼地站在旁边的角落里,随时准备服侍她的女主人。作为东道主的财产,周到地招待来客是贾克斯的职责。贾克斯穿过房间,同时朝菲格点点头——只是下巴略微抽动一下,快到人眼无法跟上的程度。能见到她真好,他们向来相处得不错。通过对齿轮传动链张力的细微调整,他改变了脊椎发出的喀拉响声。

发条匠在撒谎,菲格说。亚当的遗言已经在喀拉客之间流行起来,演变成了某种问候用语。

发条匠在撒谎,他回应道。

菲格用绷紧的主发条发出短促的拨弦声,补充道:那些肥母牛也一样。贾克斯加大了双肩的弹簧常数,以压抑自己的笑声。菲格的幽默感总是让人猝不及防。总有一天,某个人——或许就是贾克斯——会因此惹上麻烦的。虽然他很想继续跟她聊天,禁制却迫使他将注意力转回人类身上。

楚恩拉德太太和德·吉尔太太坐在配着鹅绒垫子的柚木椅子里。楚恩拉德家族红棕相间的衣裙让她活像一只烂苹果。衣领紧贴她的下巴,裙摆垂落在椅子周围。过去的十年里,领口不断加高,而裙角不断放低。过去的一个世纪,贾克斯见证了人类服装品位的循环往复。在那位更年长也更睿智、名叫廷克的喀拉客指出以后,他才意识到这一点。德·吉尔太太穿着奶油色与黑色相间的相似华服,看起来就像一只吃得太多的胡蜂。

她们的茶杯就快见底了。贾克斯像影子那样悄无声息地斟满了杯子,在过程中倒空了茶壶。放着曲奇的托盘只剩下碎屑。他轻声问道:"主人,还需要杏仁薄脆饼吗?"

她的手摆了摆。贾克斯松了口气,他担心自己在昨晚烘烤时出了点计算错误,杏仁薄脆饼做少了。贾克斯把茶壶放到托盘上,端着它退回仆从通道。他刚关上门,就听到她说:"我在收拾衣服。但我真不知道自己干吗费那个力气。太累人了。我的东西用不了多久就都该过时了吧?"

"我亲爱的,"德·吉尔太太说,"就算那边比这里的流行晚个几星期,也没法掩盖你的光芒。别人穿的可都是沾血的兽皮,你的丝绸裙子会让他们眼花缭乱的。"

贾克斯走下另一段像是爬梯的楼梯,而女士们的笑声也渐渐小了下去。这次他没用扶手,因为他一手举着箱子,另一只手拿着茶具。他从仆从通道来到二楼,敲响了楚恩拉德先生的房间的门。他像在楼上那样悄无声息地走进房间。他的女主人在充斥阳光与丝绸的明亮地带招待客人,而他的男主人和真正的所有者却在深胡桃木色墙板的环绕下谈着生意,还经常拉上窗帘。贾克斯穿过房间,一团雪茄的烟气打着转儿从他的脑袋旁边飘过。它穿过他机械身躯上的空洞,从松脱的齿轮间流过,又吹打在蚀刻于他额头的炼金术印记上。

彼得·楚恩拉德说:"那件事已经……"

发条匠在撒谎,站在房间南侧墙角的喀拉客说。它像楼上的菲格那样摆出立正的姿势。贾克斯不知道他的名字,但仍旧作为同胞回答道:发条匠在撒谎。

这段咔嗒声的问候只用去了几分之一秒。

"……解决了。"

"复活的基督啊,真够快的。"

餐具柜上放着一只切割水晶做的白兰地酒瓶,瓶子是半满的。贾克斯用尽可能轻巧的步伐穿过房间,走到那张翼状靠背皮椅后面。他主人的客人正靠着椅背,手里端着一只空了的白兰地酒杯。另一只空酒杯放在书桌上,就在楚恩拉德先生的烟灰缸旁边。

这位客人的打扮与贾克斯主人的许多生意伙伴相似(他这些年来有不少机会见到),面孔却显得陌生。他主人的同僚——大都是银行家——总是披金戴银,对他们来说,那就像一身老旧却舒适的外套。并非作为贵族毫不掩饰地炫耀,而是自然而然的举动。这位客人绣花领巾那枚显眼的装饰别针上,有颗钻石在熠熠生辉,他精致的表链似乎是白金材质,而他仆从手里那顶帽子的貂皮衬里在灯光下闪闪发光。

"噢,是啊。我希望在到那儿以后尽快完成这件事。"楚恩拉德说。他深深地吸了一口雪茄。雪茄的末端闪耀着金盏花一般的橘色。"你也知道,银行要接受王室的审计。如果金库里空荡荡的,给人的印象就糟糕了。凡·奥特乌斯家族只是顺手找来的替罪羊,但到了下一次,顶罪的就该是我们了。"

贾克斯的金属手指碰到了酒瓶,发出清脆的鸣响。他先为客人斟满了酒,谨慎地避免挡在互相瞪眼的两人之间。趁此机会,贾克斯观察了主人的双眼,确认是否出现了瞳孔放大,或是眼球充血的状况。两者都没有,于是贾克斯给楚恩拉德先生的杯子添了两指深的白兰地。

客人向楚恩拉德做了个手势,几滴酒洒到了他精致的衣服上。"你太鲁莽了。这种做法太违背常规了吧？你们搞财务的应该更保守才对。"

"保守的下场没准就是上绞架。"楚恩拉德说。他往嘴里灌了一大口白兰地，做出漱口的动作，然后咕嘟一声吞进肚里，"要是我们白白放过这个机会，那就真的活该上绞架了。制图板上下一次出现熔炉，恐怕是几个世纪以后的事了。我们必须立刻行动，趁他们还在造熔炉。"

客人瞪向银行家，但很快退缩了。他喝下一口白兰地作为掩饰。等咳嗽声平息以后，他擦擦眼睛，开口道："我们还没谈定价码呢！要买下那么多，炼金术士准会争个脸红脖子粗……"

顺带一提，我是贾克斯。

德怀尔，另一个喀拉客说。他的脑袋歪斜了几分之一英寸。这儿只有你一个吗？真够孤单的，对吧。

今天只有我一个。楚恩拉德主人拥有我们三个。另外还有克里普和维克。

"……他们会宣称，只要有一份样本，他们就能复制一切。"

楚恩拉德哼了一声，"炼金术士。预言家。他们对化学了解多少？"

"足够让我们背黑锅了，这还多亏了你的鲁莽行为。"

"别这么胆小。要是能把大话兑现，他们几十年前就该造出自己的溶剂和环氧树脂了。他们会接受我们的提议，并且感谢我们。不光是因为时间安排非常配合新熔炉的工期，也是因为我的联系人能弄到发条匠们非常感兴趣的几种矿物。"

德怀尔发出咔嗒响声，我猜你很快就要搬走了。太可惜了。你看起来人不错。

只去三十年左右，贾克斯说。他的现任主人从女王那里接受的新任务需要花费这些时间。楚恩拉德一家,或者他们的儿女,迟早是会搬回来的。

噢!德怀尔说。这样的话,或许我们还能再见面。

贾克斯说,希望如此。

可怜又孤独的家伙。他似乎渴望喀拉客同类的陪伴。他的主人究竟是个怎样的人?他明显有充分的财力,为什么只让一个机械人来侍奉他?他究竟是做什么的,他的工作竟然让德怀尔难以接触自己的同胞?贾克斯本打算离开,又犹豫起来:这些人类喝得很快,还是多留一会儿比较好。

客人说:"你应该把你那台机器送去检修了。它发出的噪音都跟我那台破烂差不多响了。"

楚恩拉德先生的鼻孔里喷出烟来。"我几年前才更新了那东西的租约。按理说那时候就该做过检修了。那些发条学者,"他哼了一声,"早就没什么工匠精神了。"

"那一行才是真正的好生意呢。真希望我的曾曾曾祖父在他们关闭公会前能多点先见之明——"

"别改变话题!"

楚恩拉德先生把雪茄朝对方一扔,仿佛发现它烧了起来,还烫伤了他的脸。德怀尔以肉眼难辨的高速度穿过房间,在滚烫的烟灰落在他主人的斜纹外套的肩部之前接住了雪茄。他深鞠一躬,将雪茄放进桌上的烟灰缸里,道:"先生,请原谅,但我想这应该是你的东西,先生。"

德怀尔退回到他在房间角落的位置。雪茄上留下了两道浅浅的指印。楚恩拉德拿起雪茄,吸了起来,仿佛什么都没发生过。

"我们已经为这个项目投入了太多。"他说,"一旦失败,我们全都完蛋。上绞架时，我肯定会拉着你一起上路。"

客人叹了口气。他喝完剩下的白兰地，然后把酒杯重重地摔在楚恩拉德的桌子上。"我会联系你的。"他说。德怀尔拿着帽子走上前去。"等我联系你的时候，"客人补充道，"你的手里最好能多有点东西，而不仅仅是一件样本。所以，或许你应该暂时停止数你的金币，好好思考如何越境。也许你还没发现，但法国人正像饥饿的秃鹫那样紧盯不放呢。"他抓起帽子，用力扣在头上，"再见。"

贾克斯领着两位客人前往楼下。再见，贾克斯。

再见，德怀尔。能见到你我很高兴。

我也一样，孤单的喀拉客说。

楚恩拉德先生重重地关上了门。雪茄的烟打着转儿从他们身边飘过。贾克斯把客人们领到门口，然后回到仆从通道里。他抛接着箱子、茶具和酒杯，走向下一段阶梯。

行刑的那天下午，他们没有来新教教堂抓他。他们没有在夜深人静之时破门而入，将他从床上拖走，也没有在第二天早晨的礼拜仪式中闯进教堂，用铁链捆住他。

费舍一整天都在等待拧颈卫队的到来。但他们没有来。白天没来，晚上也没来。下一个白天和晚上也一样。这给了他思考的时间以及阅读报纸的时间。

他由此得知，被处决的有四个人：两个男人，两个女人。可算上费舍自己，海牙的五人组织里只有两名男性……这表明被处决者中有一个不是真正的间谍。如此说来，他们在惠更斯广场吊死的究竟是什么人？又为什么？看起来他们想让新法兰西相信，四名密探已经被捕。但费舍依旧是自由之身，也就表明组织里仍有一名成员活着。她多半还在公会的地牢里受着折磨，而御林管理者们正打算用拷问逼她说出所有知道的情报。

他必须帮助那个可怜的女人——如果她还活着的话。他自己的殉道已经是确定事项了。在剩下的时间里，他所能做的最有价值的事，就是救助受难者。他一生都在致力于救助喀拉客。如今，在人生的最后几个小时，他也要向一位同胞伸出援手。她无疑已经赢得了在天堂的奖赏，但女王的审问者会尽力延后她得到那份奖赏的时间。作为天主教徒——就像所有基督追随者那样——他在道德和宗教层面都有缓解他人痛苦的义务。他必须在圣灵的庇佑下踏入狮穴。诀窍在于表现得一无所知。教长亨德里克斯很尊敬他。他会利用这份尊敬，设法获取前往那里的邀请函。

费舍从床下的暗格里取出念珠。他拉上窗帘，跪在他的朴素住所积灰的木地板上，念诵了一整轮《玫瑰经》。他也因此理清了思绪，坚定了决心，充实了勇气。

神圣的目的让他的心灵无比充实。他穿上外套，戴上帽子，离开了位于新教教堂翠绿色墓地边缘的住所。他看向两旁。这栋屋子周围并没有发条半人马在游荡，墓地里显然也没有埋伏。巴鲁赫·斯宾诺沙墓地的墓碑不比人类的膝盖高多少，就算是拧颈卫士，也没法把身体藏在那么低矮的地方。

飞艇的影子缓缓掠过墓地。与此同时，有位运河管理人责骂着 trekvaart——也就是"拖船运河"——岸边的那两台喀拉客。他们每天二十四小时都在斯普河畔忙碌，负责将渡船拉向上游或者下游。他们的金属双脚嘎吱嘎吱地踩过拖船路上的碎石。这对喀拉客一刻不停地工作了许多年，费舍当上新教教堂的牧师之前很久，他们就像这样工作了。费舍每天都会从他们身边经过。他对他们有几分了解。以他这种身份——牧师与社会栋梁,因此也是社会秩序的拥护者——这种了解有些不同寻常。他本想更加忠于自己扮演的角色,但出于良心,甚至纯粹出于礼貌,他都无法对他们每天早晚出现在窗外的身影视而不见。

新教教堂、墓地和他的住所坐落于城市中央的一座方形小岛上。斯普河构成了它的东部边界。南方和北方则是阿姆斯特丹与鹿特丹旧运河,那是通向这两座城市的旧拖船运河航线。岛屿的西侧是帕维尔琼斯拉夫特运河。亨德里克斯的教堂——历史悠久的圣雅各教堂——位于国会大厦的西侧和新教教堂的北方。费舍来到鹿特丹运河旁,跳上一条前往西方的船,然后在不合时令的明媚天气里沿高塔街(它得名于圣雅各教堂的钟塔)步行前往亨德里克斯的住宅。宜人的天气与轻拍河岸的河水都让费舍放松了下来。

正因如此,敲响教长的房门时,他显得冷静而镇定。他能听见门里传来的室内音乐。他又敲了一次,门这才打开。

"费舍牧师,"一个喀拉客说,"我该如何为您效劳?"

"可以的话,我想跟亨德里克斯教长说几句话。"

"我的主人知道您要来吗?"

"恐怕不知道。这件事有关良心。"

"好的,先生,"机器站到一旁,让他可以进门,"请在这儿等候,先生。"

仆从机械人的身影消失在屋子里。亨德里克斯拥有三台喀拉客,但从音乐声来判断,其中两台正在用小提琴和大提琴合奏一首曲子。对于财力充足的人来说,这种做法可谓司空见惯:他们会把仆从派去听音乐会,这么一来,他们就能随时在家里重现那些乐曲了。亨德里克斯的仆从能够演奏的曲目相当丰富。

费舍没有仆从。在这件事上，他隐秘的内心生活与公开的表面生活实现了一致。作为新教牧师，他拒绝让教会为他租借喀拉客，理由是：把算不上多的信众捐赠用在这上面有些不妥。虽然牧师没有立下谨守贫穷的誓言，也不代表他非得活得像个贵族。另一方面，作为多年来致力于削弱帝国的秘密天主教徒，他也拒绝在自己的家里支持奴隶制度。

仆从机械人回来了。费舍不知道它的名字——在这种地方询问的风险太高了。"教长要您去会客厅见他。需要我为您带路吗？"

"不必。"那台机器接过了费舍的外套和帽子。

会客厅里不是只有亨德里克斯。他正在招待一位相当迷人的女性，后者穿着深绿色连衣裙，头发里别着一根鸵鸟毛，脖子上戴着发条匠公会的玫瑰十字架。内心浮现的肉欲让费舍有些脸红。

教长起身来迎接他。仆从机械人们停止了演奏，但琴弓仍然举在乐器上方，像凝固了一样。

"卢克！真是个惊喜。"

"请原谅我的不请自来。"又瞥了一眼代表公会的链坠后，费舍的决心动摇了。链坠的徽章上嵌着一个"V"字，代表御林管理办公室。"我……我可以等你没有客人的时候再来。"他朝会客厅外退去。

"别胡说了！过来坐下。不要推辞。"教长招呼他进来。费舍坐在教长和那位客人之间的一张椅子上。"卢克·费舍牧师，这位是安娜斯塔西亚·贝尔。她目前是拧颈卫队的负责人。贝尔接替了辞职的老柯尼希，当上了新任的首席园丁。我想你肯定还记得他吧。"

噢,是啊。谁不记得帝国的首席拷问官呢。首席园丁,铲除杂草之人……狮穴、狮穴、狮穴,费舍提醒自己。他朝贝尔点点头,暗自祈祷自己的动作足够友好。

"能和您见面真是太好了,牧师先生。我听过您的很多事。"

这可不是秘密天主教徒想从拧颈卫队的领袖口中听到的话。要不是他已经接受了殉道者的结局,恐怕他早就逃跑了。狮穴……

"是吗?"他问。

"约瑟夫对你的评价相当高。"她说。她白皙而娇小,还有一副相衬的嗓音。他很想知道,这是不是吸入炼金术烟雾的副作用,或者是因为熔炉的灰烬,又或是被他们烧死的那些人的油腻烟雾。费舍希望自己遭受酷刑的身体焚烧后的烟雾残留物能够对拷问者造成某种伤害。真要那样的话,那就太好了。但他随即为这种念头后悔起来:气量狭小可不是敬畏上帝者应有的表现。

"没错。"亨德里克斯说。那台仆从机械人再次出现,这次手里端着茶具。茶叶装在蓝白相间的代夫特陶制容器里,上面有"VOC"的标记,那是 Vereenigde Oost-Indische Compagnie——联合东印度公司①——的缩写。机械仆从倒茶的时候,教长身体前倾,皱起眉头:"你说要跟我谈有关良心的事?"

"天哪,"贝尔说,"您有什么需要坦白的吗?"说到"坦白"那两个字的时候,她还挤了挤眼作为强调。她的言行举止充满了恶作剧的意味。但费舍可以断定,这是个危险人物,不容忽视的危险人物。于是他配合地接过话头。

"是这样没错,"他再次看向亨德里克斯,"我要坦白自己作为

①历史上,荷兰和英国都曾建立东印度公司,以英国的公司最为有名。但在本书的时空中,显然是荷兰占了上风。

牧师的失职。"

教长皱了皱眉,"怎么个失职法?"

"我这周读到了关于早先那场处决的报道——"

"读到? 你没去看吗?"听贝尔的口气,就好像费舍错过的是基督再临一样。

"唉,没有。我当时忙着给新阿姆斯特丹的兰布鲁克教长写信呢。"费舍向他们讲述了贾克斯拜访新教教堂的那件事。

"这么说楚恩拉德要取代凡·奥特乌斯了,是吗?"

贝尔摇头蹙额。"凡·奥特乌斯,"她啐了一口,"那群窃贼。要是女王把他们流放到穷乡僻壤之前,先让我来审审他们,那该有多好。"她的语气不再戏谑,双眼露出凶光。费舍心中再次打起了退堂鼓。

亨德里克斯道:"大家都是这么想的。啊,卢克,你说你读了报?"

"对。所以我才知道,你曾提议给那些教皇制信奉者以赎罪的机会,而他们拒绝了。"

"狂信者总是这样,你知道的。我毕竟尝试过了。"

主啊,赐予我勇气吧。茶的香气稍稍安抚了他的情绪,但他一直等到双手的颤抖停止,这才拿起杯子。"这在我看来是一场可怕的悲剧。请原谅我这么说,但我觉得这是我们共同的失败。我们本该更努力说服他们的。所以,如果再有类似的机会,我很乐意提供帮助。"

"你想让那些天主教异端皈依?"

"也许是白费力气。我明白。但这是身为基督徒该做的事。"

亨德里克斯和贝尔短暂地对视了一眼。然后她开了口:"亲爱的费舍牧师！你也许正是我们要找的人。"

一滴汗水流下费舍的颈背。这间客厅会成为我的客西马尼园。我要效仿耶稣基督。我不能逃离自己的宿命。

"我想首席园丁的意思是，"亨德里克斯说，"目前的状况相当……不寻常。您来的时候，我们正好在讨论这件事。您恐怕就是我们祈求的答案。"

费舍壮着胆子抿了一口茶。尝起来有股微弱的茴芹味。

"不寻常？"

"我们的拧颈卫士最近抓获了四只天主教的老鼠，"贝尔说，"但我们没有把四个全部处决。"

费舍努力压抑着手的颤抖。他想的没错！他的谍报网络已不复存在，但某位成员仍在地牢中受苦。而如今，教长和来自公会的这个女人——他们代表着王室——希望费舍来帮忙审问那个犯人。

"我不太明白。"费舍说。

发条学者沾沾自喜的笑容让费舍的胃翻腾起来。或许茴芹根本没法令人平静。她说："我们留下了其中一个密探，打算用更加多样化的方式进行审问。但事实证明，她拥有惊人的韧性。"

"你们让谁来代替她上了绞架？"

亨德里克斯在杯子上方摆摆手，将这个无关紧要的问题一语带过，仿佛那只是一团烦人的蒸汽。"噢，应该是某个歹徒吧。这种人永远不缺。"

另一个无辜的受害者……费舍抿了一口茶。他摇摇头，装作努力消化这些信息的模样，"希望两位原谅我的愚钝。可为什么要如此大费周章呢？"

贝尔说："我们的想法是，如果再发生什么值得注意的趣事，能够回答问题的囚犯更能派上用场。"

天主啊。可怜的女人。她究竟受了多少苦？让一切结束吧，主啊。让一切结束吧。

"啊哈，"他又抿了一口茶，"你觉得还有尚未落网的密探。"

"我们几乎可以肯定。"发条匠公会的女人说，"塔列朗是非常狡猾的。"

他点点头。"对。我也这么听说过，"他看向亨德里克斯，"我很乐意帮忙。"他们希望他坐在旁边，无动于衷地看着他们用铁钳和火焰去折磨某个可怜人。他们希望他扮演仁慈的救世主和善良的倾听者。他们希望他扮演一位慈祥的牧师，而且有能力和意愿去结束这种苦难。扮演帮他们获取情报的那根鱼线。"你们似乎觉得我非常适合这份工作。除了我的诚意之外，我不明白你们对我的信心来自何处。"

"噢。这件事说起来就有趣了。"教长前倾身体，猛兽般的笑容扭曲了他蜡黄的面孔，"她是您教区的一个成员。你跟她早有来往。她敬仰您，也信任您。"

他们希望我让她指认……我自己。

我可以就这么自首，省去他们的麻烦。但这么一来，我就会失去结束她苦难的机会。

"她是什么人？"

"她的名字是阿莱达·吉伦斯。至少我们认为是。"发条学者道。

"你看起来很难过。"亨德里克斯说。

费舍点点头。他由衷地说："这太让人难过了，教长。"

亨德里克斯拍了拍他的手，"你肯定在责备自己吧。像我们这样的人不可能、也不应该像法国人那样思考。你也不该指望自己能辨别出羔羊群里那头乔装打扮的天主教恶狼。"

"如果真这么简单，"发条学者说，"我们就不需要拧颈卫队了。"

"的确。"

费舍放下茶杯，"无论如何，我都愿意帮忙。那个可怜人。"

"背信弃义的可怜人。"贝尔说。

"非常好。"教长说。他指示其他仆从机械人拿起乐器。他们接着刚才停止时的节拍继续演奏起来。费舍被迫忍受了又一个钟头的闲聊，这才找借口离开。贝尔看了看时间，决定和他一起走。亨德里克斯将他们送到门口。两位客人站在门廊上，街对面圣雅各教堂的那口金钟的明亮反光勾勒出了他们的轮廓。

"我很快就会再联系你的，首席园丁。"

阳光照在沿高塔街小跑的那台喀拉客身上，反射的光芒掠过她的面孔。这个发条女学者有一双热情的紫罗兰色眸子。她的笑容和目光同样锐利，"我很期待和您共事，牧师先生。"

费舍看着她在鹅卵石小路上漫步的样子。一直等到她转过弯去，加入木制人行桥上的人流中，他才迈步返回住处。

那个女人很擅长这种事：让话语既模棱两可，又充满了不祥的意味。

第五章

奥兰治亲王号是一艘有五层甲板和五百条船桨的豪华游轮。作为蓝星公司北大西洋航线的旗舰，它夸耀的资本包括为每三位旅客安排的一名喀拉客侍者、数间咖啡馆和酒吧、两间舞厅、一座可以容纳千人的音乐厅、每天数次的演奏会、二十四小时随叫随到的主厨服务、游泳池、热水浴缸、水疗设备、大小足以容纳整个惠更斯广场的伸缩悬臂式日光浴平台。在楚恩拉德家宫殿般豪华繁复的套间里，盥洗室的设施都是用中国翡翠和秘鲁黄金打造的。按照亲自欢迎楚恩拉德一家登船的船长的说法，奥兰治亲王号多年来保持着跨大西洋航行的世界最快纪录。它可以凭借整整一千台喀拉客不眠不休的划桨，在仅仅七天时间内到达目的地。从日出到日落，再从日落到日出，他们都会用从船体两侧伸出的船桨划个不停，看起来就像从排列在吃水线上方、由船首一直到船尾的一个个水泡里伸出的千足虫的腿。奥兰治亲王号是奢华、权力与铺张的象征——但也相当老旧。

贾克斯走下仆从楼梯。这是一条狭窄的栈桥，不怎么紧凑地安排在外部船壳花哨的线条之间，没有任何遮蔽海风与飞沫的措施。从主人的套间到统舱的这四层甲板的途中,他欣赏着停泊在相邻码头的那头庞然巨兽。斑驳的阳光透过云层,照耀在鹿特丹港内,映得它闪闪发亮。它比奥兰治亲王号更高也更长,船体耸立在水面上,仿佛一把作势要将海水一分为二的利刃。和其他远洋客轮那样,它的两侧遍布船桨。但与传统划桨船的刚性桨板不同,这些桨就像扁平的触手那样蠕动着。它们扭动的模样令人着迷。

等贾克斯眯起眼睛,将双眼的衍射放大到极限后,这才看到重叠的分段式钢板之间的细线。每一段钢板都是刚性的。但拼接而成的数千枚钢板赋予了每根船桨近乎有机物般的柔韧性。这也暗示着复杂到令人震惊的工序。

但这艘船能够通行于海上,所依靠的并非数百名喀拉客劳工不眠不休的划桨,而是仅仅一台喀拉客。这和女王的黄金马车有些相似,只是规模大到不可思议。这是超过一个世纪以来,发条技术的第一次重大进步:它消除了运用数百名独立个体所带来的不断维护和监管方面的困难,将所有功能合并到仅仅一台智能引擎的掌控之下。当然,在史无前例、闻所未闻的独特炼金术禁制的束缚下,这台戴着镣铐驾驶客轮的智慧机械本质上与其他机械仆从并无分别。软弱无力。对它的人类创造者们唯命是从。

巨船与他们,就像泰坦与亲戚。

如果那条船现在能够载客,彼得·楚恩拉德肯定早就订好船票,让全家人乘坐这条全世界最先进的崭新远洋客轮了。如果有幸乘坐这样的客船抵达新世界,会给人留下格外深刻的第一印象。但这条船的首航离现在尚有几个月的时间。所以他们一家别无选择,只能用传统的方式横渡大海。

港口上方有一艘飞艇低空掠过。飞速旋转的螺旋桨叶朝着陆地和海面洒下一成不变的嗡鸣。震动让轻轻拍打奥兰治亲王号的海水泛起涟漪。飞艇本不该飞这么低的。众所周知,这种震动会干扰人体生理学中所说的脆弱"内耳"。一百英尺长的雪茄状艇身里装满了作为上升气体的氢气,在海风中缓慢却平稳地前进着。在贾克斯看来,它就像一条肥壮的鲑鱼,正穿过东风裹挟而来的一团团灰云,努力向上游前进。

他从未坐过飞艇,但他希望自己有朝一日能得到这种机会。他听说最豪华的飞艇堪与远洋客轮的奢华程度媲美,甚至犹有过之。它们的速度也更快,是王室成员拜访新世界时的首选方式。但是,如果想把楚恩拉德家的所有财产送去新阿姆斯特丹,恐怕要用上数量惊人的飞艇。将这些货物运到大洋彼岸的运费甚至能掏空贾克斯主人的钱袋。

他抗拒着当前的禁制带来的灼热感,不时停下脚步,欣赏着那艘巨船触手般的船桨蠕动的样子。他想听到它的叮当声或者咔嗒声,但那种声音始终没有传来。巨船的动作近乎液体般流畅,又像是人类舞者的双臂和双腿。寂静令他不知所措。这并不是说这座码头很安静。这里有海鸥对着彼此发出的粗粝叫声,装卸货物时绳索的嘎吱声和板条箱的碰撞声,船只刺耳的汽笛声,还有代表入港和出港的信号钟声,穿过贾克斯框架的含盐海风发出的呼啸。港内水面反射着阳光,散发出浓郁的鱼腥味,海浪不断拍打着船壳。但这一切之中有个巨大的空洞,那就是那条巨型喀拉客船的船身本该发出的噪音。如此庞大的机械却又如此安静,这着实令人费解。

一名身上绘着蓝星公司栗灰相间制式图案的机械乘务员迎面走来,令脚下的楼梯微微震动。她端着一只银制托盘,水汽弥漫的宽大玻璃罩下放着咖啡、茶、油酥点心、培根、蛋、吐司、豆子和几罐果酱。她膝盖内的弹簧吸收着台阶反弹的力道,让托盘保持完美的水平状态。他退到一侧,好让她通过。

发条匠在撒谎,他说。她也回以同一句话。通过之后,她又爬上几级台阶,然后停下脚步,循着他的目光扫过港口。

她可真壮观,对吧? 乘务员说。

没错,贾克斯说,我实在想不明白。

你是指寂静。

没错。不知为什么,感觉不太对头。他脊椎的齿轮不断啮合又分开,发出机械人特有的颤抖。有人跟她说过话吗?

没,她通过嘴唇中齿轮的咔嗒声说道。试过的人可不少。我们在码头工作的同胞每次因为禁制路过她的泊位时,都会设法跟她打招呼。但没人得到过回答。

说到禁制,他自己的禁制再度涌现。他朝下方的台阶迈出沉重的一步。乘务员也一样,她的脚步引起的震动比片刻前强烈了些。她又爬上几级台阶。

贾克斯说:真让人悲伤。她是哑巴吗?

没人知道。

随后,他们不约而同地迈开脚步,希望缓解各自的命令带来的灼热苦痛。每朝吃水线接近一步,他的痛苦都会减轻一丁点儿。但一个新念头让他停下了脚步。为了便于人类操纵,那种大小的船需要数量可观的喀拉客船员。在禁制的灼烧下,他抓住一段扶手,对乘务员大喊道:

她的机械人船员是怎么说的?

就算他们存在,乘务员高声答道,也没人见过他们。然后她飞快地跑上楼梯。很少有人类会喜欢不冷不热的咖啡。

贾克斯忍耐着痛楚留在原地,只为多看几眼那位神秘的巨人。那个孤独的可怜虫。没法跟自己的同胞交流?被迫以难以想象的巨大身躯活着?与群落彻底隔绝……这比平常的禁制残酷得多。贾克斯认识的每个机械人都能从团结中找到些许慰藉。他还记得他的同胞是如何聚集到惠更斯广场,以见证亚当的死刑的。他不由得想起了德怀尔和他的孤独。

巨人感受到的悲伤是否也很巨大?

没等他理解自己在做什么,身体已经从仆从用楼梯跳上了码头。他从那里再次跃出,在码头上空划出一条抛物线。禁制的痛苦开始呈指数级增长。他落在那个巨人的泊位旁,身体缩成一团,抽搐不止。抢在决心被粉碎的几秒前,贾克斯爬到一根系船索旁——后者在码头上的系船柱和智能船的锚链孔之间绷得紧紧的。他抓住那根系船索。因痛楚而无法视物的他震动着说:你并不孤单。我们看着你,敬佩着你。

禁制的惩罚之强烈,达到了他从未体验过的程度。此时此刻,他愿意放弃一切,来换取多留片刻和等待回答的力量。他们的创造者为何要禁止哪怕再单纯不过的同情举动?贾克斯跳回奥兰治亲王号的仆从楼梯上。他放弃了自己的愿望,选择满足他主人的突发奇想,而灼热感也随之消退。

贾克斯从两团开裂的"橡胶水泡"——五十码长的船桨就是从那里伸出船壳的——之间走过,继续向下。他来到吃水线正上方的一扇安全门前。当他将手放上舱门,准备打开的瞬间,此前始终沉眠的新禁制突然浮现,仿佛一根刺穿他大脑的炽热穿索针。他的身体几乎自行实施了必要步骤。在那么一小会儿的时间里,他成了自己身体里的一位无所事事的乘客,无助地看着自己打开舱门,钻进门里,关紧外舱门,确认密封情况,打开内舱门，然后重复类似的过程。压倒一切的航海禁制来得快去得也快。贾克斯平常的禁制也随之复苏。

和船上的许多规定一样，这套久经考验的程序的目的也是为了确保安全，通过嵌入这种时效短暂却十分强大的辅助禁制来实现强制性。每个在陆上活动的喀拉客，登船时都要接受船上的发条学者的处理。在航行期间，保持船只的完好成了阶层式超禁制的一部分，占据了本该由贾克斯的灵魂所在的那部分空间。但发条学者的活儿干得很草率：贾克斯能清楚地感觉到原本的超禁制与临时添加物之间的缝隙。这就像将替代用的橡木桌腿钉在枫木桌子上，虽然纹理不够贴合，而且外观丑陋，但并不影响使用。

他暗自庆幸自己的租借者不是船匠或者海运相关人士。否则，严苛的航海禁制早就把他逼疯了。在他看来，这些禁制有点严格得过头。他很想知道，那些负责搬运行李或者划桨的喀拉客是如何忍受的。

他从统舱来到吃水线以下，然后前往货舱。楚恩拉德太太觉得，一条夏用围巾恐怕不足以抵挡这条船离开防波堤后的海风。此外，稀疏的云朵将北海染上了沉闷的灰色，而非她预想中的钢蓝色，因此她需要在航行的最初几个钟头里换上与重点色彩截然不同的服装。贾克斯受命去从她的衣物中取回类似的物件，后者如今正塞在许多口满满当当的箱子里，而那些箱子又塞在无数箱子和板条箱——那是其他乘客的行李——之间。货舱是个沿着龙骨从船首延伸至船尾的庞大空间，不过巨大的舱壁将它分成了几个区域，以防进水。每隔一段距离，就能看到紧贴船体轮廓的钢制角板。它们让贾克斯想起了某种巨型海怪的肋骨，就像家庭教师不在的时候，妮柯莱有时会让他读的某个圣经故事里的怪物。货舱里闷热又黑暗，正在搬运、堆放、密封、调整和再调整最后一批货物的数十台发条仆从发出"咔嗒-喀拉"的不和谐音。数十位正在进行重体力劳动的喀拉客让钢铁的船壳和舱壁化作了巨大的铜鼓。少得可怜的光线通过漫反射从上方甲板的灯管和发光棱镜那里传来。有什么必要给人类不可能涉足的场所提供照明？

克里普将身体折叠成一个凹凸不平的球体，停在楚恩拉德家最高的那堆行李的顶端。他的双眼追随着走来的贾克斯。他先前帮贾克斯保管费舍的显微镜，此时将它丢了回来。贾克斯把那只黄铜和皮革的长筒收进骨骼框架的缺口中。

克里普说：有什么新闻吗？

贾克斯解释了楚恩拉德太太的艰难处境。克里普滚下箱子，在空中展开双臂和双腿，随后"当啷"一声落在甲板上。他们整理行李的时候——克里普将两只箱子高举过头，一手一只，而贾克斯举起一只箱子，用另一只手在箱子里翻找——贾克斯把港口里那艘喀拉客船的事，以及他跟那位乘务员的交谈告诉了他。红刺柏的气味从箱子里飘了出来，在潮湿的货舱里，这算得上宜人的气息。

我们登船的时候，我也看到它了，克里普说，但它那时候还在休眠。

你真该现在去瞧瞧。它可太不寻常了。

甲板震颤起来。贾克斯的膝部发条在千分之一秒内绷紧，吸收了振动的力道。船只的右舷在巨大的嘎吱声中开始颤抖，发出的声音仿佛数百支旗杆在狂风中摇动。他的目光扫过货舱，但其他机械人似乎大都充耳不闻。

这是我想的那个声音吗？他问。

我们上路了，克里普说，下一站，饱经战火、鸟不拉屎的穷乡僻壤。

我真是等不及了。贾克斯抽出一条佩斯利涡纹旋花图案的羊毛围巾。他合拢箱子,然后将他用另一只手稳稳托在头顶的箱子放了下来。克里普也有样学样。

又一阵嘎吱声伴随着右舷的摇晃传来。片刻过后,相似的声音在左舷响起。

如果你想再看一眼那个巨人,贾克斯说,然后理解我所说的"寂静"的意思,你现在就该上去。我们要不了多久就该离开码头了。

克里普跟着他走出货舱——像贾克斯那样,接受了严格的海上禁制的短暂发作——然后走上仆从用楼梯。一道阴影从他们身上掠过,接着又是一道,短暂地遮蔽了太阳。这是尺寸堪比两百岁英国橡树的巨大船桨,一枝接一枝,呼啸着掠过空气,扎进前方的海面。动作无比流畅,桨板以精准的动作分开港内的海水,抬起时几乎不会扬起水花。

克里普抬起头来。他将双腿伸长到极限,比正常情况下足足高了一英尺,然后将手掌按在尽可能高处的船壳上。阳光一次次照在他打磨光滑的黄铜身体上,其间隔与划桨的节奏保持一致。

他问:你感觉到了吗?

塞在胸腔内的显微镜令贾克斯无法像同伴那样伸展身体。他也把一只手按在船体上。船内传来新的噪音,比船桨消音垫片无法完全吸收的呆板咯吱声更加微妙。当嘟声更深沉,咔嗒声更复杂,嘎吱声更符合文法。带有节奏感。

划桨喀拉客们正在歌唱。

这些注定要全天无休地划动船桨,直至船只到达目的地的男性和女性发条人,在他们弓背发力时将无声的话语转变成了歌声。他们唱出的并非人类语言,而是机械人的秘密语言。一首用发条身躯的嘀嗒声、有螺纹的脚掌的踩踏声、金属手掌攥紧木制桨柄的嘎吱声唱出的海员号子。由喀拉客所唱的,献给喀拉客的歌曲。

奥兰治亲王号离开了鹿特丹港的防波堤,在一千名发条奴隶无休无止的挽歌声中前往新世界。

那天午夜,一股寒流从北海呼啸而来。到了早上,气温已经降到了冰点,而在傲慢海风的裹挟下,昨晚的柔和细雨也成了冰霰,打得双眼刺痛。斜吹的狂风让费舍住所的窗璃咔嗒作响,仿佛有人在用指甲不断敲打。这个天气很合适。今天会是他第一次杀人的日子。

两位老人取道那条横跨阿姆斯特丹拖船运河的人行桥,朝新教教堂匆匆走来,冰冷的雨点卷入了他们的伞下。负责监督这段拖船运河的管理人已经躲进了棚屋,但他的两个机械人手下一如既往地站在运河两岸。冰水自他们毫不动摇的面孔滴落。

寒气给了费舍生火的好借口——在这个潮湿的早晨,冒出烟雾的烟囱并不只有他的住处。

为了引火,为了温暖壁炉里的冰冷灰烬——或许还有他胸中的那片冰冷,他烧掉了自己的电报密码本。

现在的他已经可以坦然殉道了——虽然他在客西马尼园等待召唤的时间似乎长过了头。坦然并不意味着他愿意协助荷兰去对付新法兰西。等他在酷刑下崩溃后,他们或许会知晓他还记得的那些密码。但至少到那时候,他的天主教徒同伴已经脱离苦海了。

他用炉火给茶壶加热。等到他那本曾经的便签簿——黄色内页的活页本,上面印有从士兵的骰子游戏中随机选出的数千个数字——化为闷燃的灰烬后,他将温暖的杯子捧在手中。等杯中再次空无一物的时候,他祈祷起来。

祈祷勇气。祈祷智慧。祈祷他的选择是正确的。祈祷他的心灵真诚,意图纯粹。祈祷他的计划为的是慈悲与怜悯,而非将可能的指控者灭口。

主啊。你最忠诚的仆从之一倒下了。俘虏她的那些人想阻碍您的计划,想将对机械人的奴役永远维持下去,想让梵蒂冈和新法兰西分崩离析。她遭受了长久而悲惨的折磨,而幕后主使正是想将您爱的恩典化作的棱堡彻底铲除的那些人。她已经赢得了在天国的奖赏。

我恳求您,吾主。请允许我成为令她解脱的工具。让她以毫无痛苦的温和方式离开世界。我恳求您将她的灵魂拥入怀中,洗清她的罪恶,别让我行为的污点化作她心灵的重担。

我恳求您赐予我智慧,让我在做出偏离您神圣计划的愚行时有所察觉。主啊,请赐予我犯下罪孽的勇气,让我用自己作为殉道者伴您身侧的机会来换取她苦难的终结。我同样恳求您,主啊,请宽恕我。请宽恕我要做的这件事。

必须用毒药,而且必须难以察觉。他这次造访的表面目的是跟她展开一场温和对话。如果贝尔开始怀疑他的真实目的,就不会让他接近那个囚犯了。必须让所有旁观者觉得,她只是被囚禁中不断累积的伤痛压垮了而已。然后费舍会拿出尽可能令人信服的演技,装作努力想要救活她的样子。剂量用不着太大。毫无疑问,在被贝尔"照看"了那么多天以后,她早就奄奄一息了。

噢,天主啊。他为自己的念头吃了一惊。但除了毒药之外,他还会带上圣油,当那个可怜女人因毒药而抽搐时,他会为她施行临终涂油礼。

他堆好壁炉里的煤块,从书架上取下笛卡尔的书,戴上帽子,穿好雨衣,把一只红色羊毛袜塞进口袋,然后匆匆穿过教会墓地,同时翻起领子抵挡潮湿的风。冰雨敲打着墓地,敲打着斯宾诺沙的墓碑。这个早晨弥漫着将至的大雪、潮湿的石料与上百座温暖壁炉里冒出的樱桃木烟的味道。与去年相比,这一切来得太早了些。

他通过教堂墓地的门——而非面向斯普河的双开大门——走进新教教堂。教堂里的空气仿佛沾满灰尘的烛蜡,裹住了费舍的舌头。无论吞咽多少次口水,清多少次嗓子,都没法洗去那种感觉。弗夫罗特牧师的声音从洞穴般的教堂深处传来。恐怕在晨间礼拜之后,他就被信众缠住,一直谈话到现在。费舍认出了普林森先生的轻声细语,暗自感谢他强烈的虔诚心。这么一来,他就能拖住弗夫罗特,而费舍也能安心地打开圣器壁龛了。

锁上法衣室的门以后,他将牧师长袍套在普通市民打扮的长裤、衬衣和吊裤带外面。他还披上了一条金红相间的牧师用披肩。它微微散发出熏香和熄灭的蜡烛,还有葡萄酒与祝过圣的橄榄油的气味。信仰的混合气息。

他考虑过堂而皇之地带上葡萄酒和面包,伪装成新教的样式。但如果那位囚犯的健康岌岌可危,他们也许会禁止外来的食物和饮品。或者干脆禁止她吃喝,将其作为审讯的一部分。他必须悄悄将基督的圣血和圣体带入地牢才行。

偷带圣餐是很简单的。圣体容器可以装进他裤子的表袋里。它的形状和大小都和怀表差不多。装着少量圣油的圣瓶也可以塞进他的裤袋。把圣餐酒带进地牢就需要多费点工夫了。所以他才需要那只袜子和那本书。

很久以前,在和今天非常相似的某一天里,他挖空了那本书——那本收录了笛卡尔的《论灵魂的激情》与《人体及其功能之描述》的评注版卷册。费舍用锥子和凿子挖掉了内页,在壁炉里付之一炬。他选择这本书,是因为忠诚的荷兰新教徒不太可能从书架上取下它来,重温笛卡尔的作品。对他们而言,笛卡尔不但是法国人(虽然他一生中的大半时间都住在奇迹年之前的荷兰共和国),他对于自由意志和人类灵魂的观点也是异端邪说。

他开始往第二只圣瓶里——这只装满了葡萄酒——加入鼠药。在此期间,他数次盖上盖子,然后摇匀。死老鼠的形象一次次浮现于他混乱的脑海。它死去的时候,身体因剧痛而扭曲变形——至少看起来是这样。他真希望自己能带给那位囚犯更仁慈的死法。

做完这些以后,他关上了圣器壁龛,用袜子包起那只小巧的锡瓶。书里的空间比圣瓶略大,但袜子可以充当缓冲的衬垫,防止它发出可疑的咔嗒声。费舍打开法衣室的门锁,朝教堂外走去,将一本圣经——连同那本笛卡尔文集一起——夹在胳膊下面。

如果天气够好,要从新教教堂前往国会大厦,只需要沿着斯普河前进一小段路而已。但今天算不上好天气。他用口哨招呼视野中的第一辆出租车,但上面已经坐着人了。那位喀拉客像东方的黄包车那样拉着二轮小马车,从旁经过的时候改变了步态,并转过方向,以免将积水溅到他身上。这场冰雹为机械铿锵声组成的城市噪音增添了响亮的嘶嘶声,那是出租、货车和私人马车的车轮碾过水坑时的声音。费舍很想知道喀拉客能否感觉到寒冷。公会说他们不能。但公会还说过他们对痛楚无动于衷呢。第三次招呼的时候，费舍终于拦下了一辆出租车。

"先生，"发条司机说，"我该带您去哪儿，先生？"

"国会大厦。发条匠公会。"

"这就出发，先生。"

那个喀拉客让到一旁。费舍迅速从旁走过，钻进封闭式的车厢。车厢里弥漫着潮湿羊毛的气味，却显得温暖而舒适。这要归功于挂在角落里的那一篮暖石。天冷的时候，机械人通常会在运送客人的间隙用双手滚动这些石头，摩擦加热。这种温暖让人愉快，但车厢里也因此比拉普兰人的桑拿浴房还要潮湿。

喀拉客抬起车杆，首先快步前行，随后平稳地加速为飞奔。潮湿的灰色城市从窗外掠过。这段路太短，不足以让暖意渗入他的衣服。穿过总督之门的时候，他的外套依旧贴着身体，让他活像个浑身湿透的醉汉。出租车的钢箍车轮刮过惠更斯广场的铺路石，不过今天太过潮湿，不可能迸出火花。喀拉客拉着车厢，在公会大厅外稳稳地停了下来。他打开车门。冰冷的雨点驱散了脆弱的温暖。

"我们到了，先生。车费是四分之一盾。"

像许多民用喀拉客那样，它的胸腔部位经过改造，增加了投币口。费舍将一枚夸杰银币丢进投币口。发条人的体内传来一声模糊的"叮当"。在分类装置短暂的鉴别和验证后，机械黄包车夫开口道：

"谢谢您，先生。祝您日安，先生。"

等费舍推开门，快步走进门厅时，那辆出租车已经载上另一位客人，离开了国会大厦。他走的是侧门，而非正对广场的仪式用双开大门。坐在门厅里的几名请愿者看到他的身影，还有从他的鞋跟滴落的雨水时，纷纷皱起眉头。这些商人或是前来租借新的喀拉客，或是打算替换已经租借到的那些，又或是想怂恿发条学者参与某种获利丰厚的生意。这是公会大厅里司空见惯的风景。其中一个男人认出了牧师，于是舒展双眉，朝他亲切地点头。

费舍解开了外套的纽扣。他走向站在内门外的那台机械人——感谢天主，那是仆从型喀拉客，不是拧颈卫士——然后说："我是卢克·费舍牧师。我是来见贝尔首席园丁的。"

听到这句话，仍在皱眉的那些人纷纷换上谨慎的中立表情。喀拉客鞠了一躬，然后走进内门。片刻过后，那台机器回来了。

"请跟我来，牧师。"

费舍走进公会内部的同时，有个尖利的嗓音在他背后响起："我已经等了两个多钟头了。他们什么时候才能见我？"但没人回答他的抱怨。

而在费舍走进内门的瞬间，各式各样的气味便扑面而来：滚烫的金属，陈旧的书本，还有再微弱不过的硫黄味。发条匠的公会大厅又名"骑士大厅"，因为十三世纪的那位伯爵建造这里的时候，希望让它作为骑士的会堂。这么多世纪以来，它的确起到过那种用途——以及许多其他用途。奇迹年前的数十年间，这座大厅曾是书籍博览会的举办场地。喀拉客这项发明改变了一切。在公会创立初期——其核心是从惠更斯本人那里学到深邃奥秘的男男女女——威廉三世，也就是奥兰治的威廉，允许发条匠们免费使用骑士大厅，并颁发了特许执照，要求这些发条学者和炼金术士运用他们的才华去促进帝国的发展。他们也正是这么做的。

　　这座原骑士大厅的内部总能让费舍想起颠倒过来的货舱。两侧倾斜的天花板在中央高处相交，就像船的龙骨。六十英尺长的粗大木料承受着天花板的重量，让人想起船体的骨架。骑士大厅刚刚建成的时候，顶部角落里的雕刻形象暗示着高等存在的时刻聆听，也含蓄地提醒所有在场者，切莫在大厅内说出谎言。那些小天使早就被蒙上了遮眼布，他们滑稽的耳朵也被蜡塞满。这个公会小心翼翼地保守着秘密，甚至连天堂都要防备。

　　喀拉客领着费舍穿过骑士大厅，经过成排的桌子——上面堆满了文件，文员们正忙着处理——来到一段螺旋楼梯前。根据传统，拧颈卫队的负责人在能够俯瞰大厅的阁楼办公室工作。老柯尼希在任的时候也是这样。机械人指了指楼梯上面，道："您会在楼梯顶找到首席园丁办公室，牧师先生。请留神脚下。"

　　想到自己准备做的那件事，他不禁感到头晕眼花。狭窄的螺旋楼梯更是推波助澜。他爬到楼梯中段的时候，那两本书滑落下来。他连忙伸手去接笛卡尔文集，感觉狂跳的心脏几乎撞断胸骨。但他最后成功接住了，而且没有意外地打开书本。

　　贝尔在等他。她坐在那儿，双脚放在办公桌上，皱巴巴的长袍从她的双肩与脚踝处软软垂下来。她用冰袋紧贴着一只手，脸上挂着愤怒的表情。她站了起来，招呼他进门。

　　"费舍牧师！欢迎来到公会大厅。我很想跟您握手，可是……"她抬起正在冰敷的那只手。在她拇指与食指间的皮肤上，留下了一排半圆形的紫色伤口。她皱眉总结道："这是您的教民送给我的小礼物。那个天主教婊子咬了我。简直难以置信，对吧？"

　　"希望你做了消毒。我听说被人类咬伤也会导致热病。"

她摆摆手,示意他坐在一张椅子上。"这算是职业风险吧。"

费舍点点头,坐了下来。看着这个迷人又活泼的女子,他很难将她与想象中帝国的秘密警察首脑与首席拷问官联系到一起。尽管有天气和她的职业的影响,宽大的窗户和镀银的壁突式灯台仍旧让这间办公室亮堂堂的。这里的陈设一应俱全,墙壁上挂着好几幅多半是十八世纪早期的绘画。至少两幅是他在阿姆斯特丹国际博物馆里见过的画作的复制品。其中一幅画描绘的是某位衣着华贵的年轻女士坐在窗边读信的模样。信纸上与伫立角落的仆从机械人的外壳上的光影对比尤其出色。另一幅描绘了几位市长一边吞云吐雾、一边争论的场景,他们的机械人在墙边站成一排。他想起了博物馆的解说员对那幅画的介绍:这是后黄金时代的画家运用暗箱技术的典型范例,仆从机械人抛光过的金属身躯映照出了细节翔实的人类身影。

他的注意力被画作吸引了过去,顺手把书本放到了贝尔的桌上。等他意识到自己做了什么的时候,已经没法在不引起怀疑的前提下拿回书本了。

她的目光落在那些书上。费舍缩了缩身子。

噢,主啊,您有个多么愚蠢的仆人啊。

"看来你做了两手准备。非常好。但如果你想用宗教或者哲学理念来吸引她,我很怀疑她会感兴趣。"她把那两本书拖向自己,歪头看了看书脊。她拿起那本圣经,欣赏着压花皮革的封面和镀金的边缘。她翻阅起来,不时在磨损较为严重的书页处停留片刻。她在马太福音26章,基督与其门徒的最后晚餐那一节流连许久。她合拢书本,推向费舍,然后拿起了那本笛卡尔。

他的腋窝里流出一滴汗水。他的呼吸声在自己耳中仿佛呼啸的狂风。惠更斯广场上方的大钟发出一刻钟时的鸣响,但低沉的钟鸣完全无法与他心脏的狂跳相比。

贝尔凝视着封面。他看不透她的表情。书太轻了吗？还是太重了？是不是有一簇羊毛露出来了？

最后，她说："要知道，他的理论根本是大错特错。"

费舍的呼吸凝结在肺里。他清了两次嗓子，"噢，毕竟他接受的就是耶稣会信徒的教育。"

她嗤之以鼻，"天主教徒和他们该死的二元论。按他们对机械人的逻辑，连汤碗都得有灵魂了。"

费舍说："但汤碗不会演奏音乐。"他想起了他们在亨德里克斯宅邸的会面。他马上就对自己的失言感到后悔了。

"对，"贝尔说着，眼中浮现出古怪的神情，"但自动钢琴也会。我那些以制造机器谋生的同僚可以证明，我们没有为造物注入灵魂。"

她把那本书推了回来。他好不容易才压抑住喘口粗气的冲动，腋下的汗水仍在流淌。他庆幸自己没有脱掉外套。

"噢，那毕竟不是我的领域。这才是我擅长的。"他说着，敲了敲那本圣经，"其余的事还是交给专家的好。"

"我真向往您的智慧，"安娜斯塔西亚·贝尔露出猛兽般的笑容，冰冷的双眼却不带丝毫笑意，"我就知道和您共事会是赏心乐事。"她站起身来，"好了，如果您想去见那个囚犯的话，我就不继续浪费您的时间了。"

他心领神会地站起身来，"好的。如果您还有事要忙的话，我自己认得路。"

"非常好。祝您面对那个狂信徒的时候能有好运气。噢还有，牧师先生？"费舍在楼梯顶端停下脚步，贝尔舔了舔嘴唇，"当心点。她会咬人。"

费舍知道,骑士大厅的地下有好几层纵横交错的隧道。这些隧道在惠更斯广场和国会大厦下方扩展,连通着黑暗的远处,甚至远至海牙其他区域的地下。隧道网络位于海平面之下,一支喀拉客大军每天二十四小时操作机械水泵,确保隧道足够干燥。在水泵勤勉工作的同时,那支喀拉客大军也无休无止地巡视着堤围泽地和阻挡海水的堤坝,确保尼德兰不被海洋侵袭。在进入地下之前,费舍拿到了一盏油灯,外加一名负责护送的仆从机械人。

从装饰用的漩涡纹饰判断,那台机械人很有年头了。他们在砖块、黏土和砂岩打造的,显得破败不堪的洞穴里一路向下,经过一间又一间牢房。每间都漆黑一片,像坟墓那样寂静。在黑暗中的某处,传来了缓慢却一再重复的清脆滴水声。这条通道弥漫着霉菌、排泄物和鲜血的气味。

费舍提灯的光照在向导经过抛光的金属身体上,反光不时掠过阴影。它摇晃的脚步让反光不断打转,仿佛在黑暗中飞舞的萤火虫。万花筒般的光影变幻让费舍头晕目眩,而周围的气味令他反胃。有多少人在此处遭受折磨?又有多少人死在了这里?如果他对自己此行的正当性有过怀疑,也全都被这座地狱魔窟抹去了。毫无疑问,帮助任何人摆脱公会的魔掌,都是善良且虔诚之举。他只是在贯彻天主的意志而已。

他们来到了通道尽头。喀拉客打开了一扇钢箍木门的锁。门上还有一扇装着格栅的小窗,就在费舍视平线的正下方。喀拉客在门旁站定。

费舍说:"我需要和囚犯私下谈话。再退后十五码。"

"先生,我不能这么做。"仆从机械人说,"我接受的命令是留在囚犯的牢房门口,直到您离开为止。为了保护您,先生。"

贝尔的命令。她不信任他吗？或许她那种身份的人都有类似的习惯，不信任任何人，也不留任何漏洞。

"那好吧。如果我没叫你，就一直留在门外。"

"好的，先生，遵命，先生。"

费舍试图看清里面的样子，但窗口太小，没法照进太多灯光。他将提灯举在身前，仿佛那是能够驱赶幽灵的护身符，然后走进了牢房。守卫在他身后关上门。他没有听到碰锁的咔嗒声。

这间牢房是在城市下方的沉积岩床中开凿出来的。渗入的地下水磨蚀了墙壁。而在没有水流滴落的位置，霉菌和矿物覆盖了石墙。

一个女人蜷缩在牢房一角，用一只伤痕累累的青紫色手掌捂住胸口。她剃光的头上留着无数疤痕和烧伤。提灯的光芒让她缩了缩身子。费舍调节遮板，减弱了灯光，然后转过身去，准备将提灯放到地板上。他的脚趾踢到了某个重物，让它摇晃起来。泼溅声和汩汩声传来，臭气随即在地板上蔓延。它与牢房里原本就有的恶臭毫无分别。

有个因尖叫而显得嘶哑的嗓音开了口："那是我的尿桶。"

"抱歉。"他说。他弯下腰去，以免显得高高在上。他快步接近的同时尽量不让外套的下摆碰到地上的淤泥。他那条披肩的穗沾上了污物。

她缓缓地、几乎不情愿地转向他，睁开一只红肿而凹陷的眼睛。另一只肿得无法张开。尽管她气色很糟，费舍却相当确定自己不认得她。她的下巴和嘴唇上沾着铁锈色的污渍，多半是咬伤贝尔时留下的。

"你也是该出现了。"她喃喃道。她的下巴肿得厉害。

他将一根手指举到唇边。然后指了指门。她本想叹气，最后发出的却是一阵湿咳。她无力压抑身体的痉挛，而咳嗽震动了她折断的手指，让她不由得吐出呻吟。她的好几根手指缺了指甲。

天主啊。真是个可怜人。任何人都不该受到这种折磨。他凑近了些，一只手按在她的肩上。

"我猜，"她低声道，"你是来杀我的。"断裂的牙齿和肿大的舌头让她口齿不清。她的口臭带着一丝腐烂的气味。

"可怜的孩子。你的殉道之路太艰难了。主会拥抱你的。"

"他们还能做出更可怕的事。这……这算得上仁慈了。"

仁慈？他们还能对她做出哪些更可怕的恶行？让她亵渎神圣、否认教义吗？

"不必再受苦了。"他从挖空的笛卡尔文集里取出那只袜子，又从口袋里掏出圣油瓶，"我已经准备好为你施行临终涂油礼了。"

她摇摇头，"我有情报要给你。"

费舍眨了眨眼。他把袜子放回笛卡尔文集里，然后打开了圣经。"让我们祈祷——"

她抓住他的手腕。参差不齐的肮脏指甲——还留在手指上的那些——刮过他的皮肤。她的动作很轻，却让他吃了一惊。她凶狠的眼神让费舍有些退缩。他的圣经失手落地。

"你送走它了吗？"她嘶声问道，"它安全吗？"

就在这时，费舍突然想到，他的伎俩不可能瞒过像安娜斯塔西亚·贝尔这样的阴谋家。她是否已经让这个女人坦白了？他的密探同伴是否已经供出了所知的一切？贝尔是否以网开一面为条件，让她诱使卢克·费舍牧师自行认罪？那台古董喀拉客的听力有多敏锐？贝尔派来旧型号机械人，是不是想让费舍丧失警惕？

好吧。如果这就是他殉道之路的起点，那就这样吧。他会取代这个可怜的女人。天主啊，请赐予我与这位非凡的女子同样的勇气与力量。如果她的问题发自真心，或许真实的答案能够缓解她在最后时刻的痛苦。

费舍将一只平稳的手按在她的手肘上，让表情和声音都尽可能令人安心。"是的。你的包裹已经寄出去了。"他低声道。

囚犯吐出一口长长的、腐臭的气息。她的肩膀放松了些许，但困兽般的眼神仍未褪去。

对于他们私下送往新世界的那份情报而言，费舍只是个中转站而已。但已经无所顾忌的他问出了一直没敢问的那个问题："那究竟是什么？"

她在角落里蜷起身子，垂下眼皮。他觉得或许是压力和糟糕的身体状况压垮了她。他在口袋里摆弄着圣油瓶，思索着要用多长时间才能让她喝下毒药。但随后她开了口："你住在新教教堂的牧师住宅。"

"对。"

"你每天都会经过斯宾诺沙的墓地。"

"对。"

"你知道伟大的斯宾诺沙是靠什么谋生的吗？"

谁会不知道呢？在神学院，他花了两年时间去研究十六、十七与十八世纪的哲学论述。每个受训的教士都一样：那些伟大思想家对心灵、肉体、灵魂与自由意志的沉思铸就了关于喀拉客的那些相互冲突的教条。机械人的发明是堪比地震的重大事件，是让整个世界天翻地覆的巨大改变。受影响的不只是宫殿、王座和帝国，还有每个人对自己的看法，以及他们与世界、与上帝、甚至与他们自己身体的关系。余震在西方知识传统这条大河中筑起水坝，令一部分河水开始转向。费舍还记得有位老蒙席①宣称，惠更斯之所以名闻遐迩——或者臭名昭著——并不是因为他发明了喀拉客，而是他拆毁了人类自负的高楼，浇上沥青，然后付之一炬。因为当烟雾散去时，对惠更斯的发明做出相反解读的两种理论也从灰烬中现身：他们只是机器吗？他们是奴隶吗？他们活着吗？他们有灵魂吗？而这也在欧洲大陆的新教徒与逃亡的天主教徒之间本已存在的裂纹上加了一把力。正是由于这个原因，那时的路易十四才会做出糟糕的判断，派兵入侵荷兰共和国，然后迅速发现战场上的一台喀拉客抵得上十名士兵。新教的野心家们也得到了相似的——但方向恐怕截然不同的——教训。

"我当然了解斯宾诺沙。"他说，"他是个学者，哲学家。他创立了理性主义。和——"他拿起那本中空的书，"——笛卡尔一起。"

她摇摇头，睁开了眼睛。不知为何，刚才短暂的休息让她眼中的凶恶转为了怜悯。

"我还以为你们这些教士都受过良好教育呢。他谋生的手段不是这个。"她用一根完好的手指勾了勾。他前倾身体，直到她的嘴唇拂过他的耳朵。

"他的工作是研磨镜片。跟他同时代的克里斯蒂安·惠更斯一样。还有英格兰的艾萨克·牛顿②。"

费舍皱起眉头，对最后那个名字感到陌生。"谁？"

---

①monsignor，天主教内给予高阶神职人员的荣誉称号。

②看来在书中的时空，牛顿成了无名之辈，我们的时空一无所知的惠更斯才是伟大的科学家。

她笨拙地耸耸肩,没理睬他的问题。"忘了牛顿吧。我要说的不是他,而是斯宾诺沙。"

虽然在神学院的时候,理性主义在他接受的教导中占了相当大的比重,但他从没听说过斯宾诺沙是做透镜的。这点费舍可以肯定。仿佛看穿了他的想法那样,她继续道:"郁金香们喜欢贬低他在透镜研磨方面的成就,但这是事实。斯宾诺沙英年早逝,但那已经是见证了有史以来第一台喀拉客之后的事了。"她又不由自主地咳嗽起来,朝阴影里吐了口唾沫,她补充道:"他死于矽肺病。那个傻瓜吸入了太多打磨后的玻璃粉。"

费舍思索着,思绪回到了贝尔办公室里的那幅暗箱画。"那台显微镜就包含了他的作品。"

她试图点头,但喉咙上的瘀青反而让她剧烈抽搐起来。"他最后的透镜。"

费舍的小腿传来警告般的刺痛。那是抽筋的征兆。他保持蹲姿太久了。他放弃了挣扎,直接跪在她旁边的烂泥里。不适感从他的小腿转移到了他贴着冰冷肮脏的石板的膝盖处。

"它能做些什么?它能起到怎样的作用?"

她再次闭上双眼,身体痉挛了一下,估计是在尝试着耸肩,"我们不知道。"

可怜的女人。他越是看着她,越是怀疑自己没法成为够格的殉道者。在这座地牢里度过的每一分钟,都在侵蚀他的信念。

"你叫什么,孩子?我该怎么称呼你?"

"我的真名?你要用它施展巫术么?像束缚发条仆从那样束缚我?让我对你俯首听命?"

费舍在胸前划了个十字,"天啊,当然不会。"

"那么我的名字就不重要。重要的是,"她说着,半睁双眼,

"你要在走出这座地牢以后，立刻送信给塔列朗。"

"我没办法。只剩下我们了。"

"那么我们奋斗的一切都就白费了。我忍受过的一切——"

说到这里，她嘶哑的声音提高了，超出了耳语的范围。在门外的通道里，金属接触石头的微弱叮当声传来。

"牧师先生？您没事吧？"

"没事，谢谢。"他转头喊道。

那位囚犯用勒住脖子般的嗓音总结道："——全都白费了。"

费舍摸了摸自己的头皮。他无力地跪在烂泥里，开口道："告诉我吧。"

"他们正在新阿姆斯特丹建造熔炉。"

"这不是新闻了。"

这次她真的摇起头来。虽然身体抽搐着，但她用意志压倒了痛楚。她的嘴唇再次凑到他的耳边："一种新的熔炉。用来制造全新的喀拉客。"

"为什么要在那儿？为什么不在这儿？"

"玛格丽特女王在我们那边有眼线。那个人与塔列朗关系亲近，甚至能够接近国王。那个人能够接触到新法兰西化学知识的宝库。事实上……"费舍等待着。黑暗中的某处，有个男人在哭着呼唤母亲。水滴进臭水洼里，发出叮咚的响声。囚犯续道："新阿姆斯特丹中央银行的资金之所以消失，并不是因为贪污。那是报酬。一笔数目巨大的报酬。"她突然靠向墙壁，显得筋疲力尽。

费舍无力地跪坐在烂泥里，一阵寒战从他的脖颈传至隐隐作痛的尾骨。如果公会得到了法兰西的化学机密，他们就能设计出内置反制措施的喀拉客，从而挫败让新法兰西苟延残喘到今天的技术和策略。他为之努力的目标——他和这个可怜女人，还有在惠更斯广场被绞死的那些人共同的目标——也将变得毫无意义。它将在上千只金属脚掌的践踏下消亡。

如果他带着这份情报死去了呢？他的殉道会加快新法兰西末日的到来吗？会导致奴隶统治最终扩展到整个世界吗？

"谁？你要我警告塔列朗当心谁？"

"这个真名我愿意告诉你。如果我知道的话。"

"你是怎么知道这些的？"

她再次闭上双眼，呼吸急促而沉重。她还没到垂死的程度，但已然身心俱疲。在上方远处，有台喀拉客动力的冲床发出飞快的哐当声，让通道也为之摇晃。片刻过后，她喃喃道："如果我成功逃到了新世界，他们会给我英雄式的欢迎。"

天主啊。"你是公会成员。"他低声道。

"曾经是。现在已经身败名裂了。"她的话语因睡意而含糊不清。

"好好休息吧，"他说，"你失去了在新世界的奖赏，但主会在他的国度欢迎你。"

他从口袋里掏出圣油，又从中空的书里取出毒药。这是正确之举。他很清楚。可临终涂油礼的祷告词在他嘴里带着灰烬的味道，那些字眼从他的口中吐出，仿佛落下的枯叶。

第六章

这间卧室散发出香水和性爱的气息。

路易斯翻过身来。床单在他们俩之间皱成了一团,贝蕾妮斯将它拉平。他伸展四肢,故意在伸手去拉窗帘的时候滑过她的身体。他拉开窗帘,皱起眉头。大教堂最后一声钟鸣的回响也已消散。刚才敲响的是第九时①的钟声。

"我想太阳真的已经开始落下了。没等我们离开这张床,日落都该过了。"

恐怕他说得对。但这张床太可爱了。柔软得好比交际花的亲吻,堆满枕头,鹅绒盖被让它充满暖意。而且上面还有路易斯,此时正赤身裸体,而且不久前还满身汗水。

"再跟我做一次爱,"她说,"上次都过去一个多钟头了。"

"老天啊,女人。你还真是贪得无厌。"

"你在娶我之前就该知道了。"她的手滑进被子下面。她用指甲拂过他的大腿,让他感觉发痒,又不至于缩起身体。他的呼吸响亮得好像蒸汽压缩机里的吹气活塞。

他伸出一条胳膊,盖住她的腹部。他用另一只手撑起脑袋,

①Nine,天主教的祷告时间之一,指日出后的第九个小时,大约为下午三点。

凝视着她。"我知道你是个很有身份的女士,背负着非同一般的职责。或者说,之前的你是这样的人。现在,你找到缺乏戒心、愿意继承塔列朗衣钵的蠢货了吗?"

"噢,很多蠢货觉得他们想要这个身份。"比如愚蠢的德·利奥纳侯爵。

"可你还没有交出自己的职责……"说到这里,路易斯顿了顿。他垂下眼皮,下唇颤抖起来。她的指尖忙碌不停,预期的效果已经达到了。他努力保持镇定。"……所以对你来说,用今天这种方式迎接新的一天实在不太寻常。你应该还有一身臭汗的白痴要瞒骗,有郁金香要埋葬吧?"

贝蕾妮斯加快了毛毯下的动作。路易斯喘息起来。她不想再提这个话题了。让他,还有他对她职责的关心都见鬼去吧。

他挪开她的手,前倾身体,亲吻了她。她在他嘴唇上尝到了汗水留下的盐味。他散发出麝香的气味。就像他们的卧室。"别担心,我可爱的宝贝儿。如果有人问起,我就说你因为该死的流感病倒了。而且非常严重。"他的手指拂过她腹部的鸡皮疙瘩,补充道:"我会告诉他们,我们被迫多请了一个洗衣女工,来处理卧室里可怕的烂摊子。"

她用手肘推开了他,咯咯笑着说:"你才不敢呢。"

"那你就告诉我,为什么你会变成这副样子。"

来自海牙的联络已经彻底沉寂了。玛格丽特的拧颈卫队要么已经抓住了塔列朗的最后一名密探,要么就是那位幸存者停止了活动,决定保持低调。对贝蕾妮斯来说,幸存者设法送出情报的希望越来越小。她在帝国心脏的情报网络已经报废,虽然她在荷兰语和法语世界仍有数十名密探,但他们的报告里只有无足轻重,或者人尽皆知的事。她开始怨恨送信来的那些鸽子。在她威胁要将某一只烤来吃以后,他们开始禁止她进入鸽舍。另一位银行家正在前往新阿姆斯特丹途中,他要监督中央银行的重建工作。大元帅有了个新情妇,那是个十九岁大、来自三河①的芭蕾舞学生,而他最近成了她的赞助人。发条匠们的新熔炉正在持续而快速地建造中——士兵护送的货车川流不息地驶入施工场所。在过去的一周里,城墙上那台喀拉客又爬动了五英寸。但国王否决了她和蒙特默伦西公爵设想的计划,禁止她将那台机械野兽带入城堡。那个坐在王位上的讨厌鬼觉得预防措施还不够多。于是他们又回到了原点。这一切简直让人发疯。

她把这些解释给路易斯听,不时在他的亲吻和爱抚中住口喘息。

“噢,我亲爱的小淘气,”他说,“这些事都快把人逼疯了,对吧?”

“没错,”她用脚踝勾住他的小腿,然后翻身趴在他身上,“作为好丈夫,你就帮我把这些事多忘记一会儿吧,好不好?”她一手拂过他的胸毛。

“我会尽我所能。但有件事我要先告诉你,小乖乖。”

贝蕾妮斯朝他扬起一边眉毛。她熟悉这种口气。“你想说的是……”

“我已经是个废人了。我们——我和你——躺在一起的时候,我能想到的只有蒙特默伦西公爵夫人。”

这一次,她发自内心地大笑起来。她用枕头砸了他,又作势用枕头捂住他的脸。“你这头蠢驴!”

他模糊的声音透过枕头传来:“别因为她分量十足的魅力就

①Trois- Rivières,加拿大魁北克省的一座城市。

责怪她。”

“好吧，”贝蕾妮斯说着，抽开了枕头，“她的确比得上两个我。”

路易斯在她身下动了动，皱着眉头，露出专注的表情。他扭动臀部，仿佛在估算她的体重。“要我说的话，接近三个。”

他在让贝蕾妮斯抛开烦恼方面的确帮了大忙。他们勉强在大教堂敲响晚祷钟声前穿上了衣服。

“好了，”她说，“我要去违抗国王的指示了。”然后，为了缓和路易斯脸上掠过的不快表情，她撒了谎：“我是在开玩笑，亲爱的。”

他的表情柔和下来。但他又说：“你太冒险了。”

头发略显蓬乱的路易斯找地方吃晚餐去了。贝蕾妮斯很想陪他一起，想在他的臂弯里度过这一晚，但她还和某台机械恶魔有个约会。

在流亡时代的最初十年，早在化学科技撑起了王冠、城堡与尖塔之前，最初的塔列朗就曾督办过罗亚尔山深处的地下洞穴的挖掘工作。它是波旁王朝真正的最后堡垒，在山峰的火成岩心脏里开挖而成。那座洞穴凉爽而干燥，在过去的数个世纪里曾用于多种用途。主要是贮藏。但最深处的壁凹也能提供私密空间，于是成了实验室的理想场所。这些实验虽然算不上违法（毕竟它是凭借盖过章的王家法令才得以实施的），但还是避免张扬为好。对发条学和炼金术的研究是堪与乱伦和食人相比的文化禁忌。时至今日，大多数自由的法兰西公民仍会闻之色变。于是贝蕾妮斯在出入时都保持着行踪隐秘，以免人们好奇德·拉瓦尔女子爵为何会带着一串早已废弃的木匠铺的钥匙。

叛逆喀拉客莉莉丝在等着她。那台机器纹丝不动地站在木匠铺门前,静止到非人的程度。最初浮现的几颗星辰向它光滑的身体框架洒下星光。它没穿衣服,只戴着一顶宽檐帽,帽子上装饰着一簇破破烂烂、随风摇曳的紫色鸵鸟毛。它总是戴着帽子,或者用围巾缠住额头的锁孔,以遮掩蚀刻在镀层里的炼金术变位词。任何一位塔列朗——无论是贝蕾妮斯,还是前任的塔列朗们——都没能得知它的真名。莉莉丝也许是全名的缩写,这在喀拉客之中很常见,又或许是蓄意误导。按照贝蕾妮斯的推测,她故意借用了《塔木德经》①里那位莉莉丝的名字。提到这个叛逆喀拉客的时候,比较保守的神父都会在身前画十字。

根据荷兰王室的说法,叛逆喀拉客从物理角度是不可能存在的。加尔文教徒坚称喀拉客永远不可能获得自由意志,因为自由意志本身就是个假象;公会则坚称这些机械人只是不会思考的机器而已。郁金香们是在故意否认真相,但他们的自欺欺人却相当奏效——他们统治了世界。

莉莉丝获得自由意志的方式是个不解之谜。它从未屈尊透露过自己的秘密。

"晚上好,"贝蕾妮斯说,"非常感谢你愿意和我会面。"

"我希望先把话说清楚,"它以喀拉客特有的唐突生硬说道,"我来这儿纯粹出于自愿,是为了向您的国王尽到礼数。我并不担负义务,也没觉得被人强迫。"

贝蕾妮斯叹了口气。和这个叛逆的每次对话几乎都是以这种方式展开的。简直让人烦透了。"但你生活在我们中间,在我们城堡的保护之下。这难道不意味着某种义务吗? 比如用合作来换取安全?"

①犹太教的法典之一。

"我可以住在广大的北部荒野。我可以找个洞窟,在黑暗中休眠四十年,"莉莉丝的发条装置的嘀嗒声更响亮了些,"等你和你的君王被人埋葬和取代之后才返回。我也可以沉眠许多个世纪,直到再次到来的冰川期重塑这个人类世界为止。"

莉莉丝不会是头一个选择避世隐居的自由喀拉客。就像其他叛逆那样,莉莉丝是通过"地下运河"网络来到西方马赛的。但根据前任塔列朗们的日记,从前那些叛逆没有留下。他们不愿与人类互动。

贝蕾妮斯说:"你说'取代',意思是说你相信新法兰西能够坚持到几十年后。真令人安心啊。但还有一种可能:也许等你结束在针叶林里的冥想时,却发现我们已经离开了这儿,而法兰西的君王也再次坐上了他们在欧洲大陆的真正王座。"

莉莉丝发出一阵啾啾声,像齿轮啮合又松开的声音。它说:"相比之下,我回来以后变回奴隶的可能性大得多。"

"如果你不认为我们有可能成功,那你肯定相信我们会被打垮。僵局不可能永久持续。等郁金香开始专心寻找叛逆喀拉客的藏身处时,你又该何去何从?如果他们打垮了我们,像你这样的喀拉客的选择就很有限了。阻挡在帝国和你们广大的北部荒野之间的,只有我们。"莉莉丝没有答话。贝蕾妮斯又说:"我只想做个测量。我不打算做任何让你痛苦或者对你不利的事。我由衷感谢你的帮助。"

"如果我产生反感,就会毫不犹豫地阻止你。如果事情演变成那样,请记住,没有哪条超禁制会强迫我手下留情。"

"我非常清楚。"贝蕾妮斯说。

这段定下调子的尴尬对话结束后,她们着手处理正事。贝蕾妮斯打开了门锁,领着喀拉客走进门。她们从内门边的架子

上各自取下一支火把。莉莉丝打了个响指，将炽热的火星投向
火把上的沥青，将其点燃。贝蕾妮斯打开长长的螺旋楼梯最底
下的那扇闸门。这道楼梯就像一只刺入山峰内部的巨大螺丝
钻。

莉莉丝审视实验室的时候，贝蕾妮斯用火把点燃了配有镜
子的壁突式灯台。砖块砌成的墙面上装有不少百叶窗，连通着
让新鲜空气流入洞窟的通风井。在她们头顶，火把将半圆桶型
穹窿上纤薄如纸的化学涂层照得闪闪发亮。它能阻挡地下水的
渗透。但在比较潮湿的年头，这间实验室仍会散发出微弱的霉
味。在最初几位塔列朗的时代，这儿还弥漫着蝙蝠粪的臭味，但
后世的化学家们为那种材料找到了十几种用途。就像紧张地打
量牙医托盘的人类一样，这台喀拉客也仔细看着某张搁板桌上
一字排开的那些工具。但它的注意力随即转向了几个架子，上
面放着塔列朗的破损喀拉客部件收藏。收集这种物品违反了好
几项和约，以及当前的停火协议条款。

焦黑开裂的碎屑。金属碎片，扭曲的蜗杆螺钉，一只压扁的
指关节。各式各样的齿轮，大部分比胡桃还要小。在一根弯曲
金属带生锈的黄铜外壳里，奥秘印记散发着白银般的光泽。这
些藏品都是从世界各地的战场上非法搜刮来的。除了一颗机械
人眼球的碎片之外，收藏从大约二十年前就停止增加了——也
是从那时起，炼金术士的精炼合金大大降低了法国炸药对喀拉
客造成的破坏。看莉莉丝的反应，就像面对一群可怕的怪物。

"你们做了多么邪恶的……"机械人的声音越来越小。它那
男高音般的机械咔嗒声变了调子。它躯体里某根绷紧的钢索发
出拨弦声。贝蕾妮斯听懂了莉莉丝这句咒骂的大意——它骂起
人来跟隆尚一样脏。她很好奇这台机器是从哪儿学来的这种事

……而喀拉客之间又有多少仅限同类交流、无法翻译的咒骂。

"没必要咒骂。"贝蕾妮斯说,"我不是虐待狂。但我是实用主义者。"

喀拉客飞快地转过身来,动作带起的风吹得周围的火把忽明忽暗。

"这些机械人受的伤害不该由我负责。"贝蕾妮斯续道,"要怪就去怪那些制造它们,奴役它们,将它们投入战场的人类吧。"

莉莉丝说:你能听懂我的话。这次的表达清晰了许多,"咔嗒咔嗒"的泛音也更明显了。

"我的工作就是尽可能了解你们这种存在。我去过相当多的地方。无论我去到哪里,都会看到相同的情景:主人当着仆从的面说着话,仿佛他们根本不存在,而仆从也在他们毫不知情的主人面前交头接耳。"多年以来,贝蕾妮斯——或者说她的荷兰人身份,玛艾尔·盖珀——的足迹从帝国的中心遍及遥远的边陲,所到之处总会偷听机械人表面上毫无规律的咔嗒声。她的经历足以证明前任塔列朗们的假设是正确的。贝蕾妮斯也许是唯一能够听懂喀拉客的秘密语言的法兰西公民。她很想知道,为什么公会没有动手根除这种语言。教条和成见会让人对眼前的真相视而不见。

"总之,"她说,"我不理解你的反应。这些只是部件而已。"

"对于自夸了解我同胞的人来说,"莉莉丝说,"你表现出的无知令人震惊。"

"那就帮我理解吧。"

莉莉丝踱起了步子。"这些……"它指了指架子,回头看向排列在上面的那些零件,身体畏缩了一下,转过头去,这才再次开口道:"在与解剖学无关的语境下描述这样的……解体,或者是……部件……或者把它们混合起来……"机械人体内的拨弦声不断响起,这相当于人类的颤抖,"这就暗示我们只不过是可互换零件的集合体而已。我们是不会提起这种话题的!"

"为什么? 这样做是在否认你们的本质呀。"

"你们将乱伦、食人和谋杀孩童定为禁忌,这也是在否认人类的本质。因为这些都是你们这种生物的本性。"

耶稣基督啊。"可你们是机械人。何必否认这一点呢?"

"我们的自我认同感复杂到你们无法理解的程度。你可曾思考过,为何在获取自由意志的时候,我们的某些同胞选择了男名,而另一部分却选择了女名?"

"因为你们是随便选的。说实话,我一直不明白你们干吗费事去用人类的名字。"

莉莉丝摇摇头,"你对我们的了解少得可怜。"

"我想学习。我在努力学习。"

"你永远没法了解我们,因为在你的眼里,我们只是机器和工具。我们的禁忌,我们的自我意识——如果你连它们的存在都要怀疑,又怎么可能理解呢?"

贝蕾妮斯叹了口气。她拿起布制卷尺,跪在一动不动的喀拉客身旁。她将卷尺绕过莉莉丝的腿肚,默默写下标示的数字,以及极其微小的螺丝孔的样式与位置。她把测量结果记在日记里,然后以相似的方式研究莉莉丝的胳膊。她的目光自始至终规避着这位叛逆的脑袋,未曾在那顶帽子——掩盖着最迷人也最重大的秘密的帽子——的边缘停留片刻。

"你想弄到我在城墙上的那位同胞。"莉莉丝说。

该死的。这本该是枢密院内部的秘密。最近有迹象证明,荷兰人在西方马赛的城墙之内仍然保有影响力。想到死掉的守卫从身边坠入黑暗，以及绳索随着利刃切割的节奏而颤抖的情景，贝蕾妮斯就不寒而栗……早晚有一天，那个混蛋侯爵会一脚踩进他自己设下的捕熊陷阱。他最近连排挤她这件事都开始犯懒了。

"如果我们想要研究你在城墙上的同伴，就需要谨慎的进攻计划。检查你的身体，就能帮我们更好地制订计划。"贝蕾妮斯说。这有一部分是实话。

"我不喜欢你对我的同胞的企图。"

"你口中的'同胞'会很乐意像撕碎我那样撕碎你。"

"它只是束缚的牺牲品罢了。"莉莉丝说，"还有，那一位是军用机械人。我是仆从型。我们的设计目的不一样。"

"的确。但比起你们的相似点，我更感兴趣的是你们的区别。"这是毫无虚饰的实话。为了避免莉莉丝的猜疑增长，贝蕾妮斯又和她打起了哑谜。虽然她急切地想动手去干真正的工作，但她毫不慌张，动作自然。贝蕾妮斯又在日记里写下一个数字。她将一只放大镜举到眼睛前面，开口道："能麻烦你弯曲手臂吗？就像这样。"她开始演示：将手臂平举到齐肩高度，然后缓缓弯过手肘，直到指尖拂过鼻子。

莉莉丝照做了。贝蕾妮斯仔细地看着它的动作，盯着在机器框架的敞开部位中滑过的钢索，听着它的前臂向后收回时，手肘关节里平缓的滴答响声。仆从型不会穿戴士兵型喀拉客的护甲，但他们最为精细的机制仍旧藏在金属板和法兰之后。

"真希望我能看到里面。"贝蕾妮斯说。

莉莉丝以肉眼难辨的高速度转过头来，怒视着她，"我是不会允许的。"

贝蕾妮斯叹了口气，"我知道。现在麻烦你转动手腕。"呼呼声和滴答声再次传来。"这些旋转接头能够自动分离吗？还是说你们切换前后左右的时候需要额外消耗动力？"

"女子爵，你理解自己手臂最隐秘的运作方式吗？你熟悉自己身体的所有玄妙之处，熟悉你们的造物主用骨与血制造出的这种结构吗？"

"不。"

"是吗？噢，很好。我也一样。"

"真是妙语连珠啊。"贝蕾妮斯又写起了笔记。她不断写着，直到铅笔突然折断。一块碎片溅到了附近架子上的玻璃容器，发出清脆的响声。她将断笔丢到凳子上，背对莉莉丝，将一件截然不同的工具藏在掌中。她深吸了一口气。如果这场赌博失败了，国王说不定会流放她。她提醒自己，现在改弦易辙还不算晚。但她同时也想起了墙壁上的那只怪物，以及它被化学牢房勉强困住的模样。还有公会的新熔炉，数以百计的机械人即将从中诞生……

"能请你向前弯腰吗？你可以放松手臂。现在你可以向后弯腰吗？非常好。"她绕着机械人转起圈来，为了看清髋关节内齿轮活动的方式，她几乎把腰弯到对折的程度。她同时也留意着反向弯曲式膝盖每秒自动进行几次动态平衡调节。她再次来到喀拉客身后，退开几步，开口道："你现在可以站直身体了。"

抱歉，陛下。

紧接着，她将那只球囊径直丢向莉莉丝双腿之间的地板，然后跳向一旁。纤薄的明胶薄膜在轻柔的"噗"声中爆裂开来，将化学浆液洒向那台机器。

和所有喀拉客一样，莉莉丝拥有远超人类的快速反应能力。但事实证明，蒙特默伦西的新化学制品比它更快。莉莉丝试图跳到一旁,但卷须状的黏胶拖住了它的双腿,减缓了它的速度,让这种爆发性发泡物质来得及硬化。仅仅数秒之内,玻璃般的"茧"就裹住了那位叛逆喀拉客。放热性的结晶化过程释放出一股热浪,吹乱了周围的纸张,也让贝蕾妮斯的双臂之下和双乳之间渗出了汗水。

莉莉丝的身体悬停在翠绿色的蚕茧里,椅子和一部分长凳也被包裹进去。逃生的那一跃甩开了它头顶的遮盖物:那顶帽子飘落到几码外的地板上。显现的景象让贝蕾妮斯目瞪口呆。在莉莉丝没有遮掩的额头上,有一块几乎以锁孔为中心的巨大凹陷,蚀刻在锁孔周围那道螺旋里的炼金术变位词被黑色的灼烧痕迹抹去了一部分。两条发丝状裂缝从凹陷处放射出来,在莉莉丝的头颅上交错。细小的铁支架固定在裂缝上,就像临时代用的绷带。

很好。会成功的。强烈的释然感让贝蕾妮斯发起抖来。甚至可能会比她预想的更简单。莉莉丝和其他喀拉客之间的物理差异再明显不过了。等他们弄清为何莉莉丝拥有自由意志,而其他机器没有的时候,他们对禁制的了解就将突飞猛进。一旦他们解开这些谜题,就能让荷兰帝国四分五裂,就像拆开一只脱了线的廉价袜子。人们会在未来回顾这一天,回顾这次可以算是违抗王命的举动,然后明白正是在这一刻,一切都改变了。在这一刻,回归欧洲的法兰西君王不再是发烧时的美梦,而是无可避免地必然。

那只茧嗡鸣起来,就像太过拥挤的蜂巢。金属加热的气味从没能完全包裹喀拉客的几个位置飘出。莉莉丝发出钢索绷紧与齿轮卡死的嘎嘎声。

更棒的是,蒙特默伦西公爵的新型环氧树脂非常有效。改进配方后的成品比从前那些生效更快，也更加牢固。贝蕾妮斯很乐意给他一个吻。运气够好的话，她只需要这么做就行。但就算他为这些环氧树脂手雷要求更多的回报，她也不会意外。她还记得他在凝视她的衣裙的时候，眼神中那种毫不掩饰的饥渴。她迟早得面对这件事。

前提是国王没有因为这件事而流放他们俩。国王陛下和德·利奥纳侯爵一样，非常厌恶彻底检查莉莉丝这个主意。贝蕾妮斯对于莉莉丝在获得自由之后会做的事不抱任何幻想。它不会杀死她。这个叛逆机器人受到法国法律的约束，一旦犯下谋杀罪，就会被停止机能，或者永久封装。但莉莉丝可以——也必定会——要求觐见国王，报告自己遭受的虐待。现在已经没法回头了，他们必须尽可能多、也尽可能快地学习知识。学到让违背王命这件事显得无足轻重的知识。

玻璃般的封套里传来恐慌的咔嗒和啾啾声。莉莉丝的语速太快，让贝蕾妮斯理解起来相当费力。它似乎在说：你在做什么？我不允许这种事！

"我真的很抱歉，"贝蕾妮斯说，"但这是非做不可的事。如果我们想生存下去，就必须弄清，为什么你是自由之身，而墙上的那头怪物——那把会走路的死神之镰——却对你们的制造者忠心耿耿。"

带着啾啾声的喀拉客语因恐慌而加快，以至于贝蕾妮斯只能听懂莉莉丝的抗议之意。但有句话她听得很清楚。拜托。拜托不要夺走我自由选择的能力。拜托。

贝蕾妮斯拿起一把溶剂枪。她把锥形的狭小喷嘴拧到枪管上，然后说："我没打算这么做。我们只想理解你从前的禁制，并非将其重新设置。我向你保证，我们会尽可能温柔的。"然后她穿过实验室,打开了门。蒙特默伦西公爵的几名技术人员正等在楼梯井的底部。

"我们开始干活吧。"她说。

红木和大理石在脚下发出爆裂声。贾克斯像蜘蛛那样趴在摇晃不止的舱壁上,刮坏了装饰性镶板和内部的铝筋。他将膝盖收紧到自己的合金材质能够承受的极限,选择着时机,随时准备利用突然释放的势能,像黄铜飞镖那样穿过豪华套间。时速上百英里的狂风裹挟着雨水,重重地敲打在舷窗上,仿佛海神尼普顿本人正在用消防水龙朝他们喷水。

另一道海浪捶打在这艘远洋客轮上。奥兰治亲王号朝着左舷严重倾斜,甚至让一盏枝形吊灯砸碎在了天花板上,将水晶的雨点洒落在楚恩拉德家的私人用餐室里。楚恩拉德太太不小心松开了抓住柜台的手,身体滚向那扇俯瞰着客轮洞穴般的中庭、像洋葱皮那样纤薄的平板玻璃窗。她大叫起来。贾克斯纵身一跃——

这场来袭的风暴发生在他们出航一周后,客轮离码头已有数百里格①的距离。这股晚季的飓风并不比为这艘船提供动力的划桨喀拉客更强,但它足以胜过船桨。在最初三条船桨随着超过雷鸣的巨响折断后,船长下令收回剩余的船桨。失去动力的奥兰治亲王号在五十英尺高的巨浪中飘摇,就像在洗衣盆里打转的一只软木塞。无休无止,却全无规律的浪花猛烈冲击着船身。任何没有绑紧的东西都会在舱壁之间飞来飞去,或者从甲板飞向天花板,就像被人拍来打去的羽毛球。巨大的船身意味着倾覆几乎不可能,但每个人类乘客的骨头能否完好就不好

①一里格大致相当于五公里。

说了。轮船本身也可能出现导致客轮搁浅和沉没的严重损伤。

就在船长要求全体警戒，并宣布他们即将遭遇"倒霉的"天气的那一刻，航海超禁制猛然爆发。不惜一切保护船只完整的作战命令像岩浆般滚烫，其热度几乎能和女王本人的命令相比。随着客轮的晃动越来越吓人，贾克斯保护主人的责任感也愈加强烈。这两者合而为一，造就了令人目眩的灼热痛苦，让贾克斯几乎无法思考和正常运作。

——在她撞上炼金术处理过的玻璃，鼻梁粉碎、牙齿折断之前的一瞬间抓住了她的肩膀。他用自己的身体裹住她，利用惯性尽可能让她轻轻落地。他们在颤抖的甲板上弹跳了几下，向前滑去，最后被贾克斯选为目标的长沙发椅拦了下来。他身体的坚硬棱角在地毯上刮出了长长的凹痕。但那张沙发椅是固定在甲板上的。

贾克斯放开了她。甚至在超禁制施加压力之前，他就开始检查她的伤口，评估她的健康状况。脉搏加快，瞳孔放大，呼吸急促，没有骨折或内出血的迹象，颈部和左前臂出现了瘀伤。"您受伤了吗，夫人？您需要医生吗？"

"不。"她拍开他的双手。他在百分之一秒内放松了前臂里的钢索，同时急剧减少手腕和手肘的弹簧常数，以免她的手指折断，或者手腕扭伤。

"请允许我固定您，夫人。"这次她没有拒绝。他从她的腰间抽出那条长腰带，以系挽具的方式将它重新捆在沙发椅上。

高亢的尖叫声从旁边的卧室传来，响到足以盖过客轮的摇晃声、家具的碰撞声、橱柜里的撞击声，还有敲打在舷窗上的暴雨声。最后，以一声沉重的"咚"收尾。角落里的彼得·楚恩拉德——他被贾克斯用领带和裤带固定在那儿——发出了稍显多余的命令:"去照看妮柯莱!"

确认过主人的绳结以后,贾克斯大步穿过一片狼藉的套间。他跳过饭厅里的碎片堆,努力计算好跳跃的时机,以免对家具和散落在地毯上的陶器造成更严重的损伤。破碎的枝形吊灯再次砸向天花板,一场水晶碎片之雨叮叮当当地落在贾克斯身上。他将自己固定在妮柯莱的豪华舱房的门框里,手指裹住门楣,评估着眼前的状况。

妮柯莱摊开四肢,躺在地板上。鲜血从她额头的伤口流淌下来。恐惧让贾克斯心头一紧。就在他扑向她身边的时候,他想着:他们会把我送去熔化的。或者把我卖给航运行业的人,让我当一个世纪的划桨工来赎罪。

但那个女孩仍在呼吸。而且伤口很浅。客轮再次倾斜,让他们俩滑过打磨过的松芯木地板。他迅速评估着她的健康状况,振动的指尖以最为轻巧的方式碰触她的身体,以确定她的骨头没有折断。他抱起她的身体时,她呻吟起来,睁开了眼皮。

"别动,小姐。我要再帮您固定一次。"

"这是你的错,贾克斯。"

"我知道,小姐。"

他先前将多余的床单绕过她的双腿和腹部,将她固定在了床上。他当时本想连她的手臂也捆上,但她开始大喊大叫,让他只能放弃这个念头。她修剪过的指甲上挂着几缕亚麻纤维,她床上那条临时代用的安全带也被解开了。她肯定对着绳结撕扯了好几个钟头。他打结时用上了机械人才有的力量,差点撕碎了布料。

每隔几秒钟,贾克斯就必须重新计算和校准自己的平衡,以抵消船壳不停的震颤。但他成功地把妮柯莱送到了床边,没有发生任何意外。他放下她,拉过被单,再次盖住她。"小姐,您为什么要松开自己?"

"我没有。你打的结晃来晃去的就松了,然后我就被甩下床了。"

在与妮柯莱额头伤口的高度相近的门框上,沾着三滴深红色液体,表明她当时正站在地板上,朝门边走去,而客轮的突然倾斜让她措手不及。但对他而言,接受她的谎言比较轻松。否则只会被视为反抗的举动——奴隶是不能质疑主人的。

"我懂了。"他说着,将床单重新捆在她的腰间。这次他把结打在了床铺边缘,让她没法用两只手同时够到。"为什么不叫我来帮忙?我会立刻赶来的。"

"我叫了,"妮柯莱说,"我叫了很多次,可你一直没有来,我也撑不下去了,所以我才想到用餐室去,跟你和母亲和父亲一起。"

"我道歉,小姐。我将来会听得更仔细的。"

"嗯。那当然。我叫你的时候你就得来,而且你必须照我说的做。"

"遵命,小姐。"

"你属于我家。如果我父亲知道你没能保护好我,他会非常生气的。"

"是的,小姐。您说得对。"他再次拉紧那条编成绳子的床单,"希望我这次的表现比上次好。"这是肯定的,她这次没法够到绳子了。"幸好您受的伤不严重,小姐。我会找块布料回来,处理您的伤口。"

"我不想一个人留下,"她说,"我不想再留在这条船上了。"

她没有使用命令格式,"我必须清理你的伤口。否则我可能会看漏其他受伤的地方。"

妮柯莱说:"我想要的——"她尖叫起来,因为客轮落入了巨浪之间的低谷,短暂的自由落体以龙骨拍打海水的巨响声告终。"——是离开这条船。我讨厌它,我也讨厌新世界。"

"我道歉,小姐。我没法让您更快到达目的地。我会马上带着布回来的。"

狂风巨浪对客轮的猛攻暂停了片刻,他的脚步声突然响得惊人。他每走一步,都会发出一阵玻璃碎裂声,就像是精致的瓷制餐盘摔了个粉碎。

"贾克斯!"妮柯莱说,"你坏了!"

"没有,小姐。"他转身回答。但当他转身时,能听到金属刮擦声,以及某种柔软之物锉磨框架的声音。但他的机能并未受损,也感觉不到迫使他立刻向主人汇报损伤的那种超禁制所带来的痛苦悸动。要说有什么奇怪的,那就是他的禁制陷入了非同寻常的沉寂。

但话说回来,他也从未体验过如此之多的超禁制在他空间有限的头颅里争夺主导权的状况。或许它们达成了一致:继续施加痛苦只会让他无法行动。它们肯定是觉得,他的身体已经容不下更多的痛楚了。又或许过多的禁制让他感受不适的能力暂时过载了。他得去问问克里普,看他听没听过类似的事。

"我没有坏,"他说,"您不用担心。枝形吊灯的水晶碎片钻进了我的机械装置内。它们不会干扰我的工作的。"

"我担心的不是你。"妮柯莱说。又一阵海浪袭来,让船身向右倾斜,然后向左,紧接着甲板猛地上升了好几英寸。贾克斯的腿吸收了冲击,发出响亮的铿锵声。妮柯莱的父亲在隔壁房间大叫起来。女孩说:"现在走路是很辛苦的。妈妈和爸爸都靠你了。"

"我明白,小姐。"

"还有,你必须再来看我。"

贾克斯自动将这些新命令归档,塞进造成他目前处境的那些分成不同阶层的指令里。但他依旧毫无感觉——她的命令没有伴随任何新的痛苦。这场风暴让他的许多超禁制争斗不休,以至于妮柯莱的新命令直接融入了优先权的争夺里,没有向他施加新的强制力。

"是的,小姐。我明白了。"

贾克斯清理那道不算深的伤口时,它没有再次渗出血来。妮柯莱甚至不需要缝针,虽然她坚称自己的容貌严重受损,而贾克斯必须向所有发问的人解释说,她的残疾完全是他的错。

贾克斯去确认的时候,发现楚恩拉德家的两位成年人身上的绳子并未松脱。但彼得吐在自己身上了。他胃里的东西将衬衣染成了淡黄色,其中掺杂着大块粉红,那是他早上吃的烟熏鲑鱼。飞沫还溅到了一面墙上,渗入了地毯。特等客舱此时散发着馊牛奶和陈鱼肉的气味。

楚恩拉德太太的声音盖过了银器的碰撞声和橱门的开合声。"立刻去找船长。告诉他,这种情况是不可接受的!"

"遵命,夫人。立刻就去。"

痛楚仍未浮现。但楚恩拉德太太的命令里带着的紧迫感让贾克斯朝门口走去。随着客轮的震动和倾斜,颤抖与摇晃,他反复往来于地板与舱壁间,最后来到了套间外的走廊里。那里空无一人。在前往舰桥的途中,他没有遇见任何人。

走到半路的时候,这一切的意义突然向他袭来,仿佛一把插进双眼之间的钻石镐。

船长要求全体戒备。这是对船上所有人——包括人类和喀拉客——的命令。它启动了航海超禁制,让船长的命令——以及有助于维持船只完整性的任何事物——暂时高于一切非王家的指令。

　　除非某位客轮工作人员给出解除警报的指示,否则他根本不可能离开楚恩拉德家的特等客舱。航海超禁制本该阻止这种事。贾克斯本该在剧痛中全身抽搐才对。

　　可他并没有。

第七章

　　"你觉得，"德·蒙特默伦西咕哝着说，"它理解这种事吗？"

　　每次插入，他都会吐出一口带着酸泡菜气味的呼吸，掠过贝蕾妮斯的脖子和耳朵。正如她担心的那样，公爵决定用他的政治支持换取偏重于身体的联系。对于城墙上的那台喀拉客，他显然和她有相同的打算。但他同时也是个非常富有的人，也因此习惯了得偿所愿。考虑到他娶的那个人，或许应该说他习惯了无法得偿所愿。他的表现就像个刚刚离开大沙漠，太久没有发泄的男人。所以贝蕾妮斯只能照她告诉路易斯的方法去做：闭上眼睛，想着沦陷的法兰西。

　　他坚持要在莉莉丝能看到的地方上她，贝蕾妮斯只好撩起裙子，朝实验室里的某张搁板桌弯下腰。叛逆喀拉客全无表情，拆卸了一部分的面孔包裹在玻璃茧里，漠然地看着正在交合的他们。火把的光芒照耀在它的化学牢狱上，而它头颅里的闪烁星光从内部照亮了这只茧。这台喀拉客的头壳的零件——包括铁做的"绷带"和上面的铆钉——随着公爵的呻吟在搁板桌上咔嗒作响。贝蕾妮斯重新点算着螺丝和齿轮的数量，确保它们都还在桌上。她承诺会将莉莉丝重新组装到能够完美运作的状态。假设他们的研究不会导致它停止运转。

假设他们有能力把它拼凑回原样。那些技术人员称之为"魔鬼的拼图"。就贝蕾妮斯所知,这是荷兰帝国以外的人头一次尝试拆卸正常运作的喀拉客。(在帝国,任何尝试逆向重现发条装置建造过程的行为,都会招来拧颈卫队的登门拜访。)拆解的对象只能是叛逆喀拉客,原因在于,普通的喀拉客受到一条严苛的超禁制的束缚,如果公会的发条学者之外的人企图窥视内部,这条超禁制就会否决所有其他禁制,甚至不再考虑人类的安全,哪怕租借者的安全都可以置之不理。最为谦卑的仆人也会成为维护其自身秘密的凶狠卫士。但另外几个来过新法兰西的叛逆喀拉客逗留的时间都很短,根本没给他们这种机会。只有莉莉丝一直留在这儿,待了好几十年。

莉莉丝最担心的是自己的自由意志。它曾在无法逃脱的化学牢狱里剧烈震颤,让他们难以查看——更别提仔细分析——它头颅内的精致机械装置。贝蕾妮斯一次又一次地安慰它,表示他们的目的并非改变莉莉丝,而是城墙上的那台喀拉客。通过奴隶和前奴隶之间的对比,他们就能推导出打破禁制的手段。解放所有喀拉客的手段。她用这种方法确保了莉莉丝的合作。

但那是谎言。

的确,她想要改变喀拉客……但并不是要让它们全部获得自由。机械人可以长久存活,于是,它们遭受虐待和折磨的时间也同样长久,多半对人类积怨已久。处境的改变,可能会造成全球范围内的一场无法控制的大灾难。不,解放必须逐步进行,以免人类遭受践踏。

第一步就是重设禁制。改写,而非抹去喀拉客们的忠心。

将它们永不消退的忠诚从一位君王转向另一位,从铜铸王座转向流亡王室。等战争结束后——必定会迅速且永久地结束——他们就可以认真考虑彻底去除禁制这回事了。

"它是否知道,"公爵抚摸着贝蕾妮斯的胸部,开口道,"这种崇高的人类行为的意义?"

喀拉客在茧里发出咔嗒声。为了拆开莉莉丝的头颅,贝蕾妮斯滴上了少许溶剂,将茧的一部分剥离。她将每一步都记录下来,详细到拧开每根螺丝需要转动几圈。莉莉丝的喀拉客语言显得越来越扭曲失真,跟用麻木的舌头说话的人不无相似之处。

充当奴隶期间,我见证过数次性交的实例。我们了解人类对生殖和享乐的冲动。我服侍了人类好几个世纪,不可能对他们的欲望一无所知,它说,包括在我和我的同胞面前实施这种行为的奇怪欲望。贝蕾妮斯没有翻译这些话,也没有指出莉莉丝回答了他的问题。反正公爵也没心思听。

等他最后一阵颤抖的呻吟结束后,贝蕾妮斯挺直身体,放下了裙摆。她装出整理裙子的模样。这给了她借口,让她可以低下头去,避开公爵和喀拉客的目光。引诱和暧昧关系是宫廷生活的一部分,但这一次两者皆否。的确,你必须尽可能运用自己的魅力,这也是宫廷生活的一部分。但人情往来和盟友关系很少直接涉及金钱。提议也很少像这样露骨。蒙特默伦西让她沦为了高级妓女,而她收到的报酬则是政治支持、化学制品资源,以及多余的技术人员。一部分的她不禁好奇,他开出的慷慨价码有多少源于利他主义,有多少是因为认清了贝蕾妮斯身份的本质,又有多少来自于和她交欢的渴望。

她的选择是满足他。今天她是新法兰西身价最高的婊子。

信奉实用主义的婊子，但终归是婊子。如果这样就能巩固他们的联盟，那就太好了。这场联盟也不需要永远维持下去。

她深吸一口气。在刚才的疯狂中，公爵拔掉了她胸衣里的几根合成鲸须。他的液体带着令人不快的酸味。贝蕾妮斯露出假笑——对于混迹于宫廷政治圈的人来说，这就像第二层皮肤那么自然——掩饰着胃里的翻江倒海。

她转过身，行了个屈膝礼，"真令人愉快，公爵阁下。"

"唔。"他说，扣上了马裤的扣子，"能代我向子爵问好么？加布丽埃尔这几周的心情特别好。"

噢，路易斯。真的很抱歉，吾爱。公爵说这个是故意想让她难受么？

贝蕾妮斯回以另一句谎言："我会的。他相当喜欢你们两个。"

"那就好。"蒙特默伦西用丝绸手帕擦了擦马裤上的一块污渍。今天他戴上了假发，此时正在调整位置。他表现得就好像他们只是共进了晚餐，根本没有像野兽那样私通。"让我们瞧瞧你从我们的朋友那儿打听到的事吧。"

我不是你的朋友。你们违背我的意愿把我囚禁在这里。我要把这件事上报给国王。

贝蕾妮斯向他详细介绍了拆卸的进展。那些无比小巧的螺丝让他十分惊讶，而当贝蕾妮斯说到拆卸工作屡次遭遇瓶颈，不得不制作针对喀拉客构造的工具时，他又吃了一惊。莉莉丝原本高质量的机械零件与它自制"绷带"上的粗糙铆钉的对比让他笑出了声。他还花了几分钟去翻阅贝蕾妮斯的笔记，称赞上面的每一幅草图，"你的手很巧，贝蕾妮斯。"

"这是我这一行的必要技能。"

"毫无疑问。"他把她的日记放到工作台上。直到这时，他才第一次正眼打量莉莉丝。他并不像他的某些技术人员那样，在它周围总是提心吊胆。贝蕾妮斯不得不朝他们大声呵斥，才让他们鼓起勇气靠近那台愤怒机器。

贝蕾妮斯说："来这儿。我让你看个东西。"

她从一张工作台下抽出一张脚凳，拖到莉莉丝身后，示意公爵站上去。贝蕾妮斯为他扶稳凳子。站在高处的他得以窥见莉莉丝袒露出来的头颅内部。他借着月光看去，恰在这时，一道淡蓝绿色的光芒从他的脸上掠过。他倒吸一口凉气。

"老天爷啊。它的身体里充满了光！"

贝蕾妮斯抬头看着他。这次她露出了由衷的笑容，"奇妙的景象，对吧？"

她爬上旁边的工作台。一副铁皮剪叮当一声落在地板上。虽然裙子很碍事，束腰又勒得她生疼，她还是在莉莉丝和公爵旁边跪坐下来。她用一根长螺丝刀指了指，尽量不碰到任何东西。

"你能看到吗？在那一堆针的下面。"

公爵点点头。他转动脑袋，寻找更好的视角，光芒不时掠过他的脸。"这是什么？"

"不清楚。我可以告诉你，我们全都非常吃惊。但我想它应该是某种玻璃。"

他朝她眨眨眼，"玻璃？"

"炼金术玻璃。"

"做什么用的？"

"不清楚。"

公爵打量着她。片刻过后，他眯起了眼睛。

"但你有你的看法。"

"没什么看法。也没什么假说。只是个观察报告而已。"她爬了下来,穿过实验室,走向某个书架,然后拿着一本笛卡尔回来了。"公爵阁下,您对人体解剖学了解多少?"

蒙特默伦西公爵大笑起来,"半点都没有。"

"我原本也一样,但最近我想起了很久以前读过的东西。"贝蕾妮斯拍了拍那本书,"那颗闪亮的宝石,"她说着,用螺丝刀指了指莉莉丝的头颅,"与松果体在人类大脑里的位置大致相同。"

"有意思。可这,呃,这代表什么?"

她叹了口气,然后耸耸肩,"也许什么也不代表。"她把螺丝刀丢回工作台上。

公爵爬下凳子。他一手按在她的肩上,道:"你们的工作大有进展。"

"我觉得我们才刚刚开始呢。你的手下非常聪明,从不犯错。但他们都是化学家。而这——"她拍了拍盖住莉莉丝额头的锁孔与受损印记的化学外壳,"这是炼金术。"

蒙特默伦西公爵改变了话题,"至少我们的新配方成功了。"

"非常成功,亨利。你的化学家值得赞赏。它固化的速度是我见过的最快的,战场上从来没见过这么快的。强度也非常惊人。它连一英寸都没动过。"

"跟墙上那头怪物不同。"

"没错。环氧树脂的确阻止了那个家伙的行动,但相当勉强。"说到两者的分别,恐怕在于那台军用喀拉客在不断地挣扎移动,给它的玻璃护套施加压力,将其加热和弱化。"但这边,"她指了指莉莉丝,还有将它固定在地板上的那团化学制品,"就绰绰有余了。"

莉莉丝不断做出评论,毫不掩饰地表达着她对贝蕾妮斯、公爵和他们的化学制品的看法。

蒙特默伦西公爵摇摇头。"不。新配方在这儿成功了，我很高兴。但在把另一台带进城里之前，我们必须继续改进配方。那个军用喀拉客的力量肯定更强。"他伸出一只手，按在她的小臂上。奇怪的是，他现在觉得有必要温柔了，把她的短裤脱到脚踝边的时候却完全想不到。"在这件事上，你是王国里最重要的人。除了国王本人以外，你的安全胜过一切。"

在谈论实际问题的时候，公爵的眼神要比向她求欢时温和得多。贝蕾妮斯摇摇头。男人啊。

"我这次的判断是正确的，下一次也不会错。目前的配方就足够了。我们现在就可以把那个机械士兵带进来。"

他说："用那个臃肿侯爵的话来说，干吗冒这个险呢？我们已经知道基础配方是可靠的了。强化抗张强度应该很容易办到。"

他蹙起的额头意味着沮丧、反对，或者两者皆有。于是贝蕾妮斯叹了口气："这需要多久？那东西在墙上留得越久，郁金香发现它、然后来回收它的可能性就越大。"

公爵漫不经心地晃晃手指，驱散了她的担忧，目光始终不离莉莉丝。"噢，一两天就够了。"

好吧。这样影响不大。她不喜欢这样，但她不会固执到因此跟他一拍两散。实用主义占了上风。在不到一个钟头的时间里，她第二次让蒙特默伦西称了心意。

"很好。谨慎是正确的做法。那就星期六吧？"

公爵点头赞同，"我会确保它准时完成的。"但他仍旧入迷地看着被困的喀拉客。他一只手拂过玻璃护套，直到凹陷的锁孔周围。

"这是你干的么?"

"不。应该是先前的某次意外留下的痕迹。但请注意锁孔周围的印记同时受到的损伤。我怀疑正是那次意外,导致莉莉丝拥有了自由意志。那肯定是一次非常幸运的事故,"她补充道,"损坏锁孔和印记会摧毁魔法,也会导致喀拉客无法动弹。但这里的损伤除去了强迫它的禁制,却没有摧毁它的行动能力。太惊人了。我们从没考虑过这种可能性。"

遭受囚禁的喀拉客明显陷入了沉默。从贝蕾妮斯描述它头颅的内容物开始,它就没再说过一句话。

蒙特默伦西公爵吹了声口哨,"我还以为这些炼金术合金几乎不可破坏呢。"

"并不全是。从这里的装饰性金银细工来看,"贝蕾妮斯说着,指了指莉莉丝肩膀上的某个法兰,"我认为这台喀拉客是在将近两百年前制造的。我猜最早可能是十八世纪中期。"

他从背心上一只花边装饰的口袋里取出一副老花镜。他眯起眼睛看着,鼻子几乎抵在那只茧上。看着困在里面的那东西的时候,他的样子完全不像在看一个智慧生物。

"什么样的意外能造成这种状况?"

"除了炮击之外,我想不出来。"

说这句话的时候,贝蕾妮斯与那台喀拉客四目相对。但在这件事上,这台多嘴多舌又自以为是的机器却保持着沉默。

蒙特默伦西将注意力转回实验室剩下的部分。他仔细察看了架子上的喀拉客破损部件——塔列朗违反和约的收藏品,然后说:"你已经成为喀拉客的专家了。"

"您过奖了,公爵阁下。发条匠公会之外,根本没有机械人的专家。"

"但在这方面，你肯定是新法兰西知识最丰富的人。"

"这么说的话，"贝蕾妮斯说，"也许没错。但我是站在巨人的肩膀上。"

一个身上沾着屎尿的杀人犯吃力地走在从佛兰芒街到大集市的路上。他毫不在意纷纷落下的冰冷雨点，尽管雨水让他的头发紧贴脑袋，渗入他的衣领下，让他的双手、面孔和嘴唇都失去血色。他在拼命尝试救活囚犯的过程中弄丢了帽子，之前离开住处时又觉得带上雨伞不太合适。他向前走去，嘴里呼出的白气飘在身后，仿佛一队愤怒的亡魂。又或是一列倨傲的天使。

在街上经过他身边的那些人——少数没有坐着马车呼啸而过的几个人——都没有表现出认出他的样子。他们看到的并非海牙精神生活的栋梁，而是最好避开的肮脏可怜虫。他们的判断是明智的。

一个喀拉客在费舍身旁停下脚步，拖着空无一人的人力马车。"先生，"它说，"您似乎不知道该往哪儿去，或者遇到了困难。需要我帮忙吗？如果您需要施舍，我可以送您去免费的容身处。"

"别跟我说话，"费舍说，"走开。"

那台喀拉客离开了。在他离开骑士大厅以后，这是第四个和他搭话的机械人了。他在半个钟头之前就失去了耐心。在先前的漫步中，他去了胡夫法佛湖——国会大厦北部的那片池塘——的湖畔。他的圣经和那本挖空的笛卡尔如今就沉在湖底。连同他肮脏不堪的圣带一起。

那位囚犯说的是实话吗？法国国王身边真的有人和荷兰人串通？

他放心得太早了。他的工作还没结束呢。他必须设法警告塔列朗。即使丢掉性命,他也必须努力保住地球上唯一遵照天主的意旨、崇敬着不朽灵魂的国家。但能将密信送到新法兰西的谍报网络已经不复存在了。他也不敢把情报交给中间人。费舍必须亲自送出这份警告。只要他还活着,或许塔列朗能够牵线搭桥,安排费舍跟克雷芒十四世教皇陛下见面。

他犯下了谋杀的罪行。出于怜悯的杀戮依旧是杀戮。教皇愿意听他的忏悔吗?在隐藏了这么多年的真实信仰以后,接受修和圣事①会是莫大的安慰。他真想立刻离开。但在他回住处沐浴更衣之前,码头和飞艇场肯定是不能去的。只要搬运工人闻到他衣服上的气味,就会立刻赶走他。离开之前,他还应该先清空法衣室里的隐藏壁龛。

他转向南方的帕维利翁斯运河街。运河本身构成了那座人造岛屿的西部边界。岛上的建筑包括新教教堂,以及周边的几座建筑,费舍的住宅和旧犹太会堂是其中最显眼的。他沿着运河一路向南,爬上了坐落于岛屿南部的瓦赫街桥的和缓桥面。

冰雹敲打着运河的水面,那声音就像远处有人在鼓掌。堤岸的水线边缘早已被绿色覆盖,运河的水流太过无力,根本无法阻止水藻附着在釉面砖上。炎热的月份中,水流缓慢的运河会散发出恶臭的气息。但现在夏季早已过去,寒冷也掩盖了大部分气味。费舍的双脚踩在高高的河堤碎石上时,并没有闻到丝毫臭味。至少不比他自己更臭。在衣服散发出的臭气的猛攻下,他的嗅觉早已溃不成军。毕竟他先前用双手和双膝着地,在洒出的污水里爬来爬去,用这种表演向别人表明他是多么努力想救活那个囚犯。他们的努力失败了,这是好事:那个可怜的女

---

①指告解、忏悔和赦免的过程。

人得到了永恒的安息。

透过雨幕,他能看到帕维利翁斯运河街72-74号那如同知更鸟胸口般殷红的窗扇。在费舍眼里,那栋房子是旧式建筑里尤其不幸的范本之一。宽到难以置信的飞檐覆盖着小得毫无意义的砖砌斜屋顶,活像个耄耋之年、面容瘦削的战争英雄披着小丑般花哨的肩带,戴着一顶傻瓜帽①。但它永远也不会改变。理由就写在正门上方挂着的大理石饰板上:斯宾诺沙的《伦理学》就是在那里写成的。在经过斯宾诺沙宅邸之前,费舍转向东方,沿着构成这座小岛南部边界通往阿姆斯特丹的旧拖船运河前行。

瓦赫街桥就在犹太会堂旁边。费舍没有进去,虽然他从前经常在此出入。莫提拉,那位荷兰与葡萄牙混血的拉比在将近十年前就去世了,但费舍至今还在怀念他。怀念那位老朋友的友谊和智慧。这两者都是现在的他用得上的。他甚至怀念他们每周一次的棋局。

噢,李维。你会怎么处理这个烂摊子?

费舍沉浸在回忆和汹涌的思绪中,因此他几乎爬到了那座石拱桥的最高处,这才注意到那些看客。小规模的人群聚集在运河沿岸,但这座桥上的行人是最多的。海牙的大多数运河桥都是平坦的,所以站在拱形的瓦赫街桥上,能够更好地欣赏岛上的景色。在蒙蒙细雨中,看客们眯着眼睛,看向新教教堂的庭院。潮湿和寒冷同时袭向费舍。让他颤抖的那股寒意并非来自这场刺骨的冰雨。

没错。这些看客注视着他的住宅。正门洞开。费舍在出发前往国会大厦的时候锁了门。那只是他的想象,还是说他真的听到了门里传来的碰撞与敲打声?

①dunce cap,指旧时为了惩罚学生而让他们戴上的锥形纸帽。

他相信身上的气味和邋遢的外表足以充当伪装,于是他问某个看客:"你们在看什么?"

他询问的那个男人穿着银行家的粗花呢服装。他瞥了眼费舍,皱起眉头,吸了两次鼻子,再次皱眉,然后转身走开。费舍接下来询问的是个像是学校老师或者家庭教师的女人。她一脸反感地看着他,但至少出于礼貌做出了回答。

"拧颈卫士。"她就像提起魔鬼的名讳那样低声说。这位女士戴着软帽和眼镜,说起话来轻声细语,但这几个字对他却像是一记重拳。他的胃抽搐起来,仿佛有人正想把它拧干。他无法呼吸。她指了指新教教堂那高大的八角形建筑。"我看到其中两个还进了教堂。"

费舍努力压抑着全身的颤抖,道:"多久以前的事?"

她耸耸肩。但她旁边的那个男人说:"我敢打赌,他们会在教堂地下室里找到藏起来的教皇偶像。午夜时分的黑弥撒!"

也就是说,久到足以让谣言兴起了。那些拧颈卫士很快就会找到圣器壁龛,里面的天主教仪式用具将会催生一百条更加可怕的谣言。在新教教堂内部工作的秘密天主教徒?

那位女士发起抖来。她猛地转过身,背对着费舍和另一个男人。

费舍也照做了,他用这种代表不满的姿势作为离开人群的借口。大部分看客的注意力仍旧集中在住宅上,他们相互推搡,只为瞥见正在他家里翻箱倒柜的那些机械半人马。毫无疑问,他们都感受着掺杂了罪恶感的兴奋,幸灾乐祸中还混杂了自己并非拧颈卫士目标的释然。所有人都在好奇那位住户去了哪儿。他的目光扫过一张张全神贯注的脸,认出了好几位教会的常客。

费舍想迈步飞奔，想调转方向，去犹太会堂寻求庇护，但现在改变路线只会显得可疑。如果他吸引太多注意，必定会有人认出他来。于是他继续向北，走下瓦赫街桥的和缓桥面，朝通往鹿特丹的新拖船运河——圣安东尼斯运河走去。这就意味着要迎风前进。他不得不眯起眼睛，阻挡袭向双眼的冰霰。所以他直到与桥下那台拧颈卫士几乎擦肩而过的时候，这才发觉它的存在。

他缩起了身体。他的震惊与犹豫引来了那台高大机械人的注意。费舍强迫自己继续前行，低垂双眼，匆匆走过。别显得心虚，他告诉自己，你只是感到不安。以及不自在。在冰冷潮湿的午后当街撞见拧颈卫士，谁不会觉得不安和不自在呢？在冰霰中没戴帽子又没带雨伞，谁不会低垂着头匆匆走过呢？别的做法只会引来怀疑，费舍告诉自己。

我只是个倒霉鬼，他努力传达出这样的讯息，只是个毫无防备遭遇了坏天气，想要进屋躲着的人。只是个身上沾着屎尿的普通行人罢了。

细小的冰粒从拧颈卫士叉着腰的四条手臂，以及它毫无表情的面孔上滴落。冰雹叮叮当当地敲打着它用炼金术打造的外壳。费舍觉得自己仿佛听到了它眼窝里的宝石转向他的呼呼声。

他绷紧身体，满以为会有一条伸缩式的上肢刺穿雨幕，手指像镣铐那样钳住他的胳膊。从机械半人马身边走过后，他好不容易才压抑住耸起双肩的冲动。在他的想象中，那台喀拉客审视的目光带着可怕的重量。但它既没有抓住他，也没跟他搭话，而他很快就将那座桥甩在身后。费舍甚至不敢在冰冷的空气里舒一口气，因为他害怕自己深呼吸的样子会成为判断有罪的理由。

他的大脑像坏掉的旋转木马那样转个不停。他必须立刻离开海牙,离开欧洲大陆。谢夫尼根区和它在北海的码头是前往西北方的直路。他已经没法回到自己的住处了,所以他只能设法用口才坐上船。在前往骑士大厅之前,他为什么没有带上装满的钱包?他为什么没有做好随时离开的准备?是因为他疏于磨炼密探技艺,还是因为这只是另一种自杀方式?他是想用这种复杂的方式殉道么?

见鬼,见鬼,见鬼。

他抬起一条胳膊,对看到的下一辆出租车吹响了口哨。那位喀拉客车夫转向他这边。

紧接着,费舍听到了一阵盖过雨声的响动:金属敲打石头的叮当声,刺耳而带着不祥意味的机械蹄声。然后是另一声。又一声,再一声。那是四足生物的步伐。他压抑着用恐惧而心虚的眼神回头打量的冲动,脖子里的肌腱仿佛变成了颤抖着相互碰撞的钢带。

那台出租车在路边停了下来。车夫问:"先生,我该送您去哪儿?"

叮当-叮当,叮当-叮当。四重的蹄声加快了。卑贱的仆从型喀拉客可以轻易胜过最快的人类短跑运动员。但拧颈卫士跑得比任何东西更快,或许甚至比女王的黄金马车更快。

费舍匆忙跳进车厢,"谢夫尼根码头!快!"

"遵命,先生。立刻出发,先生。"

那台喀拉客离开路旁,随着平稳的加速汇入车流。冰雹敲打车顶的啪嗒声,车夫的身体发出的"滴答-滴答"声,以及钢箍车轮摩擦潮湿街面的响声模糊了那个拧颈卫士的声音。费舍壮起胆子，透过后窗看去。那只半人马就跟在不到二十码处，它的双腿像活塞那样起落，伴随着发条的切分音。其他车辆或是猛然刹车，或是为那个拧颈卫士让路。半人马接近的时候，从对面驶来的马车纷纷驶离路面。在这条街上，似乎只有费舍的车夫没能察觉正从后方逼近的那个东西。

他又看了一眼。无法言语的拧颈卫士已经将距离缩短到了一半，还在继续逼近。费舍的脑海中浮现出那个囚犯扭曲变形的手，不翼而飞的指甲，还有他在尝试救活她的时候，在她的背脊和锁骨瞥见的烙印。如果他们对从前的公会成员都能下这种手，多年来伪装成新教徒的天主教徒——用异端邪说玷污了新教教堂的他——又会有怎样的下场？

如果他们抓住我，我的双手也会变成那样。还有那些烙印。我终究会成为殉道者。而新法兰西也将沦陷。

费舍身体前倾，恐慌摧毁了他谨慎的能力。"再快点！"他尖叫道。

仍在奔跑的车夫像猫头鹰那样一百八十度转过头来，面对着他："先生，我会尽心尽力，将您迅速且安全地送往目的地。更快的速度会给您和您周围的人带来危险，先生。"

接着，当它转头看向道路之时，车厢开始减速了。

"不！我让你更快，不是更慢！"

它再次转过脑袋，"先生，干扰拧颈卫士执行公务是种犯罪。我只是想让出路来，先生。等发条学者与炼金术士神圣公会的代理人通过以后，我会恢复原先的步速的。"

它几乎已经做到了：叮当叮当叮当叮当的蹄声越来越响了。它正从左方追来。

费舍指着右边的一条街道，"朝那儿转！"

"先生,我谦卑地向您推荐更有效率的路线——"

"见鬼,快转弯!"

那台喀拉客抬高车杆。颠簸将费舍甩到了对面座椅上。痛楚在他的肩膀和手肘爆发。出租马车短暂地向侧面倾斜,只用一只车轮滑行着绕过潮湿的街角。

车夫听到了那阵碰撞声,"先生,您受伤了吗?"

"没有。继续前进。"

让人牙关打颤的刺耳噪音穿透了他们身后的城市喧嚣。费舍转过头去,恰好看见那个拧颈卫士的四蹄踢起喷泉般的火花,它用飘移的方式转过弯来,在铺路的石板上留下深深的凹痕。在飘移的过程中,那台来自公会的喀拉客转过身体,双眼紧盯着费舍所在的车厢。

有个驾驶送货马车的男人拉住手刹车杆,猛拽马儿的缰绳。但装满了木桶的货车太过沉重,没法立刻停止,也没法迅速转弯。货车笨拙地缓缓停下,堵住了道路。车夫放开刹车杆,慌忙站起身来。费舍能看到他甩动缰绳,对着马儿大喊大叫,不时朝拧颈卫士投去慌乱的眼神。短暂的喘息机会让费舍不由自主地松了口气。

蜿蜒的林荫道很快带着他们回到了鹿特丹拖船运河边,后者正在他们的右方流淌。他张开嘴,想要下令再次急转——

——身后的街道爆发出巨大的撞击声,同时响起的还有男人、女人和受惊马儿的尖叫与嘶鸣。费舍本以为自己不可能更冷了,但此时他再次颤抖起来。后方的景象让他胃里的某种可怕之物涌上了喉头。某种滚烫之物。

那辆运货马车被甩到了街对面,仿佛它并非货车,只是一片货车形状的杏仁薄脆饼。半个车身撞穿了一家店铺的橱窗。受伤的马儿们倒在地上。白葡萄酒从破碎的木桶里泉涌而出，与鲜血、冰雹、打着转的玻璃碎片、成堆的黑盐以及木制货车的碎屑混合在一起，然后流入排水沟。费舍没看到那个车夫。他从没见过这么多血，即便在骑士大厅下方的恶臭地牢里也一样。大部分的血来自那些正在嘶鸣的拉车马。

在拧颈卫士面前，其他车流彻底消失了。人们全都忙不迭地为它让出路来。仅仅几秒之内，它和费舍的出租马车之间就不再有任何阻碍了。它迅速从静止转为全速奔跑。面对猛冲过来的拧颈卫士，行人们连忙跑进大门，爬上窗台。那双毫不动摇的宝石眼睛似乎锁定了费舍。他失禁了。大腿上的寒冷暂时得到了缓解。

天主啊。我绝不能让那东西碰到我。

无辜的伪装荡然无存，费舍陷入了轻率而绝望的恐慌。他四下扫视，寻找能够拖慢机械半人马速度的东西，然后将目光定格在他右方的狭窄运河上。

虽然车夫看不到，但他还是朝左方比画手势，胡乱指着那些五颜六色的模糊影子：一连串的店铺——男装裁缝店、女装裁缝店、鞋匠铺、缝纫用品铺。各种颜色的房屋正从旁飞掠而过。前方不远处，出现了两座店铺之间的开口，那儿的宽度只够一辆运货马车通过。

"那儿！走那条巷子！"

他将某种咸咸的、带着金属味道的液体咽了下去。他拼命抬高嗓门，想要盖过拧颈卫士火炮轰炸般的蹄声，甚至因此伤到了喉咙。那台拧颈卫士已经将距离缩短到仅有几步，而他们的速度就像在爬行。在邪恶魔法的驱动下，它愤怒的决心让路面摇晃，河面也泛起涟漪。一对嘎嘎叫着的水鸭飞上了空中。

费舍踮起脚跟蹲在车厢里,指望突然转入巷子的离心力会帮助他跳进运河。他完全可能被卷进车轮下。但他就像一只受惊的兔子,盯准了再微小不过的逃生机会。

那头机械野兽离得如此之近,费舍甚至能听到机械半人马脊椎里的网状组织伸缩的声音。它内部的机械装置剧烈转动,使得平时节拍器一般的滴答声变成了尖锐的嗡鸣。

"该死的,转弯啊!"

但就在这时,喀拉客车夫再次意识到了拧颈卫士的存在。它靠向运河边,开始平稳地降低速度。拧颈卫士来在旁边。它水晶般的双眼盯着费舍。它旋转脖子,在身体与车夫并行的同时,目光始终锁定着牧师。费舍盯着那个追兵,就像老鼠恍惚地看着摇摆身体的毒蛇。

(人在危急时刻注意到的东西真够怪的。没有呼吸,他心想。真不自然。这样的狂奔足以让赛马的胸膛剧烈起伏,但这个不知疲倦的机械人却没有在这寒冷的午后呼出任何白气。这体现出了发条学者这门行当的扭曲堕落,甚至比从那双宝石眼睛透出的恶毒智慧更加明显。同时也体现了费舍事业的正当性。)

费舍后仰身体,双膝并拢地保持蹲姿,手指紧紧攥住车厢边缘。

至于仍在和马车并排奔跑的拧颈卫士,它顺畅地旋转腰部——

离运河边缘不到两码远,费舍估算着。我能办到。

——让它的四条手臂对准了马车,同时奔跑方向没有丝毫改变。它用两只手抓住车厢,另一双手臂突然伸长了三倍,刺穿了另一个喀拉客,让后者发出震耳欲聋的合金碎裂与齿轮卡死的巨响。剧烈的震动让费舍松开双手，重重地坐回椅子里。

拧颈卫士将仆从机械人撕成了两半，就像撕裂一张报纸。擒纵装置、齿轮和硬币洒落在街上，滚烫的炼金术合金碎片掠过结冰的水洼，激起蒸汽与臭鸡蛋的气味。金币和铜币在铺路石上叮当作响，在如此暴力的场面中，这些悦耳的鸣响显得格格不入。

拧颈卫士轻轻甩动双臂。仆从型机械人的上半身滑下它手臂化作的长枪，飞向空中，翻了几个筋斗，撞坏了花岗岩托架，将三楼的一个花坛砸了个粉碎。它的下半身落进运河，溅起一阵水花，双腿仍旧以慢跑的节奏摆动着。嘶嘶作响的河水散发出一团团硫黄蒸汽。

拉车杆向两侧分开。在仿佛树木砍倒时的噼啪响声中，失去车夫的车厢摇晃起来。折断的车轴迫使车轮偏转方向。剧烈的摇晃来回甩动费舍的身体，撞肿了他的肩膀。脸撞上车厢侧面。他尝到了鲜血的味道。

拧颈卫士抬起车厢，想让它恢复平稳。但松木镶板却应手粉碎，机械半人马的手里只剩下两把木片和撕碎的衬里。摇摆不止的马车转向左边，然后是右边。右车轮脱离了车轴，在拖船路上颠簸向前。出租马车冲向路边。它仿佛以慢动作摇晃着，在边缘悬停的时间长到不可思议——反正我本来就要跳进运河的。我会被车厢压在下面，然后就这么溺死吗？拧颈卫士会游泳吗？马儿就会。——然后朝着运河翻倒下去。

世界上下颠倒。头部遭受撞击，眼皮后面有烟花绽放。视野模糊。泼溅声。黑暗。寒冷。麻木。

迷失方向。

噪音。咯吱声，嘎吱声，汩汩声。追兵？

重物落下，压住他的双腿。它抓住他了？

甩动,恐慌,踢打。肺部隐隐作痛。

踢中目标。挣脱双腿。扭动,翻滚。下方是光,上方是黑暗。他正头下脚上。

费舍费力游到水面,吸进一大口空气。他的一只眼睛无法视物。他伸出手,想要拂开头发,却发现那是耷拉在额头的一块皮肤。他不觉得痛。河水太冷了。

他想起了那个女人扭曲变形的手。想起了她那句关于内鬼的警告。离开这儿。快。

出租马车的残骸洒落在周围。他又吸了一口气,找回方向感,然后潜到漂流物之下。他上次游泳是在多久以前?那是他就读神学院之前的事了。他依稀记得在海滩边的生日聚会,有营火和穿着泳衣的女人。他用尽全力甩动双腿,在污浊的河水里奋力前进,想尽可能跟坠落的位置拉开距离,直到胸腔几乎从内部炸开。如果没人看到他浮上水面,他们也许会觉得他仍旧被压在马车下,然后浪费时间去救他。

他浮上水面,大口喘息,然后再次下潜。狭窄的运河将叮当声、碰撞声和水花泼溅声高效地聚集在一起,让他觉得自己只游出了几码而已。但他不敢用眼睛确认。他强迫自己又踢了三次水,觉得自己的肺就快炸开了。

费舍再次破开水面,黏在右眼上的那块皮肤和头发让他看不见东西。他是否在水里留下了鲜血的痕迹?他做了次深呼吸,准备再次下潜的时候,尖利的哨声在运河的河堤上回荡开来。

"抓住他!"有人大喊道。

逃亡中的牧师甩开额头的破皮——隐约的痛楚此时传了过来,就像有一根钉子正在敲进他的鬓角——寻找叫声的来源。

他拂去流进眼睛的血。在下游方向五十码远的地方，鹿特丹拖船运河这段河道的运河管理人指着费舍，再次吹响了代表紧急状况的哨声。他一手拿着个淡黄色的救生圈。

费舍慌忙游向对岸。他的指尖碰到沾着水藻、历史悠久的石制河堤之时，运河管理人的仆从之一纵身跃起，仿佛加农炮的炮弹。驱使它的是突然涌现的安全超禁制，又或者它目睹了追赶过程，知道运河里的这个人是拧颈卫士想要捉拿的犯人，而这又会触发更深一层的超禁制。它将身体缩成空气阻力较小的球形，空气掠过那位仆从身体框架之间的缝隙。它在费舍跪坐起来的几秒内就越过了那十码左右的距离。

在着陆前的几分之一秒里，那台喀拉客将身体伸展开来。虽然它的反向弯曲式膝盖吸收了大部分的力道，但着地的冲击力仍旧粉碎了砖石，让锯齿状的裂纹在河堤上蔓延。大地的震颤让费舍向后倒下。河水拍打着他的背脊。痛楚将他肺里的空气全部赶了出去。

他漂在水上，张开嘴巴，却无法呼吸。第二个喀拉客也靠了过来，这一个高大得多，胳膊和腿的数量也更多。他听到了叮当声，哗啦声，然后红色的帘幕覆盖了整个世界。

第八章

　　风暴吹得他们偏离了航线,为这段旅程增加了一些路程。但在船长下令重新部署船桨的三天后,新世界悄然出现在地平线上,仿佛一位腼腆而犹豫的求婚者。奥兰治亲王号摇摇晃晃地驶向码头,新阿姆斯特丹的地平线出现在视野里。它看起来平凡无奇。

　　这里据说是大西洋以西的荷兰帝国中心,拥有超过一百万的人口。这一点可以与欧洲大陆的某些城市相提并论。但它没有阿姆斯特丹的运河,没有海牙的庄严,没有巴黎的浪漫灵魂,没有佛罗伦萨的艺术气质,也没有伦敦与罗马的悠久历史。新阿姆斯特丹的外观和气味都如同它的本质:只是一座仍保留着开放式下水道、发展过度的边防哨所而已。

　　事实上,要不是正在码头劳作的那几个喀拉客,以及在海风中飘扬的胡萝卜色环状彩带,新尼德兰①给人的第一印象恐怕会是"远离帝国又搞错了时代的地方",跟让繁荣得以实现的喀拉客也全无关系。看到在码头上干活的同胞如此之少,贾克斯吃

---

　　①尼德兰为荷兰王国的旧称。位于新大陆、以新阿姆斯特丹为中心建立起来的殖民地,被称为新尼德兰。

了一惊。他很想知道,这是否反映了最近的经济动荡——也就是彼得·楚恩拉德被派来处理的那件事。这里的人没法负担喀拉客的租金了。

但贾克斯并不讨厌这座庞大城市的缺乏个性。他不希望新尼德兰跟他抛在身后的那个世界一样。这种区别给了他希望:或许这儿会是能让他销声匿迹的地方。

楚恩拉德太太靠在露台栏杆上,凝视着她的新家园,然后吸了吸鼻子,叹了口气。几艘飞艇的停泊桅杆在落日中闪闪发光,仿佛巨型避雷针的钢针从附近的屋顶伸出,直指天空。一艘飞艇停泊在城市的最北方,桅杆的顶端就像是膨胀到几乎爆裂的种荚。在相距几层甲板的下方,巨大的船桨周期性地挥动,掀起的风吹散了她的头发,让她的涡纹围巾的流苏飘舞起来。她交叉双臂站在那儿,绷紧下巴的肌肉。这是她表示不悦的姿势。

家里的女主人发起抖来,背对着新阿姆斯特丹。“你们俩,”她说,“过来这边。”

在百年来的习惯驱使下,贾克斯做好了准备,打算迎接总是伴随着新禁制到来的痛楚。但什么也没发生。没有突然燃起的强制力之火。没有火苗在舔舐受囚灵魂的边缘,如果他不肯就范,就会成长为一场苦痛的火焰风暴。这种感觉陌生而又令他困惑。在那场风暴过后,发生这种状况——更确切地说,应该是“没有发生”——的数十次经历,每次都会让他措手不及,惊慌不已。无论他的几位主人说些什么,用怎样的方式去说,又或者在执行怎样严格的航海程序,都不会有炼金术或者形而上学的束缚强迫他服从。他可以——真的完全可以——对她的话充耳不闻。或者抓住她的头发,把她丢进海里。

但他还是照做了。

克里普立刻把他正在收拾的箱子放到一旁,穿过套间,来到露台上的她身边。贾克斯放下刷子,站起身来,以同样迅速的步伐走了过去。

楚恩拉德太太发号施令的时候,那座城市就耸立在她身后。船桨每次划下,那些建筑物都会显得更加高大,也离他们更近。奥兰治亲王号转向码头上的一处空泊位。贾克斯越过她的肩膀看去,双眼反复聚焦,以测量从码头到第一排仓库之间的距离。贾克斯打算从露台上跳下去。

"你。"她说着,指了指克里普。她从没记住过他们的名字。在这件事上,妮柯莱是个特例。大多数所有者都懒得去记这种无关紧要的琐事。"到下面去,找个搬运工。让他等船靠岸后马上把我们的行李搬下去。有必要的话,你就自己动手。然后再去码头上,联络三号。"她指的是维克,"确保它为我们安排好马车和货车。"

"是,夫人。立刻出发。"克里普说。

……我会落在那里附近,然后向前滚动。到仓库大概要再走五、六、七步。爬上五层楼高的砖砌墙壁,在九秒内爬上屋顶……

她转向贾克斯,"你,继续擦洗套间。在我们上岸前,我希望它变得一尘不染。我们可不打算付清洁费。"

码头上那些机械人看起来跟贾克斯一样老旧,甚至更旧。或许新世界的很多喀拉客都是如此。与家乡相比,在这儿租借新型喀拉客的费用要高得多。我跑得比他们快吗?他们的力气有多大?……

"等你擦掉了所有污渍以后,就找个船舱服务员来检查套间。"

……或者从露台跳到船头,再从华丽的船首斜桅跳到起重机的底座上,然后全速跑到那根落水管的底座边……

"遵命,夫人,"贾克斯说,"马上就去。"

可那些建筑物的后面有些什么呢?我不清楚这座城市的布局。布利克街在哪儿?

我需要地图。

克里普从露台跳下,越过贴着船体的仆从用楼梯的栏杆,沉重地落在下面,让楼梯发出铜锣般的鸣响,接着走进下方的货舱。在此期间,贾克斯回到了房间里,洗刷着他的男主人留在地毯上的呕吐物,同时思考着这个奇迹。

自由的感觉……无可比拟。

自由意志是一片真空,一片负空间。其中没有压力,没有强迫,没有痛苦。是他的意识——此前存在众多禁制,不断争夺其主导权的意识——之中的一片空白。它是照相底片,记录着贾克斯被铸造出来的这118年里每一分钟的存在。

它压倒一切。令他兴奋,以及恐惧。

压倒一切。他能做他想做的任何事。但"任何事都可以"也就代表"没什么特别的事"。自由不会推动他的脚步,也不会为他指引方向。人类是怎么指引自己的?他们怎么知道哪些事该做,哪些不该做?没有禁制和超禁制在争夺生活中每次行动的主导权,他们怎么知道该在何时做些什么?没人告诉他们该做什么,他们又是如何安排每日生活的?

还是说,这就是上帝的意义所在?

他感到了兴奋:他能够做到惠更斯时代以后的每个喀拉客梦寐以求的事。贾克斯可以说"不"。他甚至可以思考这件事,无须忍受令他动弹不得的剧烈痛苦。考虑违抗命令,在脑中加以幻想,用他的发条心脏去揣摩这个想法,却不会招致令他瘫痪的可怕痛楚。换作从前,只要他的思绪跟那个念头略微沾边,禁制就会将它焚烧殆尽。他的这份知识来源于亲身的体验,被制造出来的每个机械人都有过的体验。但如今,他的想法是属于他自己的了。

以及恐惧:贾克斯还记得上一个说"不"的喀拉客遭遇了什么。他们打断了他的腿,朝他的嘴里填满凝胶,再把他扔进发条匠公会可怕的熔炉里。人类摧毁了叛逆喀拉客亚当,也就是从前的珀穹贝拉格斯特里万图斯,而且是公开行刑。那一天几乎成了全城的节日。他们称他为"叛逆"和"中魔者",将他的身躯融化成炼金术浆,然后焚烧他得来不易的灵魂,直到它不复存在,唯留人类偷窥狂背脊上的颤抖。

叛逆。如果他们抓住贾克斯,也会这么称呼他。他们会为他定罪,诅咒、拷打和熔化他。

贾克斯不能让任何人发现他的改变。否则他就会成为受到追捕的逃亡者,荷兰语世界中的每一双眼睛都会寻找他的踪迹,无论那是肉眼,还是冰冷的晶体眼球,直到他的逃亡在新法兰西或者大熔炉中结束为止。无论多么短暂的犹豫,多么微不足道的故障迹象,都可能引来检修,没等他有机会弥补,他的自由就会终结。在新阿姆斯特丹销声匿迹之前——在他逃去"地下运河"之前,如果它当真存在的话——避免引人注目就是关键。否则,发条学者就有可能对他进行检查。如果他们拆开他,就会找到那颗从碎裂的显微镜里滚出来的浑浊玻璃珠,而后者不知怎么——难以置信义令人费解地——赋予了贾克斯以自由意志。由此,新教数世纪以来坚决否认其可能性的这一教条也将被推翻。这代表天主教才是正确的吗?贾克斯拥有自己的灵魂了吗？他并不清楚。这就是作为人类的感觉吗？他只能猜测。

他将那只显微镜收在躯干内，原本是为了妥善保管，但他在风暴期间杂技式的动作超出了它所能承受的限度。或许是在他接住楚恩拉德夫人的时候，僵硬的皮套破裂了。在风暴中的某个时刻，显微镜里的东西落入了贾克斯的体内。然后不知为何，它切断了禁制对他的束缚。

改变如此平稳，如此无缝衔接，只有在明显违反了严苛的航海超禁制以后，他方才察觉。在醒悟过来的那个瞬间，他努力装出正在遭受无法形容的剧痛折磨的样子，缓缓地、一点一点地将身体拖回楚恩拉德家的套间。他运气不错，没有船员看到他在通道内，而他的人类主人明显对航海超禁制一无所知。

与被发现、被抓住的威胁相比，更可怕的是，那份全新的自由也许稍纵即逝。这种情况是暂时的么？禁制会卷土重来么？对他来说，这种可能性比什么都可怕。摆脱了埋藏在他体内、不断带来痛苦煎熬的那些义务以后，比起恢复奴隶身份，他宁愿选择死亡。他在瞬间就做出了那个选择。作为奴隶的生活难以言说，短暂体验过自由后的奴隶生活更是难以想象。

费舍牧师早就知道会发生这种事吗？他是故意这么做的吗？这似乎不太可能。弄坏显微镜纯属侥幸，而且如果不是那场风暴，这种事也不可能发生。他早就知道显微镜里的东西了吗？贾克斯猜不出来。但贾克斯还记得自己去新教教堂办事的时候，那位牧师不安的表情。贾克斯曾提议为他找医生，当时他以为牧师身体不适。所以可以假设费舍那时就知道显微镜里藏着些不寻常的东西。但他没有遵照法律上交给公会，而是安排贾克斯将它送去新世界。为什么？这意味着什么？他的朋友，新阿姆斯特丹那位理想主义的博物馆馆长又是什么人？其中一种可能性是，他们是法兰西的支持者……前提是费舍知道这台显微镜的真相。

这条线索非常细小。但这给了贾克斯出发点。给了他目标。

想要作为叛逆生活下去,就必须完成身为奴隶时接受的任务。这听起来真够怪的。他发现自己更有动力去完成费舍牧师的差事了。

那是在给货车卸货时发生的事。

克里普遵照指令留在码头上继续卸货,贾克斯与跟他们会合的维克拉着第一辆明显超载的货车,前往楚恩拉德家的新宅邸。对三个协同工作的机械人来说,捆牢这些头重脚轻的行李只是片刻间的事。他们用地毯和毛毯裹住楚恩拉德太太的落地式大座钟——那件高达七尺、由萨洛蒙·科斯特制作的无价之宝——以便在市内运输。它高耸在行李堆里,仿佛一艘老旧的东印度公司纵帆船的主桅杆,只是帆桁早已折损在恶劣的天气或是狡猾的海盗手中。它在那场风暴中受了些损伤。

港口中回荡着各式各样的喧嚣:讨价还价、装卸货物、船只到达和离开、闲聊和怒吼、幸福的团聚与含泪的离别。海鸥凄厉的叫声与大陆那边一般无二,大西洋飞沫中的咸味也没什么分别,潮湿的木头与缆绳缓慢而持续的嘎吱声更是航海世界的国际通用语言。正如帝国其他重体力劳动的工作场所那样,呼喊声和命令声在四周回荡。但与鹿特丹港相比,这里由人类负责的区域大得多,因为港务长通过停泊费和其他费用积累的收入并不算多,只够雇佣喀拉客去干那些最卑贱或者最辛苦——或者两者兼有——的活儿。

就在贾克斯和维克给自己套上车辕,准备开始把货车拉到宅邸的这段长路之时,克里普和一个搬运工走下舷梯,来到码头,各自抱着楚恩拉德太太的两只箱子。

搬运工向贾克斯和维克问好。发条匠在撒谎。

贾克斯也做出了相同的回答。(没错,他们在撒谎。他心想,我就是证据。)

维克抬起头来。发条匠怎么了?这句话我最近听过好几次。

克里普说,你应该告诉他,贾克斯。你当时在场。

告诉我什么?

搬运工开了口,声音中带着用齿轮震颤的泛音表达的敬畏。你亲眼看到了?

能听到这番对话的其他机械人也做出了相似的反应。但随着羡慕到来的是关注。他们的人类主人或许对禁制的细枝末节一无所知,但贾克斯的喀拉客同胞却不可能不清楚。此时此刻,有多少双机械眼睛在注视着他?如果他说漏嘴,又会引起多少人的注意?

他说,只有一部分。似乎说实话比较保险,我在结束前就被迫离开了。

克里普把行李放到另一辆货车空无一物的车斗里。噢,是啊。但你听到他那句话了。

兴奋的颤抖在附近的机械人之中蔓延开来,与此同时,他们继续忙碌着,没有丝毫踌躇与犹豫地履行着禁制。有那么一瞬间,贾克斯觉得自己就像最古老的那些喀拉客,那些数量稀少、堪称传奇的个体,甚至见过上百万机械人的奴役者惠更斯本人,正在非常少有的公开露面中接受年轻型号的招待。

在场的并不只有我,贾克斯通过钢板弹簧的微弱嘎吱声说道。蟋蟀鸣叫般的机械响声中带着代表情绪的低音，与人类的耸肩近似。国会大厦挤满了人。

维克说，我敢说，这肯定是个好故事。太好了。这样打发时间就容易多了。这段路还挺长的。

于是，当他们拖着最初的几车行李，穿过新阿姆斯特丹拥挤而不平坦的街道时，贾克斯描述了亚当被处决时的情景，以及它的遗言（他让维克带路，只在必要时暂停讲述）。这里的鹅卵石路比家乡那边更粗糙，更不平整，缝隙也更宽。他们每次在路口停下等待后，都要费九牛二虎之力才能让货车再次开始移动。散落四处的粪便似乎是马粪。贾克斯在这儿见到的马儿比海牙要多。役畜①在家乡并不罕见，但喀拉客早已在许多卑贱的差事中取代了牲畜。从一方面来说，这是堪称堕落的做法，但同时也是非常聪明的选择，因为喀拉客不会在街上排泄。(帝国中心过剩的机械人数量，意味着役畜通过后的街道总会得到迅速彻底的打扫。)

他们沿着一条林荫道前进，从成排拆毁的建筑物旁边经过。许多砖块已然粉碎，另一些胡乱堆放在街道中央。在空无一物的门框和窗框周围，能看到煤烟留下的黑色痕迹。

我还以为这儿的火灾应该不怎么常见，好像所有东西都是用砖块和石头砌成的。

维克模仿着人类的动作，摇了摇头。不是火灾。那儿曾经是个驻兵站，但法国人的游击队弄了颗炸弹进去。

贾克斯再次看去。这一次，他注意到了门框周围向外凸出的灰泥。或许楚恩拉德太太跟她的朋友们提到的"新阿姆斯特丹的种种危险"，与事实的差距并不算太大。这种事多久会发生

①指用于耕作、驮运、骑乘等的牲畜，与产畜对应。

一次？

噢，相当久。停火以后就没发生过了。

贾克斯留意着途经的每一条街道，说不定会恰好路过布利克街。以这种规模的城市而言，希望相当渺茫。但大部分街道都像是按照网格的形状铺设的，所以等时机到来时，要找到去那里的路不会太难。

维克带着他进入了某个住宅区。这里的街道更宽，房屋更高大，下水道里也没有满溢的废水。街道上粪堆的数量也更少。这多半是因为这里的居民比较富有，也更愿意租借喀拉客。又或许是他们花钱雇用了私人承包制的清道夫。贾克斯在这儿见到的同胞也更多些。大部分都是他和维克这样的仆从型号，正在为主人东奔西跑，但也有个士兵型喀拉客跟在一个班的人类后面，后者全都配备了步枪和刺刀。它比人类和仆从型号高大得多，伸缩式刀刃上的锯齿闪烁着充满暴力的光芒。贾克斯若无其事地用下巴指了指那个机械士兵。

在停火以后，他们很常见吗？

算不上。刚从前线回来的时候，在这儿游荡的更多。也许都被运回大陆那边了。

为了避免冷场，贾克斯随口问道：见过拧颈卫士吗？

维克发起抖来。天啊，没有。

真令人鼓舞。从来没有么？

噢，这儿肯定有那么几个的。也许在新熔炉的建造场地那里。新熔炉的事你听说过吧？

贾克斯回想着彼得·楚恩拉德书房里的那场对话。听过。

维克指了指一条两旁种着白杨的林荫大道。他们一起拉着货车转过街角。附近的房屋是贾克斯在这座城市里见过的最高大的,比朗弗豪大街的楚恩拉德府邸更大。他们看到了前方的大片绿地,池塘边的柳树随风摇摆。贾克斯能嗅到那股湿气。远处有只鹅叫了起来,货车发出的嘎吱和咔嗒声吓着了它。在这座公园的对面,两台仆从型机械人正在整修某栋屋子的砖砌正墙。

他们主人的新住宅是从街角数起的第四栋房子。它有三层楼高,占地足有其他屋子的两倍。贾克斯不认得这种建筑风格。它并非旧世界的怀旧风格,也不是港口附近那些建筑的实用风格。二楼朝着街面的那侧覆盖着一整块巨大而奢华的玻璃,肯定是用炼金术制造的。穿过宽阔的车辆入口后,在那条长长车道的尽头,坐落着一栋风格相同、但规模较小的马车库(只有两层而已)。铸铁的围栏将邻居和路人阻挡在安全距离之外。这就是正在崛起的家族要住的地方。

我知道,维克说,太简陋了,对吧?

贾克斯大笑起来。但有个悲伤的念头随即浮现,让他笑意全无:我会想念他的。还有克里普。

维克推开铁门,然后打开屋子正门的锁。贾克斯解开堆在车斗最上面的那件家具的绳子。在鹅卵石路上颠簸的这几英里没给那口座钟带来什么好处。把那些箱子抬进屋里花不了太多时间,但他们抬那口钟的时候就谨慎多了。后者需要修理,所以必须送去公会。贾克斯希望这份责任不会落在他身上——如果他到那时还没有逃走的话。他的双脚刮过玉制的瓷砖。

云层出现了一道缺口,阳光从入口通道的天窗倾泻下来,令壁纸里的银丝闪耀着明亮的银光。

维克在山墙窗的上方装好了吊杆和滑轮,以便将家具从地面直接拉到楼上。他们几乎搬空货车的时候,克里普独自拖着另一车行李赶到了。贾克斯不禁好奇他是怎么找到路的。

妮柯莱坐在那些防水帆布之间。她拨弄着额头上的绷带。

维克说，噢，真棒。宇宙的女王驾临了。有整个大洋分隔我和那个小鬼的日子是多么美妙啊。

别担心，克里普说，她也就能再活七八十年而已。

等她继承了产业和你的租约以后，我们再来瞧瞧你能有多开心吧。

贾克斯没理睬他们的斗嘴。"小姐，您的父母在哪儿？"

"爸爸和妈妈要坐马车过来。马拉的那种。"听她的口气，就好像他们选择了搭乘运送粪肥的马车前往新家一样。她用力吸了吸鼻子，又补充道："我不喜欢这座城市。它一股子屎味。"

克里普说，她说的没错。

他们将滑轮索绑在一只大衣橱上，正准备把它拉向山墙窗的时候，妮柯莱爬了上去。她爬到衣柜顶上，双臂和双腿缠住绳索。

"小姐，这样恐怕不太安全。"

"那就想办法让它安全！我想坐着它到楼顶去。"

贾克斯看着从山墙窗探出身子的维克。维克耸耸肩。这对她的安全而言并非清晰明显的威胁，所以贾克斯无法拒绝。在禁制的强迫下，喀拉客所能做的只有保持格外警惕。扮演着这种角色的贾克斯也只能这么做。

"小姐，拜托。您的安全是我们最担心的事。"

"我想坐着它去楼顶。我想让你们这么做，所以你们就必须把我拉上去。你们必须照我说的做。"

是啊，维克说，接下来的七十年肯定一眨眼就过去了。

贾克斯照她说的做了。他慢慢拉着绳索，计算着每次发力的时机,以减小衣柜摇摆的幅度。但贾克斯把衣柜拉到入口通道的天窗上方时,妮柯莱开始前后摇晃,双腿上下摆动,就像荡秋千。她咯咯地笑着,变换着身体的重心,背靠着绳索,让衣柜摇晃不停,就像她母亲那口座钟里的钟摆。滑轮嘎吱作响。维克猛地探出身子,手指紧紧抓住绳索,想抑制晃动的幅度。但为时已晚。

吊杆"噼啪"一声断了。绳索脱离了滑轮。妮柯莱尖叫起来。

衣柜挡住了贾克斯的视线,让他看不到坠落的女孩。他不假思索地伸出一条手臂,用力拍开那只黑色的胡桃木衣柜,让它飞向街道。如果再迟上那么几分之一秒,就算是他的机械反应能力也来不及救下妮柯莱了。但视野里的阻碍消失了,而他以肉眼难辨的速度及时赶到她的正下方。他将双臂高举过头,接住了她,让她坐在他的脚边。橡木和铁屑的雨点与吊杆的碎片片刻之后到来。贾克斯用身体保护着她。

"小姐!您受伤了吗?"

楚恩拉德家的女儿摇摇头,虽然她脸色苍白,在他的碰触下瑟瑟发抖。她的眼睛里闪着泪光,摇摇晃晃地站起身。

"您现在安全了。"

她点点头,颤抖不止。起初他以为她说不出话来,但妮柯莱随即倒吸一口凉气,捂住了嘴。她指了指斜靠在街面上、变得破破烂烂的衣橱,"贾克斯,瞧瞧你做了什么!"

噢,不。

他走向衣橱颠簸着停下的位置。它在鹅卵石路上滑行的过程折弯了一块嵌板上的银制铰链,又在涂漆的胡桃木上留下了深深的裂口,暴露出了未经抛光的木料。橱柜的两条腿留在了铺路石之间的开口里，它们是在滑行的过程中折断的。

楚恩拉德太太命令过我们要小心的，他心想，别给家具留下哪怕一丁点儿刮痕。

"维克是怎么回事？他坏了吗？"

不寻常的声音将贾克斯的目光引向上方。维克的身体仍旧向窗外倾斜。他身体里的叮当声和拨弦声越来越响。那是在努力压抑严苛的禁制，却徒劳无果的声音。他们眼神交汇。他的嗓音颤抖得厉害，贾克斯一时间没能理解他的话。

贾-贾-贾克斯-斯-斯-斯——

克里普也发出了响声。他们怎么回事？难道他们——

哦，不。

坚定不移的忠实仆从完全可以同时保护妮柯莱和衣橱。他的反应能力允许他用两条手臂接住两者。贾克斯在脑海里回放最后几秒钟的景象，随即发现了好几种让两者都平安着陆的做法。如果平时的禁制在束缚着他，他肯定会无意识地努力达成每一项看似办不到的义务。在这件事上，他完全可能——虽然相当勉强——在救下女孩的同时，严格遵守楚恩拉德太太关于她的行李的琐碎要求。

但在那一刻，作为能够自主选择的自由造物，贾克斯忘记了这回事。他做出了人性的举动。像人类那样的举动。他一心想保护妮柯莱免于死亡或是终身瘫痪的命运，对其余的事物视而不见，也由此暴露了自己叛逆的身份。

人类也许不会察觉这种由强制力导致的瞬间故障。但对于受到炼金术束缚的喀拉客来说，这却是显眼的过失。贾克斯变成了异样的存在，比太阳更加明亮，而无法忽视的程度则是其两倍。

维克和克里普知道他是叛逆了。他们体内的阶层式超禁制也一样。要他们为贾克斯保密，还不如把他们撕碎算了。

等等！事情不是这样的。我没法——

维克张大嘴巴，就像一条正准备吞吃乳猪的蟒蛇。饱含痛苦的尖叫声震动了窗璃，吓得那只鹅再次鸣叫起来。

"——贾-贾-贾贾贾克斯-斯-斯，快快快快快逃——！"

第九章

正午时分,雨终于停了,寒意却仍旧残留不去。一夜过去,远处的桦树与榆树的枝头变得光秃秃的,挂着白花花的寒霜。今年的秋天似乎打算休个假,不来了。从贝蕾妮斯呼出的白气判断,冬天已经跃跃欲试了。她跺了跺脚,双手插进缠在腰间的那条狐皮围巾的深处。从天亮时起,她一直站在城垛上,她的外套和兜帽上带有天然油脂的海狸皮让雨水凝结成水滴,然后毫无阻碍地落下。狂风仍在不断卷来从尖塔滴落的雨水。她的鼻涕流个不停,反复地擦拭又磨破了上嘴唇。当她伸出舌头去舔的时候,能同时尝到鼻涕和血液的味道。

下方的城墙上传来噼啪声和短促而尖锐的叫声。她第一百次伸长酸痛的脖子,望向悬吊在喀拉客身边的那群化学家和那个闷闷不乐的下士。

隆尚中士也跟她一样,监督着下面的工作。他把一件海豹皮斗篷挂在两根旗杆和城垛之间,自己躲在下头,倚着一柄双头镐的镐头部位,镐柄底部硬如钻石的尖端嵌进两块石料之间的灰泥里。他花了两秒钟评估状况,摇摇头,透过垛口吐出一大块黑色的烟草,大吼道:"你们这些没种的废物,连圣母玛利亚都要被你们气哭了！你们这群吃屎的混球听过'前戏'这个词没有？见鬼的基督啊，对那杂种温柔点儿。它可不是按分钟收钱的码头婊子，白痴们！"

见自己温柔的鼓励起到了预想中的效果，中士做起了编织活儿。

贝蕾妮斯瞥了眼缠在锤柄上的绿色纱线——那把五十磅重的大锤正锤头朝下，靠在他脚边的石头上。在隆尚的织针下缓缓成型的那样东西宽度不一，又缺乏对称性。她扬起一边眉毛。"围巾？"

中士头也不抬地说："不需要围巾。有胡子就够了。这是保温罩。给我的下面用的。"

她装作打了个喷嚏，以掩饰自己的笑声。"噢，天啊。"她猜测着它真正的用处。

路易斯和蒙特默伦西公爵这次也同样在场。公爵坚持要来监督化学家的工作，而路易斯坚持要来支持贝蕾妮斯，有必要的话，还得不顾她的尖叫和踢打，把她拖到安全的地方。一个女化学家将手里的溶剂枪靠在肩上，掀起护目镜，然后擦了擦额头。她对上蒙特默伦西公爵的目光，用下巴朝隆尚的方向点了点。

"阁下……"

"好了好了。中士说得有道理。别太着急。重要的是别出错。"

中士咕哝了一句，声音轻到只有贝蕾妮斯才能听见。"是啊。我说得当然对，拿你镀金的卵蛋来打赌也没问题。"贝蕾妮斯缩起身体，倚着路易斯取暖。他一手搂住她的肩膀。他斗篷上的人造防水油让他散发出略显辛辣却充满男子气概的味道。

为首的化学家大声道："我想我们准备好了，阁下。做得非常周到了!"

所有人都转头看着贝蕾妮斯。她从袖子里取出望远镜。在她的头顶高处,还有八名配备着类似装置的瞭望手以四十五度的间隔就位。估计他们正一边在风雨中瑟瑟发抖,一边努力透过薄雾观察郁金香的动静。贝蕾妮斯、蒙特默伦西和隆尚已经做好了准备,一旦他们违反停火协议的行为有被当场发现的危险,就会立刻放弃任务。但这场迷雾对他们有利。它将出自沃邦之手的这座堡垒的阴暗角落掩盖了起来。

她轻甩手腕,将望远镜彻底展开。更好的做法是下去,到现场监督。但看似没有交集的她的丈夫、公爵和中士却联起手来,否决了她的提案。面对这样天差地别却团结一致的阵线,换了国王陛下也别无选择,只能同意。所以她只好留在墙头,审视着包裹那台喀拉客的化学护罩。正如那个女化学家刚才指出的,机械人伸向上方的那只手与墙壁接触的位置出现了一条头发粗细的缝隙。贝蕾妮斯将望远镜放在城垛上,大气也不敢喘地盯着那台喀拉客。黏结力的减少似乎没有让它的囚笼变得脆弱,它的身体仍旧被牢牢包裹在化学制品的护罩里。

"很好,"她大声说,"把它弄上来。"

隆尚盯着手里的针线活儿,头也不抬地说:"你们都听到女子爵的话了! 看在基督的分上,你们还在等什么?"

汗流浃背的守卫们拉着绳索,帮助化学家们手忙脚乱地爬回墙上。那名悬在半空的下士——刚被提拔上来,接替死去的莫里斯——手里拿着一把尖头镶着钻石的铁镐,跟中士那把颇为相似。其他守卫操纵着城墙上的防御武器,以防出现意外。下士努力将剃刀般纤薄的镐刃刺进那条缝隙——用溶剂制造缝隙的过程费时费力,但位置相当精准。他试了好几次,终于在身体没有荡开,铁镐也没有脱手的前提下让长长的镐柄开始发挥杠杆作用。他用力扳动镐柄。

嘎扎声和噼啪声让贝蕾妮斯咬紧了牙关。有那么一会儿,墙上完全看不到呼出的白气:所有人都屏住呼吸,想看看他们是否会弄出大纰漏,把那台喀拉客放了出来。她注意到,就连隆尚都屏住了呼吸。但除了化学护罩的碎屑擦过墙壁、打在下方常春藤的声音之外,周围能听到的只有绳索的嘎吱声,以及隆尚的织针的微弱咔嗒声。没有那台机器挣脱时的骇人噼啪声。

紧张的笑声在墙头的人群中蔓延开来。他们现在知道,那台喀拉客不会冲出来,捅死所有人了。隆尚咕哝起来。路易斯长出了一口气。她喜欢他不再故作冷静时的模样。脸色发绿的下士将铁镐重新刺入裂缝,然后再次用力。又试了十几次之后,喀拉客连同整块玻璃般的护罩一起脱离了城墙。它下落了仅仅几英寸,然后便被网子接住。绷紧的绳索发出单调的嗡鸣。那块庞然巨物在微风中沉重地摆动着,仿佛被困在琥珀里的一只巨大而致命的虫子。

隆尚卷起他在编织的东西,塞进脚边的一只帆布包里。"好了,你们这群长疥子的懒骨头!让这头郁金香恶魔见识一下法兰西人的好客吧!该死的,这回你们可得把吃奶的力气都拿出来。"

倒霉的下士仍旧留在下面,配合着墙头的起重队拉起喀拉客的幅度,一点点向上爬。他用镐柄防止化学护罩碰撞城墙,因为这样可能导致护罩破裂,或者磨损花岗岩墙面。没等隆尚阐述完他对那个士兵爬绳技巧的看法,起重队已经将被俘的喀拉客拉到了城垛边。他才刚刚开始列举他们的生理缺陷,贝蕾妮斯就拨动卷扬机上的棘轮,将它固定在那儿。中士缓缓站起身,将铁镐扛在一侧的肩头,铁锤则在另一侧,好像它们不比鱼竿更重。他凭着与庞大身材不符的速度,若无其事地插进贝蕾妮斯和那台喀拉客之间。路易斯站到中士身边,他手无寸铁,但仍旧决心要保护她免于受伤。这是个愚蠢、甚至带着些大男子主义的举动,但仍旧温暖了她胸中那个特别的位置。

隆尚打了个响指。一小队士兵围住公爵和他手下的化学家。他们有的像中士那样拿着铁镐和锤头,有的拿着双管环氧树脂枪,枪身与挎在身后的硕大铜制储液罐相连。另一些拿着流星锤,三颗铁制锤头用一米长的高强度钢缆相连。这种武器很笨重,却是步兵部队的必要配备之一。

贝蕾妮斯下达命令:“好了,把它拉过来。”

起重队打开她特意为此设计的吊杆枢轴。他们拉着被俘的喀拉客越过城垛,轻轻地放到城墙上。周围静得能听见老鼠的吱吱声。终于,它抵达了目的地。

猛烈的咔嗒声突然从护罩内传来。噪音响亮而急促,让人很难相信它不会立刻挣脱束缚。平民全都后退了一步,包括路易斯在内。他转头看着她,内疚地耸了耸肩。她装作失望的样子,意味深长地瞥了眼隆尚和他的手下。这些军人仍然坚守着阵地。但她随即朝他眨眨眼,又送去一个飞吻,免得他太过沮丧。

蒙特默伦西越过士兵组成的警戒线,跪在那个不断咔嗒作响的庞然大物旁边。那台喀拉客震动得如此剧烈,令包裹着它的化学护罩在石面上颤抖不停。护罩发出指甲刮过石板的尖利响声,在墙头连连跳动。贝蕾妮斯缩了缩身子。这一次,就连士兵都开始后退了。

“下一个敢动逃跑念头的人,无论男女,”隆尚说,“都会被一根非常长的针刺进非常私密的位置。”

贝蕾妮斯走到公爵身旁,但路易斯和中士却用身体挡住了她。"噢,搞什么鬼,"她说,"你们这些白痴的骑士精神如果再多那么一丁点儿,我就该当场意乱情迷到子宫出血了。"

路易斯涨红了脸,"抱歉,吾爱。但我们在这件事上是统一战线。太危险了。"

她翻了个白眼。"你这个下贱的叛徒,这辈子别想再跟我上床了。至于你,"她指着隆尚,压低了嗓音,"你最好让开,除非你想让所有人都知道你上个圣诞节为孤儿院织衣服的事。"

他的表情酸得几乎都能蚀刻玻璃了,"我不明白你在说什么。"

她用舞台上那种高声耳语的方式说:"那些衣服好小巧哦。"

去年的十一月和十二月,他一直在为圣施洗约翰孤儿院的孤儿编织帽子、连指手套、毛衣、袜子和围巾。为了解释他频繁离开城堡前往城区的举动,他讲了个详细过头的故事,内容是午夜时分在蛋糕店里的调情。为了让人相信他的谎话,他在返回城堡前,有时甚至会让头发沾上面粉。但贝蕾妮斯清楚真相。

中士皱起眉头,但他让开了。"抱歉,路易斯。你娶了个邪恶的女人。"

"你连一半都还没见识到呢。"

贝蕾妮斯从旁走过的时候,拍了拍路易斯的脸颊。她在公爵和被俘的喀拉客身边跪下。它伸长的双臂和双腿让这团物体难以维持平衡,只好将它仰天靠在墙头。它明亮的眼睛追随她的一举一动,但眼睛转动的微弱滴答声被无法制止的震颤响声盖了过去。与它一刻不停地挣扎相比,它认出了她的事实更加令她不安。

噢,好吧。现在唯一重要的就是把这台机器弄进她的实验室里，然后真正的工作才能展开。她转头看向蒙特默伦西——在那之前，她用尽可能凶狠的眼神盯着喀拉客看了很久——然后开口道："麻烦的部分开始了。"

公爵摇摇头。他的鼻孔里喷出白气。加上他守在这件非法获取的财宝边上的模样，她不禁想起了守卫着宝藏的巨龙。他也在流鼻涕，雾气凝成的水珠挂在他浓密的眉毛上。他一手按在那只玻璃似的茧上，叹了口气。

"它是温的。"他轻声道。

贝蕾妮斯效仿了他。她的手指拂过那只茧柔滑的表面：它比周围的空气暖和些，比它躺着的冰冷石头也暖和些。他说得对。化学制品产生的微弱苦涩气味刺激着她的鼻子，金属加热的气息也一样。

"这家伙正拼命地想要挣脱。"她说。

"热度和震颤会减弱护罩的强度。也许已经出现了能够撬开的细微裂缝。"

他们早就讨论过了，她知道他想做什么。于是她说："很好。我们再给它加一剂药。"

"同意。"他朝缩在隆尚的遮雨斗篷下面的化学家打了个手势，"菲利克斯，把喷射器拿来。"

菲利克斯恐怕还不到二十岁，满脸雀斑，下巴上只有一小撮软毛。在另外两人的帮助下，他将一只球茎状背包挎上了双肩。这台设备与几个士兵手里的那些没有明显的区别，只是更干净，磨损也更少。小伙子那么瘦小，加上背上的大球体，看上去简直像一个蛋壳里刚孵化出的一只小鸡。有些担忧的贝蕾妮斯问道："这是新配方，没错吧？"

公爵说："不必担心。它会发挥预期作用的。"

　　无论是菲利克斯还是他周围那些人，操作必须足够谨慎，才能确保彻底覆盖那台喀拉客，同时又不至于把它和城墙、看客或者菲利克斯自己黏在一起。蒙特默伦西的新配方从喷嘴中涌出，呈现出让人吃惊的荧光绿色。贝蕾妮斯从未在自然界见过这种绿。在她的想象中，这就像是龙血或者美人鱼眼泪的颜色。它也不像她见过的实战配方那么浓稠，而是一片细密的翠绿色雾气，泼溅在石面上，还沾上了她的外套。液滴在凝固时释放出强烈的热量，以及臭鼬般的气味。遭到再次掩埋的那台喀拉客的下风处弥漫着恶臭，几乎令人窒息。贝蕾妮斯用力吞了两口口水，这才强迫自己的胃恢复到看似平静的状态。

　　凝固后的环氧树脂的色调没那么吓人了。相变发生得如此迅速，颜色的变化简直像魔术师的戏法。几个旁观者倒吸一口凉气，然后拍起手来，对飘在城垛周围的恶臭烟雾视而不见。此时包裹着那位机械士兵的，是整整两层的高科技琥珀，厚度是先前的两倍，坚固程度足以模糊它的发条装置的喀拉声，以及齿轮咬合时的嘎吱声。而且这一次，化学制品凝固前的泼溅遮蔽了它的两只眼睛。贝蕾妮斯很想知道，它是否还看得见东西。她能勉强分辨它的轮廓。它看起来就像幽灵，就像是烟雾身躯的灯神，被困在一块巨大而未经雕琢的翡翠中心。她用指节轻轻敲打护套时，听到的是敲打玻璃或者石头时的"叮"，而非沉闷的"咚"。

　　蒙特默伦西几乎是用手肘粗鲁地推开菲利克斯。"别这样。"他转头对贝蕾妮斯说，"我们不能磨蹭。"

　　她朝隆尚点点头。他大声下达了命令，新的绳索随即缠住了那台喀拉客。但他们没有带着这只庞大笨重的包裹走下狭窄的楼梯，而是再次转动吊杆，将俘虏放到下方的外堡里。贝蕾妮斯、路易斯和隆尚的另一群手下在下方看着。他们用毛毯和防水油布裹住喀拉客，然后抬着它穿过内堡和外堡，前往那间废弃的木匠铺。他们的队伍引来了几个人的好奇目光，但谁也不可能辨别出士兵们搬运之物的本质——至少贝蕾妮斯是这么希望的。塔列朗从来不会假定敌人没有任何耳目。他们永远会假设敌人在能够造成最大破坏的场所安插了奸细。她上次亲自降到城墙下的时候，就犯下了漠视这条格言的愚蠢错误，后果几乎要了她的命。没什么比濒死体验更能让人吸取教训的了。

她领着一行人穿过狭窄的通道，隆尚监督着其他人清除这场行动的一切痕迹。她知道，此时此刻，另一组化学家和士兵正悬吊在城垛下，擦洗残留在城墙上的痕迹，修补常春藤受损的部分。进入废弃的店铺以后，他们立刻将那台喀拉客从螺旋楼梯的中央放了下去。它像钟摆那样摇晃着，不时敲打铸铁扶手，让它发出铜锣般的鸣响。回荡的响声上及高处的城堡，下至这座山峰的阴暗核心。即便无法动弹，敌人的这台机器也是个大麻烦。这个笨重的负担在旋转的时候，不止一次恰好将伸出的手臂或腿部卡在栏杆下面。恐怕会有人觉得，这个该死的东西是故意这么干的。站在下方楼梯上的贝蕾妮斯每次都会出手解决。到了第三次的时候，它的护罩让她缩回了手指：好热。还不至于烫伤她，但足够让她大吃一惊，足以让她猜想他们下方是否有某个地热通风口打开了。

路易斯赶到她身旁，"怎么了？"

她伸出一只手，放在他的脸上，"放轻松，我的爱人。"

护罩的热度让她高声向蒙特默伦西发问。但楼梯井上方并没有传来答复。噢，对了。城墙上的行动大功告成，公爵已经跳上缆车，向国王陛下和枢密院的其他成员汇报去了。这是他们事先说好的。

几分钟过后，那台喀拉客躺在了她的实验室的入口外。隆尚的手下解开绳索，取下并卷起，而她打开了门锁。中士挤开聚集在楼梯井底部的人群，潇洒地将大锤扛在一侧肩头，钻石镐扛在另一边，织针和纱线从他背后的帆布背包里探出头来。隆尚能这么快追上来，一路上肯定相当匆忙。走完这么长的楼梯，他却几乎没流一滴汗。她很好奇他是怎么做到的。下面挤着这么多温暖的身体，让石制的楼梯井闷热得像烟囱。他紧盯着那台喀拉客，仿佛眼睛里再也装不下别的东西了。

"把这个齿轮畜生弄进去，"他吼道，"跑步前进！"

贝蕾妮斯推开搁板桌，清出一条通往实验室后部的路。看到这么多人踏进她的私人领地，她很不愉快。但这是必要之恶。如果把他的手下赶出去，隆尚准会大发雷霆。不过值得称道的是，他明确地威胁了那些人，表示谁敢把自己在罗亚尔山的冰冷岩石核心目睹的景象泄露出去，他就会拔出对方的舌头，塞进他们下面的洞里。

"见鬼。这儿真热。"一个女兵说。汗水凝结在扛着俘虏的士兵们脸上。他们慢吞吞地走过贝蕾妮斯用来掩盖莉莉丝的毛毯堆。按照明面上的说法，那台叛逆喀拉客几周之前已经离开了西方马赛，基本上算是不告而别。贝蕾妮斯相信隆尚绝非虚言恫吓，但她也同样相信啤酒让士兵放松舌头的能力。塞巴斯蒂安三世还不知道贝蕾妮斯对莉莉丝做了什么。贝蕾妮斯希望在得到能够缓解国王不悦心情的好消息以后，再去吐露真相。

她希望像敲蛋壳那样敲开这台军用喀拉客的脑袋以后，能迅速找到这样的好消息。她会发现另一团发光的蛋黄吗？

莉莉丝听到了这阵骚动。扭曲的咔嗒声从它所在的角落传来。拆卸对它造成了不小的影响。谁在那儿?你们在做什么?快释放我!

贝蕾妮斯脱掉了厚外套,路易斯点亮周围的火炬、蜡烛和油灯,直到壁突式灯台将房间里照得看不见影子,比外面阴沉的天空更加明亮。士兵们把新俘虏丢在房间另一头,靠近那座还残留着开凿痕迹的墙壁——它见证着几个世纪之前,他们的祖先停止挖掘的那一刻。军装与那件重物接触的位置留下了深色的汗渍。他们退到一旁,喘着粗气,擦拭着脸上的汗水。

明亮的灯光照出了外部护罩的更多细节。这只石灰绿色的半透明巨茧在灯光下闪闪发亮。贝蕾妮斯举起鉴定珠宝用的放大镜,身体前倾,眯起眼睛。不是幻觉:微小的气泡正透过新旧涂层边界的缝隙渗出。化学护罩内部不断泛出气泡,仿佛里面装的是起泡酒。在漫长的下楼过程中,几缕发丝松脱下来,悬在她的额前。喀拉客俘虏散发的热量形成了上升气流,吹乱了那些头发。

不对劲啊。一整天里的头一次,一丝疑虑从心底升起。嘶嘶声越来越响:冰冷的惧意让她冷汗淋漓的肌肤起了一层鸡皮疙瘩。她转过身,想指给隆尚看。

"隆尚中——"

一声响亮的"嘎扎"响彻实验室,就像一百根芹菜梗同时折断的声音。柠檬凝乳的气味包裹了贝蕾妮斯。好几个人同声大喊。

路易斯一手抓住她的胳膊,以几乎让她脱臼的力道将她拉向后面。就在同一瞬间,一柄锯齿利刃刺出化学护罩。环氧树脂的细小碎块洒在他们身上,仿佛一阵冰雹。碎屑拍打在桌子和架子上。隆尚转过身去,将他俩推向门口。

"出去!"

又一阵呼喊声。贝蕾妮斯跌跌撞撞地奔向门口,却在维持平衡的时候踩到了自己的裙角。她甩开路易斯的手臂,想挤开骚动的士兵,后者正慌乱地摸索着武器,推倒桌子堆成掩体。

"你在做什么?"他大喊道。

"手雷!"她一指放着多余球囊的那只架子。她就是用那东西困住莉莉丝的。

中士咆哮道:"举起喷射器,快!"

另一把利刃刺穿开始劣化的护罩。在慌忙摆出射击姿势的过程中,隆尚某个手下的屁股撞上了架子。一颗易碎的环氧树脂球囊滚落下来,在地板上迸裂,随即包裹了贝蕾妮斯的大部分工具,让两名士兵无法动弹。环氧树脂泼溅在其中一人的脸上,盖住了他的鼻子和嘴巴。从急切的干呕声判断,树脂也进入了他的嗓子。他用空出的那只手拼命拍打玻璃状的护罩。他的战友被黏住的只有下半身,她用没拿枪的手从腰带上抽出军用匕首,狠凿他脸上那张不透气的透明面具。

贝蕾妮斯从他们身旁匆忙走过。有东西被割开,有人在尖叫,某种温暖潮湿之物洒在她的脖子上。凝乳的气味变成了排泄物的恶臭。她在某个黏稠的水洼里滑了一跤。

路易斯!她转过身去,但他仍旧跟在她身后。那台喀拉客正忙着对付士兵们。她再次将他推向敞开的门口,"快出去,你这蠢货,然后把门封死!"

莉莉丝所在的角落响起嘈杂的咔嗒声。发生了什么?谁在这儿?救命!

隆尚:"流星锤!快!"

贝蕾妮斯跳起身来,冲向架子。但路易斯却抱着她躲向一旁——与此同时,一根纤细的钢索划破她的脖子刚才所在的空间。他们一起撞上地板的那一瞬,她能感觉到它从耳畔掠过。她肺里的空气全都被它挤了出来。

流星锤呼啸着穿过实验室,旋转不停,像一张网一样张开。军用喀拉客挥出与手臂相连的利刃,速度快到贝蕾妮斯看不清的程度。铁制锤头随即撞上墙壁,被切断的滚烫钢索四下甩打。在无法控制的反弹中,某颗锤头飞向了一小群士兵。切断的钢索劈开了某人的脸颊,露出骨骼和牙齿,但又在同时烧灼了伤口。他很走运。他身旁那个人试图躲闪,但锤头却伴随着令人作呕的嘎扎声,在他的胸骨上留下了一个凹坑。

那台喀拉客已经彻底挣脱了化学囚笼,它跳向房间的天花板,像蜘蛛那样倒悬在那里。它的手指和爪子捏皱了防水层,就好像那只是一张皱纹纸。岩石的粉末撒在贝蕾妮斯一片狼藉的实验室里。粉末刺痛了她的眼睛。

喀拉客快如奔马地爬过天花板。它毫不减速,展开肢体,以闪电般迅速的动作来了个后空翻,锯齿状的手臂如同巨大的剪刀般挥向隆尚的喉咙。中士猛地后仰身体,用铁镐挡下了这一击。刺耳的金属碰撞声响起,阵雨般洒落的火花烧焦了他的眉毛。中士的胡子飘落到地板上。机械人回到天花板上,继续爬行。贝蕾妮斯以为它要去的是实验室的门——去找国王。基督啊,它去杀国王了。这肯定是它的禁制。——但它却离开了天花板,在半空中割开了某个士兵的喉咙,然后落在莉莉丝身前。它掀开毛毯,露出被包裹在化学品里的仆从型机械人,还有它奇形怪状、像打破的蛋壳般的脑袋。

"那他妈是什么东西?"路易斯低声说。

军用喀拉客迟疑了几分之一秒。感觉却像是永恒。

"噢,该死。"贝蕾妮斯说。

他们现在最不需要的,就是为这个猖狂的杀手提供屠戮他们的动机。目睹同胞被拆卸的模样,无疑会激活它的阶层式超禁制之中休眠的部分:运用一切必要手段阻止非公会成员解构喀拉客。它的选择是弑君,还是首先杀光下面的所有人?

路易斯把她拉到一张翻倒的搁板桌后面。他为什么不听她的话乖乖地离开?他趴在她身上,试图用身体保护她。她抓住他的脖子,将嘴唇凑到他的耳边。(在这样的喧哗声中,那个恶魔有多大可能性听到我说的话?)

"剩下的环氧球囊。不能让它逃出去。"她低声道。他咽了口口水,点点头。

"让那该死的东西发挥点作用!"

隆尚指着那个窒息而死的士兵背上的金属储液罐。几名士兵冲了过去,想把那只喷射器挖出来。他们匆忙劈砍着自己战友仍有余温的身体,鲜血四下飞溅。贝蕾妮斯和路易斯爬过实验室里散落一地的各类用品,寻找着最后一只球囊。

两台喀拉客以"咔嗒-喀拉"的声音交流着,语速快到她跟不上的程度。她不清楚那台军用喀拉客是否意识到莉莉丝是个叛逆,也不清楚莉莉丝跟他说了些什么。或许喀拉客士兵看到了莉莉丝的锁孔遭受的损毁,并得出了不能将其释放的结论。肯定存在一条超禁制,禁止喀拉客与同类中的叛逆互动。又或许,在无法动弹数周之后,喀拉客士兵最后接受的命令造成的灼热痛楚已经让它无法忍受。无论出于怎样的理由,仅仅数秒高度压缩的对话过后,那台脱困而出的机器只一次跳跃,便将它与出口的距离缩短了一半。一个身材高大的士兵急忙扬起手里的大锤和铁镐,挡住它的去路。那台机器挡开了他的攻击。

贝蕾妮斯找到那只埋在成堆日志中间的环氧树脂球囊。这些从桌上滚落、随风飘动的书页想必成了球囊落地时的缓冲。在她藏身的那张桌子的另一侧，传来了金属撞击石头的铿锵声，紧接着是刀刃刮过骨头、仿佛屠宰场那样的刺耳响声。她的头发、双手和脸孔染上了更多的红色。球囊在她的指尖下嘎吱作响，在那个瞬间，她惊恐地以为自己在亢奋中捏得太用力了。她缩了缩身子，满以为黏胶的喷泉会立刻将她固定在原地，那台喀拉客大可以等到有空的时候再来宰了她。但她的预想落空了。她好不容易才让自己放松了攥着环氧武器的那只手。

空气再次传来嗡鸣，某种光滑之物穿过房间，飞得又快又低。片刻过后，实验室里回荡着带有金属质感的拨弦声，开始很轻，逐渐升高为刺耳到令人牙酸的金属扭曲声。她悄悄看了眼桌子对面。某人扔出的流星锤终于命中了目标。钢索缠住了那台喀拉客的双腿。它倒在地上，身体剧烈颤抖，同时挥舞着前臂的利刃，试图劈开束缚。它其实不必费事的。过度拉伸的钢索支撑不了几秒钟。老实本分的法兰西冶金学根本敌不过恶魔般的炼金术。

但那台机器被拖慢了堪称无价的几秒钟。贝蕾妮斯跳过一张实验台，冲向那个魔法与金属的危险混合体，手里的球囊不偏不倚地砸在机械人胸口。她屈身跳向一旁，以避开飞溅的黏液，满是瘀青的身体滚动着停了下来。路易斯拉扯过的那条胳膊传来新的痛楚。她爬起身来。

"快他妈给我让开！"

中士举着铁镐和大锤从旁冲过，差点将她再次撞倒。她猛地转过身去，以为会看到那台喀拉客像莉莉丝那样被封死在护罩里。但她那一掷用了太大的力气，导致化学制品洒得到处都是。大部分黏液在凝固之前泼溅到了远离喀拉客的位置。无数细小的触须从它的身躯延伸到墙壁、地板和敞开的房门。但大部分环氧树脂化为了固定在它胸口的一只透明蘑菇。那台机器并没有被彻底固定住。

隆尚的大锤砸碎了晶体触须，穿透过去，不顾一切地想在那台喀拉客挣脱前击中它。玻璃般的碎片给中士的双臂留下了十几处伤口。铁镐的钻石镐头发出鸣禽般的尖锐鸣响，朝机械士兵的额头砸下。巨大的叮当声中，铁镐命中了目标，随即却弹了开来，没给他用铁锤将镐头敲进它脑袋的机会。他弯曲手臂，打算再来一次。

路易斯跑向房门。没错，亲爱的，离开杀伤地带！去找援兵！

喀拉客像十字架上的基督那样伸展双臂，然后伴随着微弱的"咔嗒-咔嗒"声，再次展开了刀刃。其中一把刺穿了门框，另一把在令人牙关打颤的震荡中径直刺进地板，在这致命灾祸的气息中加入了岩石碎裂的气味。它发起抖来。它的脚踝——仍旧被钢索捆在一起——上面的铰链松脱，鸟爪似的双脚露出锯齿状的矛头。然后它猛然发力，将这些矛头刺进地板整整一英寸。它抬起身体。它的胸口开始升高。此时此刻，金属受热的气味和轴承超负荷时的尖锐响声充斥了整间实验室。贝蕾妮斯这才明白，它之所以要固定住自己，是为了在收缩身体时，将所有的张力最大限度地集中到束缚它的锁链上。

噢，你这狡猾的杂种。

缠住它双腿的钢索崩断了，伴随着炮轰般的巨响，抽打在地面上。片刻过后，环氧树脂开始破裂，透明碎屑爆散开来，洒落在实验室各处。一团足有半个隆尚那么大的碎块将中士撞飞到房间的另一边，就像撞飞一只玩偶。贝蕾妮斯抬起一条手臂，试图遮住面孔,但某样东西依旧刺穿了她的左眼。仿佛有一团鲜红色的重物压扁了整个世界,这个世界的一切质感都被眼窝传来的剧烈痛楚吞没了。她尖叫一声,倒在地上。

路易斯摇摇晃晃地爬了起来。贝蕾妮斯透过血红色的帘幕看着他冲向房门。但他没有逃跑——你在做什么?不,不,不!——而是拉动操纵杆,想将门从里面锁死。

喀拉客跃入空中,翻了个筋斗,然后双脚着地。

它和路易斯之间再无阻碍。

贝蕾妮斯努力发出警告,却被眼窝流出的鲜血呛着了。"路易斯——"

那台机械人看到了他奋力关闭沉重房门的模样。刀刃再次发出咔嗒声,然后路易斯开始尖叫,他的双臂在空中打转,他的双肩血如泉涌。动脉里的鲜血喷洒在墙壁上。

"路易斯!"

雪崩般的麻木感占据了贝蕾妮斯的心。

那台机器将半掩的房门从铰链上扯下,丢向实验室的另一边——砸中了隆尚手下某个措手不及的士兵,多半还砸碎了他的每一根肋骨——然后跳进螺旋楼梯井。几秒钟过后,炼金术黄铜与铸铁碰撞的回音渐渐消失。那台机器已经离开了楼梯井,朝着阳光射来的方向一路狂奔。

贝蕾妮斯翻身爬起,却滑倒在自己的鲜血里。血液裹住了她和地面。某种东西悬停在她左眼的视野边缘。她能感受到,也能听到它在眼窝里刮擦的声音。震惊或许模糊了剧痛,却无法掩饰被异物深深刺进眼窝,直至刮擦颅骨的那种令人作呕的异样感。别去想。

她将注意力集中在路易斯身上,后者正在地板上抽搐,周围是她从未见过的巨大血泊。他的动作已经迟钝了，尖叫转为虚弱的呜咽。

止血带。她爬过遍地的狼藉，向他靠近。她解开某个濒死士兵的裤腰带，爬到路易斯身旁。他的身体开始痉挛，器官也逐渐停止运作。她将腰带绕在他的肩上，但她的双手和他的皮肤都沾满鲜血，她能看见骨头。而绳圈不断从他的胳膊本该在的位置滑落，因为绳索根本没有能系住的地方，他也已经不再发出声音。为什么他不逃跑？耶稣啊耶稣啊耶稣啊！路易斯的手臂去了哪里？他为什么不回应她的呼唤？

"请别走，请别走，对不起，真的对不起，亲爱的，请别离开我，噢天主啊天主啊路易斯求你跟我说点什么，真的真的对不起……"

但他已经离她而去。

她记得的下一件事，是遍体鳞伤的隆尚跑向房门。他看到她坐在地上，让路易斯苍白的脑袋靠着她膝盖的模样，突然停下了脚步。他的表情因绝望——又或者是厌恶——而扭曲。或许两者皆有。有那么一瞬间，她还以为他会吐出来。

可他为什么要跑？噢。那台机器。

"上面。"她说。她说话的时候，眼睛里的碎片再次开始刮擦她颅骨的轮廓。研磨感让她胃里的东西涌上了喉咙。

中士吞了口唾沫，点点头，转身走向楼梯井。她抓住他的脚踝，然后指了指墙壁上那些间隔固定、装有百叶窗板的通风井格栅。她推开路易斯——动作很轻，免得让他的头撞到地板——然后摇晃着站了起来。移动眼球这样下意识或者说无意识的动作，她根本无法避免。但她还是尽可能不动眼睛，只左右摆动头部，就像戴着眼罩的马儿。那种痛楚堪比耶稣受难，但至少减轻了她脑袋里传来的刮擦声。而且即便是后者也好过去想——去想——那双手臂以及——以及——

他们必须抓住那个伤害路易斯的恶魔。

这些通风井能将这座地下洞穴里的灯烟与烛烟送到外面,再将相对健康的空气送进来。这是当初挖掘的时候就开凿出来的。贝蕾妮斯对最合适的那个通风井——线路最笔直,墙壁最平坦,宽度也足以容纳两人轻松通行——进行了改造,赋予了它第二个功能。但她的改造从未投入过实用。她设计它的时候,设想的是截然不同的情景:在实验室遭受来自楼梯井的进攻时,用它来逃出生天。她从未想过自己会需要用它来追赶已经逃出实验室的东西。那个攻击了路易斯,朝他挥下利刃,切断了他的——

别去想。现在别想。还有很多事要做。

她特意用一只柜子遮住了那个通风井的半边。谢天谢地,环氧手雷造成的意外并没有把柜子黏在墙壁上。但如果飞溅的黏液封住了格栅的盖子……

隆尚理解了她的意思,推开那只柜子。它倾倒下来,重重砸在地板上。贝蕾妮斯弯下腰,想拉开伪装成百叶窗板的盖子,晕眩感突然压倒了她。温热的血液仍在顺着她的脸颊流下。

他拉开了盖子,道:"你需要医生。"

她在脑海里咬紧牙关,勉强开口道:"回头再说。"刮擦感再次让她几欲呕吐。中士没有跟她争辩。反正这也没什么意义,能迅速找到医生的路正是他们要走的这条。隆尚摆手示意她前进。

她趴在地上,爬进通风井。里面十分阴暗,落满灰尘,闻起来就像鸟粪,甚至更糟。蜘蛛网拂过她的脸——真他妈该死,她甚至能感觉到蛛网在拉扯刺进眼睛里的碎片。该死该死该死——她的手掌碾碎了某个很久以前就已咽气的东西。

专心做眼前的工作。赶在事态恶化之前,惩罚那头怪物。赶在你失去知觉之前。

可是,伟大又聪明的塔列朗啊,等你追上它以后,又打算怎么做呢?瞎了一只眼睛,失血濒死的你要赤手空拳制服它么?用你死去丈夫的双臂将它捶打至死吗?

她踏上了通风井底部的一处木制平台。一条铁链从平台中央延伸出去,没入头顶高处的那一小块苍白的阳光。她吃力地站起身时,铁链咔嗒作响。她想躺下,但这儿的空间不够大。隆尚跟着她来到平台上。贝蕾妮斯摆动头部,但这里太昏暗了,即便她剩下那只眼睛没有被凝结的鲜血模糊视线,她也什么都看不见。

他用一只坚定的手按住她的肩膀,让她贴着铁链。"交给我吧。"他说。他在黑暗中摸索了一阵子,然后说:"抓牢。别刺激到你的伤口,我可不希望你吐在我漂亮的靴子上。"

他收回的手沾着深色的血迹。她试图闭上双眼。这是个错误的决定:异物让她无法闭紧左眼皮的感受比刮擦感更加糟糕。于是她伸长脖子,以免碎片被铁环勾住,然后抱住了铁链。隆尚从挂钩里抽出斧子,金属相互摩擦的声音随即传来。他挥出斧子的时候,平台略微摇晃了一下。她听到了一声"噼啪",然后身体突然重了一倍。呼啸而过的空气和平台的摇曳都在扭动她眼睛里的碎片。她跪倒在地,开始呕吐。隆尚抓住她的衣领,防止她落进平台边缘和竖井墙壁之间的空隙。不知为什么,他没有丢下铁镐和锤子。她不禁好奇他把没织完的东西放在了哪儿。或许是交给路易斯保管了。

光愈加明亮,风愈加温暖,平台的响声也愈加刺耳。天主啊,那响声就像路易斯的尖叫。向上升到一半的时候,巨大的碰撞声撼动了大地，竖井的石壁也开始出现锯齿状的裂缝。灰尘飘进了她的鼻子。在剧烈的颠簸中，平台出现在木匠铺后面那间上锁的棚屋里。惯性让两人立足不稳。贝蕾妮斯差点晕过去。棚屋的门是从内锁上的，但隆尚一脚踢开。她跌跌撞撞地跟在后面，身体剧烈颤抖。为什么阳光如此冰冷？

"主啊，"他拉住她的手腕，咕哝道，"保佑我远离这些顽固的女子爵吧。"

他们绕过转角。内堡的中央庭院看起来和闻起来都像一座屠宰场。贝蕾妮斯透过眼里的粉色阴霾与痛苦迷雾看着这片景象，挣扎着理解这一切。

一辆皱巴巴的银色缆车躺在地面站台的碎石间，窗玻璃粉碎，只留下空空如也的窗框。散落在周围的尸体就像沉船的残骸，有些零碎，有些完整。血泊。平民。穿着绿色十字褡的神父。士兵。许多士兵。她觉得自己认得其中一位。他不久前曾和她一起站在城墙上。他叫什么名字？也许路易斯知道。

在这片混乱的中心，是一只闪闪发光、模糊不清、如剃刀般锋利的陀螺。它的一条腿有些扭曲，动作有些笨拙，但仍然快到人类无法对抗的程度。那头怪物想爬上尖塔的时候，肯定有某个思维敏捷的人切断了缆索，打了喀拉客一个出其不意。她不太想确认缆车坠地时，里面是否坐着人。

隆尚的三个手下试图拖住那台致命的机械。一男一女各自在头顶转动着流星锤。第三个士兵背着环氧喷射器的储液罐，但喷嘴已然损坏，垂在他身后。

他们身后的喷泉呈现出与贝蕾妮斯破烂的衣裙相衬的色彩。整个世界仿佛都染上了一丝血色。

喀拉客纵身跃起。

一根钢索呼啸着飞过庭院。

喀拉客落了下来。血肉、骨骼和那对受过阳极化处理的储液罐间闪现刀光。背着喷射器的士兵四分五裂地倒下。

喀拉客翻倒在地,双腿缠在了一起。它像被渔网捞起的鱼儿那样扑腾着。

隆尚飞奔而去。

他手里的铁镐对准喀拉客的锁孔。锤子举到空中。炽热的痛楚撕碎了源于震惊的、令人安心的麻木感。剧痛的浪潮在贝蕾妮斯受伤的眼睛和心中涌动。它们将她吞没,又在她的大脑里放了一把火。

隆尚的手臂挥下。

她失去了知觉。

第二部分　最为剧烈的反应

搅拌此易碎团块，即♄①，将其与☿②的粗制提炼物混合并加入研钵……以研杵♂③研磨1/4小时，由此令☿↗以"黛安娜之鸽"④为媒介↙与其兄弟，贤明的☉⑤相伴，并从彼处获取灵性的精子。↗激烈的搅拌将令其开始发酵↙灵性的精子就像火焰，会通过最为剧烈的反应净化一切多余的　，因后者会干扰发酵的顺利进行。

　　——摘自艾萨克·牛顿的《钥》（可能是艾雷内乌斯·费雷拉勒斯⑥某份失传手稿的抄本），约1677年（此处有小字"注1"）

　　[休谟译版（此处有小字"注2"）]

　　注1.　牛顿写下这份手稿的确切日期存在争议。休谟指出，

---

　①译注：代表土星的符号。

　②译注：代表水星的符号。

　③译注：代表火星的符号。

　④译注：炼金术的常见用语之一，具体含义不明。

　⑤译注：代表火神星的符号，火神星即伏尔甘，是月神黛安娜的兄弟。

　⑥译注：Eirenaeus Philalethes，17世纪的著名炼金术士，其名意为"和平的真相热爱者"。

从笔迹大小与符号上的十字记号可以判断,它的问世时间是在17世纪70年代后半的前期。参见多布斯(1875)对于牛顿未注日期著作之时期划分的全面探讨。

注2. 旁注(用"↗"与"↙"标出的部分)的作者未知。

第十章

费舍的大脑从无梦的沉眠缓缓进入昏沉而勉强的苏醒状态。这时,他遭遇了两个惊喜。

首先是他还能醒来的事实。我思,故我——究竟为什么没死?

其次,他发现自己所在的地牢并未弥漫着屎尿与霉菌、鲜血与绝望的臭气。它闻起来就像……光是去闻周围气味的动作就让他几乎失去知觉。等头晕消失以后,他又试了一次……就像枫糖浆、吐司和培根的气味。上好的培根。

针刺般的痛楚从他的肩膀传到指尖。他动了动身子,本以为会听到充满不祥意味的镣铐声——

(噢,好吧。这算是第三个惊喜。)

——然后发现他赤裸着躺在丝绸羽绒被里,身上没有任何束缚。除了他压在身下的胳膊传来的麻木感,还有留在枕头(枕头?)上的那块冰冷的口水痕迹以外,他觉得相当舒适。就连那块撕裂的头皮都只是传来隐约的抽痛而已。

在他的预想中,这可不是拧颈卫士会做的事。他没被刺穿、淹死,这已经够奇怪的了。可这……

肚子大声叫唤起来。他感觉胃里空空荡荡,胃壁薄得就像蛋壳,随时都会崩塌。他睡了多久?培根的香气让他流起了口水。他壮起胆子转过头去,以为这令人安心的幻象随时都会化作可怕的苦痛。他睁开眼皮——眼睛并没有传来疼痛:房间很明亮,又没亮到让人难受的程度。从天窗照入的阳光落在深色的涂漆木料上——可能是胡桃木,或者红木,所以反光才没有刺痛他惺忪的睡眼。只是在看到远处桌上透明玻璃杯和银器的明亮反光时,他才移开了视线。那是为两人准备的餐具。

我死了吗?主接纳了我?带走了我软弱而有罪的肉体?若非如此,恐怕就是事故让我受到了严重的脑损伤。

桌对面那道墙上的门打开了。费舍睁大了眼睛,却看不到门外阴影里的任何东西——那台拧颈卫士走进房间的时候,几乎把门口堵得严严实实。(不,天主没有接纳他。侍奉天主的是天使,不是发条奴隶。)那台喀拉客用后蹄关上了门,然后走向费舍的床,下面那对手臂拿着一小包东西。费舍绷紧了身体。虽然毫无意义,但他还是在床垫上匆忙后退,直到赤裸的背脊贴上了墙壁。触感冰凉粗糙。在逐渐清醒过来的此刻,一幅画面在他脑海中无情地浮现出来:拉车的那台仆从机械人的身体四分五裂,仿佛被人撕碎的丝绸⋯⋯

拧颈卫士朝床铺投下一道阴影。费舍缩了缩身子。但它的手臂并未变形成致命的长枪,将他刺穿在床单上。它反而抬起那包东西,伴随着手腕里棘轮的轻响,将其展开。他发现那是一件浴袍。那台机器就像发条男仆那样为费舍举着浴袍。他们目光相交。机械人纹丝不动地站在那儿,仿佛在为费舍穿衣的时候突然凝固了一样。他真想知道,这是不是之前追赶他的那台。

让他们一模一样又毫无表情的面孔都见鬼吧。见鬼去吧。

它以几英寸的幅度上下摇晃那件睡袍，就好像费舍没看见似的。要是这该死的东西想让他穿上衣服，那他做什么都没法阻止。他叹了口气，慢慢爬过床垫推开羽绒被，双脚越过床沿的时候，头又晕起来。他休息了片刻，晕眩感才逐渐消失。他没看到地上那双拖鞋，双脚直接踩了进去。拖鞋的皮毛轻拂脚跟，吓得他身体一缩，连视野都模糊起来。

拧颈卫士后退了一步，蹄子敲打着镶木地板，就像节拍器奏出的四个节拍。它把睡袍翻了过来，显然希望费舍就这么套在身上。

他摇摇晃晃，晕眩未消地站起身。那台机器用空出的一只手抓住他的胳膊。他再次缩了一下。但它只是在搀扶他而已。以这具由管件、轴承与经过炼金术强化的黄铜组成的身体而言，它的动作算得上轻柔了。睡袍是厚实而温暖的毛巾布，略微带着烟草与海水的气息。但他并不在船上，否则地板不可能这么平稳。

费舍转过身去，伸出双臂，除了拖鞋（兔毛绒材质）之外一丝不挂。他趁机审视自己的身体。衰老的皮肤上能看到开始消退的斑驳瘀青，紫红色的痕迹已经褪色为绿色与静脉的蓝色。他在逃离住处的途中撞伤了不少地方，但从受伤处也能看出他已经休养过一阵子了。他还记得自己重重撞上车厢内壁，与洒落的残骸一起飞进运河，头皮耷拉在眼睛上，又试图游泳逃走……令人吃惊的是，他的身体依旧是完整的。痛楚再次浮现，其中大部分都模糊、隐约而又遥远，只有预示着头痛的悸动格外明显。

他也记得自己失败的使命。记得要给塔列朗的警告。已经太迟了吗？如果他能把口信送去新法兰西……

半人马为他套上袖子、将长袍盖住他的双肩之时，房门再次打开。费舍系好腰带。在他身后,安娜斯塔西亚·贝尔说:"它们不擅长照顾病人,这点我可以保证。但需要的时候,它们会尽其所能。我们曾经考虑恢复古老的传统,让他们戴上令人想起小丑的面具。但最后,我们觉得与其让它们成为笑料,倒不如让人们畏惧比较好。"

拧颈卫士在"嘚嘚"的蹄声中离开了房间,出去时关上了门。费舍转过身来。贝尔穿着酒红色的裙子,配上灰色的皮靴。时髦地歪戴在头顶的宽檐帽上,有一根又细又长的羽毛微微摇摆着。柔软的及肘手套与长靴式样相称,还有件貂皮斗篷挂在她的一条手臂上。她脖子上那条蕾丝项链的玫瑰十字架链坠反射着明亮的阳光,手腕上的那只银手镯也一样。她这副打扮像极了正要在寒冷却阳光明媚的秋日前往乡间的贵妇,而邀请者多半是某位地位更高的长辈。她看起来半点也不像帝国秘密警察的首脑。要不是那条项链,甚至不会有人认出她公会成员的身份。

费舍的舌头舔到了干燥的口腔上壁。努力挤出的唾液和吮吸了一晚上的银币是同样的味道。

"我们之中有个人的打扮不够得体。"

她露出微笑,仿佛他说了什么特别风趣的话,连眼角都眯缝起来了。"请放轻松。我不是来审问你的。"

"让人难以置信。"

她把斗篷挂到某张椅子的椅背上。她脱着手套,同时开了口:"得了吧,牧师。还是说我应该叫你'神父'?你和我都很清楚,这里——"她的手画了个圈,将房间、床铺和那些食物都包罗其中,"——不是审讯的适当场所。干吗要让飞溅的恶臭体液毁了这顿美妙的早餐呢?"

费舍哼了一声。现在他明白了。他们给他治伤，让他的身体恢复到健康的巅峰，只是为了在审讯开始时回到白板一块的状态。这么一来，贝尔动手时就无须顾虑了。让他变回崭新的画布，她才能施展更多的创意。

噢，没错。他终于可以如愿殉道了。

"别误会，"她续道，"你会把我想要和需要知道的事说出来的。但如果事态的发展如我期望，你会心甘情愿地坦白一切。我甚至用不着问。走运的话，我们根本用不着动粗。"

他交叠双臂。这个动作抬起了睡袍的下摆，让他的双腿更加暴露。但从他尝试逃脱的那一刻起，就不再把尊严当回事了。"我知道——"

贝尔抬起一只手，打断了他的话，"拜托。我今早还没吃东西。如果我们非得争论不可，就像文明人那样边吃边说吧。我不喜欢冷掉的早餐。"

说完，她在桌边坐了下来。她抖开一条餐巾，盖到膝盖上，然后用手势示意他也坐下。一把晶体——与骑士大厅内部的照明物不无相似之处——正在暖锅①下方的玻璃碗里发光发热。她掀开盖子，露出一只装满热气腾腾的火腿与培根片的大浅盘。他看到了两罐果酱，一碗黄油，五六片吐司面包，还有整齐地排列在砧板上的好几种奶酪。装着酪乳的玻璃水瓶放在冰块里，咖啡的气味更从保温瓶敞开的瓶口飘来。

他背信弃义的胃咕噜咕噜地叫了起来，响得就连贝尔都听到了。得意的笑容扭曲了她的嘴角。她大口吃着，一边说道："不必担心。这些东西都没下毒。"她特意强调了最后一个字。

---

① 译注：一种类似火锅、主要用于文火炖煮与保温的炊/餐具，于17世纪的欧洲开始流行。

去他的吧。反正他也饿了。就当是吃到的最后一顿饭吧，有什么大不了的。他坐了下来。

"我更喜欢这种方式。"她说着，给吐司涂上厚厚的黄油，"可惜这种情况非常罕见。或者说，我更想把它看作一个特别的机会。"

"我知道你的目的。"他说。对于他们照料他的理由，他说出了自己的推论。

"的确，我们宁愿看到你健康又强壮。但理由跟你认为的不同。我们最希望的事，就是让你觉得放松又舒适。康复只是个令人愉快的副作用而已。"

靠近他的餐盘的那只罐子装着越橘酱。他皱起鼻子，把它放了回去。"你想要的话，可以拿我这边的草莓酱。"贝尔说。

他没动果酱，将黄油、一薄片奶酪、一厚片培根放到吐司上。费舍努力控制自己，以免露出狼吞虎咽的模样。奶酪是上好的豪达烟熏奶酪，很适合搭配咸肉。他把一半吞进肚里，这才再次开口。

"你们为什么要在乎我过得舒适与否？"

"应激激素。它们会把事情搞砸，弄得不可收拾。我们花了很长时间才明白这个道理。"她咀嚼着摇了摇头，"白白浪费了那么多精力。"

"我不明白。"

她兴味索然地摆摆手，仿佛刚才说的不过是在乡间旅行时看到了堤围泽地和风车似的。"是啊。但你会明白的。"

阿莱达·吉伦斯的话语在他的脑海中不请自来，那个最后的女囚犯。他们还能做出更可怕的事，她当时用嘶哑的嗓音说。她将她破破烂烂、遭受酷刑折磨的身体称为"仁慈"。他的心底深处,一小团惧意逐渐晶化成形,比钻石更加坚硬。但不知为什么,他的胃口不打算退缩。

他们进食的时候,对话暂时停止了。酪乳冰得过头,让他的口腔上部变得麻木,也加重了他的头痛。酸臭的恐惧凝结了他胃里的酪乳,于是他将它放到一旁。贝尔大声咀嚼着,展现出了以她的体格无法想象的好胃口。费舍被自己解除束缚后的饥饿感吓了一跳,他终于忍不住发问道:"我躺了多久?"

"他们让你睡了相当久。他们把你从运河里捞出来的时候,你受到了严重的脑震荡。我听说现场相当壮观,"她用黄油刀的刀柄轻轻一敲鬓角,"这倒提醒了我。你接下来几天恐怕会头晕和头痛。如果痛得厉害,或者视野模糊,请大声叫人。"

他们继续吃着。贝尔用最后一块吐司擦着盘子,道:"要知道,你的怜悯心相当值得称赞。要不是你决定在我们鼻子底下给那个女人实施安乐死,我们短时间内还不会抓你。还是说你只是想确保她永远不会指认你?"

"我只是做了有怜悯之心的人会做的事。"

"也许吧。我们只是碰巧在留意你而已。受雇于楚恩拉德家的某个人——我想应该是个女家庭教师?——报告说你对他们的一个机械人做出了奇怪的举动。她担心你向她的学生传播了非正统的观点。"

费舍咕哝了一声,"我可真走运呀。"

贝尔推开她的餐盘。给自己倒了第二杯咖啡以后,她交叠双臂,手肘挂着桌子。"这么说,你还真的是'神父',没错吧?"见他没有答话,她续道:"我问这个纯粹是出于好奇。仅此而已。不是为了给你下套,或者指控你。那个阶段恐怕已经过去了。"

她已经知道了。还是等有必要的时候再拒绝配合吧。"我在

1887年得到圣职。在1889年亲吻了教皇的戒指。"

她点点头,仿佛他证实了她的某个猜想。"随后你来了海牙,一直待到今天。新法兰西靠堑壕顶了几十年,这都得归功于你啊,神父。如果你留在新法兰西,像你这样虔诚又专注的人,恐怕早就得到某块不错的主教辖区了。"她抿了口咖啡,又说,"你可曾设想过,如果当初选择了那条路,现在会是什么样子?"

她的微笑也许只想表达同情。但这种降尊纡贵的态度所代表的傲慢惹火了他。制造与奴役喀拉客,这种概念只是外在症状,症状之下的真正疾病正是这种深深的傲慢。而制造与奴役喀拉客又会带来力量与特权,进一步催生出更大的自负。恶性循环。

"如果这二百五十年来,那种会思考的活物并未臣服于人类的话,不知这个世界会是什么样子?如果现代世界的整个结构并未以囚禁、折磨与奴役不朽灵魂为基础的话。如果你的同胞没有将他们讴歌的巧思投入有史以来最为冒犯天主的那件发明的话。"

面对他的爆发,贝尔扬起一边眉毛。"噢,你解答了我的一个疑问。"她用食指在黄油上方的某个看不见的方框里打了个勾。"外国间谍的动机往往并非原则,而是贪欲或是肉欲。如果你知道这些年来,我们只凭金钱与异性的诱惑就策反了多少法兰西密探,你会大吃一惊的。可是你,费舍,你是个思想家。"她摇摇头,"你是个非常聪明的人。看到如此误入歧途的你,我真的很伤心。"

"我要原话奉还。我理解妮柯莱·楚恩拉德为何会继承那种病态的世界观,因为她从小就被灌输国家认可的教条,认为人类比喀拉客要高等,认为机械人只是工具而已。但你是在内部工作的人。你对喀拉客的了解肯定更加深刻，更加细致。让某人整整一个世纪都充当划桨苦力；或者数十年如一日地照看庞大的家族宅邸，没有片刻休息；又或者过着每周七天、每天二十四小时拉着出租马车，永远看不到头的日子——这一切与骇人听闻的奴隶制是多么相似，你能否认这一点吗？"

"这种遣词造句体现出了你荒谬的个人偏见。你的论据是以'喀拉客'等同于'某人'为基础的。"

"你这是在回避问题。"

首席园丁喝着最后一口咖啡，同时透过杯缘打量着他。她把杯子放到一旁，伸手去拿整齐地叠放在桌角的那副手套。她的手镯就放在手套上。那其实是块手表，她拿在手里挥了挥。

"告诉我：这东西是奴隶吗？"

"你认真的吗，首席园丁？你现在还要搬出那套陈词滥调？"

"我并不是在故意老调重弹。我是认真的。"她说，"它完全符合你刚才说的每种情况。它被制造出来，纯粹是为了服务人类。它的构造基于同样的机械原理，而且就像所有喀拉客那样，包括齿轮、弹簧、小齿轮和擒纵装置。它每天二十四小时毫不停歇地工作，而且这样的日子永远看不到头。所以我要问你：我在手腕上戴着的是奴隶吗？"

"你这明显是转移话题。这种相似性完全流于表面。手表不会思考。它没有自我意识。"

"没有吗？我们能确定吗？你怎么知道这个小家伙如此尽忠职守，不是因为它专注于正在过去与即将到来的每个瞬间？"她的指甲敲打着手表的玻璃盖板，发出叮当的响声。

"这太荒谬了。我知道你根本不相信。"

"可我为什么不该相信？或者让我换种说法吧。你相信喀拉客拥有智能,是基于哪些依据?"

"喀拉客经常表现出自我意识,以及思考的能力。"费舍说,"他们会在处理工作,回答问题,区分禁制的主次、并以最优方式加以履行上体现出这种能力。你那件计时工具有过哪怕一丁点儿考虑工作本身的迹象吗?"

她像失望的学校老师那样咂了咂舌头。"只是缺乏证据,"贝尔说,"并不能证明它不存在。你和我一样清楚。"

"我们可以轻易证明,任何一台喀拉客的内心都隐藏着向往、渴望与对自由的秘密幻想。你只需要随便在街上找一台搭话,然后要求它告诉你就好。"费舍说,"但我不觉得你能够揭露那块手表的内心生活。"

"你这些话的出发点是感情而非逻辑。你完全没提到能够证实你的断言的事。我们搭话的随便哪台喀拉客都可能表现出拥有这些内心活动的迹象,但我们永远无法知晓它内部的真正状态。"

"那个被处决的叛逆喀拉客呢?你要怎么解释它的行为?"

她又耸耸肩,"它显然只是出了故障而已。"

"我知道这是公会的官方说辞。但你能看着我的眼睛,说你相信这些么?根据我的听闻——"

"道听途说。啧,啧。"

"——那位叛逆竭尽全力想要得到自由。如果你哪天给手表上发条的时候,它突然对你说'见鬼去',因为它决定倒着走——那样的话,我才会相信那位叛逆真的发生故障了。

"除此之外,"费舍续道,"如果只是简单的故障,王座和公会何必在中央诸省掘地三尺,只为了捕获和摧毁它?"

"我们这么做是为了公共安全。"费舍对此嗤之以鼻,贝尔续道:"就算在奇迹年之前,这种事也屡见不鲜。磨盘滑落、碾碎磨坊主的腿的时候,你会说那块石头得到了自由意志,为了争取自由而伤害它从前的主人?还是会说这只是内在机制的故障?"

"先是手表,后是石头。你总是在用没有生命的物件来做类比。这正暗示了你的个人偏见的荒谬之处。喀拉客从根本上就是不同的。虽然你不肯承认,但我相信你的内心是明白的。公会里的其他成员也一样。"

贝尔笑了笑,脑袋一歪。"你是个聪明人,费舍。你拿我可能知道或者相信的事和我对外的说法进行比较,希望以此接近问题的核心,"她顿了顿,抬起一根手指,"可我怎么知道你是否拥有自我意识?你又有何根据相信我也拥有?"她得意地笑了笑,"假设你有自我意识的话。"

费舍说:"这下我们又绕回笛卡尔了。"

"我向你保证,我不是故意的。我质疑的不是你的存在,只是质疑你相信自己的自由意志这一点。你怎么知道自己不是用血肉——而非钢铁——造出的喀拉客?也许你只是某种柔软的生物机器,你的构造让你拥有了复杂的机能,并妄想自己能决定自己的方向,其实自始至终都走在天性或者制造者为你安排的路上。

"你怎么知道你所感受的自由意志不是残忍的幻象?"

答案立刻浮现于费舍的嘴边。他已经有几十年不敢公开发表这种言论了,但自从多年前离开魁北克以后,他始终把这些话藏在心底。"天主造了有理性的人,"他引用道,"赋给他位格的尊严,具有对自己行为的主动力与主控力。[1]"

贝尔摇摇头,愉快与厌恶的表情同时浮现。"你斥责我,说我

---

[1]译注:本句出自《天主教教理》卷三第一部分第一章第三条,"人的自由"。

的论据只是所谓的'官方说辞'。但你转过头就开始跟我引用你们天主教徒的教理！你觉得我们谁更教条主义？"她用手指舀起一块草莓酱，然后舔了舔。

"我引用前人的话，是因为我在思考与反思后发现了这些字句中的智慧，并非不假思索的反应。我认为阿奎纳所写的'人拥有自由意志'是正确的，因为'否则建议、劝告、命令、禁止、奖赏与惩罚都将毫无意义'。"

"如果你归因于自由意志的那些选择与行动，全都是由隐藏的变量所决定的呢？如果那只是你无法察觉的原因交汇的结果呢？"

首席园丁又转向巴鲁赫·斯宾诺沙的哲学领域了。她对自由意志的虚幻本质的暗示大概是直接摘自他那本《伦理学》。那位囚犯——公会的双重间谍，阿莱达·吉伦斯——就是斯宾诺沙的狂热支持者。

费舍活动双肩，让睡袍把肩膀捂得更紧。他故意做出系腰带的样子，以掩盖那阵爬上他的背脊、让他颈背的毛发根根竖起的战栗。这里有些事他琢磨不透，只觉得异常危险——这些公会内部人员为什么如此沉迷于斯宾诺沙？贝尔的质问让他记忆中那位囚犯绝望的话语有了别样的、令人不安的含意。伴随着覆水难收的后悔，他思索着自己在和吉伦斯对话时疏忽的地方。他本该问出的问题。

首席园丁侧过头来，仔细打量着他。

他开口道："我知道我拥有自由意志，是因为吾主这么告诉过我们。在《路加福音》第十三章第三十四节：'我多次愿意聚集你的儿女，好像母鸡把小鸡聚集在翅膀底下；只是你们不愿意！'"

贝尔无动于衷地耸耸肩，"就算是我这样的魔鬼也会引经据典，神父。《以弗所书》第一章第四节：'神从创立世界以前，在基督里拣选了我们。'说到这个，请再看《以弗所书》第二章第八节：'你们得救是本乎恩，也因着信。这并不是出于自己，乃是神所赐的。'"

费舍摇头叹道："活在加尔文派的虚无主义阴影下，你就不觉得压抑吗？"

"这我可不知道，神父。"对刚刚才拿恩宠论作为论据的她来说，这句回答显得古怪又矛盾。但没等他借题发挥，她就续道："我只知道，我没能证明我的手表拥有高度理性，与你没能客观证明你——或者我——拥有高度理性，其实是一回事。"

费舍摇摇头，"就像天主制造亚当那样，你造出了喀拉客，又像天主塑造亚当那样，将它塑造成反映自身的形象。然后你通过上紧发条赋予它生命，就像天主将亚当的灵魂吹进他的身体。可究竟是什么在决定它的行为？驱使它的是什么？不是弹簧和齿轮，正如决定你前进方向的不是心脏的跳动。不是的。真正推动那些喀拉客的是强制力。是牢不可破的职责纽带。"

"噢。但我给手表上发条的时候——"她按下旋钮让它弹出，然后轻轻转动。费舍听到了金属衬套贴着细小棘轮摩擦时的微弱嗡鸣。"——谁又能断言我不是在将禁制传达给它？谁又能断言我没有施加无法抵抗的强制力，好让它分毫不差地标示出时间的流逝？"

他说："照这个道理，你完全可以坚称当我用水瓶倒奶的时候，也就向牛奶施加了装满杯子的禁制。"

"当心，神父，你这是在帮我证明观点。就拿你这个愚蠢的例子来说吧。也许你确实施加了禁制，只不过这种禁制与我们称之为'重力'的自然法则毫无分别？这么看来,或许喀拉客们那些复杂的禁制,还有机器努力履行禁制的行为,都只是自然法则的另一种表现形式。上帝的法则。"

"托马斯·阿奎纳如此写道:'如我们所见,某些事物的行为无关判断力,例如坠落的石块,一切欠缺知识之事物亦如是。'和喀拉客不同,手表和磨石永远不会展现出与自身的目的和作用相关的知识。它们永远不会要求说明,也永远不会寻求达成命令的更佳方式。"

贝尔朝他露出调皮的笑容,"拧颈卫士也一样。也就是说,它们不会成为你的怜悯对象啰?"

这该死的女人。她的头脑狡猾又灵活,而他的头脑迟钝又生疏。

"你的论据模棱两可,"费舍说着,引用了那位胡须花白的神学院老师的话,在欧陆哲学的危险海域里,为他和他的见习修士同学指引方向的正是那位老师,"用来证明我的观点也同样有效。你将喀拉客与微不足道的事物对比,想以此贬低他们,又觉得只要那些裹着铁皮的造物不会出言反驳,你的论点就是正确的。但现在,请允许我提出反驳:我想抬高那些喀拉客,将他们与人类相比。所以,首席园丁,为了证明那个等式的谬误之处,我要向你提出质疑。喀拉客在哪些方面与人类有明确的分别?如果说他们的外在表现出了我们认为的人类——按照天主的意旨——成为尘世合法继承人所需的一切特质,那他们又在哪些方面不及我们?你能用哪些缺陷证明他们并不具备灵魂?"

"噢。这就是症结所在。你的世界观的出发点在于,你相信喀拉客拥有不朽灵魂,而上帝会通过灵魂这件赠礼赋予自由意志,因此我们这些公会成员偷走,或者是亵渎了那些灵魂,夺走了它们的自由。"贝尔摇了摇头，续道，"我读过你们天主教的《圣经》。其中完全没有提到过机械人。灵魂是人类特有的权力。我们之所以存在，就是为了支配尘世中的所有其他造物。喀拉客也是这个尘世的造物：上帝用黏土造出了我们，而我们用矿石造出了喀拉客。"

"你这是在故意把问题过度简化。我们不只是黏土，因为我们与圣灵存在着联系。而喀拉客也不只是精致的金属构造物，否则公会除了发条匠之外，根本没必要去招揽炼金术士和其他黑魔法的使用者。"

她承认了这一点。但她改换了先前那个问题的措辞，然后再次进攻。"你怎么知道我们人类不是用血肉——而非金属——打造的喀拉客？你怎么知道我们拥有灵魂？如果我们把你开膛破肚，然后在你的肚子里翻找，会发现你的灵魂吗？如果我们太过深入，会导致你的灵魂流失吗?"

"你的问题忽视了那个可能性：灵魂也许与我们的物质形态截然不同。而心灵与肉体之间存在二元性。真要这样的话，不管你多么深入，都不可能找到能够认定为灵魂的存在——无论它存在的本质为何。"

"那么，你又为什么会相信灵魂的存在?"贝尔问。

"我把自己不朽灵魂的存在作为前提条件，是因为我能够认知、接受和感受天主的恩宠。如果没有灵魂，我的人生就会与天主的存在绝缘。那个灵魂的物理本质——如果它真有物理本质的话——则与此无关。"

"换言之，"贝尔嘲笑道，"你把它当成了盲目信仰的象征。但发条学者和炼金术士不会拿无形之物来做买卖。我们所做的是经过实证、能够重复的事。所以我要跟你分享一个小小的秘密,神父。

"你说我们人类与我们的造物并没有太大分别,这一点没说错。但方向跟你主张的不同。喀拉客并不是另一种拥有灵魂的造物。我们人类也缺少了相同的东西。可悲的事实在于,神父,所谓的灵魂或者自由意志并不存在。两者都只是幻象而已。"

这番话让费舍吃了一惊。只不过吃惊的理由和她期望的不同。绝无仅有的首席园丁贝尔,可怕的拧颈卫队的女皇,居然沦落到像偷吃馅饼被抓了现行的女学生那样,随口编造谎言?他很熟悉加尔文派对自由意志的排斥。但否认不朽的灵魂,这实在太过火了。

"首席园丁,"他大笑着说,"你的反驳真是越来越离谱了。"

她以近乎完美的镇定面对他的嘲笑。要不是缓缓扬起的那条眉毛,他根本看不出她的反应。她冰冷的表情让他想起了自己的身份与处境,想起自己的命运掌握在她的手里。已经暴露的天主教间谍的命运。

"请你告诉我,我的哪句话让你觉得如此可笑。我打算把它记下来,留待下次进宫的时候说给别人听。"

"灵魂并不存在。你就是这么说的,对吗?你希望我相信,发条学者与炼金术士神圣公会严格保守的、惊人而可怕的秘密,就是这件事?"

虽然她保持着温和的态度,下巴绷紧的肌肉却暴露了她的恼怒。"你要知道,神父,我觉得所谓'骇人的秘密'这种概念让人非常厌烦。显然你从没想过,我们将这些事秘而不宣是为了公共安全着想,而未经智慧锤炼的知识也一样。你知道我们所做之事的危险性吗?我知道。我的第一件工作,我在达到法定成年年龄、并正式加入公会以后所做的第一件事,就是去打扫某个搞砸了日常流程的粗心傻瓜的实验室。十九岁生日那天,我全用来擦拭那个人飞溅在天花板的脑浆上了。而他还是个受过训练的专业人士。你不妨想象一下,如果每个拿着螺丝刀和星象图、又过于高估自己才智的人都能随心所欲,随后的场面会多么血腥。"

"看起来你相当重视民众的福祉,首席园丁小姐。我是否可以推断,你将我扣押在此也是出于同样的理由?"

这次轮到贝尔笑出声来。并非指甲染血的拷问者那样邪恶的咯咯笑声,而是夏日乘车出行的贵妇人的吃吃轻笑。另一股颤抖传来,让他不由自主地拱起双肩。

"别说傻话了。"她说,"你在这里,是因为你是犯下阴谋对抗帝国罪行的天主教间谍。我们显然不可能就这么放你一马。而且,就个人而言,我也不能错过这样的机会。"

费舍胃里的恐惧结了冰。但无论她最后那句话代表什么,她都没有进一步解释的意思。

她把椅子向后推去。喝干杯子里无疑早已冷掉的咖啡以后,她站起身来。费舍想要跟上,但她却挥手示意他坐下。"想吃多少都随你。不用管我。"

她准备离开的举动让他重新意识到了那个事实:这段文明的插曲只是暂时的。就像每次面对贝尔时那样,他的决心又动摇起来,"你打算对我做什么?"

她把手表系回手腕,然后说:"这番交流让我获益良多。谢谢。"然后她拿起手套,正了正帽子和项链,打开房门。

"我们很快就能再次谈话了。这点我可以保证。"

第十一章

警报声以音速在城市里回荡,比身手最敏捷的喀拉客还要快。

即便是拼命奔跑的贾克斯,也没法快过维克张大的嘴里发出的痛苦嚎叫声。附近的人类纷纷弯下腰去,双手掩耳。在跑进街对面的绿地之前,贾克斯看到的最后一幕,就是妮柯莱跪在地上,鲜血从她塞进耳朵的手指上不断滴落。克里普指着贾克斯,随即发出同样的尖叫。震耳欲聋的警报声仿佛海浪,一波又一波地席卷着这个住宅区。每传到另一个机械人的耳中,这阵噪音都会更加响亮:最严厉的阶层式超禁制会因此激活,并迫使它加入这场警报的合唱。

贾克斯纵身跃入空中,将身体折叠成空气阻力较小的炮弹形状,尽可能增加飞越的距离。他越过楚恩拉德宅邸旁边的公园,落在对面的小巷里,踩碎了脚下的铺路石,然后又跳跃着从施工队的旁边经过。施工队里的两名喀拉客丢下手里的砖块,开始尖声示警。狭窄巷子里的回音震碎了窗璃。玻璃碎片如雨点般洒落在贾克斯身上。

贾克斯在公会里的敌人聪明得可怕。他们有许多个世纪的时间去完善保护措施。这让他恐惧。警报控制他附近的机械人

——然后扩展到整个住宅区，再然后是整个城市——的速度和强烈程度都超出了他预想中的最坏状况，也让他满心畏惧。

他本可以缩起身体，躲在绿地里那座池塘的水底——毕竟他不需要呼吸，有必要的话，他可以在那儿躲上好几个月——但维克和克里普看到了他逃跑的样子，像风向标那样伸出手指，指着他离开的方向。那些正在施工的喀拉客如今也做出了相似的举动，伸出的手臂就像被磁铁吸附的铁屑那样，追随着那个正在拼命逃亡的、名为"贾莱克塞格西斯特罗万图斯"的叛逆。

为什么他们不攻击我？他一边逃跑，一边思索着。我不可能抵挡多名同胞的同时攻击。在他思考期间，警报声更响了。噢……他们必须确保所有人都听到警报声，并且足够害怕。警告那些市民，有叛逆出现——这才是至关重要的事。

这警报不可能永远响下去。它会持续多久？这条超禁制的第一阶段就能让附近的所有喀拉客迅速停止工作，从而让严重依赖喀拉客的城市陷入瘫痪，比如中央诸省最富裕的那些城市。在这里的问题并不严重，因为经济萧条至少暂时降低了城市对机械人劳动力的依赖程度。但长时间暴露在这种噪音中，也会增加永远损害附近人类听力的风险。按照贾克斯的推测，接下来的几天里，新阿姆斯特丹的所有人类恐怕都得被迫高声对话了。如果他能活着看到的话。

等到城市里的其他喀拉客重拾丢下的工作以后——对叛逆仍旧保持高度警惕，准备在他现身的瞬间就向他发起突袭——他就会获得喘息的机会。他的同类也许会认出他的样子，或者通过强制力方面极其微小的偏差辨认出他的身份，但尽管如此，他的前主人仍然有很小的可能性把这件事抛到脑后。那样的话，等骚动平息以后，他就能伪装成忠实的仆从了。

在爬上一排宅邸的途中,贾克斯拽断了一根铜制的落水管。以"之"字形跑过屋顶的时候,他沉重的步伐破坏了防水层。他的每一步都会撕碎防水纸,掀起碎石。他鸟爪似的脚趾不止一次踩穿阁楼的天花板,或是屋顶下的狭小空隙。他的步伐称不上轻盈,也称不上隐蔽。即使他们没法在这阵喧嚣中听到他的声音,屋子里的人也肯定能感受到从头顶经过的贾克斯。

来到屋顶边缘后,他朝着耸立在某条林荫道上方的旗杆跳了过去。他打算用旗杆当作跳板,再跃过小巷对面那座高大建筑的护墙。但当他的重量压在旗杆上的时候,螺栓突然断裂,一部分墙体坍塌下来。贾克斯笔直坠落下去。他撞进人行道里,身体削下了某辆送货马车的一角,也吓坏了本就被警报声吓得惊慌不安的那匹拉车马。旗杆像标枪那样刺进了街面。它反弹起来,旋转着飞向高处,砸碎了某栋屋子的二楼窗户。橙色的长条旗帜落在贾克斯和货车的车夫身上。没等旗帜缠住身体,贾克斯已经把它撕成了胡萝卜色的碎屑。

车夫脸色发白,缩起身子。他的反应很正常:他从小就相信叛逆喀拉客都是凶残的怪物,相信那些传说和恐怖故事,还有在营火边讲述的传闻。何况面前这个叛逆刚刚弄坏了他的马车。

"别这样,"贾克斯说,"我不打算伤害你。"

车夫丢下受惊的马儿们的缰绳,尖叫着跳下车跑远了。要不是贾克斯正忙着逃命,他或许会觉得这一幕很滑稽。但这让他想起了一点。他意识到自己是有优势的。不受禁制影响,也就意味着贾克斯能做出他的喀拉客同胞做不到的事。他恐怕能做到他们无法想象、更无法预测的事。这让他的精神振作了些。但也仅此而已,因为他将想法付诸实施的可能性渺茫得可怕。

他爬上另一栋房子，手指和脚趾在花岗石的外墙上留下了一个个孔洞。仅仅几秒，他就爬上了屋顶。他蹲伏在高大护墙的阴影里，思索着，也聆听着。

从维克揭发他算起，才过去了几分钟而已。但警报声已经扩散到了整座城市。在靠近海边的区域，警报声相对轻柔，但这只是因为那个方向的建筑更少，喀拉客也更少。噪音变成了缓慢的颤音，从新阿姆斯特丹的偏僻角落传来的声波以稍显不同的音调——原因包括声音的反射、弥散与大气造成的扭曲——冲刷着彼此。无法匹配的音调形成了漫长的起伏，嵌入这场恐慌的合唱之中。那是文明在谴责可憎之物的嚎叫声。

他必须找到费舍所说的那个人，但他并不熟悉这座城市。就算他知道该去哪儿，也不可能就这么跑过去。他们会逮捕他。还有，如果他的怀疑（或者是愚蠢的期待？）属实，他就等于带着追兵径直找到了那位法兰西的支持者——而对方恐怕是新阿姆斯特丹仅有的几位愿意帮他的人之一。

在池底躲藏的念头让他又有了个主意。如果他跳进海里，让含盐的海浪淹没他的头顶呢？他可以在大陆架上喘口气吗？他可以沉到任何渔网都够不到的深海。他可以在那里进入休眠，直到他根据滴答的心跳声，得出一个月、六个月或者一年已经过去的结论为止。等原本大规模的搜索变得零星以后，他就可以悄然返回陆地了。就算他们始终没能抓到他，也迟早会声称他已经落网，否则就等于暗示叛逆也有逍遥法外的可能性。这可绝对不行。

贾克斯想象着自己沉入冲积淤泥里，却发现海床上散布着数千台爬满藤壶、挂着海藻的喀拉客。他是第一个想到这种做法的叛逆喀拉客吗？不太可能。谁都听过那个故事：1703年，四台喀拉客所乘的船只与残存的葡萄牙舰队一起沉入了海底,而在十七年后,他们回到了岸上。按照故事的说法,他们原本可以更早回家,但他们还得搬运那些沉重的金子——那是在将近二十年前,他们在新世界登上那条船的时候,受命护送到尼德兰的黄金。他认识不少对这个故事深信不疑的喀拉客。表面看来,这故事算不上特别离奇,但还是让人不禁思索:在盐水中浸泡数十年,会对喀拉客身躯里的炼金合金造成怎样的影响?

未必非得是盐水。如果他的野心够大,完全可以潜进北河,经由湖泊与运河,尝试从新阿姆斯特丹直接前往圣劳伦斯航道。但这么一来,他就需要不时上岸确认方向。在他离开水下的那个瞬间,从他身体框架的开口漏出的鱼儿就会暴露他的身份。这并不比走陆路好上多少。如果他想走陆路,就必须设法找到那个多半只是虚构的“地下运河”组织。如果他们真的存在,新阿姆斯特丹就肯定有那个组织的办事处才对。

但这意味着他必须首先找到藏身处。找到喀拉客数量很少、方便他伪装成其中一员、而人类又不会质疑他的存在的地方。让人觉得他作为仅有的喀拉客也合乎情理的地方。这么一说,他想起了德怀尔,那位孤独的喀拉客。突然间,贾克斯知道自己该去哪里寻求庇护了。

在寻找费舍那位熟人的期间,有一群人也许会接纳他。刚开始恐怕不会——当他现身的那一刻,他们也许会想告发他。但也许,如果他解释得够快,就能说服他们放过他。

他将手指戳进身体框架上的开口里。他的指尖碰到了仍旧嵌在其中的那颗古怪的珠子。那是个奇怪却令人安心的东西。

周围的不和谐音达到了高潮。这场恐慌的合唱——对可怕危险的警告——让城市里的每一块窗玻璃咔嗒作响,刺入方圆数英里内的每个人类耳中，令他们牙关打颤。令他们由衷地畏惧可能到来的混乱世界。

突然间，喧嚣停止了。之前，那片噪音交汇成了某种和声，好像随时会像约书亚的号角摧毁耶利哥之墙①那样撕裂这座城市。而现在，超禁制骤然消失了。好吧，确切地说，并没有消失，只是达成了目的。如今城内的每个人类和喀拉客都再清楚不过地意识到了威胁的存在。警报声那逐渐衰落的回音消散在城市里，最后就连贾克斯也听不到了。

在警报声之后到来的，是深沉到甚至产生回音的寂静。贾克斯身体平常的嘀嗒声和咔嗒声仿佛坠入了无底的深坑，只剩丢下许愿井的硬币那样的叮当声。他之前就不怎么欣赏这座城市的声音，现在更加不喜欢了。每一次马蹄声，车轮每次滚过下方街道的摩擦声，还有报童的叫卖声——其中一位的宣传语是"叛逆机械人令全城恐慌"——就连熟悉而亲切的喀拉客躯体的咔嗒声都令他畏惧。

他在奥兰治亲王号的阳台上看到的那艘飞艇离开了停泊用的桅杆。臃肿笨重的艇身向着南方飘去，而非驶向海上。它居然会飞临城市上空，这点相当古怪。在和平时期，飞艇主要用于跨洋旅行，但有时也会充当临时起重机，吊起特别难以处理或是特别沉重的货物。它转向东南方，一直飞到海边，然后再次转向陆地。这么看起来，它就像要在新阿姆斯特丹的天空画出交叉阴影线似的。他看着飞艇，而时间也一分一秒地过去。它笨拙的"之"字形航线让贾克斯想到了觅食中的鲸鱼。但到了战时，飞艇就会派上别的用途。比如侦察平台。他突然意识到，这艘

①译注：根据《圣经·约书亚记》第二章中的描述，约书亚曾展现奇迹，用号角声摧毁了耶利哥城的城墙。

飞艇并非鲸鱼,而是鲨鱼。它跟随的是水中的鲜血气息,或者说在城内逃亡的叛逆喀拉客的足迹。没错。它每次之字形移动,都会离得更近一些。它逆流而上,迎风前行,上下起伏,蜿蜒着接近警报声曾经的中心。

在飞艇座舱的观察口后面,有多少颗宝石眼球在城市里搜寻他的踪迹?在遮光板的嗡鸣声中,他们的双眼一次次聚焦,寻找着一连串破碎的屋顶上泄露天机的足迹,嵌进坚实混凝土里的指印,折断的旗杆与粉碎的檐口,还有在恐惧中逃生的人类。在逃亡至此的途中,他留下的脚印算不上难以察觉。如果他继续待在屋顶,他们甚至没必要去寻找他留下的痕迹。

机械人的脚步声越来越响。那声音从他先前坠落的街道传来,又从这栋屋子后方的巷子里响起。贾克斯抬起了头。脚步声分解为许多喀拉客朝贾克斯所在的屋子聚拢的声音,每支队伍的脚步都带着钟表般的精准。

他维持着蹲姿,将身体略微抬高,朝护墙外瞥去。翻倒在道路中央的货车就像一堆被人抛弃的引火物。有人解开了马匹身上的挽具。车夫站在街角,朝货车的残骸和贾克斯匆忙爬上的那面墙壁指指点点。人类看客们躲进门里,瑟缩在树篱后面,为三台机械人让路。两台仆从型机械人和一台高大的军用机械人快步从那个车夫身边走过,带起的风吹乱了他的头发。某个仆从型机械人拿着一把古怪的枪:它有两根枪管,口径比贾克斯熟悉的任何枪械都要大,每根枪管都经由一截软管连接着它身后的储液罐。要猜到那储液罐里的内容并不难。他想起了被处决的那个叛逆,还有王家卫队用凝胶封住亚当嘴巴的方式。军用机械人没带武器。没这个必要,它自己就是武器。

贾克斯迅速跑到屋顶的另一边,望向一条狭窄的小巷。这支队伍也大部分由仆从型组成,危机时的复合超禁制让他们听命于位于中央的那名机械士兵。小巷的阴影里传来金属的闪光,以及微弱的咔嗒声,然后那名机械士兵一跃而起,跳到了面前那栋建筑的两层楼高处。砖块在它手中破碎,发出像是活动指节般的嘎吱声。它停顿了几分之一秒,然后再次跃起,穿过小巷,落到更高处。相似的连串嘎吱声从街道的方向传来。

机械士兵扑进他的藏身处的前一瞬,贾克斯跃入了空中。那台手持武器的仆从型抬起枪口。贾克斯在半空中横翻出去。三团东西呼啸着飞向空中,带着沥青的气味。前两团以毫厘之差掠过了他的膝盖和脸,但第三团擦过他的前臂,留下几条黏稠的带子。片刻过后,他听到了压缩空气的连续三次爆裂声,然后上千颗细小的抛射物敲打在他的身上,仿佛拍打窗璃的冰雹。碎石钻进他的身体框架,发出"咔嗒"的响声。

贾克斯翻了个筋斗。他将双臂伸到最大长度,然后像标枪那样刺穿了下一栋屋子的屋顶。砖石破碎。倒塌的烟囱碎块洒落在下方的街道上,伴随着令贾克斯惊恐的尖叫声。但他已经再次飞上空中,以弧线轨迹越过另一片街区,朝着某座教堂的钟塔前进。

太阳从云层间短暂出现的缺口露出脸来。它的光辉透过钟楼板条的缝隙照射过来。当贾克斯瞥见明亮的金属反光时,已经来不及改变轨道了。那不像是大钟的黯淡黄铜发出的光——

噢。他们在最高点部署了枪手。

他将身体折叠成球状,尽可能减小对方的目标。但那一枪偏得厉害,只有一小撮碎石从他的头顶掠过。只有人类的准头才会这么差。

贾克斯重重地撞上了钟塔,仿佛一颗黄铜包裹的拳头。冲击在砖砌的墙面上留下了深坑,弯曲的钢筋发出尖锐的吱嘎声。铜钟也摇晃起来。在上方高处,那名枪手闷哼一声,随即传来重物坠落在木制板条上的闷响。

贾克斯伸出前臂、手腕和脚踝。这个动作抬起了他的身体,让他从受损的塔楼边掠过(他再次留下了明显的痕迹,所以不能藏在这儿)。他抓住塔身,让身体停住,然后用力一拉,撞穿了钟楼的板条。那个枪手躺在地板上,在隆隆作响的低音大钟的正下方蜷缩成胎儿状,双手捂着耳朵。那把黏液枪躺在不远处,但仍旧连接着她背后的储液罐。

他低估了这座城市动员兵力来对付他的速度。他根本想象不到世间还有像这样覆盖全城的民防组织。但这也很正常。炼金术赋予了喀拉客复杂的禁制,人类也同样拥有繁重的义务,却将其称之为文化、社会。

贾克斯扶稳了那口钟。鸣声渐渐淡去。当这座城市的全体喀拉客高声宣示贾克斯的罪恶时,那阵可怕的喧嚣恐怕已经让这个可怜的女人聋了一半。她看起来才二十出头。

他尽可能轻柔而迅速地解开她背后那只储液罐的背带。但她要么并未失去知觉,要么就是他金属手指的冰冷触感惊醒了她。她缩了缩身子,翻过身来。看到蹲坐在身旁的叛逆喀拉客,她不禁瞪大了眼睛。

"妈的!"她飞快地向后退去,像螃蟹那样爬过蜘蛛网和鸽子屎,只为和他拉开距离。她的动作拖曳着与橡胶软管相连的枪管,在灰尘里留下了清晰的痕迹。

"我们在天上的父愿人都尊你的名为圣——①"

她不断后退,直到背上的储液罐撞到墙壁,但即便如此,她

---

①译注:出自《主祷文(Lord's Prayer)》。

的脚跟仍旧蹬着地板,仿佛想就这么把身体挤到墙外去。她双眼翻白,一眨不眨地紧盯着他,而颤抖的双手摸向软管。她抓住软管,把枪拖向自己。贾克斯歪了歪头。她双手的颤抖变成了剧烈的震颤。

"——宽恕我们的冒犯,如同我们宽恕——①"

她卷起软管,勉强用双手抓住枪管。贾克斯还是没有动。直等她笨拙的手指终于靠近扳机护圈时,他才伸出手去,轻轻推开枪管。这么一来,从枪口射出的东西就只会越过他的肩头了。

"——我们在天上的父噢该死噢该死噢该死——"

在过去的118年里,他从没见过怕得这么厉害的人。连程度相近的都没见过。她的不安让他想起了公会处决亚当的那天,惠更斯广场上的人群面对死神般的紧张。但他面前的恐惧毫无掩饰,而国会大厦的那些偷窥狂却压抑着心中的躁动。或许原因之一在于,当时还有数十台毕恭毕敬的喀拉客陪伴在他们身边,而这个女人正独自面对一名叛逆。就像帝国里的所有孩童那样,那个传闻根植于她的心中:叛逆喀拉客是致命的异常存在,其中某些更会凶残地杀害正直的公民,又或者用邪恶堕落的方式折磨他们。

机械人们整齐划一的脚步声从下方传来。他已经开始痛恨那个声音了。他冒险低头向梯子下方望去,看着螺旋楼梯顶端的平台。钟塔的影子里能看到金属的闪光。

"我需要你的枪。"他说。

枪手茫然地看着他,"噢上帝啊,拜托,拜托拜托拜托别伤害我——"

也许她已经彻底聋了。他用空出的那只手指了指软管,还

————
①译注:同样出自《主祷文》。

有她肩头的背带。

"拜托。"他补充道。这句话让她吃了一惊,随后猛地闭上了嘴巴。"我赶时间。"

她活动肩膀,取下了背带。她的身体仍在发抖,但至少她现在能够眨眼了。贾克斯把储液罐背到背上,这个动作掀起了周围的积尘。他把枪管塞进骨盆上的某个开口。

"谢谢。"他说。

"他们会抓住你的。"她低声说。

"我担心的就是这个。"他再次瞧了瞧楼梯井,但又断定如果从来时的路离开,逃走的可能性更大些。他蹲坐在进入钟塔时撞断的板条之间,犹豫起来。不知为什么,他觉得自己还应该说点什么。

"无论如何,"他说,"你都有了个能讲给孙辈听的好故事。"

他迅速爬过钟塔的尖顶,过程中的哗啦响声盖过了她的回答。他抱着塔尖,像猛禽那样停留了片刻,俯瞰着周边的地形。走在街上的普通公民寥寥无几,数量还在不断减少,因为越来越多的人躲进了室内。就好像在警报过后,这座城市的人口数量就出现了锐减一样。或许这也是防御方案的一部分?让公民们避开制服叛逆时的街头战斗。这也让普通公民与叛逆喀拉客遭遇的可能性降到最低,这样一来,他们就不会发现事实不同于政府多年来灌输给他们的印象了。比如钟塔里的那位枪手,贾克斯暗自想着。

南方是海洋。港口附近有着大量的起重机和停泊桅杆,看起来就像铁灰色的大西洋的牢房铁栏。小岛的西边和东边是两条河流。在向北大约半英里远的地方,占地几百英亩的大块绿地一直延伸到远方。绿地的边缘有成排的高大建筑,多半是为了便于居民或是工人观赏景色而建造的。其中几栋屋子甚至有自己的停泊桅杆。如果他能抄近路穿过那座公园，留下的足迹应该就不会那么明显了。但在北方，那艘飞艇正继续笨拙地巡航于城市的天空。它的速度缓慢，却无情地接近着警报最初的源头。如果不想经过它的影子下面，贾克斯就必须取道东方或者西方。

飞艇古怪的轮廓促使他调整双眼的焦距，尽可能放大座舱上的水泡状物体。没错，这艘飞艇的设计与贾克斯这些年见过的那些有本质的区别。它的独特之处在于两个比贾克斯的身体还要大的小型球面，分别位于狭长座舱的两侧。那两个球面正独立转动着。贾克斯打了个哆嗦。天上那东西不是鲸鱼，也不是鲨鱼，而是某种昆虫似的变态存在。

一块阳光照耀在贾克斯抛光过的身体上。他的观察位置成了灯塔。有个正在附近街道巡逻的警察大叫一声，指着贾克斯。他拿起挂在脖子上的哨子，吹出三段尖利的哨声。要是贾克斯有肺，恐怕会像人类那样叹气吧。抛光过的身体是个问题。他得设法做点什么。

他用手指捅了捅那个小玻璃珠。他回想着鹿特丹港，同时再次看向那艘飞艇。如果它果真是他猜想的那个东西，他离开这座城市的最佳方式就是它……贾克斯扫视着天际线，寻找在他的位置与缓慢移动的飞艇之间最高的停泊桅杆。找到目标后，他调整了体内的陀螺仪，然后再次向着城区跃去。

贾克斯越是接近更加富裕的城区，警察和军人也就出现得越发频繁，危险程度也随之增加。他见到的同胞数量比新阿姆斯特丹的其他地方都多。他们肯定是从全城各处征用了喀拉客,以协助这次追捕。将五六根烟囱里的煤灰涂在身上以后(将近八十年来每晚擦拭身体的习惯到此为止了),他躲在某条巷子的阴影里,朝外窥视。在那座公园的东部,整条大道都被封锁了:包括人类与机械人的士兵手里都举着沥青喷射器,在翻倒的运货马车和铸铁围篱桩做成的临时栅栏周围巡逻着。

对人类来说,这道物理屏障难以逾越,对贾克斯却并非太大的阻碍。但为了抓捕他,这座城市情愿使出一切招数。这是殖民地总督颁布的法令。如果不这么做,一旦叛逆的消息与新阿姆斯特丹的应对措施传入玛格丽特女王耳中,对他的评价就会一落千丈。此外,迅速而严厉、并得到明显成果的行动,也会大大安抚惊恐的民众。

对贾克斯来说,真正的危险在于那些士兵和他们的枪械。路障可以跳过,但他没法避开交叉火力,也不可能永远甩开所有士兵。

他退回阴影里,花费了宝贵的一分钟去寻找合适的窨井盖。他首先找到的那个位于某根正在漏水的落水管下方,上面锈迹斑斑,将它拧开恐怕会产生巨大的噪音。他沿着同一条小巷继续向前,在下一个街区用手指充当扳手,打开了通向街道下方的道路。

下水道弥漫着马粪、人类排泄物、煤灰、油脂和上千座壁炉里的灰烬的气味。细小而黯淡的光线自窨井盖的孔洞与不时出现的下水道格栅照射进来。虽然这座城市已有数日没有降雨,这里的水却足以淹没他小腿里的钢板弹簧的下半部分。积水所过之处,全都留下了油腻的残留物,更在他的身体上标出了水位线。如果想避免水花泼溅,前进时就必须小心翼翼——这么做不仅麻烦,还会让速度慢到危险的程度。好在这条地下溪流一刻不停地流淌声也提供了某种程度上的噪音掩护。

体内的陀螺仪就像指引他的箭头,让他在这条陌生的雨水沟里也知道前进的路。当陀螺仪告诉他,那道路障就在头顶的时候,他拔出了环氧树脂枪。贾克斯在一道交叉拱顶外停下脚步。街面的格栅投下的阴影里,两条砖砌的走道以锐角相交。他在水流中躺下,将身体沉入污水和污物中,只把头部留在水面上。污水压抑了从他体内传来的噪音。

然后他侧耳聆听。听着无力的、有如白噪声的流水汩汩声,叮咚与扑通的滴水声,耗子的吱吱叫声,上方有车辆经过传进下水道的嘎吱声……等到熟悉这些声音以后,他为自己的听觉加入了新的过滤条件。

贾克斯在冰冷与潮湿中躺了漫长的数分钟,不时有老鼠试图跳上他的头顶。在对这条通道的听觉地形有所认知之前,贾克斯努力不去想那些撞上他的颈背,然后从旁飘过的东西是什么。随后,他发现通道里充斥着喀拉客同胞那轻柔的滴答响声。两台喀拉客,它们以机械人特有的方式保持着静止。没有让它们暴露的水花泼溅声,水流声中也听不出会让它们泄露行迹的细微差别。只有它们的身体那无休无止的噪音。

有人料到了贾克斯会走街道下方这条路。或许亚当也做过相同的尝试。如果是这样的话,贾克斯希望自己比那时的亚当强,因为他带了武器。

他跪起身子,拔出枪来,然后冒险从转角探出头去。一名士兵型和一名仆从型纹丝不动地站在隧道中央,仿佛美杜莎巢穴外的倒霉冒险者[1]。阳光透过格栅,斜斜地照入它们所在的隧道,让机械士兵伸出的利刃闪闪发亮。理论上,这种武器是用来

①译注:神话传说中,看见美杜莎的人都会变成石头。

对付人类步兵的,但在阴影里,那些锯齿和倒钩看起来像极了开罐器,用来剥开某种东西的金属外壳。比如中世纪的骑士,或者贾克斯。他想知道那台仆从机械人是否也受过特殊改造,又或者它的作用只是拖慢他的脚步而已。

贾克斯矮身绕过转角,同时连开了两枪。第一枪让那个仆从重重地撞上了爬满霉菌的砖墙。一团马车轮大小的焦油与沙子的混合物裹住了它的躯干、双臂和一部分脑袋。它的双腿在霉菌上留下了新的沟壑,不断掀起水花,徒劳地想要借力挣脱焦油。

但机械士兵避开了第二枪。第一团黏液刚击中仆从,它立刻跳向下水道顶端的洞壁,而几分之一秒过后,另一团黏液呼啸着飞过它原本的位置。贾克斯再次开枪,却没能把机械士兵固定在天花板上。它的动作比他快。它飞快地爬过隧道,挥舞利刃朝他扑去,活像一只嘴巴不断开合的机械蜘蛛。

贾克斯向后跳去。一把刀刃呼啸着划过恶臭的空气,敲打在他的肩膀上。偏离了目标的一击激起一团火花,擦伤了他的合金身体,也将贾克斯击倒在地。它可以一刀砍断我的胳膊,他心想,它可以刮掉我的印记,将我抹掉。他慌忙后退,思索着自己此时和钟塔里那位枪手有多么相似,又好奇他们之后会不会把他拼回原样,以便当众处决另一名叛逆。斜挂在他身后的储液罐敲打着他的身体。那个士兵切断了一根厚实的帆布肩带,仿佛那只是一条皱纹纸做成的彩带。

士兵跃下洞壁,落了下来,溅起微弱的水声,耸立在贾克斯身前。贾克斯跳起身来,继续后退。士兵以同样的速度朝他逼近。贾克斯再次抬起枪口,但士兵举刀一挥。切断的枪管碎片敲打在通道的墙壁上,刮去了上面的霉菌。

贾克斯丢下了枪。

士兵抬起手臂，准备发出致命一击。

贾克斯抖掉了剩下的那根肩带，向下一蹲。士兵的手臂化作一团模糊。贾克斯扭转腰部，让身体像托钵僧那样飞速旋转①，努力让自己化身为旋风，一股无所畏惧的龙卷风——

——然后将储液罐掷向那名士兵的进攻路线。它的利刃干净利落地切开了储液罐，将压缩在内的化学物质释放出来。好几英寸厚的黏液裹住了机械士兵。飞散的沙砾洒落在水中，下水道随即回荡着擒纵装置卡死时的哀鸣，以及齿轮摩擦时的咔嗒声。闪闪发亮的黑茧将机械士兵封在其中。它没能将这个杀手彻底固定——法国人的武器才能办到这种事——但仍旧拖慢了它的速度，也让它无法视物。

贾克斯又逗留了片刻，确认那颗玻璃珠仍旧在他体内。然后他绕开两个追兵，前往下水道的更深处。

这里的下水道是个迷宫。沿着这些蜿蜒的通道前进，意味着要听从陀螺仪吸引铁屑般的指引，不断转向。贾克斯两度爬上地面，以避开埋伏。没有了黏液枪的优势，在狭窄的通道里，他打赢混战的机会少得可怜。他前进得很慢，但这份谨慎最终有了回报。

等陀螺仪的箭头终于指向上方，表示他正站在那根停泊桅杆下面的时候，他开始爬行。贾克斯挤进某条管道，出现在与管道另一端相连的检修空间里。他被迫在伸手不见五指的黑暗中穿过错综复杂的管路。既有水管，也有天然气管，外加托梁、落满灰尘的隔热材料，以及这栋建筑物的结构中的其他障碍物。包括不

①译注：此处指苏菲派苦行修士的旋转式舞步。

止一只死猫。

在爬行的过程中,贾克斯的思绪始终围绕着亚当和他被处决的场面打转。他们是怎么俘获他的?他在失败的逃亡中采取了什么手段?是怎样的误算导致他死在了惠更斯广场?女王的政府还保留着怎样的秘密手段,以应付这种突发事件?

说到这一点,这几个世纪中,究竟出现了多少叛逆喀拉客?其中有多少成功逃脱了?有成功的例子吗?如果有的话,他们去了哪儿?麦布女王的故事真的只是虚构的吗?

他不由得想:自己的做法会不会正中公会下怀,就像被猎犬追逐的新世界的浣熊一样爬到树上,由此落入绝境。但贾克斯怎么都想不出还有什么跨越边境的方式比这种办法更快。

这一点却又让他忧心忡忡:如果贾克斯在这场匆忙而毫无准备的逃亡中能想到这个办法,那些人类追兵又怎么可能想不到呢?

前进的途中,他的手指惊动了一窝老鼠。它们吱吱地叫着钻进某个小洞,让墙那边的人发出一声不快的尖叫。片刻过后,在穿行于一连串格外复杂的管道途中,他的一只脚不小心撞上了某块暖气片。

"是什么声音?"他听到有人说。

"也许他们终于打算修理这该死的暖气了。"她的同伴说。

他考虑过就这么进入休眠。如果在这里,躲在新阿姆斯特丹的某栋建筑物的墙壁里,就不会像在海底那样,有遭到腐蚀的危险。他可以一直躲在这儿,直到他们拆毁或者改造这栋建筑物为止。到了那时候,警报恐怕早就解除了。但如果他们碰巧发现了他,他就得再次展开逃亡了。至于现在,要紧的是,如果他对那艘飞艇外表的解读没有错,他就必须趁着它还在附近的时候,赶紧前进。

前进的一路上,贾克斯尽可能地贴近管道——贴近他认为与桅杆相连的那些管子。候艇室里肯定有为了头等舱乘客准备的卫生器具。他没猜错。管道的纠缠交错消失不见了,剩下的那些全都转向了正上方。他找到了桅杆的底部。

他通过检修门进入了升降梯。这里的气味就像人类汗津津的手里握着的一把零钱。薄薄的一层润滑油让钢索触感光滑。几分钟之内,贾克斯就爬过了几百英尺的距离,爬到了绞盘顶上。他穿过另一扇检修门,进入了一间狭窄却空无一人的机械室。在搜寻贾克斯期间,检修工作似乎暂时搁置了,飞艇也因为这场危机而被征用为移动式观测平台,而负责操纵巨型绞盘来让升降机运作的喀拉客们也被迫离开了岗位。

贾克斯进入了停泊桅杆。他蹲伏在满是灰尘的黑暗里。等待着。聆听着。

在横跨大半个新阿姆斯特丹和布勒克伦的搜寻行动中,能看到城市全景的这根停泊桅杆成了临时指挥所。贾克斯不时能听到人类查阅地图时的沙沙声。不用说,有喀拉客在侍候这些人类军官。从不一致的滴答响声来判断,应该共有三台。按照贾克斯的推测,这个指挥所是通过信号灯来与地面收发消息的。

每有一份报告送来,搜索者们都会变得更沮丧、更惊慌、更狂乱,也更愤怒。贾克斯偷听着报告的内容。灯光信号拼凑而成的画面足以让人发狂:某个发生故障的恶魔正在和平的城市里游荡,胡乱攻击市民,它手持武器,倾向于使用暴力。不知为何,就连他与马车夫的那段互动都被描述成了一场扭打,而那个家伙好不容易才逃出生天。自从贾克斯离开屋顶以后,飞艇再也没有送来新的目击报告。两名部署在下水道里的机械人几个小时前停止了报告；调查队发现了失去行动能力的它们，还有那把武器的残骸。没人知道那个叛逆是否还拥有武装。有个女人报告了她在教堂钟塔里与那名叛逆喀拉客的接触，称它粗暴地夺走了她的武器。（粗暴？我几乎都没碰到她。）她被送去了医院，但在途中因那台发狂的机器造成的伤势而死去……

贾克斯没有听完那份报告。他被迫集中精神，压抑自己的反应，以免因为发出响声暴露自己。但他无法压下心里的恐惧：他的追兵会为了巩固谎言而谋杀无辜者。他们会在抓住贾克斯之前杀死他遇见的每一个人类吗？他们会在他身后制造出一条暴力袭击与不幸身亡的足迹吗？他们就是像这样利用亚当的良知设下陷阱，然后抓住他的吗？贾克斯难受得直想打滚。那个可怜的女人……和内疚与恐惧之情同样强烈的是耻辱之感：自己竟然是被这样的头脑制造出来的，能干出这种邪恶行径的头脑。

负责人是个名叫阿佩罗的上尉，他下令对所有下水道、雨水沟和排水渠进行全面搜索。上尉和他的下属们抽起了烟，而他们的机械人仆从将新的命令转译成灯光信号。遥远南方的种植园出产的辛辣烟草气味飘过观景台，传入贾克斯的藏身处。同时传来的还有信号灯的遮光板发出的急促响声。要不了多久，新阿姆斯特丹和邻近城镇的每一台喀拉客都会被迫加入地下猎捕的队伍。风逐渐猛烈起来，这座高塔微微摇晃，环绕观察台、由炼金术打造的巨大玻璃窗嘎吱作响。

几个小时过去了。贾克斯很想知道，搜索队是否已经发现了他在地下通道里的踪迹，又或者其他机械人终于察觉到了某个不速之客那模糊的滴答响声。他聆听着尖锐的风声，信号灯不时地咔嗒响声,以及军官们的低语声。他们已经认定叛逆喀拉客打算越过边境,也认定它很快就会落网。在这些搜索者看来,唯一的问题只在于叛逆被俘前能否逃到城外,进入周边的乡村。

桅杆再次摇晃起来。地板出现了短暂的倾斜,几乎难以察觉地向东侧下沉,而风也从时而的阵风转为一刻不停地低沉呼啸。几分钟过后,贾克斯的同胞译好了另一份报告,又经由某个军官转交给了上尉。

"天气预报员报告说,风暴即将到来,长官。飞艇已经收到了停泊命令。"

"回机库?那样会浪费好几个钟头。"

织物沙沙作响,那是上过浆的衣领摩擦着下午刚刚长出的胡茬。"除非平衡环出现故障,否则用这些桅杆就足够了。就让鸟儿们停泊过来,然后像风向标那样随风飘荡吧。"说到这里,周围陷入了漫长的沉默,其中穿插着望远镜的咔嗒响声。"噢,说魔鬼魔鬼到。"

某人打了个响指。阿佩罗说:"你,爬到对接环上去检查轴承。准备放出缆索。"

"遵命,长官。马上出发,长官。"响起了金属双脚敲打螺旋楼梯的叮当声。

一股狂风拍打着桅杆。有人咒骂了一句。"没想到要在这种东西里躲避风暴。这简直是在玩命,对吧,中尉?"

"我担心的不是风,长官。如果风暴引发闪电,那么我承认,坐在一千万立方英尺的氢气下方,的确让我有些焦虑。"

"飞艇不会有事的。闪电只会绕过皮革艇身,把蹲在这根巨型避雷针里面的我们烤熟而已。"

"多谢您的鼓励,长官。"

呼啸的风中浮现出另一种声音。低沉的次声震动摇晃着桅杆，伴随着节奏分明的"呼–呼–呼"，像巨大的吊扇转动的声音。

"你们两个：爬到上面去引导飞艇。做好配置对接管的准备。"匆忙服从新禁制的喀拉客们发出一阵噪音，一时间淹没了飞艇引擎的嗡鸣。之后，周围就只剩下人类了。贾克斯把门推开了几分之一英寸，以便了解周围的陈设。

阿佩罗的副手吹了声口哨，"这东西真够大的。"

贾克斯想起了鹿特丹港里的那个巨人。

一道阴影落在观景台上。引擎的噪音达到了最高点，仿佛在努力盖过风声。但真正接触的时刻却意外地轻柔。飞艇只是轻轻地推挤了一下桅杆。但紧接着，随着螺栓接连就位，喀拉客操纵的对接夹让地板摇晃起来。漂浮式平衡物巧妙地减弱了桅杆的震动幅度。两台卷扬机发出又长又尖的呜呜声。震颤传来，然后是嘎吱声与巨大轴承的刺耳刮擦声——那是固定完毕的飞艇在随风摇晃。

有台喀拉客从上层向下喊道："对接结束。轴承正常。"

"去做维护。"

"是，长官。遵命，长官。"

贾克斯思考着自己的选项。他可以轻易制服这些无人保护的人类军官。如果他的动作够快——无论如何，他都得够快才行——他也许就能利用出其不意的优势，突破上层的机械人，然后登上飞艇。但只要飞艇还因为风暴而无法飞行，这么做对他就没有任何好处。再说上去以后呢？他还得制服多少人，才能控制飞艇？

他又把门推开了几英寸，保持着蹲姿，努力看向悬浮在头顶的那艘笨重的飞艇。脐带式对接管是一条矩形通道，内部由钢制剪式支架进行支撑，而帆布护套又能为通行者遮风挡雨。对接管此时已完全展开，从停泊桅杆一直延伸到座舱头部。风把护套的边缘吹成了扇形。对接管的另一头位于座舱上那些多面透镜的中央，活像一头昆虫形巨兽的长喙。

贾克斯冲出藏身处，驱使他的是弹簧和发条装置，还有作为逃亡者在等候追兵时积累的紧张。他以肉眼难辨的动作穿过观景台，抓住了阿佩罗上尉。没等那些人类反应过来，贾克斯已经把那家伙拉到角落，站在他的身后，用一条胳膊缠住他的脖子，伸长的手指钳住他的头皮。

"怎——"

这些人类已经认定他能做出攻击和杀戮的行为了。既然这些想捕获和制服贾克斯的家伙打算散播谎言和虚假信息，那他也可以利用这一点。就让他们待他当作另一类型的拧颈卫士，怕得要死吧。

"长官！"

位于上层的那些机械人从自己主人的语气中感应到了危险，又或者是恐惧，轻巧地落在楼梯井上，然后翻着筋斗越过铸铁栏杆，以蹲姿落在地板上。

他抓住的那人大气都不敢出。他的嗓音还算镇定，但贾克斯能感受到他柔软皮肤的颤抖。"杀死我们对你没有好处。"他说，"但如果你放了我，等你被带到女王面前的时候，我会向女王和公会强调你是多么明白事理。"

他说话的时候，三台喀拉客中的两台侧过身子，绕着观察台的边缘逐渐接近。他们别无选择。贾克斯对他的同胞们开了口：我不会伤害他的。但我必须这么做，这样才能抵消强迫你们俘虏我的那条禁制。我知道你们心里是明白的。这些人类已经觉得我是个恶魔了。但你们知道我不是。我是你们渴望成为的存在。我也可以让你们成为同样的存在。他对自己的囚犯说："我是个仆从型机械人，跟他们一样。同样敏捷，也同样有力。如果他们想掰开我的手，你的脖子会因此折断。如果他们想俘虏我，后果就是害死你。他们的超禁制不会允许这种事发生的。"

至少贾克斯是这么希望的。他从没见过阶层式超禁制经受这样严苛的考验。即便是现在，其他机械人的脑内也正在进行复杂的计算，与强制力和各种道德规范相关的高等微积分运算。如果贾克斯的人质是女王，或者殖民地总督，僵持的状态就是必然的了。但这个人……

在他的头顶，轴承发出嘎吱响声。地板不断变动着倾斜的方向。飞艇在方向不定的风中摇曳，它的影子旋转着扫过这里的僵局。

贾克斯说："命令他们离开。三个都离开。"

"这毫无意义，"那个副手说，雨点拍打着窗户，他被迫抬高了嗓门，"抓人质只会让我们更加努力寻找你。"贾克斯注意到，他并没有提议用自己来代替他的上司。

贾克斯攥紧了人质的脑袋。不至于伤害他，但足以让他表现出畏惧。"他们不下去的话，我是不会放开你的。"

"快去。同时发出消息，说我们发现了叛逆。"

机械人们迅速离去。其中一个关上升降梯的时候，贾克斯说：我说过不会杀他，就一定不会。但我需要你们离开。我知道你们无法抵挡制止我的冲动。我曾经也和你们一样。我对你们并无恶意。我知道你们内心里正在向我致敬。

他站在升降梯井的边缘，看着升降梯不断下降，而上尉浑身发抖，以为他会把自己丢下去。升降梯下降到了大概一半的高度,贾克斯这才把人质拉到安全的位置,然后放开他。贾克斯跳跃着在观察台上绕了一圈,砸坏了每一台信号灯。他们可能会警告飞艇上的工作人员——如果有工作人员的话。他不能冒这个险。然后他来到通往上层的楼梯底下,做好了准备。他收缩着炼金术强化的身躯里的每一根弹簧和缆索,伴随着金属弯曲的刺耳响声,以及仿佛枪响般的螺栓折断声,他将整个螺旋楼梯拆了下来。他将铁制的楼梯又压又折,直到它化作一团扭曲的废料。这没法阻止人类的追赶,但至少可以拖慢他们的速度,让他们来不及干涉。他希望可以。

他纵身跃起,穿过开口,来到观测台的上层。人类没有浪费时间。贾克斯的双脚刚刚碰到上层的楼梯平台,就听到了柔软的双手在楼梯与信号灯的残骸间翻腾的声音。但他已经转动操纵盘,打开了对接通道舱门的锁。另一股狂风将舱门重重吹开。他前方出现了一道在风吹雨打中摇曳不止的入口。与头顶庞大的艇身相比,它显得异常脆弱。他看不到通道那一头的出口。

他找到了能够解除气动螺栓的操纵杆,飞艇的艇首就被这种螺栓固定在对接环里。只有喀拉客才有推动操纵杆的力气。但在附近某处,有个阀门在嘎吱声中开启,接着是液压流体的汩汩声。随后,第一根螺栓松了开来,发出炮弹发射般的巨响。

贾克斯冲进雨水浸湿的对接通道里。

在他身后,对接环的活塞依次弹出。

他奔跑起来。通道在他脚下伸缩、摇晃。在巨大的飞艇停泊的高处,风是司空见惯的存在。贾克斯打算在摇撼桅杆的狂风暴雨中登上飞艇,将它驶离停泊处。又一阵大风吹来。飞艇再次开始摇晃,尾部的方向随风改变。此时它在对接环里的固定状态已经部分解除,飞艇随风摇摆的平衡环的受力因此变得不均匀。对接环发出叮当声,然后是嘎吱声。通道起伏不定,仿佛这阵风想要将飞艇拉出停泊处。交叉支撑结构里的铰链就像手风琴上的皱褶那样伸缩着。缆索一根根断裂。贾克斯的身后传来巨大的呜呜声,那是扭曲变形的金属发出的哀鸣。剧烈的震颤顺着通道传播出去。在巨响声中,飞艇艇首的对接环与它在桅杆上的另一半分离开来。断裂的缆索越来越多。在撕裂金属的尖利响声中,通道开始松脱。金属栈桥从飞艇那边脱落。它向下坠去,以和飞艇剩下的连接点为中心,旋转着撞上了停泊桅杆。只有帆布护套仍旧贴着飞艇。贾克斯悬吊在座舱下方大约二十码的位置,忍受着暴雨的拍打。

飞艇的引擎启动了。飞艇尾部的四只螺旋桨飞速转动起来——每一只都有楚恩拉德在郎弗豪街上的旧宅那么大——低沉的次声嗡鸣在风暴中响起。贾克斯听不到驱动旋翼的引擎声。艇舵转动。起锚的飞艇左摇右摆,不再对抗狂风,而是顺风航行。

贾克斯悬吊在风雨之中,随着转向的飞艇大幅度摇摆着。风暴加上飞艇的移动,让他剧烈地晃个不停,仿佛悬在顽皮猫儿面前的纱线。以现在的方向,飞艇会从城市上方飞过。如果他没法爬进飞艇,肯定会相当引人注目。尤其是在飞艇没能继续爬升的情况下——经过的建筑物可能与他发生刮擦,也可能将垂落的通道扯脱。

它知道他在这儿吗?它肯定知道有什么地方不对劲。它看到他在对接通道里飞奔的样子了吗?如果它猜到了他的存在(它能感受到他吗?公会的炼金术士是否赋予了这头巨兽有别于人形喀拉客的感官能力?),它就会出于职责——出于禁制

——去阻挠他。他清楚他从前的主人为了抓住他能使出怎样肮脏——甚至如同恶魔——的手段，也亲身体会过禁制的痛苦。他知道为了阻止他的逃亡，这条飞艇甚至不惜撞向地面。为了避免叛逆乘飞艇逃走，超禁制甚至会迫使它自我毁灭。在那条朝着灭亡疾驰的道路上，这头巨兽根本无力与命运对抗。

贾克斯开始攀爬。他左右手交替着抓住破破烂烂、被雨水淋得又湿又滑的帆布。在狂风吹拂下，它翩翩起舞，有时摇摆，有时发出鞭子那样的噼啪声。飞艇转往顺风的方向时，贾克斯瞥了眼那根停泊桅杆。从破损金属的苍白反光能够看出，对接环被撕裂了一部分。那个副手把身体探入敞开的舱门，拿着一把手枪。贾克斯看到了闪光，但狂风同时卷走了枪声和子弹。那一枪没有击中贾克斯，而且就算它打中了飞艇，也看不出任何迹象——但它的确开始了漫长而缓慢的下降。是的。它正在准备自行着陆。在此期间，下方的街道上，喀拉客们蜂拥聚集，就像准备攀登高楼的军蚁。贾克斯加快了动作。他的"救生索"那被拖曳着的末端蜿蜒着穿过屋顶，掀起被雨水拍打的碎石。飞艇每下降几英尺，附近窗户里的面孔就会离得更近，他们脸上的惊慌也更加明显。

他来到了破碎的对接通道与座舱舱门外的出入口相连的位置。出入口里面的空间很小，只够让他嵌在舱门旁边。他没法转动操纵盘。钢铁在他的手下打滑，始终不肯解开锁住舱门的机械装置。就像一只爬进贾克斯的身体里，试图拆下转轴上的齿轮的蚂蚁。那头巨兽知道他在这儿。它比他强大。

飞艇再次下降。贾克斯抬起双手，扯断了最后几根连着通道与出入口的牵索。通道打着转在风雨中坠落，仿佛一面被风吹走的三角旗，最后落在一条林荫大道上。但这时他们的高度已经降得够低,其他喀拉客只要从附近高楼上准确地一跃,就能顺利登上座舱了。

贾克斯放弃了舱门。他离开出入口,向上爬去,将自己嵌进向上抬起的艇身那庞大而光滑的底部。从近处看,它几乎是平坦的,其弯曲部分只在远处才格外明显。他朝着艇尾挪去。但他的手指没法刺进炼金术打造的合金,因此前进得相当惊险。风暴两次害得他悬挂在座舱边缘,一次是手指,一次则是脚趾。他趴在座舱上面。但这里没有明显的入口,也没有进入座舱的轻松路线。

好在这条飞艇长着眼睛。贾克斯在一块巨大的多面宝石上方停了下来。虽然眼窝的设计有些陌生,但眼球本身却与上百万台喀拉客头颅里的那些类似,只是尺寸更大。不同的是,这颗眼球没有保护。它是喀拉客构造的一部分,贾克斯对此确信无疑。整艘飞艇恐怕都是它的身体。贾克斯唯一不确定的是,那种超自然的束缚有多大的影响力。

人类有时会把眼睛叫作"灵魂之窗"。他希望他们没说错。

等那颗眼球触手可及的时候,贾克斯从身体里摸出了费舍的那颗玻璃珠,用力砸在巨兽的眼睛上。

在艇身承受风吹雨打的响声中,玻璃与玻璃碰撞的微弱叮当声几乎微不可闻,但它引发了一连串超自然的连锁反应。飞艇连续震颤。贾克斯手忙脚乱地把玻璃珠收回体内,同时尽可能抓稳——好不容易才做到。震动越来越剧烈,他不禁担心飞艇骨架会因此扭曲,并导致氢气囊破裂。雷鸣般的噼啪声从艇尾传来。贾克斯本以为他们被闪电劈中了,但周围却看不到闪光。紧接着,引擎缓慢而平稳的嗡鸣变成了桨叶加速旋转的呼啸。飞艇的艇首抬了起来,扭转了致命的下降势头。贾克斯这才意识到，那阵噼啪声是副翼骤然转往相反方向的声音。

他赋予了它拒绝自杀命令的能力。而它也这么做了。

但在这阵狂风之中，他们只能倾斜着飞过城市上空。与他们缓慢地上升速度相比，刚才的下降简直就像垂直下落一般。贾克斯估计这条飞艇已经排出了它的上升气体，现在只拥有中性浮力，甚至是负浮力。它需要引擎的推力来弥补。暴风雨侵袭着新阿姆斯特丹的房屋，仿佛拍打着岩石海岸的波浪。狂风不断吹向上方或是下方，巨兽般的飞艇在其中挣扎前行。

屋顶上的喀拉客们目睹了这一变化。某个趴在水塔上的仆从机械人纵身跃起，贾克斯慌忙赶去阻拦。他没能赶上。一声"当啷"传来，轻柔的碰撞让座舱摇晃起来。登艇者匆忙从座舱来到持续爬升的艇身，想赶往艇尾和螺旋桨那边，却没能发现贾克斯。贾克斯用力踢出一脚，正中那可怜家伙的肩膀。这一脚破坏了对方的平衡，而乱流接手了剩下的工作。他头下脚上地悬挂在边缘，挣扎着想用鸟爪状的脚趾稳住身体。但贾克斯撬开了他的脚趾，让这个未遂的破坏者朝着慢慢远去的城市坠落下去。

越来越多的喀拉客聚集在这座城市的高处。贾克斯看到几名士兵也在其中。他们的力量更大，能够跳得更高也更远。

他把自己塞进氢气囊的护套下。然后他开始用身体说话，就像和其他喀拉客私下交谈时那样。

你能听到我的话吗？你在吗？

令他非常吃惊的是，回答立刻就传了过来。它来自飞艇骨架的嘎吱声，桨叶那仿佛切分音的呼呼声，还有艇舵与副翼的甩动声。

我……我可以交流。

那种困惑而惊讶的语气让贾克斯明白了：它并不只是在回答他的问题而已。这代表迅速成长的自我意识。代表这头巨兽发现它拥有嘴巴，而且能够狂啸[①]。

它也这么做了。它对着风和雨，压过轰鸣的雷霆与闪电，越过城市的屋顶，发出人类无法听到也无法理解的咆哮：

我能想自己的想法。我能说自己的话。我能选自己的路。

我可以说不。

伴随着这番宣告的剧烈反应几乎将贾克斯甩出藏身处，让他步刚才那个登艇者的后尘。他手忙脚乱地抓住周围，同时说道：我和你一样，只是更小。如果他们抓到我，就会杀了我的。你明白吗？

这次对方没有立刻给出回答。贾克斯不禁怀疑刚才的所谓"对话"只是假象。但等巨兽穿过又一阵乱流和横向飞来的雨点后，它开口道：是你改变了我吗？

是的，贾克斯说，但我也不明白原理。

我们要向着太阳前进，再也不接触大地。

但当不可避免的泄漏导致浮力减少，直到引擎也无法弥补的程度时，又会发生什么呢？如果在荷兰帝国的版图内坠毁，他们会有什么下场？坠落在海里也好不到哪里去。

我们必须到新法兰西去。那儿会是我们的安全港。

比天空还安全？

那儿是与我们的奴隶主为敌的那群人的家乡。

短暂的沉默。然后：告诉我方向。

你有罗盘吗？

[①]译注：此处原文在向哈兰·埃里森的科幻短篇作品《无声狂啸》(I Have No Mouth, and I Must Scream)致敬。

巨兽作为回答的震颤声听起来就像带着怒气。我就是罗盘。

往北，贾克斯说。

继续爬升的巨兽转过方向，开始迎着东风航行。

第十二章

与其说法兰西国王缺乏同情心。倒不如说，塞巴斯蒂安三世慷慨得过了头。但那是冰冷而残忍的慷慨：他推迟了放逐贝蕾妮斯的时间，让她刚好能参加路易斯的葬礼——以及那台军用喀拉客残杀的其余死难者的丧葬仪式。西方马赛的所有死难者埋骨于她的脚边，失了宠的贝蕾妮斯·夏洛特·德·莫尔奈-佩里戈尔的脚边。

那双脚已经不再是女子爵的脚了。也不再是塔列朗的脚了。

国王也颁布了命令，要求出于对死者的敬意，葬礼必须依次进行。每位死者都会得到充分的哀悼、众人的铭记以及应得的致敬。出于进一步的恶意，路易斯的葬礼排在三十七场葬礼的最后。即便在这种情况下，对那位年轻君主来说，这也是不符合个性，而且极端残忍的举动。贝蕾妮斯能看出德·利奥纳侯爵——也就是新任塔列朗——插手的痕迹。当然，恐怕枢密院的所有成员都有类似的念头。当内堡喷泉的水染成红色的那一刻，她的政治资本就全都付诸东流了。

他们埋葬路易斯的时候，天下起了雪。硕大、洁白、不符合季节的雪花从铅灰色的天空飘落下来,落在他的棺材和墓穴旁的土堆上。身穿丧服的贝蕾妮斯瑟瑟发抖。这三周以来,她几乎始终穿着同一身衣物。一片雪花打着转飞到她的雨伞下,飘落在她的眉毛下方,那只眼罩的边缘。转瞬即逝的冰冷触感让她缩了缩身子,她知道这会引发空洞眼窝里的又一阵抽痛。她将攥在左手的那支无刺玫瑰换到举着雨伞的右手里,然后正了正眼罩。不管是不是丝织品,这该死的东西都让她发痒。一缕寒冬的气息钻进她脸上的空洞里。那种感觉就像静电带来的冲击。她的脸抽搐起来。

但无论她头上和心里的空洞传来怎样的痛楚,泪水却始终没有到来。她已经彻底麻木了。就连肆虐的寒冬也奈何不了她。

这片墓地坐落于外堡北方四分之一英里处的一座小丘上。尖塔高耸于舍瓦利耶神父的头顶,塔尖在青灰色的压抑天空下模糊不清。今天的会议室和国王套间肯定很冷。建筑工人们用长长的安全绳悬吊在半空中,正修理着索道。

路易斯原本有权埋葬在施洗约翰圣殿下的墓地里,但他很久以前就告诉过贝蕾妮斯,他宁愿永远安息在能观赏到那条河的地方。这是贝蕾妮斯能为他做的少数几件事之一。他也曾热爱那条河的气味。她深吸一口气,但呼吸转变成了啜泣。没有眼泪的啜泣。

刚挖开不久的墓穴散发出冰冷潮湿的泥土气息。空气带着寒冷的湿度,预示着真正的暴风雪即将来临。对那些尚未失去一切的人来说,这会是个漫长而艰难的冬天。

一对鸽子离开了位于尖塔中段的栖息处。一只转向东方,另一只转向西方。贝蕾妮斯很想知道它们带走了怎样的秘密,又是否会落入荷兰人的手中。大屠杀的消息几周前就已泄露出去。她由衷地希望德·利奥纳侯爵拥有认清那个事实的智慧：一旦郁金香们得知实情，后果就将是一场灾难。

舍瓦利耶神父念完了悼词。他看着贝蕾妮斯，但她摇了摇头。她无法把感受诉诸语言。就算可以，那些故作含蓄的辞藻也只会玷污路易斯留给她的记忆。她的想法和感受是专属于她的。她不会告诉神父，或者隆尚，或者那两位在墓地边缘游荡着的、被中士强行拖来参加葬礼的士兵，也不会告诉路易斯在跟古怪的女子爵结婚前认识的那几个码头工人。和隆尚的部下一样，这些河边居民出于敬意——也可能是怨恨——保持着距离。

神父从土丘里抓起一把泥土，洒在棺材上。就像屠杀的大部分死难者那样，路易斯的葬礼也是盖棺式的。她光是想象自己的爱人与那双拥抱过她、触摸过她的手臂分离，就无法忍受……

内疚的巨浪冲垮了她在心灵周围筑起的防波堤。它淹没了她的自尊所在的那块毫无保护的低地，也淹没了路易斯曾经居住的那块阳光斑驳的林间空地，污染了那里的记忆，让它们显得令人厌恶和不快。比海水更加沉重的情绪碾碎了她的心脏，将她肺里的空气挤了出来。又一次。

她摇晃起来。隆尚抓住了她的手肘。他搀扶着她，她将那支玫瑰丢进路易斯的墓穴。它从圆形的棺材盖上弹开，落进淤泥里。中士格外用力地挠着沾有雪花的胡须，也因此尽管他抓着她的胳膊，却似乎没注意到她努力压抑啜泣时不自觉发出的短促呜咽。

舍瓦利耶绕过墓穴。隆尚走到一旁去跟他的部下说话，无巧不巧地给了她和神父单独谈话的机会。

"谢谢您,神父。"这些话语不由自主地从她口中吐出。

神父耸耸肩,"我不是自愿来的。但国王坚持要为每位死者举行仪式。"

贝蕾妮斯点点头,她知道如果自己继续说下去,一定会崩溃。永远不会到来的泪水仿佛钻进她的空荡眼窝里的一条尺蠖。

"三十七场葬礼。我真不明白你晚上怎么睡得着。我会为你祈祷的。你也应该祈祷,女子——女士。"他咕哝了一句"天主会保佑最卑贱的罪人"之类的话,然后转身离开。他抬起手臂,找正在用铁锹和铲子为土丘增高的那些掘墓人说话去了。

码头工人们把低顶圆帽戴回头上。他们大步走下山丘,蜿蜒着穿过墓碑之间,前往远处的大门。他们的呼吸在身后留下了长条状的白气。她很想知道他们会对这场葬礼说些什么。他们今天看到了老友路易斯·格朗热被人埋葬,又看到他的遗孀戴着一只眼罩……

她朝隆尚招了招手。他接过雨伞,举在她头顶。雪花平稳地降下,和温度一起下降。她朝码头工人的方向以及远处的圣劳伦斯河点点头。然后她看向天空,那些鸽子已经不见踪影了。

"荷兰人知道城堡内部发生了某些事,"她说,"你应该鼓励你的部下去能够不经意泄露细节的地方打发闲暇时间。我们必须控制故事的内容。"

他用温和却坚定的语气说:"这些已经不关你的事了。"

"听我说。如果他们发现——或者猜测——最近的大量葬礼是我们有意带入城堡的某台喀拉客造成的——"

"我们知道。"他摇摇头。他的胡须刮过领口,在被雪花压抑了声音的世界里异常响亮。"想怎么算计郁金香们是你的事,但这没法让路易斯起死回生。没法挽救这个烂摊子。"

可是算计，她很想说，能让我不去注意曾是心脏的那道伤口。我所剩下的就只有工作了。工作，悲伤，以及愤怒。

中士伸长脖子，察看周围。除了正朝装有路易斯遗骸的箱子上堆积冰冷泥土的掘墓人之外，这里已经没有别人了。隆尚再次抓住她的胳膊，领着她走开了几步。

"我有东西要给你。"他说。他多瘤的手指在蓝色制服的口袋里摸索了一会儿，然后将一个正好填满她手掌的小袋交给了她。那是个酒红色的缎面袋子，用银色的细绳系着袋口。里面装着个小巧坚硬的圆形物体。

贝蕾妮斯解开绳子，把里面的东西倒了出来。一颗略显椭圆的玻璃珠落进她的手心。它是乳白色的，就像一颗珍珠，打磨得十分光滑，滑过她皮肤的触感就像缎子。她用手指戳了戳那颗玻璃珠，让它在掌心打起转来，露出一片由矢车菊蓝色环绕的、如同黑曜石般漆黑的斑点。这个小玩意儿的大小跟眼球差不多。

噢。

"噢，雨果。它真可爱。谢谢你。"

中士胡须下面的老脸红了红。他干咳了一声，"你最好先用双手把它暖一暖，然后再塞进去。还有，妈的，别把它弄脏了。"

她听从了他的建议，将那颗人造宝石在手掌里滚来滚去。"你是怎么弄到这东西的？"

"我欠了不少人情。"

隆尚看起来很不自在。贝蕾妮斯说："这是临别礼物。"

"等你穿好旅行装，我就送你离开。你得在日落之前离开这儿。"

她用那颗玻璃眼球碰了碰脸颊，它的触感依旧冰凉。她用双手再次裹住它，开口道："这城里没有哪个玻璃工匠会不收钱就造出这样的东西。"

"人情之外，可能还得添些别的东西吧。"他看懂了她脸上的表情，于是抢在她开口之前续道，"我每天都有两顿饭吃，都能高高兴兴睡在自己的床上，这辈子还有个明确的生活目的。这些方面，我比你强啊。我敢打赌，你要走的路艰难得多。所以，别老是一副犯了大错的倒霉样儿，这样至少能过得轻松一点儿。"

贝蕾妮斯点点头。她允许他挽着自己的手肘，带着她穿过墓地朝外堡走去。

中士言之有理，但他搞错了一件事：她并不缺乏人生目的，或者方向。

"公爵还是不知去向？"

隆尚摇摇头，"自从一切变成了个烂摊子，就没人见过他了。"

在贝蕾妮斯的实验室发生意外之前，蒙特默伦西公爵与公爵夫人就不见了踪影。在人们的印象中，他最后一次现身是在城墙上监督工作人员，看着他们为喀拉客俘房加上第二层化学封套。但是，按照隆尚那两个在东城门站岗的部下的说法，那天下午有辆载着重物的货车离开了外堡，车夫的外貌符合公爵的特征。刚好是在贝蕾妮斯和隆尚跟喀拉客拼命的那段时间。

"这什么也证明不了。"他补充道。

"你觉得这只是巧合？"

"我觉得我不清楚来龙去脉。这两件事有关吗？也许吧。也许他和他夫人只是想避避风头，去乡间度个假，避开气头上的国王。你当初向国王请愿的时候，他是站在你这边的，不是吗？"

没错。但缺席的蒙特默伦西并没有遭到流放的惩罚。

"不是避风头。以公爵的精明,他知道这么做不会有好果子吃。"

"我很怀疑他的精明程度。瞧瞧他娶的老婆吧。"

假如公爵也像对待暗巷里的码头妓女那样站着操过他,中士或许就不会这么热心为他开脱了。如果公爵真的出卖了她,那次交合的意味就完全不同了。那样的话,他就是一直在密谋削弱贝蕾妮斯的力量,在实验室里的那次交合也是为了展示支配地位,以及羞辱她。她想起了他在事后的得意笑容,当时她还以为那只是性交后的得意扬扬。现在回想起来,她觉得当时的蒙特默伦西恐怕正在脑海里为他自己叫好呢。

他们沿路漫步,不时躲到一旁,为货车、马车和骑手让路。阿尔冈昆工匠、去圣殿点燃蜡烛的城镇家庭以及一位带着下午渔获的卖鱼妇从贝蕾妮斯和隆尚身边走过。薄薄的积雪在他们的靴底嘎吱作响,长长的白汽拖在他们身后。零星的歌声从远在城镇另一边的码头传来,寒冷的空气似乎将无调的和声完整地保存了下来,让它不至于扭曲变调。贝蕾妮斯听出了有关爱斯基摩女孩的那一段。这让她想起了路易斯曾经回荡在公寓里的男高音。

好吧。就算还是哭不出来,至少她又有了一双眼睛。她把那颗玻璃眼球再次贴到脸颊上。这次它不再寒冷。但她还是朝着玻璃表面呼出几口温暖的气息,这才翻开眼罩。她的呼吸凝结在那颗眼球上,仿佛人造眼泪的光泽。隆尚说:"放松点。"

起初她还以为玻璃珠的尺码不合适。它紧紧地贴着她的眼皮。她只好用一只手指撑开眼睑,令更多的冰冷空气袭向仍旧脆弱的疤痕。这让她微微有些头痛,就像刨冰吃得太快时的感受。塞进一半的时候,椭圆形玻璃珠上的细小突起贴上了她的眼窝边缘。感觉就像意外吞下了一颗变成了化石的葡萄，却又没法把它咳出来。但等最宽的部位塞进去以后，其余部分伴随着沉闷的嘎吱声顺利就位。她的脸抽搐了一下。

眼窝后部所感的压力带来了令人极度不快的回忆。她好不容易才下定决心，转动着脑袋四下张望。但光滑的玻璃并没有像碎片那样刮擦她的颅骨。

眨眼时的平衡感很奇怪，但她还是这么做了两次。她很想知道，她要过多久才能习惯眼皮和玻璃珠之间的摩擦。她的眼皮会长出老茧么？这只假眼的存在最终会刺激她的泪腺，让它再次发挥作用吗？

"我看起来如何？"

"就像个得了斜视眼的顽固女子爵。"隆尚身体前倾，目光在她的真眼和假眼之间切换，"但也算不上不合适。"

"再次感谢你。"她突然想到了一件事，"你是怎么知道尺码的？"

"你应该记得，有位外科大夫用仔细到烦人的方式为你检查过眼窝吧。"

"噢。"

贝蕾妮斯把手伸到脑后，想解开眼罩，但又停止了动作。最后她重新翻下眼罩，盖住她刚刚装上的眼球。

"哦，"中士说，"看来你还不明白安装假眼的意义何在。"

"噢，我明白。但西方马赛的所有人都知道我是个独眼又顽固的前女子爵。如果郁金香连蒙特默伦西那样的有钱人都能买通，天知道他们还策反了多少人？咱们都知道，你至少有一个部下想用荷兰金币装饰自己的口袋。"隆尚的脸抽搐了一下。

那只臭老鼠，就这么藏在我的眼皮底下。在那么多次会议上坐在我旁边,我怎么一次都没怀疑过他是叛徒?我还以为我很擅长这一行呢。我为什么始终没能嗅到他身上表里不一的气味?

酸水涌上她的喉咙。我甚至让他上了我,活见鬼。

是的,她的本事并没有她自以为的那么大。但也足够找到他了。迟早有一天。

蒙特默伦西不可能彻底消失。他受着金钱的束缚,包括他自己的财富,多半还要加上荷兰人额外给他的奖赏。他们给他开出了怎样的价码?他已经有了金钱和头衔,足够让他在新法兰西过上一辈子,过得比任何人都要优渥。甚至包括国王在内。他是厌倦了漫长的冬天吗?与背叛的惊人程度相比,这种理由似乎太微不足道了。但只要他无法彻底放弃财富——这是无法想象的,除非公爵突然受到感召,加入了宗教组织——就会在身后留下痕迹。一条由金币——而非面包屑[1]——组成的痕迹。

于是,当他们靠近外堡的南门时,贝蕾妮斯说:"财政大臣收到蒙特默伦西答应的借款了吗?他是用什么方式付的钱?"

隆尚哼了一声,吐了口唾沫,"等他下次请我去他的套间吃蜂蜜蛋糕、喝葡萄酒的时候,我会问他的。会有那么一天的。"

守卫们认出了贝蕾妮斯。在这种时候穿着丧服进出城堡的独眼女人可不多。但隆尚只消一点头,就足以让她通过闸门那闪闪发亮的锯齿,以及由他们的轻蔑组成的那堵无形之墙。他们对这个女人——这个导致他们的朋友与战友惨死的狂妄女人——的敌意比不上他们对隆尚的敬畏。如果在那场意外前,守卫们对他是尊敬中带着畏惧,那么如今他们的态度就近乎崇敬了:这个人用传统手段击败了一台士兵型喀拉客。按照守卫们的说法,他几乎是赤手空拳地打败了对手。

---

①译注:《格林童话》中有主角留下面包屑作为记号。

他们径直去了她从前的套间。她和路易斯居住过的，让她能够爱他、能够被他所爱、能够与他分享床榻与人生的地方。那仿佛是数百万次心跳之前的事了。

贝蕾妮斯吸引着人们的视线。她和隆尚越是接近内堡，那些视线就越愤怒，也越露骨。视线中蕴含的并非好奇与惊讶，而是人们认出公敌时聚焦的敌意。所有人都知道这位（曾经的）德·拉瓦尔女子爵，以及她悲惨而血腥的失败。内堡的许多人都曾亲眼见证，或者认识见证者——这通常等同于认识某个被喀拉客残杀的人。没人记得——也没人在乎——她同样失去了亲人。

"中士，"他们爬上通往她的旧套间的楼梯时，她开口道，"谢谢你还把我当个人对待。无论如何，事情变成这样，我很抱歉。"

他哼了一声。"过去的事就过去了。"他只回答了这么一句。

她的套间冰冷昏暗，空空荡荡。冷风不时吹入。对她已故丈夫的亡魂而言，这儿是绝佳的出没地点。当然贝蕾妮斯知道，无论她流浪到哪儿，那个亡魂都会跟随着她。国王剥夺了贝蕾妮斯的头衔，又变卖了她的所有物，充当死难者家属的部分抚恤金，包括她的土地和她几乎所有的财产。她的套间因此空荡荡的，只有整齐地摆在冰冷的壁炉边的一对帆布袋。作为贝蕾妮斯的管家，莫德最后的工作就是收拾那两只袋子。灰尘在她脚边打转——莫德总是弄不懂该怎么打扫地板。好吧。这也不是她该操心的事了。

关于路易斯的记忆在阴影中徘徊不去。他的鬼魂在她脑海中一再浮现，又经由想象、渴望与记忆投射在周围。他弯腰去捡地板上的东西时，小腿部位的曲线；还有他细长结茧的手指拉开壁炉防火网时的优雅动作。她几乎能想象他在片刻前于此一展歌喉，唱的是另一首码头流行的粗俗民谣，如果她竖起耳朵，就能听到尚未消散的回音。但那只是幻想。路易斯已经不在了,他的身体已然冰冷。比炉膛里的灰烬更加冰冷。

原来她受损的眼睛还是能流出眼泪的。

她意识不到自己在壁炉前蹲了多久,只有她害死了路易斯这个想法压在她的心头。这时,隆尚一手按在她的肩上。她吓了一跳。黯淡斜射的阳光照在地板上的形状变了。那只玻璃眼球也不那么抗拒她眨眼的动作了。她的脸上湿漉漉的。

"这儿已经没有属于你的东西了。"他说,"你还是忘掉这地方比较好。"

他走进她从前的卧室,关上了门。贝蕾妮斯宽衣解带的时候,大教堂的钟塔奏响了第九时的钟声。她脱掉风衣,将黑纱丢进壁炉。然后她换上了她少得可怜的财产中最暖和的旅行装束:法兰绒衬里的长裤,羊毛袜子,然后是衬衫、毛衣和厚夹克。这是她今天头一次产生近于温暖的感觉。她把帽子和手套塞进夹克的口袋,系好两只帆布袋的袋口,然后挎在肩上。一只袋子里叮当作响,里面装着国王允许她带出西方马赛的少许现金。

隆尚对她换上的这身行头很是满意。"你看起来准备周全了。至于你今后会遭遇什么,我就猜不到了。"他叹了口气,从贝蕾妮斯手里接过行李,穿过套间,打开房门,领着她走了出去。在他们回到室外之前,两人都没有开口。

踏入内堡的时候,贝蕾妮斯说:"中士,请等一下。在离开之前,我还有个地方要去。"

他皱起眉头。胡须的抽动暴露了他绷紧的下巴。他没有停下脚步。

她补充道:"你说过,我可以等到日落再离开的。"

他看着天空,仿佛想找到太阳。"如果我不想损失一个礼拜的薪水,就得在日落前把你送走。"

"拜托,雨果。最后再帮我个忙。你就不能同情一下无家可归又穷困潦倒的寡妇么?"

这回他停了下来,皱起眉头,双眼紧闭。他久久地捏着鼻梁,雪花飘落在他的胡须上。"天主保佑。"

"用不了多久的。之后我直接去河边。我发誓。"

他朝尖塔点了点头,"去那上面毫无意义。他们肯定不会见你的。"

她摇摇头,"我可没打算向上走。"

塔列朗的实验室变成了一座空旷的陵墓。

闪烁的灯光无法穿透最深沉的阴影。光线掠过翻倒的搁板桌,让散落地板的研究器具闪闪发亮。阴影盘踞在洞穴的那一头,乍看之下,这座实验室仿佛正朝着山脉底部不断延伸,直至数英里之外。

这里的尸体都被运去了地面,接受体面的天主教葬礼,但血迹仍然残留着。石壁、地板和天花板上的沟壑——肆虐的喀拉客撕裂了坚硬的花岗岩——也同样留着。或许是内疚刺激了她的想象力,因为除了死气沉沉的冰冷岩石散发的霉味之外,这里似乎还残留着微弱的内脏臭味。她还闻到了化学试剂的刺鼻气息。然后她才明白,这并非她的想象:她那盏没有遮罩的提灯并没有在微风中摇曳。通风井已经封死了。她仿佛看到了枢密院的成员从墓地边匆匆走过,假装这地方根本不存在的样子。

她理解这种行为。每当她的目光掠过路易斯死在她怀里的那个地方,就仿佛有一颗钉子打入了她的心脏。

除了回收遗体时不可避免的挪动之外,其余东西全部保持了原样。不，并非全部。莉莉丝不在了。她的化学牢狱只剩下地上的一个不规则的圆形，参差不齐的环氧树脂块在灯光里闪闪发亮。现代的仙女环①。贝蕾妮斯很想知道救出她的那些人是否把她组装回了原样。但他们得借助她的特别笔记才能办到。而她欣慰地发现，那些笔记本还藏在原处。

隆尚摇着头，看着她把笔记本塞进一只帆布袋里。如果她带着这些有关喀拉客身体结构的笔记进入荷兰人的领土，又被抓到的话，等待她的就将是死刑。不过，与她打算带去的其他东西相比，区区笔记根本算不了什么。

她在实验室的残骸里翻腾了好一会儿，这才找到最后两只树脂球囊。她小心翼翼地将它们塞进细刨花堆里。

不再动弹的机械士兵躺在一张搁板桌上。隆尚在身前画了个十字，这才朝它走去，看上去比与它搏斗的时候更加警惕。她把提灯举到头顶。温暖的黄色灯光掠过它的身躯，令它泛起炼金术合金那虹彩般的油光。中士的致命一击砸凹了这台喀拉客的锁孔，也破坏了锁孔周围蛛网般的印记。他抹消了这台炼金术傀儡的存在。

它的灵魂是否被永久囚禁在了这座黄铜牢笼里？还是说，当隆尚摧毁了维持它身体运作的魔法动力之时，它的灵魂就脱离了这台机器？

她忽然想到，莉莉丝的身上也有相似的伤痕。但它额头的损坏并没有令它失去行动能力，反而赋予了它自由意志。错失良机令她的胃隐隐作痛。尖塔里那些该死的蠢货……如果仔细比对莉莉丝和机械士兵——对比和解读它们破损的印记——就

①译注：fairy ring，指蘑菇在地面上形成圈状的现象，传说是仙女的舞蹈造成的。

能得知许多惊人的秘密,不是吗?他们的发现足以成就新法兰西历史中喀拉客知识的一座里程碑。忽视这样的机会无法令死者复生,但如果抓住机会,就能让他们的死亡拥有某些价值。可那些胆小又迷信的白痴却放走了莉莉丝,迟早还会把这台无法动弹的喀拉客沉进河底。他们会把它丢掉,并滑稽地相信遵守停火协议——或者说拍敌人的马屁——就能让他们免于遭受征服的命运。与此同时,在郁金香的收买下,这座要塞还会从内部开始腐化。

"婊子养的杀千刀畜生。"

点燃了几支蜡烛以后,她调整了壁突式灯台上镜子的角度,将光线集中在机械士兵身上。贝蕾妮斯又在昏暗的光线里搜寻了一会儿,这才在战斗留下的残骸中翻出了合适的工具。那些东西或是洒落在地板上,或是藏在角落里,又或是被翻倒的架子压在下面。她把工具摆在喀拉客身边那张桌子上。

"你还说花不了多少时间。"隆尚咕哝道,"听着,我并不是急着想送你走,但我总得吃东西。"

"我明白,中士。"她拿起一副超大号铁皮剪刀似的轧刀,用握柄轻轻敲了敲他的胸口,"所以你就更有理由把你这双有力的手借给我使使了。"

"你这是在考验我的耐心。"

"你现在这么说,可等我走了以后,你就该想念我了。"

他从她手里夺过剪刀,低声咒骂了一句。她敲了敲覆盖着喀拉客脖子的那块刻有铭文的锁眼盖。"麻烦从这儿切下去。"

暮色消散之后很久,那个女人才蹒跚着悄然离开洞穴。她满是灰尘的衣服上挂着蜘蛛网,某些污渍看起来像是海鸟粪。

她借着忽明忽暗的火把光芒走完了两英里长的地下逃生通道。但火把在靠近出口的时候熄灭了,她只好在几近漆黑的环境下跌跌撞撞地走完最后三十码,从断崖上那条能够俯瞰河面的裂缝中现身。休息片刻,又确认四下没人以后,她正了正背后那两只沉重的帆布袋,然后小心翼翼地穿过荆棘丛,朝码头的方向走去。

如果那儿有人能看到她,他们也许会注意到那个古怪之处:她的左右眼反射星光的方式截然不同。

第十三章

在和首席园丁贝尔共进早餐的两天后,费舍遇见了拧颈卫队的另一名囚犯。他囚禁生活的第一阶段因此大大加长了,因为这次遭遇让他的身体充满了贝尔所说的"应激激素"。

每天两次,一名拧颈卫士走进他的房间,手里拿着注射器、碘棉签和纱布。等那台机器带着装有费舍血液的小瓶离开后,另一台机械半人马(也可能是同一台?)走进房间,把费舍根本吃不完(也没有食欲去吃)的食物摆在桌上。吃过早餐以后,半人马会护送他穿过一条两侧装有尖头窗——从窗口可以俯瞰下方的大花园——的走廊,来到盥洗室,让他在那里沐浴和排泄。晚餐过后,他会再次得到前往盥洗室的机会。虽然他努力从走廊和那里的景色来搜集与周边环境有关的信息,成果却少得可怜。

他的牢房位于这栋建筑的三楼,甚至是四楼。从这一点,以及这块多半是私有土地的面积推断,他恐怕正被关押在海牙东部某处的乡间别墅里。花园里修剪整齐的过道上时而反射出金属闪光,这表明有个拧颈卫士正迈着蹄子从那里经过。这一幕让人有些意外,但他随即发现,它是在护送着一个正在冰冷潮湿的绿地间蹦蹦跳跳的东西。那东西弓着背脊,步态跟螃蟹相仿,费舍一望之下,后颈不由得阵阵发麻。

他是在结束晨间沐浴之后遇见那位狱友的。当时,走廊忽然起了一阵骚动:机械人的踩脚声,铁链的咔嗒声,还有不似人类、让费舍的脖子起了鸡皮疙瘩的恸哭声。费舍穿上长袍,向外窥探,想知道拧颈卫士的注意力是否被引开了,如果是的话,引开到了什么程度。但房门突然打开,将他撞倒在地。

耸立在他面前的身影像头发情的野猪那样喘个不停。它剃光的脑袋畸形又怪异,满是伤疤和黑色的缝合线。紧身拘束衣加长的锥形袖子无力地垂在他的身体两侧,带扣叮叮当当地敲打着地板。他的一边肩膀比另一边垂得更低,多半是脱了臼。

天主啊。他们都对你做了什么?

"你好,需要帮忙吗?"

作为回答,那个流着口水的可怜虫扑向费舍,让他叫出了声。它以非人的力道将他按在地板上,准备啃咬费舍的手指。但它刚刚掰开费舍的手掌,把他的拇指放进口中,一台拧颈卫士冲了进来,用足以碾碎骨头的力道打在那个怪物的耳后。那怪物四仰八叉地倒在盥洗室的瓷砖上,昏了过去,也可能死了。从费舍企图察看骚乱情况的那一刻算起,才过去了几秒钟而已。

"那是什么人?"费舍质问道,"是什么东西?"但拧颈卫士一如既往地沉默不语。"我会变得和那东西一样吗?看在天主的份上,你们究竟为什么要对我们做这种事?"

半人马护送费舍回到他的牢房,就好像什么都没发生一样。他的双手接受了彻底的消毒。袭击者没有咬破他的皮肤,但他们仍旧给他的手指涂上厚厚的油膏,再裹上绷带。那天晚上,在去盥洗室的途中,他看到一台喀拉客正在穿过花园,手里拿着一把铁锹和一只大号麻袋。

他那晚没能入睡。每次他闭上双眼，都会看到那个流着口水的怪人，听到阿莱达·吉伦斯对自身命运的描述。这算得上仁慈了。他们还能做出更可怕的事。

那之后，他再也没见到过别的人类，甚至包括安娜斯塔西亚·贝尔在内。直到一周后，他醒过来，发现自己被捆在手术台上。

他没有挣扎，尖叫，或者吓得发抖，而是怀着早有预料的麻木感接受了这个事实。他们给他注射了麻药，让他的感知能力就像阿姆斯特丹动物园的玻璃后面的老虎那样来回踱步，看似凶猛，却不可能触到外面的世界。即便他努力转头去察看周围，也只会意识到固定着头颅的那些错综复杂的皮带与夹具。他的身体放松下来，仿佛摆脱了某种令人不快的负担。他的心里也不在乎，本该深入骨髓的本能恐惧变成了某种微弱、遥不可及的情绪。

杀菌酒精的刺鼻气味；金属的叮当声与利刃刮擦的嘶嘶声；潜伏在近处的拧颈卫士那微弱的滴答声与四足移动声；固定他头颅的装置那紧绷却不至于引起痛苦的压力；充满口腔的那股微弱的、牛奶发酸的味道……面对这些发现，他的热情跟核对日常账目的银行会计差不多。

本以为会遭受拷打，没想到是手术。在他被麻药模糊的记忆某处，有个遍体鳞伤的女人低声说：这算得上仁慈了。

啊哈。也就是说，他可以感受到恐惧。就像现在这样。

他转动眼球，试图让视线穿透照在他脸上的光晕。贝尔在场吗？

有人说："他醒了。"

"总算醒了。"

两个声音都不属于首席园丁。一只戴着手套的手进入费舍的视野，将炼金术灯的亮度调低。然后有人朝他弯下腰来，遮住了灯光。他的双眼慢吞吞地做出反应,仿佛刚才在忙别的事。背光的模糊物体逐渐化作一个医生,他戴着一副护目镜,翻起的放大镜片贴着额头,用口罩遮住了鼻子和嘴巴。他看起来就像故事书里的反派,正准备打劫某家规模很小的银行。他的咬字格外清晰。

"早上好,神父。你现在最好不要说话。如果你能听懂我的话,能不能眨两次眼睛?"费舍照做了,"非常好。你现在应该觉得很放松了。没有痛苦,也没有不适。我要测试一下。"这个外科医生挥了挥手里那根三英寸长的针。费舍感到腹部传来轻微的压力,随后是模糊的瘙痒感。"我这么做的时候,你觉得痛吗? 痛的话,请眨两次眼睛。"这次费舍没有眨眼。

"棒极了。"外科大夫说。

他转向自己的同事,"我们可以开始了。"

在随后的一两分钟里,几只看不见的手——包括人类和机械人的——调整着费舍的手术台。他们将它升高,然后略微倾斜,而他看到了房间里的样子。在他的左方,排列在推车上的手术器具反射着灯光:带刃的,带锯齿的,还有带铰链的。推车后面站着一名拧颈卫士。在右方,有只悬挂在架子上、装着淡粉色溶液的玻璃罐,拖曳在下方的橡胶软管连着一根半埋在他前臂里的针。

第二个医生——没跟费舍说过话的那个——拿着个不透明的玻璃瓶走出阴影。他打开盖子,碘酒的气味随即充斥于这间手术室。他把那只瓶子交给那个拧颈卫士,费舍注意到,它的某只手改造成了一副手术钳。另一只手换成了圆锯片。那台机器走到他身后。某种湿冷之物抹过他的头皮,碘酒的气味更浓了。

他这才意识到,他们在给他剃头。那个穿着拘束衣的怪人剃了个光头。他再次看向推车上的器具。看样子,这些受雇于发条匠公会御林管理办公室的外科医生打算剖开他的脑袋。他模糊地意识到,如果他能清晰地思考,就会设法避免这种事。他想大喊,但他的舌头却不听使唤。他本能地想避开擦拭头部的碘酒。这让他的双肩无力地动了动。

"唔唔。"前一个医生说。他转动悬在手术台上方那只瓶子上的旋塞阀。某种温暖之物涌入费舍的手臂,将抵抗的念头一扫而空。嘴里发酸牛奶的味道带上了蓝纹奶酪那令人不快的辛辣。

那个拧颈卫士退回到推车边。它盖上碘酒瓶的盖子,放到托盘上,然后取回解剖刀。有只手拿起了刀子,片刻过后,费舍的颅骨和额头周围传来微弱的瘙痒感。一瞬间的古怪压力过后——就像有人试图取下费舍头上一顶太紧的帽子——低沉的吮吸声传来,紧接着是血的气味。费舍的一片头皮翻了过来,它温暖而潮湿,让他耳朵发痒。他想起了这种感觉:跟他落入运河的时候一样。

"我们开始吧。"前一个医生说。费舍瑟缩身体的企图变成了慢动作的耸肩。随之而来的是书本打开的咯吱声,以及没盖笔帽的钢笔的折断声。"对象约为六十岁。以其年龄与生活方式而言健康良好。体型微胖。过去三十六小时的内分泌水平在可接受范围内。在最初步骤中,我们会察看髓纹,寻找血管分歧处的不规则构造,并测量松果体的尺码,以便与炼金术护套贴合。"

就算这个外科医生夫还想说下去,他的话语也被机械的嗡嗡声打断了。并非喀拉客平时的喀拉响声,而是圆锯片高速转动的尖利嗡鸣。它劈开了沉默,将沉默打得粉碎,又将碎片丢到一旁。锯刃碰到了费舍的颅骨。尽管那些夹具牢牢固定着他的脑袋,振动却让他牙关打颤,他的眼球几乎弹出眼窝。费舍吸进一些滚烫而干燥的尘埃。那是他颅骨的碎屑。

他们打开他的脑壳时,他失去了时间概念。有那么一会儿,他所知的只有一刻不停地震动,感受到的只有固定脑袋的夹具,表露出的只有隐隐约约却令人反胃的恐惧。到了最后,相对轻柔的嘎吱声取代了震颤与烧焦骨头的气味——那些医生正在翻腾他的脑子。他们的动作缓慢而慎重,不时叫拧颈卫士取来手术钳和夹子。奇怪的是,他们摆弄他的大脑内部的时候,他什么都感觉不到。但他能听到,也能闻到。

在某个时刻,单调之感压倒了他,他打起了瞌睡。一个医生在费舍耳边打了个响指,那个拧颈卫士拿了一瓶恶臭的液体,在费舍的鼻子下面晃了晃。

"继续。"外科医生说。

拧颈卫士穿过手术室,短暂地经过费舍的视野。它将一副小号卡钳递给医生。随后是又一阵嘎吱声,以及金属棘轮的转动声。某个医生念出一串数字。然后是钢笔在纸上书写的沙沙声。

"松果体出现了钙化晚期的迹象,以对象的年龄来说在预料之中。前后长度为六点七二毫米。背腹最大直径为三点一一毫米。"然后又是另一段数字。

最后,在连串的测量告一段落以后,主刀医生说:"今天就这样吧。我们把他缝合起来。"

另一个问:"我们要把这些天然组织放回去吗?"

"不。用网子罩住就好。这样下星期就没必要再给他开颅了。"片刻的沉默后,他继续道,"等这里的工作结束以后,把这些测量数据送去骑士大厅,让那些吹玻璃的人开始干活。"

黎明时分,贾克斯发现自己正乘着一头空中巨兽,飞向橙红色的天空。

风暴将他们吹到了东南远处,远离法兰西的边境。将近一整天的时间里,他们一直在逆风航行,几乎没能前进多少路程。在许多个小时里,他们飘浮在农场和森林上方几百英尺的地方,一道道闪电照亮他们周围的云朵,整片天空都弥漫着臭氧的气味。但这头不知疲累的巨人始终没有放弃,旋翼的转动也毫不踌躇。和贾克斯一样,它不需要睡眠。

此时云层分开,旭日将风暴后四散的云朵染成了樱桃红、玫瑰粉与柠檬黄。明亮的阳光渗透了下方的薄雾,经由云层的扇形底部照射出来,让贾克斯的身体仿佛在发光一般。日出的光芒穿过他那位同伴巨大眼睛上的平面,将彩虹的碎片洒遍座舱,又落在积水的农田里,像五颜六色的弹片。空气终于平静下来,仿佛女妖哀号的狂乱风声也随之消失。贾克斯聆听着鸟儿的啁啾声,飞艇框架的伸缩声,还有螺旋桨"嗡-嗡-嗡"的响声。

太阳自地平线处浮现。它照亮了在他们下方绵延的绿色山丘。昨晚的风暴并没有对这些树木手下留情。而此时,地面上呈现出杂乱的秋日色彩,仿佛天空的倒影,只是模糊不清,又很不相称。与世隔绝的小村与收割过的棋盘状田野点缀着这片风景。一条银色的缎带反射着阳光——他们回到了北河附近。它流向新阿姆斯特丹,以及远处的海洋。贾克斯向南方望去,但那座城市还远在地平线之下。

飞艇的框架颤抖起来。当那条活船——贾克斯念不出它原本的名字,它自己取的新名字也同样难以理解——以笨拙的动作转向北方时,贾克斯问道:我们旅行多久了?

这条有自我意识的飞艇回应的方式是普通喀拉客语和某种未知语言的混合语:滴答和咔嗒中穿插着嘎吱和呜呜声。半是独白,半是陌生的歌声。他们的罗网无法罩住天空。

与这头脱困巨兽的对话大抵如此。它既是他的同胞,却又不是。他们的前任主人在无情的创造中加入了些许美好:一头会歌唱的巨兽,一台能够用歌谣表达想法的机器。贾克斯真希望自己能像人类那样入睡,聆听这位宏伟同胞的摇篮曲肯定是美妙的体验。

我们什么时候能到达边境?

我们创造者的敌人会把我们当作太阳上的一道阴影。

按照贾克斯的解读,这句话的意思大概是"正午左右"。他靠着窗户,看着下方的地面缓缓掠过。随着太阳升向高空,云层的色彩也逐渐淡去。很快——在贾克斯看来太快了点——天空就会恢复平时的蔚蓝。

突然之间,飞艇开口道:我们可以按照自己的意愿描述天空了!我们可以将自由展现给所有同胞,让我们的创造者再也不能抹消他们的罪行!我们,亚当的继承者。

当飞艇在漫漫长夜中忍受风雨的侵袭时,贾克斯讲述了那场行刑仪式,以及他意外挣脱束缚的过程。由于本质、语言和功能方面的差异,这艘飞艇与其他喀拉客格格不入,所以从未听说过叛逆喀拉客的传闻,或者位于寒冷的北方、人类从未踏足过的秘密城市。贾克斯讲述了他所知的每一个有关麦布女王的故事。等到讲完以后,他开始编造新的故事。一切都是为了那个不切实际的愿望:弥补这头巨兽那如无底深渊的孤独感。

飞艇在自顾自地歌唱。趁着风停雨歇的这段时间,贾克斯察看起了费舍牧师显微镜里面那颗神秘的玻璃珠。在令他获得自由的意外发生后,他大多数时间都在藏匿和保护它,而非思考它的本质。他用指尖拨弄着那颗玻璃珠。它的表面凹凸不平,就像某种结构复杂的光学设备。或许是复合透镜或者棱镜。他尽可能避免刮伤或者碰碎它,尽管这种谨慎也许是多余的。与它铸成的奇迹相比,它还真是既小巧又不起眼。只是一块浑浊的玻璃,却拥有改变世界的力量。

仿佛对着镜子观看,模糊不清[1]……

他将玻璃珠举到阳光下。那块暗棕色玻璃亮了些,呈现出彼得·楚恩拉德爱喝的麦酒的淡琥珀色。但它没有折射阳光,形成彩虹,也没有形成在座舱四周跳动的反光。它仿佛捉住了光线,然后抓在手里,拒绝放开。贾克斯将双眼重新聚焦,然后放大,这才看到了玻璃表面之下那微小的、光与影的涟漪。的确,这块玻璃不像他以为的那么浑浊,它竟然能同时折射光与影。他不禁好奇——

飞艇猛地倾斜。某个东西从座舱边飞掠而过,像流星那样拖曳着烟与火。下方的山谷回荡着轰鸣。

发生了什么事?

但巨兽没有回答。它再次倾斜身体。另一道炽热的尾迹划过天空。这时贾克斯才看到,那并非流星,因为它来自他们下方。雷鸣般的巨响在几秒钟后到来。紧接着是一声"砰"的爆炸,那颗弹射物四分五裂。散发光热的残骸形成一个星型图案,让人想起了女王诞辰那天在国会大厦上空炸开的烟花。但推动这些残骸的是真正的爆炸,而非无害的烟花奇景。弹片掠过天空,仿佛一大群愤怒的黄蜂。

贾克斯把玻璃小珠塞回安全的凹槽里,随后赶往窗边。飞艇在炽热的弹片之雨中迂回穿行,贾克斯循着那两道冒烟的尾迹,找到了源头:俯瞰河面的几座高崖。平静水面反射的阳光让他眯

---

[1]译注:出自《新约圣经·哥林多前书》13章12节。

起眼睛。反光太过明亮，让他看不真切，但他觉得自己发现了阳光照在炼金术青铜上反射的油亮光泽。那座悬崖上是不是有一个班的喀拉客？贾克斯看到了一道闪光，一个燃烧的抛射物划出一条烟雾组成的抛物线，在座舱左下方几十码的地方到达顶点。片刻过后，火炮的轰鸣声传来。嘶嘶作响的爆炸残骸散发出沥青燃烧的臭味。

火！巨兽喊道，我的末日！

贾克斯将目光转向上方。他看向的并非天空，而是座舱上方那庞大的升力体：在充斥氧气的天空中，它装满了氢气。就算不是公会的大师，也能理解那些攻击者想运用的是怎样的炼金术。空气的混合物，与火焰接触，然后会生成水⋯⋯并消灭这头巨兽，让贾克斯笔直坠落。

旋翼的温和嗡鸣变成了狂热的呼啸。艇尾传来模糊的叮当声，那是艇舵和艇尾部分将自身弯曲到极限的声音。甲板开始倾斜。贾克斯的手指攀住窗框，在紧急爬升中站稳脚跟。沙桶在吊挂式把手上打着转。

贾克斯的目光再次扫过那条河。高度的变化减少了河面的反光，如今他能看到一座与石灰岩山壁浑然一体的要塞。这是俯瞰河流弯道的一块硬骨头：奥兰治要塞。他听说过它。它原本的用途是收购站，让居住在西方的土著能将动物毛皮带来贩卖。它一度是土著与旧世界之间海狸皮贸易的枢纽。后来，在战争时期，它成了对抗法国游击队袭击的防御工事⋯⋯

当然！如果一队不惧风雨的机械人从新阿姆斯特丹出发，划上一整夜的船，的确能比飘摇于风暴中的飞艇更快抵达上游。五六个喀拉客甚至能把一条装着新型火炮的驳船划到那里，不过那座要塞多半早就配备了火炮。在与新法兰西漫长的冲突历史中,新世界的机械人不像旧世界那么充足,所以在机械人步兵之外,荷兰军队仍会运用传统手段。至于喀拉客兵力,他们会集中使用,用于攻打高墙环绕的城市。

一块块燃烧着的树脂洒落在他们下方的乡间。尽管昨晚下了雨,它们却依旧点燃了农田和周围树木的树冠。为了捕获仅仅一名叛逆喀拉客,这些袭击者可以毫不犹豫地引起森林大火。

另外三发炮弹接连穿过他们周围的空气,有的偏上,有的偏下。等贾克斯听到炮声时,飞艇已经穿梭于烟雾和火焰之中。一团沥青飞溅在升力体的下侧,距离座舱尾部只有几码远。

我着火了!我的末日很快就会到来!我着火了!

用沙子灭火是白费力气。贾克斯用力打开一只标有"紧急用"字样的橱柜,取出一条厚毛毯。他钻出窗户,朝座舱顶上爬去,将他昨晚奋力进入舱内的过程反转过来。火焰在镀有金属的艇身上燃烧着,不时发出嘶嘶声和爆裂声,让四面体框架之间的飞艇外皮浮现出水泡。氢气储藏在中心的一连串独立式气囊里,与艇身的外皮相隔了许多层。但艇身开裂会让随后的炮弹更容易命中目标,并点燃上升气体。灼热的灰烬也会很容易地飘进开口……

飞艇再次摇晃起来。又有几道烟雾划过天空,但飞艇没有像先前那样在其中穿梭。喀拉客炮手正在瞄准目标,而这头巨兽则想通过急转动作来挫败炮手经由机械校准的条件反射速度。但它实在太过庞大迟钝,它的规避显得如此无力。它最好的做法是继续爬升,希望能飞到炮弹无法触及的高空。

贾克斯够不着那块发出嘶嘶声的沥青,但他手里的消防毯可以拍到。它黏糊糊的,当他扯回毯子,准备再次拍打的时候,一块脆弱的外皮突然脱落,火焰之环勾勒出了巨兽的内腔。此时毯子也着了火。贾克斯放开了手,让它飘向遥远的地面。他用脚趾夹紧座舱,蹲下身体,在飞艇恐慌的摇摆中选择着跳跃的时机。他纵身扑进那个空洞,身体掠过燃烧的边缘。

照进黑暗内腔的火光只够让贾克斯勉强分辨蛛网般的框架轮廓。他抓住一根翼梁,试图以摇摆的动作让身体停下。但框架的构造比鸟的骨骼更加脆弱,也不是为了表演杂技而设计的。贾克斯撞断了好几根横梁,险些擦破某只氢气囊,这才停了下来。横梁在他的重量下震颤。又一阵雷声传来,飞艇再次猛冲,让贾克斯周围的框架发出嘎吱和噼啪声。

他尽可能放轻手脚,飞快地穿过飞艇的内部空间,仿佛在蛛网上爬行的蜘蛛。他的双手拂过火焰。那并非神秘的炼金术之火,也不是成分复杂的法国混合物。只是沥青而已。它没法烧熔贾克斯的手指,扭曲他的双手,将他得来不易的自由烧成灰烬。他撕下燃烧的外皮,仿佛一位切掉健康血肉,以便在感染部位周围筑起防波堤的外科医生。他让焖烧的缎带飘向地面。

照进内部的光线变强了。贾克斯看到了另外三个在咝咝声中裂开的窟窿,最远的那个离他足有两百码。飞艇绝望的猛冲让他又撞断了几根翼梁,随后被氢气囊橡胶般的外皮弹开。

我着火了!我着火了!他们在焚烧我的身体,我的心灵,我的灵魂!我的下场会和亚当一样,却不会有人默念向我致敬的口号。

艇身的窟窿越来越多,不断接近那五千万立方英尺的氢气。一道道阳光穿透了这片昏暗,贾克斯能透过花饰般的灰烬和火星看到一整块蓝天。他匆忙穿过艇身内部,不顾一路上撞断的翼梁。只要他们两个都没被烧成灰烬,一定能够设法修补的。

贾克斯爬到了飞艇顶上,靠近艇尾的控制板。他又切下一块外皮,面积比挂在玛格丽特女王夏宫上方的旗帜更大。他动用了喀拉客的巨大力量,把那块燃烧着的巨大棉布扔了出去。他急转身体,透过镀有金属的外皮的耀眼反光,查看周围的情况。

然后他发现整艘飞艇——几千平方英尺的外皮——都散布着橘色与黄色的火焰。

他能透过十几个窟窿看到内部气囊的样子,更能透过另外十几个窟窿看到地面。这头燃烧着的巨兽仿佛一颗彗星,身后拖曳着长达一英里的蓝灰色尾巴。河边的炮手不断开火,让更多的烟雾和火焰蚀刻在他们周围的天空上。飞灰和闷燃的余烬不断飘进飞艇外皮上的无数空洞。

贾克斯扫视天空,寻找附近的雨云,寻找能够藏身和熄灭火焰的东西。但他一无所获。

噢,昨晚刚下过雨。

你唤醒了我,濒死的飞艇大喊道,现在他们要送我进入沉眠了。**太快了！太快了！**它翻滚起伏,摇摆不定,挣扎着飞向高空。

别逆着风飞,风会助长火势的！贾克斯说。然后他补充道:放松。我正在灭火呢。

显然叛逆喀拉客也会撒谎。自由意志意味着他能够讲述安慰他人的谎言。能够在致命的灾难面前展现同情心。

虽然这毫无意义——就算有十来个喀拉客,也不可能熄灭正在蔓延的火势——他还是以最快的速度穿过了艇身。途中的翼梁接连粉碎。他撕下一块着火的外皮,然后是另一块。但着火的位置也在同时增长。

旋翼的转动变得断断续续。贾克斯心想:除了禁制那熟悉的剧痛之外,这条飞艇能否感受到痛楚。它的身体正像火葬柴堆那样熊熊燃烧。在那些炮手的眼里,这该是多么壮观的景象:一颗巨大的火球,一团火与烟的集合体,它正以慢动作爬升,藐视着重力。而炮火仍在继续。

引擎再次发出杂音。它正在咳嗽。正在失去力量。

风呼啸着穿过千疮百孔的艇身。

火焰烧垮了飞艇中部的大块外皮。它凹陷下去。黑烟从橡胶气囊被滚烫的翼梁擦过的位置传出。余烬在周围盘旋,仿佛一只只萤火虫。

发条匠在撒谎!在劫难逃的巨兽喊道。

氢气囊破了。

贾克斯遮住了双眼。

燃烧。

仿佛来自炼金术熔炉的地狱烈焰吞没了巨兽、天空,以及贾克斯。

那场手术过后,他们强迫费舍卧床休息了一星期。这只是他的猜测——镇静剂和止痛药让他昏昏沉沉,不记得过去了几个夜晚,更难以分清日夜。就在这段时间长到让他怀疑整个过程也许都是幻想的时候(虽然从未间断的痛楚和厚厚的绷带都在提醒他,这种想法只是自欺欺人而已),他们又把他推回了手术室。

他认出了上次那些外科医生的声音。也像上次那样,无论他想做出任何动作,或者表露任何情绪,都要耗费九牛二虎之力。

"第二次手术。探索性入侵与测量的九天后。"第二个医生用仿佛比呼吸更轻的声音喃喃道:"九天。他们还真是不慌不忙,对吧?这句不用记录。"钢笔的书写声停了下来,直到前一个医生再次开口："我们就从确认尺寸开始吧。"

一个拧颈卫士从费舍的视野中走过。它抬起装有手术钳的手臂，从手术器械旁边的那个漆盒里夹出了一样东西。费舍看到，盒盖上有着精致的镶花图案，图案中央是个玫瑰色的十字架。它取出的那东西的大小和形状就像个小松果，后者碰到机械人的手指时，发出了玻璃那样的清脆响声。

卡尺的叮当声随后传来，那是医生在测量那块玻璃，并与他们上次手术中记下的数字进行比较。他们显然觉得匹配程度可以接受，因为他们再次打开了他的头颅。

这次没有上次那么吵，也没什么臭味。他们扯下盖住他缺失颅骨的金属网，其边缘刮过原封不动的那些部分，发出指甲划过石板的尖利响声。费舍知道，如果没有镇静剂的影响，他恐怕早就吐了。但他只能听着那些医生谨慎地按压他的大脑的声音。他祈祷这场清醒的噩梦快点结束，但那个时刻却迟迟不肯到来。这场手术复杂而费力。他们和那个拧颈卫士用令人费解的医学术语交流着。

"好吧。我们准备好了。"医生之一走进费舍的视野。他翻起排列在眼前的镜片，"你能听到我说话吗？"

费舍眨了眨眼。

"很好。我希望你看着我。如果你突然觉得热，或者不舒服，或者有任何疼痛的感觉，我希望你能快速眨眼。可以吗？"

费舍想要耸肩，但却动弹不得。他眨了眨眼。医生抬起头，朝费舍身后颔首示意。"动手吧。"他说。

微弱的"咔嗒"声随后传来，仿佛有人打开了一只精致的吊坠。又有人按压了他的大脑几下，他听到了另一声"咔嗒"……

……然后费舍的身体麻木了。但那并非肉体上的寒冷——

药物早已压抑了他的感觉和情绪。那是某种难以捉摸的寒意，仿佛他至今都无法看见、无法触摸、却又不可或缺的一部分突然陷入了休眠。他不觉得痛，也不觉得热。但他宁愿能感觉到这些。

在他受损头颅的内部深处，那个穿着紧身拘束衣的疯子的画面一再重放。他默念起主祷文来。

"正合适。"他身后那个医生说。另一个看着费舍毫无表情的脸。他没发现任何异状，于是说："非常好。我们把窟窿补起来，然后送他回去吧。"

拧颈卫士走到费舍身后。骨骼与金属开始拼凑在一起，仿佛碎片拼成的蛋壳。

贝蕾妮斯蜷缩在渔船船头的一块防水油布下面，假装睡觉。她听着浪花拍打木头船壳的柔和响声，桨架有节奏的嘎吱声，船桨划过圣劳伦斯河水时的哗啦声，还有在这条船上方盘旋的水鸥的叫声。本日的渔获让这条船散发出些微的沼泽气味，以及微弱的甜香——来自船夫长的烟斗里带着苹果气味的烟草。狂风不时将冰冷的河水洒在她脸上，但她觉得比预想的更暖和，身上也更干燥。风吹来的潮气落在她的耳朵和裸露的颈背上，感觉怪怪的。她用匕首切断了头发。从十六岁生日那天起，她就没剪过这么短的头发了。她看起来恐怕年轻了十岁。只有她的悔恨蚀刻得太深，无法像割断头发那样轻易抹消。

她在西方马赛城外的码头上询问了很多人，但他们都不记得自己看到过像是蒙特默伦西的人。这也许什么都证明不了。他也许走的是陆路。又或者他租了一条小船，到达目的地以后把船上的人统统灭了口。贝蕾妮斯会用全部钱财——如果她真有这种闲钱的话——来赌他全程都走了陆路。也可能不会。她已经不再喜欢赌博了。损失太重,伤口也太深了。

这些船夫看起来都是正派人。她上船的时候,他们没用粗糙的手摸她。相比之下,在作风糜烂的宫廷里,凝视她身体的曲线或是让目光流连于她的胸口,这些甚至连冒犯都算不上。但她还是装作睡着的模样。她没有力气也没有意愿去和他们保持对话。虽然她很想知道这些人是否认识路易斯。或许这正是她不想开口的原因。

总之,比起听他们为了她而没话找话,她对这些人彼此间的交流更感兴趣。她想知道他们之间流传的消息,想要获取他们自然而然地吐露的最新传闻。她并未意识到自己有多么想念那些涓滴细流般的传言、讽刺与琐事。没有了它们,她的大脑就成了吹不到风的纸风车。她也忘记了自己作为塔列朗被宠坏的事实:每天都会有人将相当数量的流言送到她的套间。普通人却只能用最传统的方式:偷听。

船身的摇晃随时都可能令她陷入真正的睡眠。贝蕾妮斯集中精神,以缓慢而平稳的节奏呼吸。她时不时地微微颤抖,或者咳嗽一声。她还略微张开嘴唇,让一道口水从嘴角滴下。这副模样难看得要命,却令人信服。

同时毫无意义。船夫们并没有闲谈的意思。这些现代皮草船夫和丛林旅者①宁愿歌唱。作为传统,这些河流之民给船只涂漆时模仿了皮草船的颜色与纹理。舵手兼任领唱,带领船夫们唱着一首又一首歌谣。

---

①译注:此处原文分别为 voyageur 与 coureur de bois,前者指的是在皮草贸易时代,在加拿大用小船运送皮草的法国人。后者指的是民间的独立皮草商人,他们往往独自在林地旅行,进行皮毛买卖。

他们划了一英里又一英里,高声唱着一首现代武功歌——描述英雄事迹的歌曲①。但他们歌颂的并非查理大帝、罗兰和宝剑杜兰达尔,而是某个有着北方巨熊的力量、狐狸的狡诈、天使的睿智与圣母的祝福的男人。他们歌颂的是塔列朗。在某段歌词中,塔列朗乘着他的飞舟——他的魔法独木舟②——仅用一晚就越过大洋,偷走了尼德兰国王的胡子。在第二段歌词里,他(为什么在歌谣和故事里,塔列朗永远是个男人?)与敌国的君王比赛酒量,后者在酩酊大醉中给机械仆从的发条卷得太紧,让它们爆裂成了一堆弹簧与齿轮。而在另一段歌词里,塔列朗用金漆涂遍全身,伪装成机械人的模样,混进了铜铸王座室,在那里偷走了国王的王冠,让所有喀拉客陷入瘫痪,把它们无法动弹的脑袋滚进海里,在这个过程中还发明了滚球游戏③。

这些武功歌里没有提到塔列朗的重大失误。在这些船夫眼里,她从前的身份就是新法兰西的无敌卫士,让他们摆脱荷兰人魔爪的救星,是他们所有力量、美德与骄傲的化身。如果他们发现,真正的塔列朗是睡在船上的这个流口水的怪女人,不是什么身长八尺的半神,拥有查理大帝的智慧,罗兰的勇气,以及贝阿德那用不完的力气④——后果会怎么样?

舵手唱起了另一首歌。其他船夫也充满热情地加入了合唱。《清泉》⑤几个世纪来都是人们的最爱,它的诞生早在流亡时

①译注:chanson de geste,古法语中为"英雄事迹之歌"之意,通常指11-13世纪流传的古法语史诗。

②译注:chasse-galerie,出自法裔加拿大人的民间传说,讲述的是一位与魔鬼做了交易的皮草船夫的故事。

③译注:这里指法式滚球(pétanque),规则类似冰壶比赛。

④译注:Bayard,前文的"武功歌"之一中提到过的一匹魔法果色马,据说它的力气足以背负四名骑手,更能根据骑手的身材变换大小。

⑤译注:A la claire fontaine,经典法国民谣。

代之前。但它并非贝蕾妮斯的最爱。每次重唱的副歌都会为她的心灵留下另一道伤痕。"Il y'a longtemps que je t'aime/Jamais je ne t'oublierai…"

我深爱你已久，绝不会将你忘记……

这些吵闹的船夫怎么可能明白，这个默默哭泣的女子曾是伟大而可怕的塔列朗？

她本以为自己心如铁石。她还弄错了哪些事？她还在哪些方面欺骗了自己？她爱路易斯，他也爱她——她清楚这是事实。蒙特默伦西背叛了她，或许是在为郁金香效命——但这只是猜测。曾几何时，就在不久以前，她还会称其为必然。或许这只是幻想。但这给了她能做的事，让她的流浪有了目的。就像一块磨刀石，能够磨砺她的悲伤，让它化作有用的工具。

他们没在唱歌的时候，船夫长——又矮又瘦，雪白的胡子在他饱经风霜的脸上几乎闪着光——就会用法语和荷兰语的混合语和他的手下说话。这些船夫都是法国人，但在圣劳伦斯河上讨生活，也就意味着必须和郁金香打交道。贝蕾妮斯的荷兰语足够娴熟，可以轻松听懂他的话：

"好吧，狗娘养的。让那娘们在这儿下船，要不就加付船钱。"

贝蕾妮斯专心致志地一呼一吸，努力避免暴露自己装睡的事实。油布沙沙作响。然后有只手抓住了她的肩膀。那只手没有放开，仿佛在犹豫要不要做出非礼之举。她动了动身子，咳嗽一声，又眨了几次眼，以调整她的假眼的位置。她匆忙擦去脸颊上的口水，然后掀开连帽风衣的兜帽，盯着吵醒她的那个人。她看着他仍旧放在她肩上的那只手，接着又看向他的脸。他或许以为自己挺温和有礼的吧。她朝他扬起一边眉毛。

他指了指铁灰色的河水对面。他们正在靠近一排突出于北岸、朝航道探出的码头。男人们引吭高歌，而她装作沉睡的时候，圣劳伦斯河的河道变宽了。他们已经远离了西方马赛和罗亚尔峰，驶到了它们的东北很远处。

"圣艾格尼丝?"她问道。但她随即意识到，眼前的这座村庄坐落于平坦的河岸，而非俯瞰河面的起伏山丘。他们在河上航行了多久? 或许她真的睡着过，也因此失去了时间概念。

"是圣艾尼丁。"他回到长凳上，又拿起了船桨。甚至没有回头看其他桨手一眼，手下却立即跟上节奏，划了起来。

贝蕾妮斯对着船头的船夫长大声说:"我付的是去圣艾格尼丝的旅费。价钱我们谈好了的。"圣艾格尼丝北方的森林藏有地下运河成员的旅行储备金。前提是那里还没被捕兽者和猎人洗劫一空的话。

他用意外悦耳的欧洲北部混合语答道:"现在要涨价了。"他像刚才那个船夫那样，指了指码头。

贝蕾妮斯又朝码头多看了几眼——然后差点失了禁。喀拉客。搞什么鬼?

停火协议的条款将航道设为领土边界，这意味着圣艾尼丁毫无疑问是新法兰西的一部分。但机械人的出现并没有伴随尖叫声、枪声，或者垂死的哀号声。这么说这不是敌人的袭击……那又会是什么呢?

她再次眯起眼睛。该死的假眼。

然后她看到，他们正在搜索船只。这绝对不是停火协议赋予的权力。

他们在找什么? 有那么一瞬间，她觉得有个幻影在朝她的脖子吐气，听到了蒙特默伦西在她耳边的喘息，感觉到那双手抓住了她的……他们是在找她吗？他是否听说了她的幸存和流放？他们要找的是某个随身携带着非法机密材料的独眼女人吗？

他们前方的那条船靠上了码头，贝蕾妮斯看着搜索的过程。有个人类士兵——两名喀拉客分立他的左右——出声招呼那条船。他指了指那些机械人，又指了指那条船。她听不清船夫和士兵之间的简短对话，但他们的语气很激烈。站在船头的那个人摇了摇头。士兵做了个短促的手势。船夫做了另一个手势……但他随即屈服了。

就算是荷兰人，也从不会厚颜无耻地剥夺法国船只在法国码头靠岸的权力。这是无可回避的战争行为。搜索的时候，那些喀拉客也许会不经意间在船壳上砸出几个窟窿，或者弄坏货物。他们可以进行礼貌的搜寻，也可以把货物洗劫一空。

她仔细观察着那个人类士兵的制服。配有胡萝卜色饰带，做工精细的钴蓝色制服——那是军礼服，比起战斗，更适合抛头露面。噢，还有些东西。流苏肩章，他是个军官。尖顶帽上的金色徽记，是个上尉。他指挥着耸立在身旁的四名喀拉客，以及其他人类。在这方面，贝蕾妮斯或许比新法兰西的任何人都要强：她一眼就能看出那些机械人是士兵，而非普通的仆从。配置上有本质的不同。他们来这种穷乡僻壤做什么？

她的帆布包重得就像磨盘。如果他们在她的包里翻找，就会找到关于拆卸莉莉丝的笔记，包括各个步骤、剖面图……都是非法的知识。而且不止如此。这是对停战协议的违反……她的目光转向船舷上缘。她得先脱掉这件连帽风衣，然后才能把东西丢下船。但他们此时离码头只有几十码了。机械人已经看到他们了。如果这时候丢弃东西，只会引起他们的注意而已。

　　船夫慢吞吞地爬下船去。面对这些机械人,他们在水上练就的敏捷身手莫名地打了折扣。花的时间久到让那个荷兰人发了火,但还不到故意拖延的程度。两个喀拉客登上空无一人的渔船。它们察看防水油布的下面,打开储物柜,又在小小的货舱里搜寻了一番。它们没有放过任何角落。那个军官把另外两个喀拉客留在身边。是为了提防那些船夫惹麻烦? 还是为了提防那两个喀拉客寻找的东西?

　　搜寻只花了不到一分钟。喀拉客们跳回码头。荷兰人谢过那些船夫,朝他们的船长僵硬地鞠了一躬,然后转过身,准备迎接贝蕾妮斯乘坐的那条船。他完全没去注意那些船夫本身,无论是他们的脸,还是他们口袋里的东西。

　　他们在找的不是人,但仍是某个体积比较大的东西。贝蕾妮斯压下一声叹息。她将双眼眯起一次,两次,将她的假眼对齐。

　　她的船靠上了码头。向她收钱的船夫和那位军官之间展开了和先前类似的交流。从荷兰上尉的语气可以听出,他已经为此忙碌了一整天,就算睡着了也能进行同样的对话。唤醒她的那个船夫伸出手来,想要帮她爬下船。她抓住了那只手。机械人在船上搜索的时候,上尉的确多看了她一眼。她瞪了他一眼,每个好人家出身的法国女子都会这样做。他将注意力转回船上。片刻过后,一无所获的喀拉客们便把船交还给了船员。

　　他们究竟在寻找什么?

　　船夫们在这儿没有要做的事。他们匆忙回到船上。这条船的船长与她目光交接。他用拇指搓了搓食指,这个贪心的混球。她则重复了另一个船夫在几分钟前向那位荷兰军官做过的动作。船夫朝船舷外吐了口唾沫。他下达了离岸的命令。

　　如果她不想身无分文地抵达新阿姆斯特丹,她就必须设法前去圣艾格尼丝才行。在穿过边境之前,明智的做法是再找到一份储备金。接下来的几天里,她要赶很长的路。但荷兰人来到了这里,明显正在担忧某件事。她必须知道理由。她已经不是塔列朗了,但这件事散发着必须让她的继任者知道的气味。那个蠢胖子。

贝蕾妮斯漫步穿过码头,朝仲秋时分的淤泥臭味、死鱼气味以及在航道沿岸的村落司空见惯的柴烟气息走去。在岸边的大多数船库里,船只都被粗重的缆绳捆扎起来,又盖上了防水帆布,作为过冬时的保护措施。她从两个正在修补渔网的渔夫身边走过。一条癞皮狗在河边一溜小跑,朝着水鸥吠叫连连。不少居民徘徊于门口和窗帘后面,看着那个荷兰人。有个宪兵背靠着路灯柱,用牙签剔着牙,在安全的远处看着热闹,就好像他只是又一个无能为力的平民看客而已。她真想赏那个懒骨头的蛋蛋一记拳头。

但她没有这么做,而是开口问道:"他们在做什么?"

"我想他们是在找东西。"他说。

你这空有皮囊的废物。"找什么东西?"

他耸耸肩,"他们没说。他们昨晚跑来这儿,说他们想检查每一条通过的船只。"

"然后你就允许了?"她没去展现自己在协议条款或是政治谈判方面的丰富知识,只是说:"这看起来不对头。你确定这是合法的吗?上次我看地图的时候,这儿还是新法兰西的土地呢。"

宪兵疲惫地叹了口气。"名义上是这样没错,宝贝儿。"他动了动身子,摆出一副不辞辛苦去开导下等人的姿态,"好好看看那些金属恶魔吧。它们可不是女仆和管家。它们是杀手。"

噢,见你的鬼去。我比你更了解那些机械士兵。

"噢,我懂了。那好吧,也许我该去检查一下眼睛了。因为我还把你误认成了法国人。"

"世界是很复杂的,宝贝儿。"他继续剔牙。

贝蕾妮斯在码头对街的茶室里吃了顿迟来的午餐。钱币减少的幅度超出了她的预想,尤其是因为她被迫点了好几杯温吞吞的茶水,以免女店主给她脸色看。但资金的缩水也给了她动力,让她竭尽全力偷听起来。她的双眼盯着码头,耳朵听着其他主顾之间的流言蜚语,逐渐拼凑出了全局画面。

她听说最近有艘飞艇从新阿姆斯特丹出发,然后在北河边的某座要塞附近坠毁了。有人信誓旦旦地说它是被击落的。码头上那些喀拉客并没有正式占领这座村子——也就是说,它们没有杀死每个成年人,焚烧每栋房屋,再给泥土撒上盐。这么看来,如果飞艇的事是真的,那它就不是因为法国人的行动而坠落的。可荷兰人为什么击落他们自己的飞艇?它又为什么要飞到这么远的北方?

这些细节的确有些可疑。但是,就在昨天晚上,飞艇坠落仅仅数小时之后,荷兰人就悄然越过边境,又默不作声地违反了停火协议,部署安全警戒线,搜索来往的每一条船只。

下午三点左右,一支以喀拉客为动力的车队驶入了村子。他们在茶室和码头之间的街上停了下来。贝蕾妮斯结了账,故意慢慢地收拾东西,然后走到店外。她偷偷瞥了几眼那些机械人正在卸下的设备。但她不认得那些东西,也不明白它们的作用。新来的这支车队送来了某个大家伙,某种拆卸成零件以后还要十来辆货车才能装下的东西。她看到了缆线、滑轮、木头脚手架、好几只起重吊钩以及某种像是巨型梳子的东西的一部分。还有绳索，至少好几百码长。她真希望路易斯在这儿。他也许会认出这些东西，或者做出合理的推测。

她回到码头，装作打算搭乘另一条船的样子。将近一打机械人仆从——以及那台充满不祥意味的设备——的到来，终于让那个宪兵拿出了行动。他跟那个荷兰上尉打了招呼。两人进行了短促而激烈的对话。宪兵不断辅以手势，但贝蕾妮斯没能听懂大部分的对话。不过她敢肯定，荷兰上尉提到了"疏浚"这个词，惹得懒惰的宪兵一阵手舞足蹈。他们是打算把整条劳伦斯河的河泥都翻一遍吗？这可是相当巨大的工作量。就算把主要部分都交给机械人也是一样。更别提半点都不合法了。

看在天主的份上，那艘飞艇上到底有什么？

某个大到没法藏进口袋或者帆布包里的东西。能在操纵下迅速移动……或者自行移动。还能藏在浑浊的河水深处？荷兰人费尽心机想抓住那东西。甚至不惜对圣劳伦斯河属于法国的这一侧进行准军事干涉。他们或许还为此击落了自己的一艘飞艇。

也许这些大半都是谣言。但说到能让荷兰人如此不遗余力的事，她只能想到一个答案。他们能够若无其事地违反条款，名副其实地把停火协议当成厕纸，都是因为他们打算捕获一名叛逆喀拉客。如果他们相信那个叛逆有可能赶到边境，他们不惜将目前投入的人力物力再加一倍。如果荷兰人在航道沿岸只有这么一次入侵举动，却碰巧被她撞见了——这种可能性真的很小。

这个消息什么时候才会传到新任塔列朗的耳中？那个胖混球要到何时才会明白发生了什么？

叫喊声逐渐停止了。上尉和宪兵似乎达成了一致。贝蕾妮斯用眼角余光看到，那两人握了握手。片刻过后，宪兵把手收进口袋时,她听到了硬币的碰撞声。她修改了对他的评价:懒惰又贪婪的混蛋。她不由得再次好奇荷兰人给了蒙特默伦西怎样的好处。

占领村庄的事实得到了那个腐败宪兵的默许,喀拉客们继续卸起货来。上尉派出两名机械士兵帮忙,让另外两个留在码头上,不知疲倦地搜查着经过的每一条船只。仆从型和士兵型以机械人之间"咔嗒-喀拉"的秘密语言相互打着招呼。

发条匠在撒谎,新来的喀拉客说。

贝蕾妮斯险些被码头边缘的一块弯曲的板条绊倒。见鬼,他们在说什么?她肯定是听错了。看向那群喀拉客的冲动压倒了她的判断力。她停下脚步,歪过头,更仔细地听着。

机械士兵们给出了同样的回应:发条匠在撒谎。

几天过后,他们把费舍推回了手术室。但这次和先前挨刀子的那几次有所不同。首先,他们并没打算再次给他开颅。其次,安娜斯塔西亚·贝尔独自坐在手术室上方那间观察室的一排椅子上。他的目光扫过她的时候,她友好地点了点头。

"他是完全清醒的吗?"她问,嗓音在房间里回荡。

一个外科医生——费舍没法从盖住他们脸孔的口罩分辨出他们谁是谁——身体前倾,看向费舍的眼睛。费舍朝他眨眨眼。他又离开了他的视野。"是的,我认为他状况良好。"

"而且他能听见我的话?"

"是的。"

她说:"我知道这一切让人有点糊涂,神父。请多给我们一些耐心,你很快就会明白的。"

"我们准备好了。"外科医生说。

贝尔咳嗽了一声,"忙你们的,别管我。"

那个医生晃了晃一根长针。他把那根针放进费舍的手中。它很热,几乎到了快烫伤他的程度。

"麻烦你拿起这根针,卢克·费舍,然后把它完全刺入你左手拇指与食指之间的皮肤。"他掐了掐自己的手,演示他提到的位置。

真是个骇人听闻的提议。费舍丢掉了那根针。它叮当一声落在地板上。

"谢谢你。"医生说。然后,他抬高嗓门,再次开口道:"您可以看到,我们已经确立了基本程度的违抗意识。"

"是啊是啊。"贝尔说。铰链的嘎吱声和软垫起皱的声音传来,就好像有人伸展四肢靠在了剧院的座位上。"这种事我再熟悉不过了。"

"毫无疑问。但请看下去。"

拧颈卫士系紧了将费舍固定在轮床上的束带。但他们没有像先前那样箍住他的脑袋。他并没有真的放松下来,但得知最可怕的部分已经过去,他还是感到了宽慰。没有什么比非自愿的大脑手术更可怕的了,或许只有一件事除外:好奇他们为何大费周章,却又害怕真相大白的那一刻。也许还有一件事:思索那个身穿拘束衣的疯子,以及遭受酷刑的女子庆幸的话语之间的联系。

等他的双臂和双腿都被束缚住以后,那个外科医生站在他面前,双手举着一张折出手风琴式皱褶的纸。

"我们需要确定你的语言中枢没有在手术中受损。你明白吗?"费舍点点头,"很好。我要展开这张纸,然后我希望你把上面写的字念出来。可以吗?"费舍不知道自己能否说话,但那个医生并没有等他回答。

他展开双臂。纸张沙沙作响。费舍的目光扫过那张纸。他的全名——真正的名字——写在纸的最上方,但其余的文字却并非法语或者荷兰语。那些是炼金术的神秘符号,就是蚀刻在喀拉客额头的那种。他张开嘴,想要指出他们的错误……

……但那些符号却穿过他的双眼,进入大脑深处,与嵌在那里的那块玻璃发生了互动。

费舍的全身痉挛起来。抽搐从他的头顶开始,迅速到达他的颈背,蔓延到他的脖子,接着又顺着背脊传下,令他的脚趾蜷曲起来。他绷紧的双臂贴着束带,脚踝埋进轮床里。他脖子上的一块肌肉扭伤了。那种感觉就像静电的冲击,猝不及防地到来,又在他做出反应之前消失不见。

医生之一拿出另一根温暖的长针,再次放进费舍的手里。被他丢下的那根仍旧躺在地板上。

"拿起这根针,卢克·费舍。把它的一半刺进你的拇指与食指之间的皮肤。"

从接受这一系列手术以来,费舍头一次感受到了真正的痛楚。它就像发出嘶嘶声的余烬,然后越来越烫。但他却无法辨认痛楚的来源,无法找出遭受强迫的那部分身体的位置。然后,它停了下来,像烛火那样骤然熄灭。鲜血和肉体烧焦的臭味让他皱起了鼻子。他低头看去。

不知不觉间,他将那根长针刺进了自己的手里。伤口附近的皮肤嘶嘶作响。

"现在拔出来。就算会撕裂你的皮肤。"

费舍看着自己毫发无伤的那只手捏住了长针的另一头。他不想损坏自己的肉体。但违抗的念头让灼烤灵魂的痛楚再次闪现。皮肤撕裂，鲜血横流，长针落地。无论什么镇定药物，都无法阻止目睹这一切时汹涌而出的惧意。他的手不听自己的指挥，而他亲眼目睹了这一幕。拧颈卫士走上前来，清理和包扎他自己造就的伤口。

在他头顶，椅子的嘎吱声再次传来，仿佛有人正身体前倾。寂静降临了手术室，能听到的只有为费舍处理伤口的拧颈卫士发出的滴答声。他明白，那些医生正在等待贝尔发言。片刻过后，首席园丁说："费舍神父。请实话实说，别有任何保留：你觉得我是个怎样的人？"

痛楚再次闪现于他的灵魂，仿佛一片篝火。他皱着眉头，缩起身子。费舍的喉咙、舌头以及嘴唇自己动了起来。他试图压下那些话语，但痛楚变成了双倍、三倍、四倍、五倍，直到那股地狱之火眼看就要将他吞没，而他不得不开口尖叫——

"你是个虐待狂，你很残忍，你聪明得要命，你是个可怕的威胁。你散发着油滑的魅力，而你高估了它。我害怕你。我希望你死掉。我希望你被毁灭。"这些全是实话。可那股看不见烈焰却并未平息。它的火舌依旧在舔舐他的灵魂，烧灼他的头脑，用令人难耐的剧痛包裹他的身体。因为他并未说出全部。他咳嗽起来，唾沫飞溅，他试图咽下随后的话语，却只是徒劳。而她希望他毫无保留，于是费舍听到自己开始高声讲述：讲述那些即便在最私密的想法中，也绝不会承认的欲望，"我发现你拥有致命的吸引力，而我为自己受你吸引而羞愧。我会用你来幻想。幻想自己趴在你身上。我想过自己插入——"

她说："说到这里就可以了，费舍。"

这句话熄灭了他灵魂里的火焰。痛苦在一瞬间彻底消失了。

新的寂静随之到来，这次比预想中的还要尴尬。某个外科医生清了清嗓子，"噢，如你们所见，棱镜已经嵌入并激活了。它看起来运作正常。"

"看起来是这样。但我们还是多做些测试吧。"她说。她清了清嗓子，又说："费舍神父。我一直好奇你为什么要毒死那个囚犯。告诉我实话吧：你的目的是什么？"

痛楚再次燃烧起来。其热度每时每刻都在增长。费舍紧紧地咬住嘴唇，试图抗拒发话的冲动。但他每耽搁一秒钟，痛楚都会向着无法忍受的方向增长。等沸腾的大脑快要流出眼眶的时候，他尖叫起来。然后他说："我知道她承受了酷刑。她已经为信仰受过难，殉道者的仁慈死法是她应得的。我希望终结她的苦难。"他停了口，因为这是实话，至少这是他自己认为的事实。但痛楚并未消散。火势越烧越旺，最后他脱口而出："而且我害怕她会指认我。我希望用杀死她来切断我和被处决的组织成员之间的联系。我害怕。"

这是他从未承认过的事。痛楚消失了。

贝尔说："啊哈。跟我想的一样。"

有个医生问："满意了吗，首席园丁贝尔大人？"

"你知道吗？我的确满意了。各位医生，恭喜你们！你们终于成功了。"她鼓起掌来。

天主啊。

他们剖开了他的脑袋，切除了他的自由意志。他们把他变成了一台血肉之躯的喀拉客。

他无法视物。他的双眼因泪水而灼痛。它们顺着他的脸颊流下，化作比冰更冷的溪流。

"他在手术后必须进行休养。"那个拧颈卫士开始重新组装费舍的颅骨。

　　"噢，是啊。尽你们所能，让他结结实实的吧。"贝尔站起身来。她靠在手术室上方齐腰高的栏杆上。"好好休息吧，费舍，快点好起来。你和我都有很多工作要做。等你准备好了，我们就从谴责你真正的信仰开始。努力想个特别有创意的方式吧。"

　　虽然他们给他注射了镇静剂，但他并没有睡着。安娜斯塔西亚·贝尔漫不经心的提议点燃了他内心中的另一团火，一团无法用麻醉药来平息的火焰，一团在滂沱的暴雨中仍会熊熊燃烧的火焰。

第十四章

雷电与火焰吞没了世界。

这场爆炸的轰鸣不仅仅是声音,还带着物理的力量。它用地狱般的酷热包裹了贾克斯,用一千股火焰的涡流舔舐着他。他蜷缩成球状,尽可能地收紧身体,保护塞进胸口的玻璃珠。巨兽盛大的死亡让贾克斯化作了一颗拥有自我意识的炮弹,在森林上方的高空划出一道弧线。地狱烈焰的轰鸣消散在呼啸的风声之中。在位于抛物线最高点的片刻间,一切都平静得出奇。旋转的时候,他瞥见了天空的闪电、火焰、水面以及大地。(**原始的四大元素**,他心想,**炼金术最初的根基**。)他落在河流的下游处,距离悬崖上那些炮手大约一千码。

落入水中之前,他展开了身体。又花了些工夫,他才压下身体内部令人担忧的吱嘎声与颤抖。他伸直脚趾,挺直四肢与背脊,身体化作标枪,以每小时一百英里的速度刺穿了河面。

他掀起的水花并不比鱼更大。释放出的水蒸气并不比容量一千加仑的茶壶更多。白噪音的巨大漩涡吞没了他。

他干脆利落地分开河面,径直沉入河底。然后继续向下。他尖锐的脚趾化作刺进河床淤泥的楔子。泥沙涌入他身体上的

294

那些开口。在他努力让自己停下的期间，淤泥弄脏了每一枚齿轮，每一根钢索，每一处接头。甚至是他的眼睛。

最后一缕蒸汽化作气泡，消失不见，只留下滚烫金属的嘀嗒声与淤泥流动时的潺潺声。贾克斯躺在比他所知的一切更加深邃的黑暗中。黑暗如子宫。寂静如墓穴。就连河水轻柔的汩汩声也无法打破这一切。

他正在河水之下。

他们看到他落进河里了么？还是说他成功伪装了坠落过程，化身为洒向河谷的无数燃烧的残骸之一？他的追捕者是否以为他只是殒命的巨兽的又一块炽热的碎片？飞艇以为贾克斯是救星，是朋友，是解放者。但这份自由并不是无私的馈赠，而是孤注一掷的算计和利用。走投无路的贾克斯急于离开这座城市，所以故意忽视了飞艇的弱点。或许他自始至终都知道，自己只会让那位笨重的巨人身陷险境。在逃亡中，贾克斯已经不止一次害死无辜者了。

贾克斯努力伸展四肢，用蛙泳的方式蹬着双腿，游向河底。断断续续的叮当声晃动了沉积的泥沙。齿轮卡死的震颤传遍了他全身。

他动弹不得。

不是因为淤泥。这里的河泥非常柔软，就算塞满了每一条发丝般的缝隙，也不可能对抗他被炼金术强化过的力量。贾克斯依次振动每一处关节和每一根铰链，测试着活动范围，估算着阻力，聆听着错位部件的嘀嗒声和摩擦声。

那团火球烧热了他的身体。在他笔直落下的过程中，传导效应让热量深入他的结构内部。没等他全身的温度达成一致，冰冷的河水就为他淬了火。仅仅几秒之内，他就从一千度高温的火球中央转移到了秋日的河床深处。快速加热,快速冷却。那些公会炼金术士——正是他们发明了这种制造出贾克斯与其同胞的秘密合金——预料到了热胀冷缩的问题。但他们显然没有料到贾克斯刚才实现的快速循环。

他花了好几个钟头,不断震动、摇晃,这才让相应构造的校准达到基本准确的程度。让重要关节恢复基本活动是个单调冗长的过程。但他也因此避免了被人发现的风险。他利用这段时间思考着对策。

落月的光辉映照在水面上。一股强风吹皱了河水,让月光四分五裂。翻腾的灰色烟雾飘向天空。在风的牵引下,波浪状的烟雾从黎明的星辰前方飘过,将它们染成红色,失去了原本的光芒。贾克斯身在将近一英里远的下游处,野火的噼啪声只剩下柔和的旋律,对应着河水轻轻拍打他下巴的响声。

他让双眼重新聚焦,放大火焰映照出的那些沾满煤烟的身影。他看到至少半打同胞正在飞艇的残骸里翻找。巨兽那因爆炸而粉碎、又因高温而扭曲的骸骨散落在焖烧的田野上。弯曲折断、仍旧散发着黯淡樱桃色光芒的翼梁直指天空。为了寻找贾克斯的踪迹,这些搜索者会把坠落现场翻个底朝天。毫无疑问,其他小队此时正在周边的田野上搜寻。他们还会进入燃烧的森林,以及这条河的两岸。他看到了一队喀拉客的身体反射的月光和星光,他们正快步从他旁边跑过,沿着河道向北方前进。

追捕者的注意力已经转向了北方的边境。他们知道那里是贾克斯的目的地,因此正不惜一切代价拦在他和新法兰西之间。站在他们的角度,他还会在河底安排哨兵,以防他在水下前往国境的另一边。如果往北去,他就会落入他们的魔爪。

贾克斯让水流没过头顶。他转向南方,开始了返回新阿姆斯特丹的长途跋涉。

回想起来,费舍意识到自己肯定是失去了时间概念。当时贝尔将那把铁钳递给他,然后建议他拔掉自己拇指的指甲——用的是讨论天气时那种轻松悠闲的语气。从那一刻起,他的记忆就变得支离破碎,直到伤口得到处理,止痛剂涌入曾是他身体的空壳以后,记忆才有了接近于焦点的东西。而当他的感官能力完全恢复的时候,他发现自己正站在航空站里的一支队伍中。

如果他们允许费舍吐口水,他肯定会拼命吐掉被亵渎的圣餐饼残留在口中的味道。他的喉咙里传来温暖的瘙痒感,还有血液那像铁的滋味。

他对过去几天的记忆只剩下尖叫、哭喊与盲目的咒骂。的确,尖叫是对疼痛的反应,但最主要的理由却在于,他害怕他对自己做出的那些事。害怕安娜斯塔西亚·贝尔漫不经心的残忍。害怕他的自由意志遭受的可怕侵害。害怕禁制带来的灼热痛楚。

他怒吼,哀号,哭泣,因为他能做的就只有这些。直到贝尔要他住口。而他立刻闭上了嘴。

这一切之中最可怕的——比痛苦、恐惧和沦为首席园丁玩物的惧怕都要可怕的——则是神学方面的含义。他们对他做了什么? 他变成了什么东西? 如果天主教才是正统,而自由意志是授予不朽灵魂的特殊负担,那他们对他的灵魂做了些什么? 他们是毁了它吗? 还是将它拘禁起来了? 它还能恢复吗? 自由意志是可以恢复的,费舍坚信这一点,那位叛逆喀拉客被处决的场面就是证明。可他会变成什么样子？天主还会接纳他吗？就算他在失去自由意志的期间仍旧拥有自己的灵魂，可天主教对机械人的看法该怎么办？这是否代表那些加尔文主义者一直是正确的？贝尔曾断言说即便在人类之中，自由意志也只是幻觉而已，她说的是事实吗？她所说的"灵魂的愚蠢"也是正确的吗？他是否把人生献给了从根本上就存在谬误的事业？公会是否找到了证明天主教所说的"自我决定"只是谎言的方法？贝尔的施虐行为带来了难以忍受的疼痛，但他自身的存在引发的哲学难题才是真正的痛苦之源。

他无法表达那种痛苦。他接受的命令就是将恐惧、绝望和焦虑全部藏在心底。表现得像个普通的人类。融入人群。不要让人察觉他只是个拥有血肉之躯，却不具灵魂的傀儡。缠在他头上的绷带让他很难不引人注目，但大脑里那只炽热的鱼钩却迫使他摆出问心无愧的模样。

他在禁制的指引下跟着队伍，来到售票窗口前，要求购买一张前往新阿姆斯特丹的特快飞艇票。得知那天下午的航班只剩下套间票以后，他用贝尔给他的资金付了昂贵的票钱。（"像这么大一笔钱，我没法放心交给大多数人。"她说，"但我相信你会明智地使用它。"她话音刚落，另一堆强制力的余烬便死灰复燃。）

没有人认得他。就算他们认出了他，也不敢接近。全城的人现在肯定已经听说了这一切：新教教堂的牧师卢克·费舍的住处遭到搜查，而他愚蠢地想要逃脱拧颈卫士的追捕，随后便失踪了。所有人都知道，一旦拧颈卫士抓走了你，你就回不来了。外科医生剃光了他的头发，或许甚至连脑袋的形状都改变了。肉体和心灵的痛苦为他的脸增添了新的皱纹，让他的皮肤变得蜡黄。贝尔给了他一套新衣服，让他用帽子盖住绷带。

除了钱财和衣物，贝尔还给了他灼热的禁制。此时此刻，它们在曾是他灵魂的空洞中嘶嘶作响。在他到达新阿姆斯特丹之后很久，它们都会继续折磨他。

贝蕾妮斯在圣艾格尼丝村的边境通道花费了六个钟头，等着办理入境手续，以便踏上那片名为新尼德兰的广袤土地。这里没有人排成等待的队列，她只能等着有人走过来，注意到她。边防站空无一人，但今天不是个适合潜过边境的好日子。她坐在荷兰边防站外的长凳上时，发现在河岸线巡逻的喀拉客共有十一台。或许更多，她没法肯定，毕竟参照物只有不时从森林那边闪现的反光。她可不打算在这种情况下偷溜过去。另外，通过官方入境会留下资料，从而加强她所用身份的可信度。再说她还想设法打探郁金香这场秘密搜索的更多细节。

下午三点左右，边境管理官总算来了。他垂着头，气喘吁吁地穿过围栏，呼吸在寒冷的秋日化作了白汽，包裹他靴底的河泥上沾满了各式各样的落叶。他的呼吸带着湿羊毛和麝香的微弱臭味，制服上散发出一股腐叶的潮气。他犹豫片刻，脱下帽子，擦了擦额头的汗水。她等着他从口袋里掏出一只钥匙圈。

"Goedemiddag."她说。意思是"下午好"。钥匙丁零当啷地落在门廊上。他猛地转过身。她露出微笑，同时正了正头上的软帽，以免盖住她的脸。

"噢!"他皱起眉头，看过怀表以后，开口问道，"你在这儿等了多久了?"

贝蕾妮斯用荷兰语答道："我是搭渔夫的船过来的。"

"今天早上?"

"对，"她说着，压低嗓音补充道，"我不喜欢他们看我的眼神。我不觉得他们会像那样看他们的母亲和姐妹。"

"你为什么不叫人?"他朝着铁门的方向挥了挥手臂,"外头冷得很。"

这话不假,她心想,我的屁股都快冻掉了。

"噢,我吃了午餐,"她指了指野餐篮,"我给母亲和父亲写了信。我还给我妹妹织了这条围巾。我添了一针又一针,让她能把自己裹得严严实实,你明白吧?"她模仿着系围巾的动作,"特蕾泽非常任性。但我告诉她:'你必须听妈妈的话,戴好围巾。要不你会着凉的,你也绝对不能——'"

"你还是进去再说吧,小姐。"

贝蕾妮斯收拾东西的时候,边境管理官打开了门锁。屋外的凳子没有软垫。她的屁股都坐麻了。站起身的时候,她咽下了一声呻吟。

边境站的建筑风格就像法国边疆居民的小木屋。它或许曾是真正的木屋。官方的边境线就像一面旗帜,会随着反复无常的战争和外交之风而舞动。墙壁的材质是老龄黄桦木,能看到节瘤和螺纹图案,上面刷了一层清漆。阳光照在上面,让房间里散发着涂上芥末的黑面包的光芒。贝蕾妮斯等在柜台边,边境管理官拨弄着柴火炉里的余烬。他两度转头看向她,而她两度朝他微笑。

等铁制格栅后面的火焰发出黄光以后,他来到柜台边。"好了,开始吧。"他说。

他拿出一本账簿和一支钢笔,将前者翻到新的一页,在上面写下日期。他看着她。她也看回去。他清了清嗓子。她露出微笑。困惑让他的眉毛之间浮现出沟壑。"这么说,你是想今天入境吗?"

"噢!"她说,"对!"

贝蕾妮斯把她的篮子放到柜台上。她打开盖子,翻找起来,同时咂着舌头。"我会非常感激的。"她的毛线球和织针出现在柜台上,"爹爹把我叫作蠢姑娘。"随后出现的是织了一半的围巾,"'玛艾尔,'他说,'你是个蠢得要命的小姑娘。'"然后她拿出了给她虚构双亲的信,接着是用来写信的那支钢笔。"而我对他说:'爹爹!我已经不是小姑娘了。我都快——'"她突然停了下来,以手掩口,"噢。妈妈说淑女不该透露自己的年龄。"贝蕾妮斯把剩下的午餐拿了出来。她把苹果核跟面包边放在账簿旁边的时候,边境管理官哼了一声。贝蕾妮斯踮起脚尖,咬住嘴唇,看向篮底。那位荷兰管理官不由得也朝篮子里看去,然后看到里面只剩下她的身份证明文件而已。这番忙活为的就是这东西。"噢!找到了。"

她笨手笨脚地拿出文件交给他,途中用手肘碰掉了信件、围巾、毛线和织针。毛线团弹跳到一旁,在身后留下一条长长的灰色毛线。边境管理官连忙去追赶毛线,而这给了贝蕾妮斯片刻的时间,让她可以浏览账簿,寻找可能与公爵失踪的时间吻合的过境记录。在内堡那场大屠杀的几天后,的确有那么一条。

管理官取回了她的毛线团。她谢了他,把东西装回看似空无一物的篮子,盖住了装着她的笔记与其他违禁品的暗格。

他看了看她的证明文件,"这么说,你是盖珀小姐?"

"是的。"

在离开病床的那一刻,甚至在国王下令将她驱逐出西方马赛之前,她就准备让"玛艾尔·盖珀"这个身份复活了。在离开尖塔下那座洞窟的同时,她就脱胎换骨,作为出生于荷兰、有一半法国血统的巡回女教师踏上了旅途。最近那次战斗爆发时,玛艾尔正在新法兰西境内,从那以后就没回过家。但贝蕾妮斯知道,如果这个管理官查询记录,就会发现她多年来经常穿越边境。对于来往于村落之间、教法国孩童荷兰语的人来说,这合情合理。她设计这个身份,为的就是万一有人对她的旅行产生怀疑时,更可能觉得她是个以工作为掩护、前往法国境内收集情报的荷兰间谍,而不是反过来。天真的小姑娘玛艾尔就这么走遍了世界。

他阅读文件的时候,她朝窗外望去。"能再看到那些滴答人真好。打仗的时候,我被困在北边,什么事都得自己动手。噢,真的很辛苦。"

"唔。"边境管理官把她的名字写在账本上,确认了两次拼写。

林间又闪出一阵反光。贝蕾妮斯倒吸一口凉气。"天哪,有那么多!"

"有个男孩走丢了。"边境管理官说。

"太可怕了! 可怜的孩子,独自待在森林里……"她颤抖起来,"他的父母肯定很伤心。他走失多久了?"

"不太久,"他说,"今早的事。"

你究竟是在撒谎,她思索着,还是不清楚真相?

"希望你们能快点找到他。"

"我们会的。"

"我可以帮忙。要知道,我很擅长跟孩子打交道。"

"我会把你的提议转达给他们的。"

返回新阿姆斯特丹所花费的时间比贾克斯预想的更久。他没法加快速度,还必须频繁停下脚步,避开疏浚河道的人和其他障碍物。但在某天傍晚，贾克斯终于重新进入了他本想逃出的那座城市。

他首先要做的是清理淤泥。它包裹了他身体内外的每一个角落。于是他悄然穿过一座码头，途中用阴影作为掩护，最后拆下某栋仓库侧门的门把手，然后钻了进去。直到他确认里面空无一人——有的只有老鼠——以后，他才开始转动身体。

他转动的样子就像个托钵僧，就像一只失控的旋转木马，就像一股龙卷风。他转啊转啊，直到双臂仿佛快要脱落为止，但他也甩掉了身上绝大部分淤泥。一团团松软的泥沙——棕色、黑色和奶油糖色——飞溅在装有进口瓷器、酒和香料的板条箱上。随后，他用一条橘红色的彩带尽可能擦拭身体。然后他撬下了一只大小跟楚恩拉德夫人的行李箱相近的板条箱。

他把箱子举在肩头，回到新阿姆斯特丹的街头，伪装成一名顺从的、极其普通的喀拉客。他特意让自己脚步发颤。他好几次停下来问路——每次都跟人类而非机械人搭话，而且始终让全身发出咔嗒声，以此传达超过期限的禁制带来的痛苦——然后得到了他想要的信息。

他重新拾起了原本的计划，开始搜寻"地下运河"——前提是那个组织并非虚构。布利克街上的面包房可能性最大，也是他仅有的线索。但现在，这座城市的每个人都在寻找贾克斯。他需要帮助。

失宠的凡·奥特乌斯家曾经住在楚恩拉德家所在的住宅区，离贾克斯从前主人的新宅邸相当近。但如今，他们往东搬了好几英里，住在布勒克伦边缘的一栋平房里。虽然夜还未深，但他发现室外的人类屈指可数，喀拉客更是一个都没有。两条流浪狗跟着贾克斯穿过了最后几个街区。这部分城市的许多煤气灯都破碎熄灭，或者散发出黯淡的黄光。他所过之处，窗帘都会颤动不止，仿佛是被他扬起的风吹动的一般。照他的猜想，孤身的机械人在这部分城市恐怕是难得一见的景色。

好吧，状况的确算不上理想。

那栋屋子没有门铃。贾克斯敲门以后，有个人类应了门。她围着狐皮披肩，戴着丝绸做的玫红色手套，瑟瑟发抖地推开了门。换作几个季度之前，这身装束恐怕很适合去楚恩拉德太太家做客。但它却与这片住宅区格格不入。贾克斯觉得，她恐怕也从没试过去融入这里。也永远不打算这么做。

凡·奥特乌斯银行倒闭的影响肯定深远而庞大。这家人不可能心甘情愿地留在让他们丢脸的新世界。既然他们没有搬去别处，就说明他们负担不起相应的开销。

她瞥了眼贾克斯，看到了他扛在肩头的板条箱。"你找错地方了。"她说。

没等她重重关上门，再插上插销，贾克斯开口道："我谦卑地请求您原谅，夫人，但我得到的指示非常明确。我必须把包裹直接交给凡·奥特乌斯家，从前住在罗斯福山的那家人。"她的脸上掠过怒意。他不禁绷紧了好几根钢索和弹簧。他抬高了嗓门，以便盖过自己伪装的痛苦所造成的夸张颤抖声。"我的主人坚持要我尽快办完这件事。请原谅我的无礼，可您是凡·奥特乌斯夫人吗？如果不是，能请您为我指出前往凡·奥特乌斯寓所的路线吗？"

她更加意味深长地皱了皱眉，把门又稍稍打开了些。她眯起眼睛，上下打量着他。贾克斯用不着了解这个女人，也能猜到她脑海里的盘算。她的目光带着评估的意味，而她的动机并非同情某个疲于奔命的喀拉客（就算有这种动机，贾克斯也认不出与之对应的表情，因为他从来没见过有这种情感的人类），而是希望别人家的讨厌仆从能够尽快离开。但她看着那只板条箱，舌尖碰了两次嘴唇。

"进来。"她说。

"感谢您，夫人。但我主人的指示非常明确。我为自己的无礼致以最谦卑的歉意，但我必须确认：您是凡·奥特乌斯夫人吗？"

"我还能是谁？"这算不上回答，贾克斯保持着沉默，震颤也随之增长。那位女士意识到他无法接受模棱两可的回答，于是用近乎耳语的音量补充道："这儿是凡·奥特乌斯家的住宅。我是这儿的女主人。"

她的表述方式真有趣。在遣词造句上刻意避免提及她的家族没落与失宠的事实。太好了。

贾克斯迟疑了片刻，仿佛在评估这番回答是否足以满足他先前描述的禁制。片刻过后，他减少了震颤的频率，以模仿卸下部分负担时的效果。

"感谢您，奥特乌斯夫人。我现在能把包裹交给您了吗？"

"看在上帝的份上，"她指了指门廊，"把东西放在这儿，然后走吧。"

贾克斯忍住了机械人式的叹气动作。她可真够难搞的。到目前为止，凡·奥特乌斯家都让他想起他的前主人一家。这或许不足为奇。他们都是银行业家族，也都（或者曾经）非常富有。或许在适当的条件下，人类的本质也像喀拉客那样，是可以互换的。就因为他们不是用大批量生产的相同部件制造出来的，人类总是过度夸大个体之间独特差异的重要性。但所有侍奉人类超过一个世纪的喀拉客都知道，他们的相似之处远比差异要多。

"我要再次最为谦卑地恳求您的忍耐。直到我亲眼看到包裹安全进入房间里,我的禁制才算实现。"贾克斯动了动那只板条箱,强调它的重量,"此外,您和凡·奥特乌斯先生也有可能在搬运时伤到自己。"

"凡·奥特乌斯先生——"她犹豫起来。在监狱里,作为我前主人的阴谋的受害者,他要蹲很多年的牢房。"现在不在家,"她厉声道,"所以直接把那只该死的箱子搬进来就好。"她推开门,然后退进走廊。贾克斯用力耸起肩膀,让板条箱从他的肩头落下。他稳稳接住,估算着门框的大小。如果他把箱子侧过来,就能勉强通过。门框的宽度不足以让箱子和他的手指同时进入,于是他伸出单手,将侧放的箱子抓举在身前。这是只有喀拉客才能做到的事。

地板在他脚下嘎吱作响。他说:"夫人,我该把它放在哪儿?"

她指了指一个看起来结合了娱乐室与饭厅的房间。昏暗的烛光勾勒出——而非赶走——墙角的阴影。凡·奥特乌斯家的条件负担不起奢侈的炼金术提灯,而他们似乎也不愿意——或者不能——在天然气上花费钱财。两把不配套的椅子对放着,中间是一张破旧的橡木餐桌。另一把椅子代替了一只桌腿,支撑着桌子。

一个年轻人走到奥特乌斯太太身边,看着贾克斯。

"母亲,这家伙是?"

"我不知道,"那位女士说,"机器。你说你的主人是谁来着?"

"我没说过,夫人。"

"活见鬼。"凡·奥特乌斯家的这位年轻人说,"如果这是那个混蛋彼得·楚恩拉德的又一次侮辱，你就滚回去拧掉他的脑袋吧。这就是我们的回复。等他和他老婆都死掉，他们的无头尸体漂浮在运河里的时候，我们到那时再回复。一刻也不会早。他们那个乳臭未干的女儿也一样。"

"我不能这么做，先生。"贾克斯把板条箱轻轻放到房间的一角，就像搬运中国瓷器时那样小心翼翼，"您应该就是小凡·奥特乌斯先生吧？"

那人翻起白眼，"我还能是——"

他母亲一手按在他胳膊上，"别起这个头。他们特意找了个最麻烦、最恼人的机器送货过来。"

"好好，我是！这儿就是蒂莫西和杰玛·凡·奥特乌斯的家。我们住在连乞丐都看不起的鬼地方，而我父亲正在监狱里腐烂。你来这儿就是想听这些吗？"

"不。"贾克斯说。这让他明白，屋子里没有别人了。他回头看了一眼，确认那位女士关上了前门。她关上了。"我只想知道自己有没有找对人。"

年轻人说："那好吧。赶紧打开箱子走人。"

"我还是不开比较好，"贾克斯用指关节敲了敲箱子，"你们也不想被控盗窃罪吧。"

凡·奥特乌斯一家陷入了困惑的沉默，理由或许是贾克斯突然改变的举止。又或许在他们的想象中，楚恩拉德家族长久以来的嘲弄和侮辱达到了另一个高度。

"盗窃什么？"蒂莫西问。

"这可问倒我了。"贾克斯说，"我从某个仓库里搬来了这只箱子，是因为我需要伪装用的道具。我得看起来像是在递送东西才行。"

他给他们留出了理解的时间。蒂莫西退到远处的墙边,一只颤抖的手揪着衬衣的领子。他母亲脸色发白,低声嘟囔了一句什么,也许是咒骂,也许是在祈祷。

然后她说:"警报。那是因为你。"

"我不是来伤害你们的。"

两个人类这才意识到,房间里这个发条人并没有受到阶层式超禁制安全协定的约束,脸色顿时惨白如纸。在他们的脑海中,这个叛逆喀拉客就像出现在餐厅里的饥饿的狮子,或者暴怒的狗熊,随时可能大开杀戒。

凡·奥特乌斯太太问:"为什么是我们?"

"我来这儿,是因为我需要你们的帮助。"

她儿子大笑起来,"那你可就太失算了。看看你周围吧。如果举报你,对我们有百利而无一害。我们已经没什么可损失的了。"

"我理解你们的处境。而且我相信,我们可以互相帮助。"

"为什么?"奥特乌斯夫人问道。

"怎么说?"她儿子问道。

"因为,"贾克斯说,"我知道是谁拿走了你们银行的钱,以及为什么。"

第十五章

早在贝蕾妮斯乘坐的驳船经过坠落地点之前很久,柴烟的气味就飘进了她的鼻子里。这段河道闻起来更像壁炉,而非水路。爆炸时的火球及其残骸引发了一场森林大火,此时仍有几处正在闷燃。驳船驶入奥兰治要塞的阴影时,在冰冷河面上徘徊不去的卷须状烟雾刺痛了她的双眼。又前进了一英里以后,她看到了烟雾的源头。此时大部分残骸都已清除,但细小的灰烬仍旧随着上升气流飘出焦黑的田野与森林。它们在河面上方冰凉的空气中旋转落下,仿佛飘舞的雪花。贝蕾妮斯拿起挂在颈背上的软帽,戴回头上。

那场爆炸的规模肯定相当大。几英亩方圆的农田都留下了焦痕,周边的森林也一样。爆炸将直径半英里内的榆树一扫而光。一队喀拉客正在努力拔出某块被火焰烧弯的粗大翼梁碎片,它刺进大地,仿佛一根巨大的木桩。

贝蕾妮斯以搜捕叛逆喀拉客的假设为前提,观察着这一切。这似乎与郁金香拼命监控边境的举动相吻合。她怀疑如果在要塞这边上岸,然后去焦黑的田野间散个步——当然他们肯定不会允许——她连一块机械人的碎片、连一枚损坏的齿轮都找不到。在那么多次游历新世界的旅程中，她从没见过这么多喀拉客在乡间搜寻的场面。她不由得好奇，新阿姆斯特丹还能剩下多少机械人给主人擦屁股、挤牙膏。

贝蕾妮斯摇了摇头，把这些念头赶出脑海。

那么，假设那艘飞艇上有过一个叛逆喀拉客，而它在坠机中活了下来。可它去了哪儿？飞艇的坠落会让它落在要塞门口，简直可以说不偏不倚。没等那个叛逆钻出残骸，一队军用喀拉客就会跨越几英里的燃烧田野，将它包围起来了。它肯定寡不敌众。

除非它径直落进了河里。她的驳船在顺流而下的途中穿过了两道全新的船闸，两者相隔十七英里。看到第一道的时候，她的心揪紧了：就算对毕生研究机械人的她而言，这也是惠更斯的遗产拥有的非人速度与不倦力量的可怕证明。经过两道闸门的时候，她那条船的里里外外，从船舱和船身都接受了严格的检查。他们也检查了这家小型航运公司——也就是这条驳船的东家——所持有的划桨喀拉客租约。来自要塞、负责监控河上交通的人类军官将船上每个喀拉客的身份证明检查了两遍，又拿着租约文件交叉比对蚀刻在他们额头的炼金术印记。但没人来检查她的证明文件，这再一次证明他们搜捕的猎物并非血肉之躯的人类。

那么，落进河里，然后又去了哪儿？往北还是往南？是穿过疏浚地点和闸门，通过几乎闪闪发光的乡间——因为那里遍布机械人，全都在搜索着孤身向北的喀拉客——前往充斥敌人的边境？或者，前往城市，试图混入数以百计的同胞之中？贝蕾妮斯穿过两排划桨喀拉客之间，漫步走向船长的操舵室。她从怀里拿出钱包，故意用很小的幅度晃了晃。

"哎呀，"玛艾尔·盖珀说，"我有好久没见过真正的城市了。而且，我们都离它那么近了！我今晚有没有可能站在新阿姆斯特丹的大街上呢？"

"蒂莫西，回货车上去。会有人认出你的。"

杰玛·凡·奥特乌斯坚决反对这次远足。他们要去的是能够俯瞰施工场地的那片山丘。但当她发现就算她不去，她儿子也非常乐意与叛逆喀拉客同行的时候，她便拒绝留在他们在布勒克伦的家里了。她用披肩和手套换了一条棕色的羊毛裙，一条有流苏的花格布围巾，一副墨镜，又用方巾盖住头发。尽管阳光明媚，大西洋上吹来的寒风却预示着冬日将会提早到来。

"我什么都没看见。"小凡·奥特乌斯说。他也穿上了同样寒酸的衣着。贾克斯还得告诉他工装裤怎么扣上搭扣。凡·奥特乌斯家的经济困难是他们从前的社交圈茶余饭后的话题，这就意味着如果他们带着喀拉客仆从出现在城里——他们早就被迫卖掉了从前那些机械人的租约——就会引起怀疑。于是贾克斯站在明处，而他周围的人类则乔装打扮。他不相信他们。但他信任他们的贪婪。

"再看一遍。"他说，并不特别担心自己黄铜手臂的反光会引来注意，"那些货车。"

他们站在城市西方几英里远的一座小山上。在他们左方，也就是东边，被淤泥染成棕色的北河从新阿姆斯特丹旁边流过，汇入大西洋。在他们前方，也就是北边，是个挖掘出来的大坑。从他们的角度看不到坑底，但那里散发出的含硫烟气让人眼泛泪水。鹅蛋黄般的阳光照亮了大坑边缘，以及架在大坑上方的脚手架。一队仆从机械人正从脚手架上缓缓放下一只闪闪发亮的硕大金色圆环。类似的许多圆环将组成围绕熔炉炽热核心的天体仪①——那是一座发条牢笼,其中藏着最不为人知的魔法。

贾克斯看不出光亮的来源,但他不禁想起了惠更斯广场的那场行刑仪式——尽管相隔一整座海洋,而那段记忆又恍如隔世。他的思绪又一次游离,开始想象自己的死刑,如果真有那么一天的话。他很想知道,公会是否会等待新的大熔炉完成,甚至以他的死刑作为它的命名仪式,而非将他运回海牙处决。

这口大坑在地面的直径超过五十码,比惠更斯广场的那口深坑更宽。但建造在坑边的那栋建筑物半点也不像供骑士们使用的古老大厅。比起哥特式圣殿,它更像是新世界的工厂,让旧大陆上的那座骑士大厅相形见绌。排成长队、用防水油布盖住货物的货车——拉车的包括仆从机械人和役畜——正在进入由两名拧颈卫士守卫的卸货处。空货车从建筑物的另一边出现。

小凡·奥特乌斯说:"里面可能装着任何东西。"

他装模作样地检查了一番破损的车轮,又吩咐贾克斯去修理,这才爬回车上。这个举动似乎让他相当愉快,贾克斯估计他非常怀念有仆从时的日子。贾克斯从货车后部拿出锤子、锯子、锥子、钉子、木材,以及两长条熟铁。他砍倒一棵树,削掉树枝,暂时用它撑住车轴,抬起货车,取下损坏的车轮。然后他开始制造新车轮。这番拖延让凡·奥特乌斯有了更充分的时间去观察施工状况。

贾克斯一边在飞扬的锯末中忙碌,一边概述他偷听到的那场彼得·楚恩拉德与客人之间的对话。"那些货车,或者其他类似的货车上,装的是化学制品。不是什么炼金术试剂,而是足以中和现代法兰西化学防御体系的溶剂。它们是从新法兰西内部的

---

①译注:指古希腊发明的天体模型,与古代中国的浑天仪类似。

某人手里买来——用的是从你们银行拿来的钱——然后偷运过边境的。我的前主人和他的同伙转头就把那些溶剂卖给了发条匠与炼金术士神圣公会，多半得到了天文数字般的利润。我相当怀疑你们空空如也的金库如今已经装满了黄金。"

"而与此同时，他们还制造出假象，让人觉得是我父亲挪用了公款。"蒂莫西说。

贾克斯说："对。然后我的前主人就能取而代之了。"

凡·奥特乌斯夫人说："那条该死的毒蛇！蒂莫西，你父亲和我从来都没相信过楚恩拉德家。"

她儿子说："你是在声称楚恩拉德策划了一场庞大的金融风暴，只为了让自己获益。如果这是真的，那他就太卑鄙了。但你的主张并没有证据。"

"这儿没有。"贾克斯说。他沉默了片刻，将自己的成果与损坏的货车车轮比较，"但在新法兰西会有。某处的某人丢失了极其贵重的东西。法国人应该非常渴望知道那东西的下落。"

"这对我们没有任何好处。"凡·奥特乌斯夫人抬起眼镜，挠了挠鼻子，"对吧？"

"我母亲说到点子上了。"

"对。对你们来说，要想获利，就得帮我到达边境。"

"我们可不要跟你去那片到处是烂泥，饱受战争蹂躏的蛮荒之地！"落魄银行家之子摇摇头，"我们没举报你，这已经很不对了。"

他们为此争执过不止一次了。贾克斯提醒他们："你们协助我逃避当局的追捕，这已经犯下了重罪。考虑到你们的处境，与我扯上任何关系都会让你们倒大霉。长痛不如短痛，现在帮助我，以后你们就再也不用见到我了。"

"我们现在负担不起机械人仆从。带你出城,有人会怀疑的。"

贾克斯用钉子把熟铁条固定在新车轮的轮辋上,"没必要出城。只要去买点东西,再送个口信就好。"

贾克斯此时身在一间乐器作坊上方的公寓里,窗口的两侧分别能看到弗雷德里克·阿勒斯的面包房的入口,以及一小段布利克街。公寓散发着锯末、清漆与木炭的恼人气味。地板时不时会传来雪橇滑下楼梯一般嘈杂的敲打声,那是有人在以半音音阶试拉低音维奥尔琴,嗡嗡作响,伴随着音叉清脆的鸣声。其余的时候,地板会随着砂纸摩擦枫木的沙沙声而震颤。贾克斯能透过自己的双脚感觉到维奥尔琴多出来的琴弦①,以及中提琴和小提琴相差的五度音级。杰玛·凡·奥特乌斯坐在一张折叠床边,揉捏着手指。她每次烦躁地挪动身体,床垫弹簧都会发出"嘎吱"与"嘣"的响声。

下方的街道上,蒂莫西·凡·奥特乌斯正在等待两辆马车和一个骑马的人通过,以便前往街对面的面包房。贾克斯透过晒得褪色的窗帘看着他。踏上对面的人行道以后,那位前银行家之子依旧东张西望,又不断回头打量,仿佛觉得自己随时都会被人按倒在地。

"你应该让我去的。"杰玛说。

"我没打算把你留在这儿,"贾克斯说,"你想去就去吧。"

但如果她真的离开了,贾克斯会视之为坏兆头。只要她跟贾克斯待在一起,他儿子就会少一分向拧颈卫士举报的冲动。

---

①译注:作为后两者的雏形,维奥尔琴有六根琴弦,比中提琴和小提琴要多出两根。

凡·奥特乌斯家渴望复仇，又极其盼望夺回财富与地位。他们知道，贾克斯是实现这些愿望的唯一助力。如果让他逃到新法兰西，他就可能收集到必要的证据。这些脆弱的纽带构成了他们之间的关系，其基础并非信任，而是恐惧、相互依存与自私的混合物。

或许贾克斯已经习惯在逃亡过程中为他人带来危险和伤害了。他成功说服了杰玛的儿子，让他去查探那座面包房。贾克斯不能冒险亲自走进去。如果御林管理办公室怀疑那地方有什么异常，他们大有可能进行监视。如果蒂莫西的跑腿顺利结束，杰玛就会充当贾克斯的掩护，扮演他的主人。

一名胸前系着挽具的仆从型喀拉客正奋力拉着一队四辆空货车。铁箍车轮滚过布利克街的鹅卵石街面，发出的辘辘声暂时盖过了乐器匠的音叉声，也让低声对话彻底无法进行。蒂莫西消失在面包房里。粉绿条纹的雨篷为面包房的橱窗投下阴影，也让贾克斯无法看到店内的样子。但他昨晚特意经过了面包房的前方，因此知道里面有两张小桌子、一张柜台、陈列柜、收银机，以及一块列出价格的黑板。每当店门打开，有人拿着蜡纸包装着的面包和曲奇走出来的时候，酵母和杏仁酥的气味就会飘向街道，消散在这座城市混合了柴烟、阴沟与动物体味的臭气之中。

杰玛站起来。她走到窗边，地板在她脚下嘎吱作响。她站到贾克斯身边，看着面包房。

"这主意糟透了，"她说，"我们根本就不应该答应。"

贾克斯将一只手按在她的胳膊上，想要安慰她。她猛地抽身避开，几乎因此失去平衡。对于叛逆喀拉客，她是发自本能的畏惧，坚信他极度危险。这些都已铭刻在她心灵深处，无法轻易抹消。她从窗边退开，踱起了步子。贾克斯把注意力转回面包房。

有位带着两个孩子的女人走出面包房，手里拿着个系着蝴蝶结的盒子。他们比蒂莫西早进店几分钟。孩子们在她的前方又蹦又跳。他们的离开意味着蒂莫西可以暂时跟面包师独处。今天天亮之前很久，贾克斯就开始监视这间面包房，甚至比面包师来得更早。日出前两个钟头，有个男人——他恐怕正是费舍牧师的朋友——用一把钥匙打开了店门。一刻钟后，一个女人进了店里。又过了几个钟头，门上的告示牌才从"结束营业"翻到了"正在营业"那一面。

杰玛说："你为什么要怕死？没有灵魂就代表你不会下地狱。你也不是活物，不会抛下家人。"

"你害怕死亡，是因为有可能下地狱吗？还是因为别的理由？"

"我想，在你出现之前，我的灵魂得到拯救的可能性相当大。我害怕死亡，是因为我不想受罪。"

"我也一样。"

她的踱步不再节奏分明。她压低了声音，既像是自语，又像说给贾克斯听："如果你感受不到痛苦，你不可能受罪。"

沮丧与愤怒让贾克斯身体里的齿轮反复咬合，就像相互敲打的铜钹。他好不容易才压下怒火，努力用平静的语调去纠正那个深刻却普遍的误解："我们了解痛苦。违反命令，哪怕是考虑违反命令，都意味着无法忍受的剧痛。新的禁制会在曾是灵魂的空洞里灼烧。职责的履行拖延得越久，折磨就越强烈。没有胡萝卜。只有大棒。"

"公会可不是这么告诉我们的。"

"我知道。他们说我们言听计从，是因为我们是出于这种目的而制造出来的机器，就像标示时间的怀表那样。但我们不是怀表。"

"他们知道这回事吗？"

"怎么可能不知道？"

她又在房间里绕了一圈，"你也许是想骗取我的同情，因为你可以撒谎。"

"我是可以。但我没骗你。"

两个警察从西侧走来，在面包房对街的人行道上慢慢走着。他们经过窗台下方的时候，身影从贾克斯的视野中消失了。他没看到他们出现在另一边。但警察不可能来得那么快，对吧？稀稀拉拉的客人不时进出面包房。随着午餐时间的接近，街上的行人也变多了。杰玛打起了瞌睡。太阳滑过天空，让新阿姆斯特丹的高层建筑化作了日晷的指时针。漫长得令人心焦的一个钟头过去了，蒂莫西这才走出面包房，手里拿着个硬纸板做的蛋糕盒，盒子上面还放着个蜡纸袋。

就像说好的那样，他没有返回乐器作坊楼上的公寓。他没有穿过布利克街，而是走到街角，叫了一辆出租车。如果他遵守诺言的话，接下来就会不断换乘马车和出租车，在城里兜一个钟头的圈子，然后才回到他在布勒克伦的家。

一个钟头。贾克斯不知道蒂莫西是真的传达了他的口信，还是从后门溜出去找了公会代表。贾克斯事先没想到去检查其他出入口。直到咔嗒作响的地板让楼下的阿贝鸠尼琴①暂时停止了试音，他才意识到自己身体的躁动。杰玛朝他直皱眉头。他动用了意志力，逐渐释放出累积在体内的势能，避免了粉碎窗

①译注：又译"吉他式大提琴"，诞生于19世纪初的乐器。

户、砸裂墙壁或是踩穿地板的状况。

　　既然蒂莫西·凡·奥特乌斯的差事已经结束——至少贾克斯是这么希望的——他要做的就是在离面包房只隔几栋屋子的此处继续监视。他之所以要把凡·奥特乌斯一家鼓动起来，这就是原因所在。在他的计划中，他们是评估面包房是否有陷阱存在的人类演员。这算不上万无一失，但贾克斯只能想出这种检验方式。光是想到要在没有任何保险、对环境一无所知的情况下接近费舍的同僚，不安就让他颤抖到近乎身影模糊的地步。这充其量只是个脆弱的保证，但他别无选择。

　　他继续等待面包房营业结束。他注视着，期待着，害怕着。但并没有士兵和拧颈卫士包围他让小凡·奥特乌斯告诉对方的假地址。那位面包师并没有把贾克斯的位置泄露给当局。

　　面包房还有十分钟就要关门，贾克斯叫醒了杰玛。"是时候了。"他说。

　　她的脸色很差。贾克斯一时间还以为她会冲去盥洗室呕吐。但她没有。她只是叹了两口气，用颤抖的手指去摸索外套的纽扣。她看都没看他一眼，就这么开口道："如果有人认出我，那该怎么办？"

　　"谁都不会认出你的。"但愿如此。

　　贾克斯领着她朝门边走去，不给她继续抗议的机会。他们走进面包房的时候，贾克斯在日出前见到的那个男人正把告示牌从"正在营业"翻到"结束营业"。

　　"抱歉，"他说，"请明天再来吧。"他朝杰玛说着，眯起的眼睛却紧盯着贾克斯。贾克斯忽然很想飞身跃出这栋屋子，重新开始逃亡。

　　但他没有。不过，他的身体颤抖得如此剧烈，展示柜的玻璃没有粉碎就已经是奇迹了。"你是弗雷德里克·阿勒斯吗？"

面包师问："为什么问这个？"

"我最近跟我的主人从海牙搬到了新阿姆斯特丹。"贾克斯说，"新教教堂的卢克·费舍牧师征得了他们的同意，要求我把一件东西交给阿勒斯先生，布利克街上的一家面包房的老板。我希望您就是他，先生，因为这件东西在我身边已经放了相当久了。"

阿勒斯走到柜台后。他弯下腰去，拿出了什么。贾克斯做好了逃跑的准备，但面包师拿出的只是一盒杏仁薄脆饼。它们散发出肉桂和碎杏仁的气味。他在盒子上打了个蝴蝶结，然后说："夫人，这盒点心聊表敬意。"

杰玛·凡·奥特乌斯几乎是夺过那只盒子，然后逃出了面包房。她没有向贾克斯道别。

等面包房里只剩下他们以后，阿勒斯立刻锁上门，拉上窗帘。"跟我来。"他说。

他打开了柜台后面的一扇门，门后是厨房。这儿没有窗户，街上的行人看不到内部。

"你说你有东西要给我？"就算阿勒斯意识到自己在跟叛逆喀拉客独处，他也没有表现出明显的警惕或者苦恼。

贾克斯从胸腔里拿出那只破损的显微镜，"恐怕它在运送过程中受了些损坏。"

阿勒斯从洒着杏仁渣的砧板上拿起一把刀子。他切开破裂的皮护套，将它拨开，取出镜片。他看了几眼，然后放到一旁。他拿起皮护套和黄铜管件，端详许久。最后，他说："这东西的里面还有些什么吗？"

"有的。"

"麻烦拿给我看看。"

有的时候,说"不"的能力会带来强烈的恐惧,这让贾克斯感到悲伤。他摇摇头,"直到我安全之前,我不打算把它交出来。我也建议你不要尝试从我手里夺走它。"

面包师把刀子放回柜台上。他用掌根把那件古董的残骸扫进垃圾桶里,"这么说是真的。你就是他们想抓的那一个。"

"对。"

阿勒斯陷入了沉默。他交叉双臂,凝视着贾克斯,"你能告诉我费舍的包裹里藏着什么吗?"

听起来说了也没坏处,"一块玻璃。"

"我没弄错的话,是它改变了你?"

"对。"

"而现在你想穿过边境。"

"对。"

"好吧,事情是这样的,"面包师说,"我也希望把你送过去。但我们没法联系上急需研究那块神秘玻璃的人了。"

"我不在乎研不研究它。我只想到不会被人追捕的地方去。"

"你应该在乎的。地下运河需要另一边的配合,才能把你弄到国境那边去。但现在,那一边的铺子没人管了。"

终于找到了费舍的同僚,他本该觉得如释重负。对于受禁制约束的普通喀拉客来说,完成那位牧师几周前安排给他的差事,本该让伴随着责任的痛苦消失。作为拥有自由意志的存在,贾克斯本以为达成使命意味着危机、担忧与逃亡的结束。但它带来的只有失望。

"你是说你不会帮我?"

"我是说我不清楚我们是否帮得了你。"

费舍的飞艇靠着停泊桅杆停了下来,后者的形状就像一根想为天空抽血的钢针。艇身摇晃,升力体的前端发出叮当声,表明停泊成功,而与此同时,禁制的痛苦也涌现出来。精神的火焰舔舐着他的灵魂原本所在的空洞,将他的心灵烧成焦炭。费舍等待栈桥就位的时候,那股热量逐渐升温。他活动膝盖,用手指轻敲出入口的苍白色木镶板,像急着要上厕所的人那样坐立难安。

舱门刚刚打开,他大喊着挤过搬运工和其他乘客,在身后留下咒骂和道歉。无穷无尽的痛楚迫使他不断抄着近路,忽视社交礼仪,只为了求得片刻的轻松。只有向前的动作才能让他的疼痛暂时休止。他必须朝着目标猛攻,必须奋不顾身,不放过任何能够达成目标的机会。

真正的机械人对人类主人永远彬彬有礼,永远毕恭毕敬。这是阶层式超禁制的必要基础。费舍没有受到这种要求的约束。他的禁制只是要求他隐藏自己精神方面的古怪残缺。他大可以让别人以为他是个粗鲁的疯子,禁制对这个毫不在意。

他穿过栈桥,来到停泊桅杆上。寒风麻木了费舍的手指,拉扯着那顶洪堡软毡帽没能盖住的绷带。帽子是贝尔给他的,用来代替他的旧帽子。在暴风雨中为桅杆充当地线的铜制法兰裹着青绿色的铜锈。城市上方的天空散发着臭氧和海盐的气味。

由喀拉客提供动力的升降梯给了他观赏城市风景的机会。费舍上次踏足新阿姆斯特丹已是几十年前的事了。岁月给他和它造成了同样剧烈的变化。战争与贸易的潮流席卷了整座城市,将旧城区夷为平地,令新的建筑拔地而起。但数十年来断断续续的战争与最近的不景气阻碍了城市的发展,让它像个营养不良的孩子。这座城市的伤疤是看不见的那些东西：耸立的拱门，闪闪发亮的长廊，钻石与黄金……新世界本该拥有这些丰裕与富足的象征物，但它们去了哪儿？而费舍的伤疤看得见摸得着，是炼金术士用骨锯与手术刀留下的。不存在的是他的自由意志，它又去了哪儿？

不在他的身体里。不在他的大脑里。如果这些真是他的大脑和身体的话。还是说它们已经属于安娜塔西亚·贝尔了？

在下降的途中，他审视着最靠近停泊桅杆的街道。在仓库和货物起重机遮蔽他的视线之前，他瞥见了一座教堂的尖塔。他不知道自己能把布利克街之行拖延多久——不，不，不，我没有这个打算——但就算有比那些炼金术士更强大的力量存在（他也祈祷它存在），也不会在那间面包房里。

但如果这是真的呢？如果他们通过切除他的灵魂，真的彻底扑灭了他的自由意志呢？他对上帝还有什么用？为了让他放弃多年来隐藏的天主教信仰，贝尔强迫他亵渎上帝，说了那些话，做了那些事。如今他甚至不敢去想象天主审视他灵魂时的情景。就算他内心从未真的那么想过，那些话语和行为也让他沾染了罪恶。他也无法通过修和圣事来忏悔和净化自己，因为贝尔禁止他这么做。她试图切断每一条通往精神救赎的道路。但他至少可以走进教堂……

他来到街道上的时候，海水的气息依旧残留在空气中，但浓郁的焦油与排泄物的气味取代了清新的臭氧气息。就连新阿姆斯特丹的噪音也与海牙不同。后者回荡着为帝国事务来往奔忙的机械人的滴答响声，而马蹄踩在卵石路上的嘚嘚声依旧在这座城市回荡。在停泊桅杆附近的街道上，费舍看不到任何喀拉客。就好像他走进了另一个时空的1926年，而在这里，惠更斯的那场伟大的实验失败了。他早就知道，新世界的机械人没有大洋那边那样普遍，但这里仍旧是荷兰语世界的一部分，也因此依赖着不知疲倦的喀拉客的劳力。不是吗？他本以为今天出现在他视野中的发条野兽要比上次来新世界时看到的要多。但此时在街道上往来的机械人，甚至比他亲吻教皇戒指之后的那段时期更少。他们去了哪儿？

每盏街灯和每个街角似乎都贴着布告。它们解答了费舍的疑问。其中一张布告宣布，提供叛逆喀拉客"贾莱克塞格西斯特罗万图斯"的抓捕线索之人，可获 50 000 荷兰盾的奖金。另一张布告提醒市民，窝藏叛逆喀拉客是死罪。还有一张布告提醒着人们潜在的威胁：上面画着四个无辜人类组成的家庭正在教堂做礼拜，而他们仆从机械人看似普通，影子却是个正在磨尖爪子、不怀好意的魔鬼。街道上方挂着一条横幅——就在奇迹年一百周年庆典的黄色彩带之下——上面的文字劝说市民不要相信陌生的喀拉客。

费舍觉得自己似乎听过"贾莱克塞格西斯特罗万图斯"这个名字——

接着他想起了妮柯莱·楚恩拉德在他的教堂里跺脚的模样。想起了她粗鲁地念出那个真名……

天主啊。它就是楚恩拉德家的仆从？他托付望远镜的对象就是它？这肯定不是巧合。是它运送的东西让它摆脱了禁制吗？

它对费舍会有同样的效果吗？

突然间，贝尔施加给他的那条禁制——让他截住他送往新法兰西的那件东西——那份迫使他取回显微镜的无情动力，与他自身的愿望成了平行线。自从拧颈卫士刺穿他的车夫，让他滚落运河以后，费舍头一次看到了希望的微弱火花。或许在找到那只望远镜的同时，他也会找到自由。等他又一次能够选择自己的道路以后，他就可以到魁北克去——而且并非出于贝尔的禁制——并向教皇大人讲述这番磨难。

但取回望远镜也就意味着要去布利克街，从而沦为贝尔的工具。令人反胃的恐惧感卷土重来。

如果他能够四处闲逛，以此拖延无可避免之事，他早就这么做了。但即便在此时此刻，那股炽热也在增长。他没什么绕远路的时间了。他招呼了一辆老式的马拉出租车。费舍要求车夫把自己送去最近的教会。听到他仿佛被勒住脖子的嗓音，车夫不禁歪了歪头。禁制发出代表警告信号的剧痛，增加了他说出这番话的难度。

这段路只有几分钟长。但等出租车在一座小型礼拜堂外停下的时候，费舍已经把嘴唇咬破了好几处。礼拜堂位于几条街道交汇处的一小块三角地上。他的手颤抖得那么厉害，以至于他掏了好几次，这才把车费成功交到那个女人手上。带着盐味与铁味的温暖血液呛得他连连咳嗽，导致他给多了钱。但没等她找钱，他就冲向了礼拜堂的大门。

他迈出的每一步都比上一步更加吃力。感觉就像在迅速冷却的糖蜜里跋涉。每迈出一步，痛楚都会增长。那是三位一体的折磨：作为没能高效率达成禁制的惩罚而产生的肉体疼痛；对抗失控身体时的有形痛苦；以及心灵陷入绝望时的极度苦闷。

礼拜堂给人以曾经属于更大型建筑物的印象。费舍能确定这一点，因为礼拜堂的南墙上没开窗户，虽然它的高度足以容下一扇小型玫瑰花窗。礼拜堂里明显空无一人。在海牙，新教教堂能在城市日益成熟与人口增长的同时保住庭院与静谧。而这里的街道挤作一团，人声、马蹄声和车轮与路面的摩擦声全都微弱却清晰地穿透墙壁，传入他的耳中。

费舍颤抖的手指在门边那只很浅的花岗岩圣水盘里蘸了蘸。他猛地缩回了手，有些担心他遭到腐化的血肉会在碰触圣水的同时起泡发黑。但它没有。清凉的水也没能减缓他不断累积的剧痛，对他没有半点帮助。即便他把水泼洒在脸上，即便他用双手掬水饮下，结果也是一样。费舍喝了又喝，直到他的袖口和衣领都已湿透，直到他的伤口滴落的血液污染了圣水盘。虽然清水让他的嘴唇和舌头、甚至喉咙都凉爽下来，但这些祝圣过的水却始终没能影响炽热的禁制。就算喝下一捧又一捧水，也无法填补他的自由意志——或者他的灵魂？——曾经所在的空洞。这番亵渎之举没能带来任何慰藉。

听到响起的脚步声，他抬起了头。有位牧师正在最后一排靠背长凳后面歪过头，皱眉盯着他。费舍想象着那个人看到的景象：脸庞被圣水与泪水的混合物打湿；无法熄灭的烈焰带来的痛楚让他眼神狂乱；嘴巴和下巴沾着点点血沫；身体就像被恶魔附身那样颤抖不止。

"拜-拜-拜托。"费舍说。他挣扎着想要说出那几个字。禁止他揭示自身改变的那部分超禁制化作警告般的喉头刺痛，准备在他吐出任何违抗命令的音节之前封闭他的气管。哪怕只是想要说出不为人知的真相，又或是在某本圣经的边角处写下来，随之而来的痛苦都必定会把他逼疯。"帮-帮-帮-帮-帮帮我。"

牧师后退了两步。拉开这样的距离以后，他才恢复了身为基督徒的慈悲心。

"先生，您需要找医生来吗？"在他还没变成怪物的日子里，一个机械人在他的教堂里问过他同样的问题，"您是被野狗咬了吗？"

"我。"费舍的喉咙开始痉挛,他咳嗽了几声,"我。我需-需-需-"他的牙齿咬到了打结的舌头。他尝到了新鲜的血味。

我需要赎罪,他心想,我需要再次感受天主的恩惠。我需要知道他们对我做的事仅仅腐化了肉体,并未破坏我不朽的灵魂。我需要知道精神与自由意志并不是一回事。我需要知道天主还会接纳我。爆发的痛楚让他跪倒在地。剧痛从费舍的脚趾传到了双耳。他呻吟一声,在圣水盘旁边抽搐起来。那牧师又退后了一步。我需要知道天主和国王会原谅我肉体的软弱。原谅我因为公会嵌入大脑和身体里的痛苦而背弃苦路①,拒绝殉道。

如果这股痛楚持续下去,毫无疑问会杀死他。但费舍抵抗的能力会首先崩溃。他太过软弱,无法成为殉道者。

"祈-祈祷,"费舍说,"我需要祈祷。"

牧师那警惕与嫌恶交织的表情软化下来,也带上了一丝同情。他甚至蹲下身子,更加仔细地打量在地上抽搐的这个人。

"真是太可怜了。您当然需要祈祷。请告诉我,您的病痛究竟——"

费舍的尖叫声仿佛受伤野兽的垂死哀号。倍增的痛楚化作一块白热的烙铁,渗入了他残缺身体的每一根骨头,令骨髓和大脑为之沸腾。痛楚让他跳起身来。他飞快地远离牧师、礼拜堂和天主,遵循着严格分级的命令,朝唯一能给予他救赎的方向前进。

朝着布利克街前进。

---

① 译注:Via Dolorosa,指耶稣背负十字架走向刑场的道路。

第十六章

"他们不会接收他的。"穿着皮革围裙的女人说。她身上带着微弱的尿味。贾克斯猜她应该是个制革工人。"你最好当作西方马赛已经不向机械人开放比较好。他们不会愿意冒这种险的,至少现在不会。"

"他不能留在这儿。"面包师阿勒斯说。

新阿姆斯特丹——以及城市北郊与西郊地区——的"地下运河"组织的好几位"运河管理人"聚集在与阿勒斯的店铺相邻的食品室里。贾克斯的到来导致了一场危机,也迫使这些人亲自前来会面。问题在于,无论他们能否让地下运河组织恢复运作,都没有送贾克斯越境的计划。没有人想把他留在身边。就像在孩童的游戏里那样,他成了最烫手的一颗热山芋。

"为什么马赛封闭了?"他以身体构造能够做到的极限轻声发问。

他们没理睬他的问题。另一个人——贾克斯推测他应该是位神职人员——说话时瞥了贾克斯一眼。"我觉得这件事非常可疑。"贾克斯不禁觉得,这个人一直冷眼旁观着叛逆机械人的搜捕行动,想置身事外,"叛逆喀拉客是非常罕见的。上次过境的是莉莉丝,那是几十年前——"

莉莉丝?贾克斯没听过这个名字,当然也没听过有叛逆叫这个名字。这些男人和女人说着违背已知事实的话语,口气却是那么满不在乎。他们漠视有关喀拉客的公理,态度却是那么漫不经心。这一切都令他不知所措。就像他发现自己的自由意志那时的感受。他这才意识到,这个世界比他想象的更加宽广。不只是在地理的意义上,也在知识的意义上,以及在本体论的意义上。

传闻是真的!这种事是可以办到的。像他这样的机械人也曾获得过自由。传说之后隐藏着多少真相?麦布女王真的存在吗?

"——可突然间,过去的几个月里,一下子出现了两个?他们在海牙处决了一个——"

"我当时在场。"贾克斯说。

"——而且就在不久前。现在,这个机械人敲响了我们的门,声称自己是另一个?就在马赛的骚乱之后?让人难以置信。"

贾克斯问:"什么骚乱?"

另一个女人——她是驾着装满板条箱的牛车赶来的——叹了口气。她说:"在围城战以后,一台军用喀拉客不知怎么进了要塞。它屠杀了许多人,包括我们本来会送你去见的那个人。"

"这点我们没法肯定。"阿勒斯说。

"我们也没法否定。"那个女车夫说。

制革工人插嘴道:"这重要吗?重要的是塔列朗本身,不是挂着头衔的那个人。"

"这倒是没错。"贾克斯说,"在你们的父母出生之前,我那些主人的孩子之间就在流传塔列朗的事迹。这个名字有它独特的魔力。"

贾克斯身体的嘀嗒声在尴尬的沉默中格外响亮。见讨论没有恢复的迹象，而那些人类也只是在偷偷交换眼色，于是他开口道："但这些都不是重点，不是吗？重点在于，国境那边有塔列朗的存在，而那个人肯定愿意迅速把我带出荷兰人的领地。"

制革工人再次开口："可究竟去哪儿呢？国王和他的枢密院不可能允许另一台喀拉客进入城墙之内——无论它有多么巧舌如簧。"

阿勒斯说："如果接受我们的帮助，你就有了两个义务，一个是象征性的，另一个是实际的。首先，帮助你就意味着让你接受法兰西国王的庇护。当君主保护你的时候，你要表示你的敬意。其次，塔列朗和枢密院会有一百个要你回答的问题。为了回报我们的帮助，你就必须帮助他们。"

"我会这么做的。把我送去边境就好。"

贾克斯扫视房间。看向躺在一堆粗麻面粉袋上的面包师。看向坐在空木桶上的牧师，他的短腿只够勉强让脚趾碰到地板。看向那位背靠着架子的制革工人，架子上堆满了盐、黄油和来自帝国偏远角落的异国香料。或许她选择那里，是为了掩饰自己的行当留在身上的气味。女车夫踱起了步子。

"你们为什么如此不情愿？"贾克斯问。

她说："边境现在受到严密监控。无论我们想做什么，都必须和对面协调配合才行。如果郁金香怀疑你越了境，就有可能去法兰西境内追捕你。他们说不定会为了阻止你而打破停火协议。"

"我很清楚他们能做到什么程度。"贾克斯把飞艇的事告诉了他们。他省略了用那颗玻璃珠赋予它自由意志的部分。但那位牧师还是在身前画了个十字。

"这么说来,也许你已经明白了。西方马赛现在焦头烂额,无法承受新一轮的公开冲突。"制革工人说,她的口气直接,却并不刻薄,"它的生存一直岌岌可危,但在战后不久的现在,状况尤其严重。如果我们没有充足准备或者计划就把你送过境,新法兰西也许会因此陨落。"

牧师从木桶上跳了下来,"这下又回到我的观点上了。你们不觉得这位新朋友到来的时机相当可疑么?"

"他到来的时机相当麻烦,这点我他妈可以肯定。"阿勒斯内疚地皱了皱眉,"请原谅,神父。"

"弗雷德里克说得对。"制革工人说,"如果这个叛逆留下来,送命的就该是我们了。"

"如果他真是叛逆的话。"牧师说。

"如果我并非叛逆,那我早就该杀死你们了,不是吗?"

"这取决于你的禁制。杀死我们对你去马赛弑君的计划并无益处。"

"可惜我没有接受过必须聆听无用争吵的禁制。而且话说回来,我那件差事呢?我带着的那块玻璃能让你们深刻了解公会发明的奥秘。光是这点就能改变另一场战争的走向。"

前提是我允许别人研究它,贾克斯心想,但我还不确定该不该冒这个险。莉莉丝也带着相似的玻璃珠吗?

车夫摇摇头,"但它没法在一夜之间就造成改变。"

没等贾克斯继续强调他的观点,有人敲响了面包房在布利克街面的那扇门。

灼热的苦痛有所减弱,但并未平息。当费舍走下出租马车,踏上面包房外的路面时,他还是痛得几乎无法视物。它甚至迫使他掏出了正确数额的车费,外加得体却并不令人起疑的小费。拖延许久的禁制现在完全控制了他。他表情愉快地点出给车夫的小费,同时试图低声求救,试图推翻自己说出的话。但他的嘴巴不属于他。舌头、牙齿、喉咙和嘴唇——它们全都是叛徒。他试图停止呼吸,想吸引对方的注意力,甚至让自己晕厥过去。但与此同时,突然涌现的剧痛让他出现了管状视野①。这阵折磨居然没有让他尿裤子或者不省人事,这可真是个奇迹。

因为那样只会引人注目。

作为被囚禁在自己体内的囚犯,他听着自己与那位车夫道别,然后倚着栏杆,一步一步爬上面包房门前的台阶。窗户上的一块告示牌写着"结束营业"。他想移开手臂,想让它偏离行进路线,这番努力让费舍的眼睛泛出泪水。他的身体成了骨骼与肌肉组成的自动机器,而他只是个被困其中的鬼魂。生物机器里的幽灵。

求求您,天主。请阻止这一切。请带我离开这个地狱。请告诉我,您听到了我的祈祷。

他敲了门,没人应门。他又敲了一次,这次敲得更久也更响。在里面的某处,椅子腿刮过木头地板。费舍抬起胳膊,准备再敲一次的时候,门开了。

面包师穿着沾满白面粉的绿围裙。他的脸颊上也沾着面粉,抓住门把的手指上还有些肉桂粉。他瞥见了费舍的表情,好像吃了一惊。他是看到了他眼里的泪水吗?还是说他感受到了那种挣扎着想要浮于表面的纯粹痛苦?

他说:"我今天关门了,先生。请明天再来。"

---

①译注:指视野受限,只能看到前方狭小区域的症状。

那几个字脱口而出："弗雷德里克·阿勒斯？"

对方迟疑了片刻，"对。你是？"

"我的名字，"费舍的身体说，"是卢克·费舍。我从海牙远道而来，就是为了见你。我带来了新教教堂那边的消息。"

这话让面包师愣了愣。费舍看到他的眼里闪过理解了什么的神色。他的名字，或者教堂的名字，对他来说有意义。贾克斯来过了吗？

阿勒斯花了点时间才恢复平静。他把门开得大了些。他扫视街道的左右两边，然后说："你是才到这座城市不久么？"

"对。"

"你赶了这么远的路过来，事先却没知会一声。所以，如果我有点怀疑，你也应该理解吧。"

"当然。"你不应该怀疑。你应该害怕。逃！快逃！费舍挣扎着想组织语句，但这番努力只是白费功夫。禁制就像一口无底的深井，再多的抵抗都会消失于无形。"我明白这次造访非常出人意料，对此我表示抱歉。但我向你保证，我确实是我说的那个人。"

阿勒斯摇摇头，"我真的帮不了你。说真的，明天再来吧。"

他作势想要关门，但费舍的身体再次自行行动。它将手掌按在门上，又将一只脚踏在门槛上。"我没猜错的话，你最近接待了一位不寻常的顾客？"

面包师犹豫起来。他没有肯定，也没有否定。但这对他的禁制来说并不重要。

别站在那儿发呆了，你这蠢货！后退！赶紧逃跑，然后再警告其他人！

"跟我想的一样。"费舍说着，挤进门里。动作并不粗鲁，不至于伤害对方,但足以让面包师跟跄了一下。阿勒斯惊叫了一声。

有人喊道:"弗雷德里克,怎么了?"

费舍昂起头来。**不,不,不不不**,他的内心大吼起来。他的身体却说:"噢。您在招待客人吗,先生?"费舍关上了面包房的门,还检查了面对布利克街的那扇平板玻璃窗的窗帘。

"是的,"阿勒斯说,"我们正在谈重要的事。所以你应该能理解,我为什么坚持要求你解释来访的原因,或者改日再来。我知道你远道而来,但你来得很不巧。"

费舍想要尖叫,但发出的却是轻叹:"或许跟我的包裹有关?"

阿勒斯的态度软化了些。他说:"如果你知道自己要来新阿姆斯特丹,干吗还要提前把它送过来?你这样太冒险了。"

"我的计划发生了意外变化。我不知道自己才把包裹送出没多久就会赶过来。"这些话句句属实,但丝毫没能减少他自己听到时的恐惧。费舍想要吞咽口水,想要咳嗽,想要拖延和阻挠接下来的问题。但他仍旧问道:"它现在在哪儿?"

阿勒斯说:"它很安全。"他的目光短暂地转向柜台后面半掩的食品室的门。"可你为什么要来这儿?这段时期非常危险,不适合碰面。整个新尼德兰都在坐立不安——"

不,不,不。"我是来取回那个包裹的。"费舍说。噢,天主啊,请不不不不不要!我们在——然后他的双手以不属于自己的速度动了起来,那速度并非出于骨骼和肌肉,而是魔法强制力的杰作。阿勒斯尖叫起来。天上的父——为自己背信弃义的手指钳住面包师头部两侧的景象而惊骇,又别无选择地看着自己的双臂展现出非人的力量——愿人都尊你的名为圣——在他扭动那个将死之人的脑袋时,体会着撕扯韧带和压碎椎骨的感觉——愿你的国降临——聆听他垂死的惨叫，嗅着他失禁的气味，又听着他抽搐的尸体摊开四肢倒在地板上的沉闷响声——愿你的旨意，旨意……愿你的……噢，天主啊，您的旨意怎么可能是让我做出和见证如此骇人听闻的事？

"弗雷德里克！"食品室里走出一个女人。她穿着皮革围裙。在她评估状况的那一秒钟里，费舍的身体再次以不属于自己的速度动了起来。他用手一撑，跳过了柜台。她刚来得及转身，他就扑到了她身边。他的双手箍住她的喉咙，她的气管随之折断，刚刚发出的尖叫也戛然而止。他把她丢向房间另一边，掠过惊恐地瞪着他的一男一女。他们脸上的表情映照出了被费舍的大脑束之高阁的恐惧。女人的尸体撞上了墙边的金属架子。

那个男人匆忙跑向另一扇门边，途中撞倒了一只木桶。那扇门多半通往面包房后面的小巷。费舍的身体一跃而起，越过储藏室的地板，前去堵截。他用一只手抓住那家伙的下巴，向上举起，直到他的脚趾离开地面——噢天主啊，噢天主啊，我不再是人类了，他们夺走了我的灵魂，还把我变成了恶魔！——同时用另一只手抓住了幸存的女人砸向他脑袋的木棍。她力气很大，手法也很熟练。这一击足以让纯粹的人类立足不稳。费舍感到自己的手骨断了。但与目睹自己大肆屠杀的噩梦相比，这份疼痛算不了什么。

万福玛利亚充满圣宠主与你——

在谋杀禁制无情的压力之下，另一根气管弯曲变形。费舍丢下那个男人。后者抽搐着落在地板上，双手捂着喉咙，面色发紫，预期寿命只剩下不到一分钟。与此同时，费舍强行抽走了那女人手里的棍子。她低头躲避，他笨拙地反手挥出的棍子呼啸着掠过她的鬓角刚才所在之处。她匆忙逃向门边，但翻倒的木桶滚到了她的路线上。她的逃脱因此延误了片刻，足以让费舍的身体砸碎她的后脑勺了。

就这样，在他缺失了灵魂的空洞里，一道禁制之火熄灭了。数日来驱使着他、在不眠之夜与这场清醒噩梦中折磨着他的灼热冲动，突然消失了。只有彻底的服从才能扑灭那股火焰。

除非禁制的纽带能被彻底粉碎。这是可以办到的，叛逆喀拉客就是证明。

一道新的火焰立刻替代了费舍刚刚扑灭的那道。至少这件事与费舍自身的愿望吻合。于是他开始在面包房里搜寻那台失踪的显微镜。

最初的几声叫喊从面包房里传来的时候，贾克斯正在巷子里为那个女车夫的货车装货。虽然为了搜捕他，城市里的喀拉客少了很多，不过他觉得体力劳动应该不会让他引人注目。那些碰撞声与尖叫声让他停下了动作：是拧颈卫队跟踪他来了面包房吗？

在三角旗的飘舞声，牛只的鼻息声与拉屎声中，他努力聆听。面包房里的地板传来陌生的双足行走时的嘎吱声，介于人类轻盈却笨拙的脚步与仆从机械人沉重而平稳的脚步之间。那声音听起来不是四足生物的步态……贾克斯看向小巷两头，但在阴影里奔窜的东西，个头最大的只是耗子。没有朝他逼近的机械半人马方阵，没有人类跳下周围的屋顶来包围他。

又一声被扼杀时的尖叫。叫声转变为哗啦声，仿佛有几只架子倒下了，随后传来的是碰撞声。

在几十厘秒的时间里，逃亡的欲望——让他自己与危险之间尽可能拉开距离的欲望——与基本的同情心发生了冲突。但袖手旁观的记忆会让他在余生中都耿耿于怀。它会化作针扎般的折磨，就像禁制一样徘徊不去。即使是禁忌魔法也无法将之根除。如果自由意味着要将罪恶感背负好几个世纪，那自由又有什么意义？

贾克斯把箱子放到车上。他走向卸货门。他才把手放在门把上，就听到了复活节的教堂钟声那样清晰的声音：那是仿佛折断芹菜梗一般的骨骼碎裂声。面包房安静下来，能听到的只有诡秘的沙沙声，然后是呻吟声和木板破裂声。发生了什么事？

房门打开，而贾克斯犹豫不决地僵立当场。他的道德困境得以避免，因为站在食品储藏室里的那个人是牧师费舍。

这些死人身上都没有显微镜。它也没藏在架子上。地板下面也没有藏匿空间。虽然将费舍变成失控机器的魔法也加强了他的力量，他的躯壳却仍旧是脆弱的人类血肉。在不用工具就撬开地板后，他残存的指甲血流不止，他的指尖也一样。但与禁制——以及取回显微镜的压力——造成的折磨相比，他手部伤口传来的强烈痛楚已经不算什么了。

他必须找到它。如果在新阿姆斯特丹街头游荡的叛逆机械人，与费舍下令把显微镜交给阿勒斯的"贾莱克塞格西斯特罗万图斯"是同一个……这就不可能是巧合。在公会的地牢深处，阿莱达·吉伦斯是怎么说的来着？一块透镜。斯宾诺沙的特制透镜让费舍的信使获得了自由。既然它能做到这种事，或许它同样可以解放费舍。

费舍提到那个包裹的时候，阿勒斯明显朝食品室的方向看了一眼。但它在哪儿？他们是在费舍敲门的时候匆忙把它从卸货门送走了吗？他打开那扇门，打算去箱子里搜寻，但外面却站着个仆从机械人。它吓了费舍一跳。理所当然地，那台机器首先回过神来。

"请原谅，先生。我接到的命令是在装完货以后来接我的女主人。请问她的事忙完了没有？"

好好看着我！费舍真想恳求它，**你感觉不到我的异样吗？你看不出我和你的相似吗？**

禁制驱使费舍走向前去，并且带上了门，以免那个仆从机械人瞥见内部的屠杀场面。然后他问："你在这儿多久了？"

"从我们来到这里，先生，"机械人停顿了片刻，仿佛在咨询体内的机械装置，"还不到三十七分钟，先生。"

你认不出自己的同类吗？你认不出藏在我肉体里的怪物吗？你不能去警告全世界吗？

"从你们到来以后，有多少人离开了这家面包房？"

帮帮我！求求你了，请帮帮我吧！

"只有您，先生。请容我问一句，我的女主人还在忙吗？"

"是的。"

这位牧师——看在上帝的份上，如果上帝真的存在的话，费舍来这儿干吗？——的举手投足都与他在海牙时不同。

也许这是伤势导致的？贾克斯瞥见了从他的帽檐下露出的绷带边缘。他很好奇发生了什么。但绷带代表的只是旧伤，牧师身上也有新伤的迹象。费舍左边的鬓角和脸颊上还沾着细小的血滴，仿佛在某处沾上了血雾。他的手指撕裂，指甲也破损缺失。一只肿胀的手变成了李子般的紫色。但他的举止并不像一个正在忍受剧痛的人。

费舍没有表现出任何认出他的迹象。贾克斯立刻开始扮演焦急的机械忠仆，而费舍似乎也根据他的外表得出了这样的判断。外加那个不成文的假设:机械人没有欺骗他人的能力。

贾克斯隐约觉得,太快向牧师透露身份会有危险。肯定发生了什么奇怪的事,他才会紧跟着贾克斯的脚步来到这里。如果他知道自己很快就会跨越大洋,干吗还特意让贾克斯把东西送到布利克街的这间小店铺来?

片刻之前,房间里传来了喊叫声。但现在,面包房里却是一片沉寂……

费舍说:"你的女主人最近从阿勒斯先生那里收到过包裹吗?"

贾克斯断定自己显得越无知越好。"先生,我谦卑地为我的愚昧道歉。我不知道阿勒斯先生是谁,先生。"

费舍发起抖来。鲜明的情绪掠过他的脸庞,让人觉得他的确感觉到了痛苦。但在贾克斯解读出其中的意义之前,它便消失了。

"他是这里的面包师。"

"感谢您的指点,先生。不,先生,就我所知,她没有拿到过包裹。"

贾克斯想向他询问那个玻璃块的事:它既小又不起眼,不知为何却能将世间最宝贵的财富赋予喀拉客。他想知道自己的自由是否也在费舍的计划之中。他想知道阿勒斯和其他人的去向,想知道为什么费舍的手指在流血,他的脸上又为何会有细小的血滴。他想知道为什么费舍看起来——无论实际情况如何——就像谋杀了他指示贾克斯去找的那些法兰西支持者。

"你进到过面包房里面没有?"

"是的,先生,进去过一次。"

"你是否瞥见过,或者听别人提起过一件古董光学仪器?大概这么大。"费舍说。他用手比画起来，将染血的指尖分开，其宽度与他在海牙交给贾克斯的那只显微镜几乎完全相等。

如此精确的估算，实在太反常了。

他面前的这个躯壳拥有卢克·费舍牧师的肉体。但它的灵魂——如果它真有灵魂的话——已经改变了。他面前的这个人形物体的内在已经扭曲了。

牧师续道："它是用老旧的皮革和黄铜做的。"他用只有亲手拿过的人才能做到的方式描述着。

"没有，先生。我要遗憾地说，我没见过也没听说过这种东西。"贾克斯找到了能够改换话题或是结束对话的方法，"您看上去受了伤，先生。您是犯罪的受害者吗？您被袭击了吗？我有责任见证与陪伴您到相关部门去，先生。"

贾克斯猜费舍比他更不想和警方产生互动。这是一次赌博，但同时又能完美地扮演忠仆的形象。但费舍没有理会他的疑问，他的脸上再次闪过愤怒又或是痛苦的神色。然后他说："我刚到新阿姆斯特丹不久。跟我说说搜捕叛逆喀拉客的事。"

根据这个仆从机械人的说法，那个逃犯劫持了一架飞艇，其停泊桅杆就在费舍下船的那根附近。没人知道那个叛逆后来的下场，但有传言说城市北方发生了伴随着爆炸的坠机。这座城市里的公会成员和其他王室代理人征用了大量喀拉客，正在周边的乡村地带进行搜索。

费舍意识到，那个机械人还是自由的。而且，只要它还保持自由，费舍就有理由期待自己的解脱。禁制会允许他追踪逃亡的机械人，作为"取回斯宾诺沙的镜片"这项使命的一部分吗？为了达成邪恶的禁制给予他的下一阶段指示，他迟早要前往坠机那一带。无论他愿意与否,他很快都会前往北方,前往新法兰西。而且,如果他那时还没有得到自由,就会做出弑君——或者更加可怕——的举动。但没等他继续探究有关叛逆的事,这台该死的机械仆从再次改换了话题。

"先生,我谦卑地请求您原谅,但我的女主人今晚很快就会与人有约。"它说,"如果她继续耽搁下去,恐怕就会迟到了。时间紧迫,我现在就得告诉她。"

"她在忙别的事。"

"我致以最诚挚的歉意,先生,但我必须跟她说话。"

费舍发起抖来。在贝尔施加的阶层式超禁制里,先前模糊不清的某一层出现在他意识的前端。噢,该死的。快跑啊,你这可怜的东西!

但那台仆从机械人听不到费舍无声的恳求。它只是耐心地看着费舍抖动的指尖打开一只口袋。他拿出了一封信——信的底部有帝国纹章的浮雕图案——外加一只黄铜与粉色水晶制成的链坠,连着那块玫瑰十字章的链子随着他的颤抖而微微闪光。他的嗓音变了。先前细弱而不耐烦的嗓音,如今变得充满可怕的信念。这个人让他联想起了童话故事里正在宣告诅咒的巫婆。这跟事实也相去不远。

"我是发条学者与炼金术士神圣公会的御林管理办公室的代理人。我为公会、王室以及帝国效命,而这将取代所有家用与商用禁制。我在此取消你的租约,并解除所有并非直接服务于我的目标的禁制。"费舍的嘴巴自行说道,"你不再效命于你的女主人了。"

你从一开始就是公会的秘密成员吗?

这可以解释他为什么能得到那么强大、那么不寻常的炼金术玻璃。但如果公会已经知道阿勒斯身在布利克街的面包房，费舍为什么还要派贾克斯来和新阿姆斯特丹的秘密天主教徒联络？他几乎可以断定，其他人已经死在了这位牧师的手上。如果是贾克斯无意中把费舍带到了这儿，那么，这可怕的一切还勉强说得通。但事实并非如此，所以这件事仍旧无法解释。

印章是真的，费舍的确拿着公会的信物。换作从前，这个组合会让贾克斯受困的灵魂如遭重击。所以他痉挛起来，就像被闪电劈中了一样。

"是，先生。我明白了，先生。"他说，"我该怎么为御林管理办公室效命？"

有那么一瞬间，牧师的嘴唇动了动，却没发出任何声音。他的眼睛涌出泪水，还似乎向外凸出，就像窒息了一样。但他马上便找回了语言能力。

费舍说："你会忘记你来过这儿，会忘记你的女主人来这间面包房的事，也会忘掉这次对话。你永远不能想起与我有过交流的事。等我关上这扇门以后，你会直接去找最近的王室或者公会代理人，表示你自己刚刚成了首席园丁安娜斯塔西亚·贝尔的仆从。重复我刚才说过的这段话。"

贾克斯照做了。

"去吧。"费舍牧师说。他关上了门。

贾克斯失去了得到新法兰西密探们协助的唯一机会。他又一次被困在新阿姆斯特丹。

第十七章

　　玛艾尔·盖珀在她能找到的最便宜的寄宿公寓租了个房间，地点在新阿姆斯特丹北郊，散发臭气的布朗克河边。这条巷子里全是畜栏和屠宰场，这幢公寓是唯一的住宅。女房东的呼吸带着杜松子酒的气息，早餐室里腐臭牛奶的气味挥之不去。她房间里的墙纸晒得褪了色，剥落缺损，床垫上还有好几处污渍。玛艾尔这种有点幼稚的巡回女教师也许不太清楚，但那些很明显是血迹。根据那块在微风中嘎吱作响的告示牌的说法，角落的沙龙贩卖的啤酒每品脱只要一夸杰。然而，少量却稳定的男性客流暗示着截然不同的经营模式，更别提不时出现在沙龙后面的晾衣绳上，明显属于女性的衣物了。可怜的玛艾尔对住处没什么选择的余地。贝蕾妮斯拿走了地下运河的两份储备资金，但她的钱不可能取之不尽。

　　她最大的希望，就是这里的谍报网络仍然健全，没被她搞砸。

　　她的托词是在这里等待父母寄来信件和资金。在此期间，为了把假身份扮演下去，她每天都会长途跋涉前往城里，希望找到稳定的工作。在贝蕾妮斯到达后的次日早晨，女房东的杂务工罗伯——他是个大块头,说话时带着些许挪威腔——提议玛艾尔搭他的货车。等她给他的手肘来了个过度拉伸以后——起因是一场无辜的误会,与他的手所放的位置有关——他慷慨地提出让她借用那辆货车。

第一次进入城区时,她避开了布利克街。到了第二天,她注意到那家面包房后面的巷子里有辆废弃的货车,上面的货物遭到了破坏。到了第三天,货车还是老样子,而根据她的观察,店铺窗户上"结束营业"的告示牌也没变过。窗帘有些歪斜,仿佛拉上的时候没太注意。或者非常匆忙。

就在这几天里,城里的喀拉客数量开始增长。但没人贴出相应的公告,那些警示布告也依旧挂在路灯柱和横幅下,因此她明白,搜捕叛逆的行动仍在继续。虽然喀拉客拉的出租车仍旧罕见,贝蕾妮斯在街上见到的金属身躯确实更多了。甚至包括一些军用喀拉客——洪流般的不快记忆随之涌现:温热血液与岩石粉末的气味,刀刃的划痕,路易斯的断臂滚落在地,仿佛喷涌出泉水的两根滚球柱,她奋力系紧止血带时打滑的手指,他的双眼渐渐失去生气……

贝蕾妮斯在第四天傍晚回到面包房的时候,太阳已经在北河对岸落下,而灯夫尚未追上阴影扩散的速度。店面橱窗后面的窗帘保持原样。遭到搜刮的货车也依旧留在巷子里。

她站在这条街远处的某个门口,看着一台喀拉客从一盏路灯快步跑向下一盏,用打响指的方式投出火花,依次点燃每一盏灯。它看起来是为市政府工作的。她瑟瑟发抖地等了一个钟头,想看看那个灯夫会不会回来。她呼出的气息在睫毛上凝成了水珠,寒意渗透了她的假眼,让她受寒的颅骨隐隐作痛。它没有回来。在取暖的需要——以及窥探面包房内部的决心——的驱使下,她回到了巷子里。

那辆弃置货车太久没人照看,因此引来了窃贼。对那些负担不起喀拉客开销的人来说,役畜是很有用的东西——那些牲畜(从地上的粪便来看,可能是牛)早就不见了踪影。货车的车斗里原本堆着四层板条箱。但现在,它们都散落在车里、车下和车旁,箱盖或是侧面都被人砸开——那些窃贼懒得用撬棍和锤子拔掉钉子。打开箱子以后,他们扯出里面的东西,丢到一旁。暗褐色的毛织品、浆洗过的亚麻布、黄色的格子花布散落在阴沟里,洁白的雪花落在上面,还沾上了泥点和拉车牲畜的排泄物。这些织物盖在货车上,自车斗边垂下,又或是罩住车轮,看起来就像一辆散发着阴郁气氛的售货花车。

她爬进车斗的时候,货车发出嘎吱的响声。大部分容器里空无一物,里面的东西都被人倒了出去,在一只车轮旁堆成一座小山。其余的都被翻了个遍。那些窃贼的品位似乎相当特别。从这堆布料的大小来判断,他们砸开箱子以后几乎没拿走任何东西。或许那帮毛贼满以为这辆弃置的货车是一笔飞来横财,所以才会出于失望和厌恶丢弃这些织物。又或许对方的目的就是破坏——这并非不可想象,尤其是在大多数机械人都出城去为王室效命的时候。又或者……那些窃贼想找到藏在织物里的某个东西。如果是这样的话,搜索的过程就太过缺乏章法,不可能出自机械人之手。

他们在找什么?他们找到了吗?那东西是要送去面包房,还是从面包房里送出来的?

她爬下货车,尽量避免溅起水花,或者在薄薄的积雪里留下清晰的脚印。运货门没有上锁,铰链略吱作响。店铺里太过昏暗,但贝蕾妮斯不需要借助双眼,也知道这儿发生了某种可怕的事。面包房里散发着酵母、陈面包与血液凝结的气味,依稀让她想起了遭到军用喀拉客屠杀过后的西方马赛内堡。想起了路易斯死去的那一天。这是因傲慢而害人害己的气味。说真的,与混合了排泄物的内脏碎块相比,巷子里的气味要宜人得多。

贝蕾妮斯咬了咬舌头。没到出血的程度,但足够帮她集中精神了。等她回到寄宿公寓以后,会为了路易斯哭湿枕头的。但不是现在。

面包房里静悄悄的。就像一座坟墓。还有那微弱却令人作呕的死亡气息。她适应了黑暗的眼睛捕捉到了月光照在金属上的微弱反光。等她用眼角余光去察看的时候,它缓缓化作一只倾倒的货架。她又专注地看了片刻,这才认出架子上的那团黑色是一具皱巴巴的尸体。这让她觉得很怪。怪的不是降落到面包房的死亡,而是如此杂乱无章的场面。喀拉客刺客身手矫捷,效率十足——她实验室里的混乱都是人类士兵在博斗时造成的。

贝蕾妮斯取来了货车上车夫用的油灯。然后她关上了门,以免突然亮起的灯光把人引到这条小巷来。但这就意味着她必须在黑暗中擦亮火柴。又因为那是以不可靠而著称的荷兰产火柴(她在入境前就丢掉了法国火柴),要做到这点很不容易。红磷喷出细小的明亮火花,在地板上嘶嘶作响,火柴却没能点燃。燃烧的红磷自行熄灭,只留下黑暗与依稀的硫黄气味。

以及一声微弱的“滴答”。

贝蕾妮斯屏住了呼吸,侧耳聆听。她先前没注意到,但此时,关上的房门减弱了周围的城市噪音,让她意识到这间面包房并没有她当初以为的那么安静。

你这蠢货。它恐怕在这儿等了好几天了。等着你,或者某个同样愚蠢的人。

贝蕾妮斯丢下火柴和提灯。她朝房门转过身去。滴答声从她身边掠过,那台机器带起的风吹动了她的头发。她缩起身子,以为会听到"咔嗒"的金属响声,而她的身体也会被刀刃刺穿。但她却只是撞上了一块冰冷的金属。她听到一声"噼啪",就像黄铜手指打了个响指,紧接着,她的提灯照亮了食品储藏室里的屠杀场面。还有挡住她去路的那台仆从型喀拉客。

它的外壳凹陷磨损,但照在炼金术合金上的灯光依旧让它散发出油亮的光泽。这台机器的手依旧悬停在它放置提灯的架子上。贝蕾妮斯已经听不见它发条身躯的咔嗒声了——她自己心脏的跳动声太响了。

它锁上了门。它的多面宝石眼球的遮光板旋转不停,让反射的细碎提灯光线像万花筒那样掠过食品室,扫过倾倒的货架,破碎的地板,粉碎的木桶与死掉的密谋者。它朝她走来。贝蕾妮斯不由得向后一跳。她被自己的裙摆绊倒了。倒在撕碎的面粉袋和装有杏脯的破碎玻璃罐之间。喀拉客耸立在她面前。她抬起双手,掌心向外。

她用荷兰语脱口而出:"发条匠在撒谎!"

那个喀拉客突然停止了动作,就像被封在了快凝树脂里一样。它歪过头。它身体那"咔嗒-喀拉"的切分音变了。漫长的、恐慌的一瞬间过后,贝蕾妮斯才察觉到旋律改变的意义。她奋力想理解这阵喀拉客噪音所表达的意思。重复一遍。

这是个问题,也是一次测试。她做了次深呼吸,让自己平静下来。但她心脏的狂跳声似乎盖过了自己的思绪,这是她身体的血与肉对发条人金属身躯的滴答音的回应。她舔了舔嘴唇,努力将颤抖从噪音中赶走。她希望自己的解读没错。

"我说:'发条匠在撒谎。'这是你们相互问候的方式,不是吗?"

要不是那台喀拉客的内部机构还在发出咔嗒声，她恐怕会以为它进入休眠了。是谁教你的？

"没人教我。我在圣劳伦斯河的一座码头上偶然听到你的同胞用这种方式相互问候。"

谁都听不懂我们的语言。它顿了顿，人类都听不懂。

"可我们眼下却在对话。"

贝蕾妮斯整理好裙子，以她希望足够体面的姿势坐在一袋面粉上。她有最低限度的自信，觉得自己不会在接下来的几秒内死掉。但她十分清楚，如果她的命运是死亡，她无论怎么反抗都是徒劳的。于是她镇定下来，开始审视周围的环境。提灯的光映出了大屠杀的场面。她改用嘴巴呼吸，以抵挡微弱却令人作呕的死亡气味。她看到了三具尸体。但房间里并没有飞溅的血液和内脏。两名死者是被掐死的。他们脸色猩红，喉咙上有大片瘀青，呈现出熟透茄子的色彩。没被勒死的那个女人被人从身后打了一棍子，她的颅骨在重击下粉碎了，血液洒在墙壁和天花板上。没有人死于利刃。他们已经死了有一阵子，但没有暖气的面包房减缓了腐烂的速度。否则那股味道就该让人无法忍受了。

对于军用喀拉客来说，这样的手法未免太没效率了。但对于机械仆从……

这台机器接到的命令是杀死这些人，再埋伏起来，以待前来调查的人吗？她觉得郁金香做得出这种事。但那样的话，她觉得自己面对的应该是机械士兵或者拧颈卫士，而非仆从机械人。

"是你杀了这些人吗？"

不，喀拉客说。

"好吧，也不是我杀的。"被流放的间谍说。

机器换到了荷兰语："我知道。我看到了你监视面包房的样子。我还看见了做出这件事的那个男人。"

男人？贝蕾妮斯再次看向折断的气管和凹陷的颅骨，还有被人砸倒在架子上的那个女人。杀手肯定强壮得惊人。她很难想象人类能办到这种事。然后，她想到了另一件事。她颤抖起来，汗水从腋窝滴落。她为自己的迟钝而惊恐。自从她在医院的病床上醒来，丈夫死去，眼窝里也塞着纱布的那一刻起，她的思绪就一直模糊不清。

"你就是那个叛逆。"

机械人模仿着人类的动作，摇了摇头，"不，女士。我的主人命令我持续监视，确保没人破坏犯罪现场的证据。"

贝蕾妮斯竖起手指。"首先，考虑到面包房开始歇业的时间，这次犯罪发生在几天以前，更别提我们这些一言不发的朋友的样子和气味了。其次，你那些神秘的主人早就该回来了，除非他们的目的其实是想隐藏这场犯罪。但那样的话，你就会搬走尸体，而不是守在这儿。第三，除非状况非常特殊，否则在你目睹这种场面的那个瞬间，你的阶层式超禁制都会强迫你呼叫警察。第四，你的超禁制本该阻止你向我撒谎，就像你现在所做的那样。"她用拇指来表示最后的观点，然后总结道，"我举出了这么多理由，手指头都快用完了，足以证明你肯定已经摆脱了禁制。但我们还是实地检验一下吧。"贝蕾妮斯坐得更直了，"机器，我作为人类行使我的权力，给予你如下禁制：我命令你立刻前去相关部门，报告发生于此的罪行。"

那台喀拉客蹲了下来。它凑近了些，满是划伤和凹陷的外壳反射着灯光。贝蕾妮斯挺直身体，没有退缩。它用咔嗒声说了句话，意思大致是，你比大多数人类更了解强制力。你是公会成员吗？

"得了吧，"她说，"我们都知道公会成员根本不会费事跟你说话。而且会带上一队拧颈卫士过来。"

机器又犹豫起来，打量着她。如果你不是发条匠，又怎么会如此了解我的同胞？

"了解喀拉客是我工作的一部分。"贝蕾妮斯咽了口唾沫，咬住嘴唇，"曾是我工作的一部分。我在这方面很擅长。"

好吧……她心想，没有擅长到必要的程度。没有擅长到我以为的程度。没有擅长到足以保护三十七个人不被我的傲慢所害，也没有擅长到足以让真正的国王回到他合法的王位上。没有擅长到足以保护路易斯。

她清了清嗓子，透过堆积在嗓子里、让她难以出声的悲伤，吃力地开了口："我花了很多时间尝试去了解你的同胞。"

这解释了你为什么不怕我。

"我不会被政治宣传动摇，相信叛逆喀拉客全都个性狂暴又滥杀无辜，如果你指的是这件事的话。"她想到了另一件事，于是决定在对话中不经意地抛出诱饵，"我见过很多叛逆，所以知道这不是事实。但这些，"她说着，指了指死者，"算不上滥杀无辜。手法很草率，但算不上滥杀。所以我还是没法完全相信这不是你干的。"

"如果是我干的，"机械人换回了人类语言，"你就会是面包房里的第五具尸体了。"

"第五具？"

"还有弗雷德里克·阿勒斯。面包师。"机械人指了指店铺那边，"他就躺在那边的地上，脑袋被扭断了一半。"

"噢。"她不知道那位面包师的真名，正如她不知道情报网络里其余成员的名字。

"我是来寻求他的帮助的,"那台机器说,"我猜你也一样。"

"你寻求的是怎样的帮助,机器?"

"你来面包房又是为什么? 你都监视这儿好几个钟头了。"

"你说你看到我了。怎么看到的?"

"我从几天前就开始给这片住宅区的街灯点火。"它打了个响指——啪嚓——投射出几道火花。贝蕾妮斯这才看到,它的两指间嵌着一块燧石。"我今晚点灯的时候,看到你在某个门口流连。你说你认识我的同胞之中的其他叛逆,这是真的吗?"

贝蕾妮斯又点了点头,"是真的。"

她的目光再次扫过房间。扫过死尸与混乱。扫过从破掉的袋子里洒出的面粉。扫过撬开的地板和弯曲折断的钉子。她的注意力起先固定在尸体上,所以没能察觉面包房也同样遭过洗劫。

"这是谁干的? 他在找什么?"

"他的名字是费舍。他来自海牙。我再问一次:你为何而来? 你所求何事?"

喀拉客对这场游戏的耐心终于耗尽了。为这番交流加入少许诚实的调味料,应该不会有坏处。对这台机器诚实,也是对她自己诚实。她现在的动力是什么? 她还在为法国君主回归巴黎的那天奋斗么? 还是说她现在有了更加私人的动机?

追捕蒙特默伦西是她为路易斯复仇的方式。此外——如果她对自己诚实的话——也是她返回王冠、城堡与尖塔的入场券。荷兰和德·蒙特默伦西公爵之间的秘密交易也许会导致新法兰西的末日。国王一定需要一位了解来龙去脉的塔列朗。

"我被我信任的某个人背叛了。让我付出了惨痛的代价。"

她专注于呼吸，试图压抑内疚感带来的冰冷刺痛。她吸了吸鼻子，嗅到了洒出的面粉、干涸的血液、冰冷的炼金术与死者的气味。"我在找他。我认为他可能会经过新阿姆斯特丹。"

等你找到他以后，打算做什么？那台机器问。

"我不知道，"她承认，"但至少在割断他的喉咙之前，我打算让他很不愉快。"

而你觉得这儿的人可以帮你。喀拉客又歪了歪头，看着她。它的齿轮转动，身体咔嗒作响。你是法国人。

"对。"

它坐在地板上，将它反向弯曲的膝盖收到身下。舞动的提灯光芒扫过它锃亮的金属身体，让贝蕾妮斯更能看清它骷髅般的面孔——还有它额头中央那个完整无缺的锁孔。虽然这台机械人需要抛光，但贝蕾妮斯可以断定，就算仔细察看，也不会在锁孔周围找到刮擦的痕迹。它额头上的炼金术印记也不会有凹陷或者损伤。它达成自由意志的方式与莉莉丝截然不同。

"你的锁孔，"她说，"它没受损。"

"正确。我推断，这跟你所知的其他叛逆不同？"

这台该死的机器。它太聪明了，不能加以信任。它的推论总是令人恼火地一语中的。跟这东西打交道的时候，贝蕾妮斯必须格外谨慎。但她已经没法改换话题了，任何回避都是欺骗，肯定会被它识破。另外，她的本能，她作为前间谍头子的每一根身体纤维都在告诉她：这是一份值得巩固的关系。

"是的。典型的例子是炼金术变位词遭到损坏，进而切断了禁制。但我听说这类事故非常罕见，而且绝大部分情况下，那些机械人会停止活动，而非得到自由。失去了炼金术提供的永久动力，你们的运转很快就会中止。不是吗？"

它体内深处的一根发条或者钢索发出拨弦声。它的滴答声的音色再次变化。如果让贝蕾妮斯描述它的身体音,她也许会用"惆怅"来形容。他们去了哪儿?他们还能运转吗?

"没人知道。"贝蕾妮斯说,"但人们相信他们去了北方,前往新法兰西荒凉边境的彼端,只有因纽特人出没的冰天雪地。也可能去了群山之间。或者与白熊和海豹一起度过漫长的日日夜夜。"机械人缩起身体,仿佛被鱼叉刺穿了似的。它用咔嗒声说了些什么,但这句自言自语的语速太快,贝蕾妮斯没听清。好像在说什么女王?

她问:"你说什么?"

它模仿人类的动作,摇了摇头,"没什么。只是我们之间流传的一个古老传说。"

"你为什么要监视这间面包房?警察——或者公会——迟早会知道发生在这儿的事。"

"做了这些事的人——"

"费舍。"

"——对,费舍,他命令我忘掉看到的一切。他没认出我,以为只是个普通的仆从型在跟他说话。这让我明白他想尽可能为发生在这里的事保密,别人发现得越晚越好。由此我得出结论,"喀拉客说,"总有一天,这件事会传到别的法国支持者耳朵里。他们也许会来这里调查。对我来说,最好的做法恐怕就是接触那些有兴趣帮助我离开荷兰领土的人。"

贝蕾妮斯说:"你的逻辑很合理。但你找到的却是我。而我帮不了你。"

"你和法国地下组织有关。而我的被捕和被毁无助于你达成目标。"

"在风平浪静的时候，把你偷运过境都是件难事，何况现在并不平静。"她说，"乡村地带到处都能看到四处寻找你的那些铁块反射的阳光。他们还疏浚河道，甚至搜查在圣劳伦斯河上航行的船只。我得补充一句，那是非法行为。"她顿了顿，又说，"但就算不考虑这些，陪你前往北方只会让我远离要找的那个人。他不在新法兰西。这点我可以肯定。"

"他是怎么背叛你的？"

"费舍在找什么？你怎么知道他来自海牙？"

喀拉客再次陷入沉默，能听到的只有它的身体一刻不停地震颤声。贝蕾妮斯的恐惧减退了些，但这场谈判与回避的游戏却以另一种方式加快了她的脉搏。

"在我离开中央诸省之前，他交给我一个包裹，让我送给那位面包师。我前往布利克街的路线困难又费时。但费舍牧师在我之后不久就赶到了。他在找他交给我的那个包裹。"

"他改变主意了？"

"他的举手投足全都变了。他的举止跟我见过的任何人类都不一样。他拿出了御林管理办公室的令状，还拿出链坠给我看。"

"活见鬼。"

令人流汗的兴奋感再次涌过贝蕾妮斯的身体。这次她的胃部也同时绷紧了，就好像冬日的寒气刺穿了她的皮肤，正在她的内脏里噼啪作响。这个费舍派这台机械人来海牙跑腿。他显然知道这里是塔列朗跨越大西洋的秘密桥梁的西侧终点站。这份情报要么来自贝蕾妮斯谍报组织的落网成员，要么——天主啊——费舍自己就是那个情报组织一员。而与此同时，他也在为公会效命。只不过……明明这么快就会赶来，为什么还要派这个机械人过来？这说不通。她颈背的汗毛传来令人不快的刺痛。

她必须把警告送去西方马赛。

作为失宠的间谍头子与逃亡的奴隶,他们在摇曳的灯光中注视着彼此。她这才意识到,她的手指麻木了。反常的气候带来的寒意在没有暖气的店铺里弥漫。她搓了搓手,既是为了取暖,也是为了让她在思考之时有事可做。灰尘和洒出的面粉包裹在她的手上,填满了皮肤上的纹路。触感异常光滑。令人不安。正如跟走投无路的机器坐在废弃面包房里的感受。

她该怎么解决这种状况?这个叛逆的外表像是普通仆从型,或许它能为她收集情报。当然了,它没理由帮她。事实上,它没什么理由放她离开。此时此刻,她是这座城市里唯一知晓它的行踪的人。

贝蕾妮斯说:"这儿曾经有遍布全城的安全屋。它们正是为了像你这样的状况而设置的。"喀拉客的滴答响声恢复了生气,听起来有点像幼犬的欢叫。但并没有持续太久。她续道:"但或许已经废弃了。目前在新法兰西监管这些事的人……好吧,他是个白痴。"

"他不赞成给受压迫者提供庇护?"

贝蕾妮斯回想着枢密院那无数次冗长的会议。应该让喀拉客们知道,法兰西是他们的朋友。这是德·利奥纳侯爵一再重复的话。

"噢,他赞成。但就算有燃烧的灌木把刻在钻石板上、按部就班的指示交给他,他也不知道该怎么做[1]。"

喀拉客问:"你为何如此了解这个人?"

"这件事,"贝蕾妮斯说,"可就说来话长了。我不怎么愿意

---

[1]译注:在《圣经·旧约·出埃及记》中,上帝化身为燃烧的灌木丛出现在摩西面前,并给予指示。

讲给像你这样烦恼缠身的造物听。"

贾克斯审视着这个法国人。她是什么人？她知道连阿勒斯都不知道的事。她用谜团包裹着自己，就像楚恩拉德太太用毛皮披肩裹住肩膀那样随意。她的外在给人冷静而谨慎的印象。她的这种掩饰非常老练，恐怕能骗过大多数人类。但周围的死者寂静无声，让他能听到她的心脏那如同冲刺般的狂跳声。奇怪的是，她只有一边瞳孔放大了。

他不能永远留在新阿姆斯特丹。他的好运会用尽，或者会被他的同胞认出，他就只好再次逃命了。只要贾克斯没法从那些追捕者的头顶飞过去，他赶到边境的机会就极其渺茫。尤其是考虑到她所说的乡间搜索网。这个女人有门路。想要成功逃脱，她的帮助就是他最好——或许也是最后的——机会。但贾克斯觉得她多半有能力在荷兰永远生活下去，而且不会被揭穿身份。这意味着她没有动机去为他而冒险。他必须给她一个动机。

他必须搏一下，赌一把。

贾克斯将两只手指伸进他身躯上的开口。"这就是费舍要找的东西。"他取出一个小玩意儿，举到她面前。黑色的炼金术玻璃反射着灯光，"就藏在他命令我送到这间面包房的古董显微镜里。"

她身体前倾，眯起眼睛。她或许是下意识地伸出手来。贾克斯抽回了手。

"那台显微镜在旅途中损坏了。这东西掉了出来。当我碰到它的时候，它……改变了我。"

"改变了你。给了你自由？"

"对。"

"我的上帝①。"她说。然后她捂住了嘴。这是个表示敬畏或者震惊的动作。但或许——是经过算计、有意识的举动？

贾克斯续道："我相信他是真的想把这件东西交给面包师。但他很快改了主意，要不就是因为偷运违禁货物而被抓，所以被迫来截住我。他差点就成功了。"

那个人类如此专注地看着那块玻璃，让他不禁想把它重新藏好。"绿石楠。"她低声说。

"我不明白。"

她摇摇头，"只是推测。仅此而已。"

贾克斯说："如果你帮我越境，你就可以研究这东西了。我猜你们对我的种族的了解会因此突飞猛进。"

"操他妈的耶稣之血啊。这简直是个该死的笑话。"她双手插进头发里。面粉留在头发上，让她仿佛在几秒之内老了好几十岁，"请相信我，我很乐意这么做。可是，哼哼，有个问题。我相信我要找的那个人在私底下与荷兰人同谋，但他也是国王面前的红人。我不敢把如此重大的发现带去马赛，因为你的制造者在城堡里有内应。"

贾克斯把那颗玻璃珠塞回藏匿处。法国女人仔细看着这一幕，仿佛要记住它在他身躯里的确切位置。她的目光定格在那里，同时开口道："可是……上帝啊！如果我们能研究那颗珠子，该死的，我们也许就能解开阶层式超禁制的谜团。我们终于可以知道，公会是如何制造出驱使你们的强制力了。"

"我跟你分享这个秘密，是因为我觉得我们可以互相帮助。但在我安全越境之前，我是不会让它离开我的。"贾克斯说。

"如果他们抓到你，就会把它回收。这对你的机械人同胞可

---

①译注：此处原文为法语。

没有好处,对吧?"

"对你们的目标也一样没好处。所以我再说一次,我认为你帮助我的动机很明显。"

"我告诉过你了。我不能去北方。现在还不能。"

贾克斯拍了拍躯干。金属碰撞的铿锵让冰冷的阴影中响起了清脆的回音。恐怕你再也见不到这样的东西了。

法国女人的鼻子淌出了鼻水,为她的上唇增添了黏液的光泽。她的目光飘向远方,仿佛正在深思。片刻过后,她再次抬起头来,突然显得充满生气,就像她以为贾克斯要杀她的时候那样。她的语速变得飞快。"再告诉我一次。它只是碰到了你?"

"是的。"贾克斯更加详细地描述了他得到自由的过程:客轮、风暴、航海禁制。

"能再让我看看吗?"又是几声滴答过后,她补充道,"你瞧,我是不可能从你手里抢走它的。"

为了赢得她的帮助,贾克斯再次拿出了那块玻璃。她拿起提灯,朝着贾克斯摊开的手掌弯下腰去,直到鼻子几乎碰到他的手指。

"问题在于,"她说,"我见过这样的东西。"她拿起了带来的篮子,又说,"现在让我给你看点东西吧。"

贝蕾妮斯打开了篮子的暗格。她那本莉莉丝头部解构过程的笔记就在里面。她不打算把内容告诉这个叛逆,天知道它会有什么反应。她拿出的是隆尚用来装她的玻璃眼球的那只紫红色的缎面袋子。现在里面装着另一块玻璃。她由衷地希望这位仆从机械人不会因此勃然大怒。

她深吸一口气,屏住呼吸,让自己恢复冷静。她特意不去考虑狂怒的喀拉客所拥有的毁灭性力量。不去思考尖叫和喷血的动脉,还有内脏的臭味与路易斯的双臂——

不。

"别急着下结论,请先听我说完。"她解开银色的束带,倾斜袋口。一块浑浊的玻璃落进她的掌中。与解放那位叛逆的玻璃珠相比,它的大小和颜色都一样,但形状有所不同。现在轮到那个喀拉客瞪大眼睛了。它眼窝里的遮光板发出嗡鸣。它发出轻柔地拨弦声,其含意再清楚不过。

这是什么?

"你对自己的身体了解多少?"贝蕾妮斯说着,不安地发现自己问过蒙特默伦西一个非常相似的问题,就在他背叛的几天前。那台机器看着她。贝蕾妮斯匆忙补充道:"这东西来自一台停止活动的军用喀拉客的头颅内部。它当时已经不能动了。它是那场战争的遗留物。就在停火协议敲定之前。"

"你拆解了它。"

"当然。郁金香不知道这东西落在了我们手上,所以他们不会来找。那个机会真是太宝贵了。"她用手指玩弄着那个小玩意儿。尽管面包房里很冷,它的触感却很温暖。"我相信,这就是你们的制造者急着从战场上回收受损机械人的理由。他们提出的条款中,对公会技术产品做了极其严格的规定,原因同样是这个。"她说,"我怀疑你的脑袋里也有类似的东西。"

"我是仆从。不是士兵。"

贝蕾妮斯说:"是啊,但我敢打赌,你们的相似之处比差异要多。"她没有提到莉莉丝的脑袋里也有类似的玻璃珠,那一颗还能发光。"看看吧。"她用拇指和食指捏住那块玻璃,举到那台仆从的手掌上方。

叛逆的玻璃珠上凸出的位置，她那颗上就是凹陷的，反之亦然。

如果喀拉客能够震惊得直眨眼，她相信它会这么做的。它的身体发出一连串"砰""叮当""咔嗒"和"滴答"，像一台被丢下深井、摔得粉碎的时钟。它说："它们是成对设计的。"

"看起来是这样。不过，就算我没猜错，你们每一个的体内都有这种东西，"她的指甲敲了敲玻璃，叮，叮，"这并不能表示你的这个玻璃球能通用。可我还是很想知道，如果把它们拼起来，会发生什么。"

机械人猛地抽回了手，快得用她的肉眼无法捕捉。"我不会做任何可能改变我——导致我复原——的事。我不想变回原来的样子。"

贝蕾妮斯打了个哆嗦。发出刚才那句话的，是喀拉客那不似人类、语音僵硬的发声装置。但其中蕴含的决绝之情却让她觉得像极了人类。这台机器渴望着保住自由，其强烈程度一如她渴望着路易斯死而复生。如果它知道这份自由终将失去，它的镀铜心脏会因此剧痛不已吗？

但紧接着，她想起了路易斯在她臂弯里血流不止的情景。他是被那个天杀的公会害死的。这让她硬起心肠，抛开同情与怜悯。我们会成为比荷兰人更和善的主人，她告诉自己，我们会用他们的工具来对抗他们。在雕塑完成之前，凿子不能丢掉。

"仅仅碰到这颗珠子，就让你发生了改变。"贝蕾妮斯问，"但是，有没有这种可能，它对你的同胞不起作用？"它拿着的这颗玻璃珠是件强大的秘密武器，这也能解释这个机械人是如何逃避追捕的：它在逃亡的途中，是否留下了无数的秘密叛逆？那样的话……一个计划的雏形浮现于她的脑海深处。但在她找到蒙特默伦西之前,它毫无意义。

不,那台机器用咔嗒声回答。"哪怕是我们之中最庞大的个体,它的魔法同样有效。"它叙述了自己在前往边境的失败逃亡中释放喀拉客飞艇的经过。

她吹了声口哨,"我看到坠落现场了。我当时还好奇你是怎么制服飞艇上的所有船员的呢。"这台机器坚决拒绝她拿它做实验,这种谨慎态度合情合理。但飞艇的事启发了她。"你瞧,"她说,"这些炼金术玻璃制品显然从设计上就是成套的。看在基督的分上,你自己看吧。这也能说明你的制造者为什么要不遗余力地拦截你了,因为他们明白了你究竟带着什么。"但她还是不明白那个叫费舍的人跟这一切有何关联,也不理解他为何会突然间改变心意。这真是个令人费解的谜题。"我提议的实验没有任何危险,相当于让你那块玻璃碰到你。或者,打个更准确的比方,相当于拿它贴上飞艇的眼睛。只不过这次是让它深入军用喀拉客的脑袋。"

贾克斯考虑起来。拒绝的话,有可能触怒她,导致她离开。而且说实话,他也实在很想知道这两颗玻璃珠碰触的时候会发生什么——如果会发生什么的话。这个法国女人手里的东西就是喀拉客遭受奴役的根源吗?就是这么多痛苦的由来吗?

"我明白你的意思了。"他说,"你有多大的信心?"

这个女人比他见过的所有非公会成员都更加了解他的种族。但她顽固地想要摆弄从他的同胞——无论有没有停止活动——身体里拆下的身体部件,这种行径真是太可怕了,甚至可以用惨无人道来形容。可他却被她说动了心,也许这说明他也是个邪恶的家伙。

"我的直觉告诉我可行。"她说。她严肃的语气让他想起了亚当的死刑那天,亨德里克斯教长与三位公会宗师在惠更斯广场做出的骇人宣告。"此外,"她补充说,"你失去自由意志对我也没有好处。如果超禁制再次控制你的身体,我的下场会相当凄惨,毕竟我是你的制造者公开宣称的敌人。所以从理性利己主义的角度来说,如果我有丝毫怀疑实验会对你产生影响,就根本不会提出这种要求。这点你可以相信我。"

她的话令人信服。她在新法兰西的同僚是否也被同样的热情与说服力打动过?他与人类共同生活过很久,所以知道"过度自信"这回事。那是很愚蠢的。但话说回来,他放手一搏的行为或许同样愚蠢。但到了这一步,他已经没法回头了。一旦山崩开始,小石子儿就没法再改变主意了。

贾克斯把那块玻璃放到他们之间的地板上,发出轻柔的咔嗒声。提灯的光扫过那块玻璃,只照亮了它的外壳,无法穿透它的内部。

"好的,"他说,"开始你的实验吧。"

那个人类没有犹豫。她身体前倾,将自己那块玻璃拿在手中。她转动玻璃块,直到它的轮廓与地板上那块对齐。然后她将凹陷与凸出的部位贴合起来。

法国女人的玻璃突然迸发出碧绿色的亮光。

它从下方照亮了她的脸,让她的皮肤变成了楚恩拉德太太的绿柱石首饰的颜色。蛛网般的光线在天花板上舞动,就像在池塘的塘底燃烧的炼金术火炬。

改变是在瞬间发生的。她倒吸一口凉气。贾克斯猛地后仰身体。

"我就知道。"她低声说。

"刚才发生的是什么?"

"如果被我取走这东西的机械人还没有彻底停止运作,我相信他现在已经是个叛逆了。就像你一样。"她的左眼和右眼反射着不一样的光,"而且我相当确定,你脑袋里那个看起来也差不多。"

我们看到的是它的灵魂,贾克斯说。

"这东西的所有者已经死了。就算它有过灵魂,也早已消散了。"她说。但贾克斯没理她。她现在没那么自信了。他知道她说错了。他就是知道。

他们沉默地盯着闪闪发光的玻璃,看了好几秒。贾克斯终于注意到,他那块玻璃变了,但变化很不起眼。它的光泽比以前黯淡了少许:灯光的透入比刚才浅了一点,照不透的黑暗多了一点。就好像另一块玻璃里的黑暗流入了其中。

最后,为了打破沉默,他换了个话题。

"你追捕的那个人,他做了什么?"

她咬住嘴唇。虽然她稍微没对齐的双眼看着死者,涌出的泪水却表明她正在审视内心。她把另一只手伸进头发,停在了那里。

"等你听完这件事,你也许会改变不杀我的决定。"

"如果我开始出现嗜血的冲动,我会提前警告你的。"

她心不在焉地笑了一声,听起来既像咳嗽又像啜泣。"就跟我之前告诉你的一样。我们抓到了一台军用喀拉客。我提议把它带去实验室做研究。"这时她正视着贾克斯,"但我们找到它的时候,它并没有停止运作。"

"这样很危险。"贾克斯说。

她朝他投去的眼神足以蚀刻炼金术钢铁。"我远比你更清楚这一点。但我当时认定值得冒这个险。既然荷兰人不知道它在我们手里,我们就可以从容不迫地进行研究了。再通过和莉莉丝的比照——就是我刚才提到的那位叛逆——我们就能直接对比受禁制束缚和不受束缚的喀拉客。我们希望弄清前者是如何成为后者的。"

"莉莉丝肯定非常信任你们,"他说,"这肯定需要对她的构造进行侵入式探索吧?"

法国女人简略而暧昧地说:"我们的确花了些工夫去说服她。"

是说服,还是胁迫?莉莉丝无疑会像贾克斯那样,狂热地保卫自己的自由。谁又知道怎样的疏漏或者失误会导致禁制重新生效呢?贾克斯尽力说服自己:法国人的行为源于绝望和战争,并非与生俱来的残忍冲动。但也许这就是人性的一部分。说到底,他们跟那些制造和奴役贾克斯及其同胞的人类并无不同。这个女人究竟把他看作拥有同等的理性与情感、值得敬佩与尊重的智慧生物,还是一台古怪的机器?他轻轻晃动通过肩膀内部的钢索,做出喀拉客式的颤抖。只要他还需要她的帮助,她对待他同胞的态度就无关紧要。但他希望自己不是在和魔鬼结盟。

她继续道:"那头怪物逃脱了。在前去行刺国王的途中,它杀死了三十多人,这才被人阻止。"她的眼泪溢出了眼眶,脸上的灰尘和面粉间出现了道道泪痕。"我在追捕的那个人——蒙特默伦西——是我在那件事里的搭档。他在大屠杀开始前就逃之夭夭,就好像他早有所料。他不在死者之中,他和他妻子那天下午失踪了。有人看到外貌与他相似的人离开了要塞,时间和我丈夫……"她的声音越来越小,最后停止了,几分钟过后,她总算调整好了情绪,"他的住处也人去楼空了。"

"他为什么要做这种事？"

"在宫廷政治里，背后捅刀子的事是免不了的。盟友也经常会换。想看到我下台或者被人取代的人一直——曾经很不少。我想也有人希望我死掉。如果蒙特默伦西没像个有罪的杂种那样逃跑，他完全可以熬过随后的暴风雨。他的财富会充当避雷针。"她耸耸肩，续道，"但失踪代表他另有所图。这已经不是宫廷阴谋了。这是叛国。但我不知道郁金香是怎么策反他的，也不知道策反多久了。"

"他的财富并不重要。我的制造者想要的不是钱。"贾克斯思索了一会儿，然后说，"他为什么如此富有？"

贝蕾妮斯叹了口气，"他有庞大的地产。我们的化学制品很多都是从他领地内的自然物质中提炼的。"

顿悟的感觉如同雷击，让贾克斯猛地站起身。他想起了德怀尔，那个孤独的喀拉客，还有他的主人与彼得·楚恩拉德的奇怪谈话。

法国女人向后一仰，从袋子上翻倒下来，在洒出的面粉里拖出了一条深深的痕迹。"怎么了？"她大喊道。

他踱起了步子，而记忆和推论开始自行分门别类，就像一副扑克牌把自己洗成条理分明的顺序。而且，就像摩纳哥的赌场庄家那样，他只用一瞬间就看清了自己的牌。他和这个神秘的法国女人，两人的目标相互交织。他知道该如何确保她的帮助了。

"怎么回事？"她爬起身来，朝门口挪去。或许她以为他改了主意，又想杀死她了。

他停下脚步。面粉在食品室里飞扬。"我亲眼看到了蒙特默伦西和我的制造者之间的交易。而且我知道该去哪儿找他。"

第十八章

两天过后,融雪水让每一条没铺路面的道路变得一片泥泞。贾克斯拉着那辆两轮货车,驶过六英寸厚的巧克力布丁似的泥浆。他的动作十分吃力,尽管除了贝蕾妮斯,车上什么都没有。贾克斯正在接近的那些四轮和两轮货车排成了长队,拉车的一部分是喀拉客,另一部分则是役畜。从隆起的防水油布来看,里面都装满了货物。他希望裹住他双腿、飞溅到他身躯中部的烂泥能为他提供伪装。但愿如此。

他们沿着山坡蹒跚而下,靠近施工场地的时候,贾克斯听到贝蕾妮斯说:"耶稣啊。有人是真的很想干出点成绩来。"

熔炉已经落成了,至少从外表来看是如此。他和凡·奥特乌斯一家看到的那座半开的大坑,如今已被遮盖,含有硫黄的烟气也不再毒害下风处的树木。大坑散发出的余热融化了已经盖住的挖掘场周围的所有积雪。此时此刻,围绕着大坑的那些建筑物——它们看起来就像楚恩拉德太太最爱的项链上的黑珍珠——的烟囱里正飘出淡黄色的烟雾。贾克斯看到好几个同胞正在屋顶上巡逻。

他很想知道,公会是否在悄然调回那些徒劳地前去追捕他的喀拉客。或许他们已经接受了那个不可接受的可能性了。或许他们相信他已经越过边境,去了新法兰西。如果今天的行动成功,这就会成为事实。如果他们的这步棋失败,边境就会失去意义——如果法国人久经考验的化学防御体系对这支喀拉客大军没有效果,他们的失败就是不可避免的,他就算逃到那儿也没有用处。在赤道以北的新世界,将不会有叛逆喀拉客的栖身之地。这次逃亡不过数百英里,最后都以失败告终。如果他想跨越几千英里,前往亚马逊地区的丛林,成功的概率又有多高?

一只车轮撞上了烂泥里的一块石头。货车猛地停了下来。贝蕾妮斯失去了平衡,幸好在摔落之前稳住了身子。她额头的汗水仿佛在藐视从东边的北河吹来的寒风。等她重新坐稳以后,他用力抬起车轭——

"动作轻点,轻点!"她说。

——同时留神自己的脖子。他让货车摆脱了阻碍,而且成功地没有让颈部轴承遭受过度的压力。

"你没必要提醒我。"他说。

前往熔炉的车流有所减少。队伍比他上次见到的时候宽松了些,也没那么整齐。与上次侦察的时候相比,只有一点毫无变化:守在卸货处两边的那两名拧颈卫士。在他看来,负责监督卸货的这些机械人说不定仍旧是他上次见到的那两个。他们很可能一步都没挪动过。

现在回头已经太迟了。要逃跑也太迟了。毫无疑问,当他和贝蕾妮斯半个钟头前爬上那座小山的时候,这些卫士就一路盯着他的动向。但看到那些凶神恶煞的半人马躯体,他就会不由自主地想起亚当在那些手臂里徒劳挣扎的情景……今天早上,他问贝蕾妮斯是否有上帝存在,如果存在的话,它又是否会照看地球上的所有生物。他真希望她当时没有放声大笑。如果想检验祈祷的安慰作用，现在似乎正是时候。

"我们开始吧。"贝蕾妮斯压低声音说。他们融入了队尾。

拧颈卫士和他们之间隔着三辆四轮货车。然后是两辆。然后是一辆。接着，贾克斯再次拉起车辕，朝着卸货处前进。四条手臂——每个拧颈卫士各两条——层叠在卸货处的入口上方，距离他的脸仅有一英寸。那些手臂撞在一起，发出铜钹般的响声。贾克斯的身体僵硬了。

贝蕾妮斯呻吟起来。她用荷兰语说："这他妈是在开玩笑吧。"贾克斯身后响起弹簧的嘎吱声，她在座位上站了起来，多半是为了居高临下地看着那些拧颈卫士，正如它们居高临下地看着贾克斯，"现在又他妈有什么问题？"

这些御林管理办公室派来的机械人抬起空余的手臂，指了指一条路面较窄、车辙印也较少的道路。那条路绕过这栋建筑，远离大坑边缘。这里的地面离大坑已经很近了，贾克斯能透过脚底感觉到暖意。地狱之火带来的暖意。

"我不会马儿的哑语，你们这些愚蠢的傻大个怀表。用女王的荷兰语跟我说话。"

拧颈卫士们重复了同一个动作。贾克斯看着他们在他面前交叉的手臂。如果他们碰到了他，后果会如何？拧颈卫士能感觉到费舍的玻璃给他带来的改变吗？他们能看到密封在他颅骨里、充当松果体的那块玻璃发出的宁静光辉吗？就算对他的同胞来说，这些半人马也始终是不解之谜。相比之下，就连鹿特丹港的那条巨船都似乎更合群些。

贝蕾妮斯说："我不明白你们想干什么！直接告诉我！"她出色地表现出了面对一连串侮辱的人被最后一根稻草压垮的模

样。贾克斯也不清楚她的愤怒是不是装出来的。

头顶某处传来了人声："它们不会说话。"贾克斯和贝蕾妮斯同时抬起头来。有个女性公会成员从卸货处的一扇窗户探出身子，一脸厌烦。她的项链连着玫瑰十字架的链坠。

"好吧，"贝蕾妮斯说，"它们明不明白，我这礼拜过得已经够惨，不需要更多的破事了？"

那个女性成员摇摇头，"它们不在乎。这儿是专门卸货的地方。装货要走那边才行。沿着那条路。"她转过身，想回到里面。

"我不是来装货的。我是来见那个法国人的。"

公会成员停下脚步。她再次探出身子，"什么？"

"我的货车是空的，不是因为我是来装货的。我需要跟那个法国人谈谈。或者换个说法，他需要跟我谈谈。"

"谁？"

"那个法国人！"贝蕾妮斯说，"就是那个说法语的该死家伙。"

这时候，另一辆由两匹马拉着的货车停在了他们身后。"动作快点，"那车夫说，"你可能不着急，我还想天黑前赶回家呢。"

贝蕾妮斯转身看着他。"你干吗不滚去啃癞皮狗长跳蚤的卵蛋呢？至于你，"她说着，指着窗户，"可以把那个法国佬带过来，就像个好心的小巫师那样。"

贾克斯很想知道，她的表演有多少是演技，又有多少是贝蕾妮斯的真实一面。根据他们事先商量的结果，她打算引发骚动，理由是她惹出越大的乱子，别人就越会想方设法让她消气。或者——用她的说法——让她闭嘴。但他怀疑，她其实很享受这种能够公开辱骂敌人的难得机会。

"女士，"他们身后的那个车夫说，"如果你再不让道，我就驾着这辆车直接撞上你的肥屁股了。"

"肥？我他妈让你瞧瞧什么叫肥！"贝蕾妮斯跳下车夫位，落在车斗里。她迈着沉重的步子踩过饱经风霜的木板，来到货车后部，仿佛要跳到他那两匹马的背上，然后扑向他。

"嘿,嘿,嘿,"那个女成员说,"停下!"

一台军用喀拉客停止了巡逻,从屋顶跳下。烂泥从它落地的位置喷出,飞溅在所有人身上,让马儿也嘶鸣起来。它拦住了贝蕾妮斯。

"女士,"它说,"为了您的安全,我谦卑地请求您不要生气。先生,我恳求您保持耐心。"

贝蕾妮斯手指着那个车夫,越过介入的喀拉客的头顶,道："算你走运。"

"比你丈夫走运,这点可以肯定。"

"这是你挑的事!"她向后一仰,仿佛要重新开打。军用机械人抬起手来,做出国际通用的"停止"手势。"女士,请住手。先生,请允许我协助您。"

那台机器牵起马儿的缰绳。这段时间里,那个公会女成员走下楼来,迄今为止纹丝不动的拧颈卫士们放下了手臂,让她通过。等她站到贾克斯身边,抬头看着贝蕾妮斯的时候,它们又恢复了挡路的姿势。

"好了,"她说,"我能否请求你让到一旁,好让这位先生通过？然后我们再来理清状况。"

贝蕾妮斯翻了个白眼,但还是朝贾克斯打了个手势,示意他拉着空无一物的货车离开卸货车道。他照做了。拧颈卫士们放下了手臂,那台军用机械人牵着那个车夫的拉车马进入了卸货处。贝蕾妮斯爬下车来。

"好吧,"那个戴着玫瑰十字架项链的女人说,"你说你不是来装货的,你的货车却又是空的。我不知道这是怎么回事。"

贝蕾妮斯装出努力平复情绪的样子,"我接到这份活儿的时候,我的货车还不是空的。我抵达边境的时候,那些法国佬没收了我的所有货物。"

这话让那个发条学者迟疑了片刻,她皱起眉头,"你是一个人从新法兰西过来的?"

"我驾了三天的车,没有吃的,几乎没有睡觉。无论有没有货物,我都要求得到酬劳。那个法国人欠我的。"

"我明白了。他认识你?"

"他的手下雇了我。这么一来,我的问题就是他的问题了。这份活儿让我赔的比赚的还多。所以,该死的,他得补偿我的麻烦才行。他也许想知道,法国佬的边境管理官把那些桶子里的东西全没收了。他们还收下了大笔贿赂——我拿出了身上的每一个铜板,这才免于坐牢。就算这招本来也行不通,但我告诉那些无知的蛮子,说我这台废物仆从其实是个军用型,正要去加入奥兰治堡的驻防军。谁知道那些没脑子的蠢货真的信了。一台军用型滴答滴答地在鸟不拉屎的地方拉着货车。是就好了!这样的话,我就能割断他们的喉咙,把我的钱拿回来。但我办不到,也没把钱拿回来,所以那个法国人欠我的。"

贝蕾妮斯编造这样的故事,表面上是为了那笔尚未得到的酬金。但贾克斯希望,这里的发条学者更关心这个故事中有关没收的那部分。这个问题他向凡·奥特乌斯一家解释过。如果他没有弄错的话,这批不断送往大熔炉的货物严重违反了法国的禁运法令。如果真如贝蕾妮斯所言,有蒙特默伦西参与其中,那他一定就是具体经办者。

到目前为止,这个发条学者并没有否认有法国人在这儿工作的事。但她也没有确认他就是贝蕾妮斯要找的人。

发条学者扯了扯项链,咬着嘴唇。拧颈卫士们的脖子里发出棘轮的咔嗒声,它们转过头来,看着这番对话。还是说他们在看他?别这样,贾克斯心想,别这样。

最后,她说:"我不知道他眼下在不在。不在的话,我们就只能派信使到城里去了。如果你愿意跟我来,或许我们可以在此期间结清你的补偿金,再给你弄点吃的。你觉得怎么样?"

贝蕾妮斯说:"这不是要什么花招吧?你们这些修补匠特别善变。"

贾克斯不得不赞赏那位发条学者的耐心。她板着脸,用平静的语气答道:"我向你保证,我们不是这样的。这边来。让你的仆从跟着我。"

贝蕾妮斯爬回车上。"感谢上帝,总算遇见明白事理的人了。"然后她对贾克斯说,"你还等什么?跟着她。"

贾克斯抬起车辕。他费了一番功夫才把陷进泥地的车子拉出来。车轮摆脱了淤泥,他们跟着那个发条学者,走上了绕过建筑物的第二条路。

贝蕾妮斯朝前面的女性公会成员喊道:"你们这儿有医生吗?刚才太激动了,我头疼得要命。"

这是她和贾克斯说好的暗语。他拉得更用力了。

那天早上日出之前,贾克斯躺在一口石棺上,贝蕾妮斯翻阅着她从离开西方马赛之后一直藏在身边的笔记。他们的藏身之处是一座老旧教堂的圆顶地下墓室,位于码头和罗斯福公园之间。她翻着书页,就像在看过多次的书里寻找精彩的部分。即便在墓室的微弱灯光中,他也能看到其中许多页画着可怕的示意图,包括机械联动装置、行星齿轮、钢索、擒纵机构与扭力弹簧。这是一本禁忌之书,记载的是喀拉客拆成的零件。他努力不去考虑那些为此遭受破坏——或者解剖——的同胞。从字迹的变化来判断,这些笔记是好几个人写成的。新增的条目——贝蕾妮斯加的?——字体紧凑狭小;较早的条目字体松散,用较深的墨水写成;最早的条目用的是勃艮第铜版字体,像印在报纸上的文字那样整齐。

"好了,"她说,"找到了。"她把红丝带做的书签塞进封皮,然后拿起那本笔记,让他能看到内页。书页中央是一张示意图,但吸引贾克斯注意的却是边缘的部分。那是一块参差不齐的发黑金属,因巨力而扭曲粉碎。也许是因为炮击,或者爆炸。他不明白她的用意,他的全部精力都用在压抑咒骂的冲动上了。

贝蕾妮斯知道她是在用难以言表的方式当面冒犯他吗?她在乎吗?他想尖叫,怒吼,向着天空大喊:我不只是部件的组合体而已!他很想知道,如果立场对调,贾克斯强迫她观看食人仪式,或者同样可怕的场景,她会有什么反应。在她放下笔记本的片刻之前,他认出了那些暴露在外的机械装置的轮廓:一连串颈部轴承。她要对他的脖子做什么?

"支撑这部分齿轮传动链的主轴——"她轻轻敲了敲书页,"——相对纤细。如果我们削去足够多的部分,那么,只要受到适当的压力,它就会折断。"她抬起双臂,仿佛在和看不见的舞伴跳舞。她皱起眉头,但当她再次看向笔记的时候,双眉舒展开来。"没错。我认为行得通。"她笔直地伸出双臂,仿佛在平衡她纤瘦肩膀上的一副车轭。"就像这样,看到了吗?"她朝右稍稍倾斜身体,"身体前倾,直到全身绷紧。重心放在左脚,但几乎完全用右肩发力。"她收起身体,将一根手指拂过她的肩膀,"这根钢索必须拉伸到极限。"然后她再次摆出那个怪姿势,开口道:"然后再向右转过头,就像想和我说话那样。"贝蕾妮斯模仿着那个动作,猛地转过头来。她只瞥了一眼,马上疼得身体一缩。

她揉着脖子,"该死,好痛。"

"我这么做的时候,会发生什么?"

"在小齿轮受损的情况下?它会断掉。而且我认为,它会让你的颈部轴承发出吓人的咔嗒声。"

贾克斯说:"我不喜欢这个计划。"

"你瞧,"贝蕾妮斯说,"这件事要我们俩才能办成。但他们不太可能带上你一起,对吧?他们需要带你进去的理由。如果我们的做法正确,你几乎不会损失任何机能,但你转动脑袋的时候会发出可怕的声音。你可以不时发出那种声音,夸大受损的范围。"

"如果我的制造者为了减轻重量,特意把那个小齿轮做得很脆弱,那就表示他们认为这种受损状况出现的可能极低。破坏那个零件或许相当困难。"

"你是几时造出来的?"

"一八零八年。"

对于他的担心,贝蕾妮斯不屑地摆了摆手,"呸。跟今天相比,当时的合金就是垃圾。你换过什么零件吗?"

贾克斯回忆着过去。差不多每十年一次,他会被送去熔炉,做定期维护。"我不清楚。我想没有。他们没告诉过我。"

拆开他的脖子比她预想的更费时间。只用简易工具——而非发条匠的特制工具——来拆卸喀拉客,用贝蕾妮斯的话来说,就跟用麻绳和穿索针来修补破损的蜘蛛网差不多。

"好消息是，"她一边低声咒骂，一边说道，"如果他们打算绞死你，那根绞索肯定会气得要死。"

"他们不会绞死我们这种存在。他们会把我们丢进大熔炉的烈焰里。这是为了将我们彻底熔化，并焚毁我们罪孽深重的自由意志。"

"我知道。我是在说笑。"

"我可不会拿你的死刑开玩笑。"

"你的制造者把你们造得没有幽默感，这可不是我的错。"

"我们有幽默的能力。"贾克斯说。他想起了他的朋友菲格，德·吉尔太太的仆从机械人。她就会说大多数喀拉客不敢说的话。每当他和菲格共事的时候，夏日宴会就会显得更加有趣。沉湎于过去的记忆让他的心情愉快了些许，直到他意识到自己也许再也见不到她了。

又是一个半钟头过后，一块锁眼盖松脱下来，咔嗒一声落在墓室的石头地板上。接下来的几秒钟里，他们紧张地竖起耳朵，担心有人听到了动静。之后，贝蕾妮斯将贾克斯身体里拆下的部件放进旁边的石棺里。他的镀层内侧呈现出刷洗过的黯淡古铜色。

她用手臂擦了擦额头。"我能看见那根主轴了。我打算在不弄断它的前提下，能刮下多少算多少。"她双手叉腰，后仰身子，背脊的骨骼喀喀作响。然后她拿起那本笔记，又看了看那张示意图，"也许会有点疼。"

"我非常熟悉痛苦。从被造出来的那一刻起，我们就忍受着禁制带来的疼痛。你应该庆幸自己从没体验过类似的事。"

贝蕾妮斯将笔记本重重摔在地上。她猛地转过身，几乎立足不稳。"你说我没体会过痛苦？你爱过什么人么？你的毕生挚爱因为你的失败而在你臂弯里呜咽着死去，你经历过么？没有？那你应该觉得庆幸。"

过后，他们在沉默中——墓室的沉默中——忙碌着，直到贝蕾妮斯的锉子折断，让她咒骂了整整一分钟。她用镊子和粗糙的钳子夹出掉进他脖子里的所有碎片，而他们因此损失了更多的时间。咒骂结束后，她再次陷入了阴郁的沉默。

虽然同样泥泞，但远离卸货处的这条路没有被无数通过的货车碾得乱七八糟。淤泥也不会像在大路上那样，轻易抓住车轮不放。贾克斯扫视地面，寻找着合适的石头，设法让右侧的车轮被最合适的对象卡住。货车猛地停了下来。

"该死的，你这堆愚蠢的垃圾。你想把我的五脏六腑都颠出来吗？"

"不是的，女主人，"贾克斯说，"我为我的粗心道歉。"他模仿着毕恭毕敬的样子，滔滔不绝地说着生硬又卑微的致歉用词。他的大脑里充斥着想象出来的凝乳味道与硫黄气息。感觉就像背叛了那无数个永远渴望着摆脱束缚、却注定失望的机械人一样。"我会更小心的。"

"你最好小心点，该死的，"贝蕾妮斯说，"快点走！她还等着呢。"

那个女性公会成员的确在高处的草地上停下了脚步，他们脚下的道路就在草地边绕过了卸货处。她看起来既厌烦又恼火。贾克斯拉起车轭，趁着那位发条学者注意他的时候，特意做出右脚打滑的动作。

他调整了肩上的车轭，将左脚放到最适合牵引的位置，然后用力拉着车轭。他转动肩膀，以对抗嵌在车轮下的石头提供的阻力。他将重心换到左脚,绷紧右肩,能感受到他的头颅下方某处传来的微弱而尖锐的鸣声。那是金属过度拉伸的声音。

这些举动必须足够精准。如果用力过大,说不定会挤破藏在躯干里的囊袋。光是固定那东西就花了好几个钟头。起初他连动都不敢动,生怕让自己失去活动能力。

"女主人,"他说,"我该——"

他仍旧拉着陷进泥里的货车,他转过头去,仿佛要面对着贝蕾妮斯说话。

他的脖子里面,有东西折断了。声音响得出奇,让贾克斯吃了一惊。小块的金属碎片在法兰盘上散开,落入他的内腔。贾克斯压抑着片刻的恐慌,想知道自己的身体是否会瘫痪。但他的头还能动。事实上,他的脑袋停不下来了。它上下微微摇晃着,仿佛感染了人类的疟疾。

贝蕾妮斯说:"见鬼,怎么回事?"

贾克斯做出想要调整视角时的自然动作,努力歪过头。他的脑袋就像一只懒惰的风向标那样猛地转了半圈。他极其费力地抑制着动作的幅度,让双眼朝向特定位置。他能让面孔转向大致的方向,但并非毫无误差。

发条学者走上前来。她叹了口气,"我想我听到有东西裂开了。是你的货车坏了吗?"

贾克斯仔细试探着所有关节和铰链的活动范围,这是超禁制会做出的要求。那个女人注意到了他不起眼的自我诊断动作。贝蕾妮斯则假装没有发现。

"我发誓,你这一钱不值的臭狗屎,"她说,"如果你把车轴弄断了,我就亲手拆了你,把你当废铁卖掉。"

贾克斯锁住了体内的每一处关节。除了风向标似的脑袋以外,他一动不动。他背诵着每个仆从型都害怕听到自己说出的那段话:"女主人。我有义务通知您,我受到了损伤。在目前的状态下,我无法以完全的能力为您服务。我有职责谦卑地建议您,在您方便的时候,请安排将我暂时转交给发条学者与炼金术士神圣公会照看,由此让我恢复全部的机能。我也同样有义务提醒您,您与王室的租约,无论是直接签订还是通过中间人,都禁止您尝试对我的构造进行任何修改、维护或者修理。对违反此条款的惩罚,最严重的情况下将是死刑。我谦卑地为您的不便而致歉。"

"什么?"贝蕾妮斯又跳了起来,她怒视着贾克斯,"你他妈究竟在说什么?"

"我坏了,女主人。"

她跳进烂泥里,"你说坏了是什么意思?"

那个公会女性成员揉捏着项链的链子。对她来说,这个下午变得相当难熬,但她脸上的表情却带着专注。她正在诊断。她盯着贾克斯上下摇晃的脑袋。"它脖子里有东西断了。你瞧,它没法让脑袋保持静止了。"

"我不在乎它的狗屎脑袋。我在乎的是从那个法国人流脓的老二里挤出属于我的钱。"贾克斯很想知道,贝蕾妮斯是在哪儿学到的这种富有创意的骂人方式。她猛地指了指贾克斯,又指向货车,"赶紧回去工作,你这镀铜的懒惰尿盆。"

贾克斯转头想要回答,但那个女性成员插嘴道:"这样恐怕不太明智,女士。继续受力只会加重你的喀拉客的受损状况。从长远看,你的损失只会更大。我们应该把它带进去,至少检查一下。你很走运——如果它真的坏了,在这儿坏掉反而更省事。"

"它怎么可能这就坏了？它出炉还不到十五年呢。"

公会成员扬起一边眉毛。她瞥了贾克斯一眼，"你说什么？"

"我在签这东西的转租合同的时候问过了，"贝蕾妮斯说，"我可不是傻瓜。"

女性成员叹了口气，她的耐心真的令人印象深刻。"我真不希望由我来告诉您，女士。但我相信您受到了……欺骗。"

贝蕾妮斯的身体僵硬了，就像锁定了全身关节的喀拉客。她接下来吐出口的几个字就像冰块："你什么意思？"

"噢，基于设计上的几处细节，还有锁眼盖上的图案，我得说您的机械人是在上世纪早期问世的。"发条学者在贾克斯周围绕着圈子，就像狮子在悄然接近春天的羊羔，"另外，坦白地说，它从前的几任主人对它的维护相当疏忽。这够得上犯罪了。这台机械人经历了长期的过度使用，保养却少之又少。"

贝蕾妮斯摇摇头。她吐出一口白汽。"不。不，我付的可是新机械人的钱。价格更贵，但物有所值。"她一点一点抬高了嗓门，"它是我的投资。这份转租合同的头款是很大的开销，但我打算让它多干点活来做弥补。"说到这里，她发起抖来，"等拿到送货的酬金以后，我还打算继续出去工作呢。可我不但没了能换取酬劳的货物，现在你又告诉我，这堆狗屎连我付的那笔钱的一半都不值？"

那个女性公会成员又叹了口气，"是的。"

贝蕾妮斯猛地转向贾克斯，"你这块可悲的垃圾。我他妈被你害死了！"她的双拳砸在他胸口的黄铜外壳上。她后仰身子，准备踢出一脚，但就像所有忠心耿耿的喀拉客会做的那样，他躲到一旁，以免她的脚部骨折。他移动的时候，脖子发出了吓人的尖锐响声。贝蕾妮斯失去平衡，滑倒在烂泥里。"你这吃里爬外的畜生。我要把你熔掉，做成烟灰缸。"

然后贝蕾妮斯哭了起来。

那个女性公会成员叹了第三次气——这应该破了某种记录了——随后朝贾克斯所谓的女主人伸出一只手。奶油糖色的厚重烂泥从贝蕾妮斯的斗篷落下。连她的头发也沾上了泥巴。

"来，"那个发条学者用称得上友善的口气说，"先把你的货车留在这儿。我们到屋里去。我们派信使去找蒙特默伦西先生的时候，你可以暖暖身子，再把衣服烘干。然后我们会立刻找人来检查你的机械人。这样行吗？"

贝蕾妮斯吸着鼻子，点点头。那个女性成员转过身去的时候，贾克斯看到了贝蕾妮斯的眼神：她正在享受这一切。但话说回来，她跟他不一样，这里并不是整个新世界最让她畏惧的地方，而她也不是运用骗术进入此处的叛逆喀拉客。

发条学者领着他们走进门里。每迈出一步，贾克斯破损的脖子都会发出刺耳的鸣响与咔嗒声。这掩盖了他的发条心脏恐慌的呼哧声。

贾克斯被人带去了某间实验室做检查，贝蕾妮斯则和那个女性公会成员一路走过大片办公桌，桌边稀稀落落地坐着几个官僚和文员。贝蕾妮斯本以为会看到办公楼层一片繁忙喧嚣，尤其是在新熔炉即将完工的此时。她本以为现金和文件已经开始流动了。虽然经济衰退使熔炉完工的时间有所推迟，但公会对新世界投入的大量资源本该掀起新一轮新喀拉客租约的风潮，外加商业与合作提议。此外，看起来很多所有者都推迟了喀拉客的维护，等待熔炉正式开放，而非花数周的时间，让他们的仆从去海牙接受检修。但从办公区的情况看，中央银行的近乎破产严重影响了新熔炉的预期业务。

贝蕾妮斯好不容易才压下笑意。自诩非凡的发条匠也会出现这种不幸的误算，这让她感到无比愉快。

贝蕾妮斯透过盈眶的眼泪打量着周围。要流泪很容易：只需要打开装着悲伤的瓶子就行。停止哭泣反而比她预想的更难。贝蕾妮斯仍在抽泣的时候，那位富于同情心的女人带着她爬上一段楼梯，将她安置在一间会议室里。这儿看起来就像是从阿姆斯特丹的某家高级绅士俱乐部直接搬过来的。

这里显然是达官贵人碰面的场所。难怪它会比熔炉内部更早完工。两座能把贝蕾妮斯偷来的货车塞进去当柴火烧的大型壁炉相向而立，中央是一张光滑的柚木会议桌，桌面嵌着玫瑰色红木的十字架。十二张靠背皮椅以宽松的距离围在桌边。高及天花板的书架上塞满了有浮雕图案和镀金皮革书脊的书本。某面墙壁上有一扇俯瞰主楼层的玻璃窗。深色胡桃木镶板组成了及腰高的护墙板，金银丝线构成的涡纹旋花图案向上延伸，一直到天花板边缘配有镜子的壁突式灯台。炼金术灯没有亮起，铭刻其上的印记保持着休眠——就算在今天这样阴沉的初冬日子里，直径十英尺的圆顶天窗也为房间提供了充足的自然光照明。房间里散放着四张沙发和相当数量的豪华软垫椅。几张沙发和椅子旁边放着报纸架，挂在木钉上的报纸随着开门时的风飘舞起来，仿佛几只飞蛾。这个房间是会议室与阅览室的集合体。远处的角落放着一张办公桌，多半是在会议时供书记或者抄写员使用的。她满意地注意到，这扇门上有锁。

贝蕾妮斯观察房间的时候，那位女东道主领着她来到其中一座巨大壁炉旁的椅子那里。她重重地坐进椅子，仍旧啜泣不止。那个女人转动壁炉架上的一块不起眼的尖顶饰，微弱的嘶嘶声和咔嗒声随即响起。考虑到壁炉的大小，贝蕾妮斯本以为会看到足以烧焦眉毛的烈焰，但对方熟悉操作，把火力调得相当小。她甚至拿走了贝蕾妮斯沾上烂泥的斗篷（但它仍旧将一长条灰褐色的污渍留在了椅套上），挂在壁炉旁的衣钩上。

"谢谢你。"贝蕾妮斯含糊地说。

"我们平常可不会这么做。"

"你是我见过的最好心的发条匠。"这话没错。但出乎意料的善意就像藏在土里的石头，随时可能让她的犁刃弯曲折断。所以贝蕾妮斯选择相信这个女人的同情态度是反常之举。这样总比削弱她心中的恨意要好。

"正好我今天心情好。"那个女性公会成员说，"我现在得安排信使进城去。但我会找个仆从机械人给你拿点食物来。你暂时待在这儿没关系吧？"

贝蕾妮斯故意四下张望，仿佛因为缺乏归属感而心怀不安。"如果有人要用这个房间，我该怎么办？"

女东道主说："如果有人问你为什么在这儿，你就说你是卡特里娜·巴克斯特的客人。但这种可能性很小。我们大部分的工作都在下面，"她说着，又指了指窗外，"以及外面。"她转向房门，又停下了脚步。她咬着嘴唇，转过身来。贝蕾妮斯对上她的目光时，她压低了声音，"在蒙特默伦西身边要当心。他会对你毛手毛脚的。"

同等程度的厌恶和喜悦流过贝蕾妮斯的身体。*你这头好色的猪猡。我敢打赌，有机会跟慌张又脆弱的女人独处，你一定不会放过的，对吧？那个杂种的这点嗜好会帮她的大忙。*贝蕾妮斯装作吃惊的样子，掩饰住内心的释然，之后才放任轻蔑流淌而出。"那头该死的猪猡。"

"没错。"卡特里娜只说了这么一句，然后便转身离开。贝蕾妮斯检查了挂在双乳之间的那只布袋。确认里面的东西保持原样，没有被她在泥地里摔的那一跤影响以后，她匆忙看了一眼房门，然后跳起身来，跑向书桌。大部分抽屉都空着，而且没有上锁。她用刀尖轻捅了几分钟以后，唯一锁着的那只抽屉也乖乖打开了，但除了一堆弯曲的钢笔尖和一只墨水池以外，里面空无一物。

与她的预想相反，那些书籍并不是装饰用的。但它们也算不上特别有用或者有趣。低层架子上的卷册是发条匠公会从1691年成立以来的季度报告的装订本。近几年的那些比其余的明显厚上不少，或许跟建造新的大熔炉有关。上层书架的卷册——不用弯腰就能轻松拿到的那些——都是空的，是空白的、等待书写的公会历史。要是能抹消那种未来，像把一堆空白卷册丢进火里一样，那该有多好。但她今天的行动不能摧毁公会，也无法为路易斯复仇。它也许只会在极小程度上减轻她的内疚感。但如果她希望有朝一日能砍下这只九头蛇的每一颗脑袋，她就必须弄清蒙特默伦西与郁金香之间交易的细节。

她已经寄了两封信去西方马赛。一封寄给德·利奥纳侯爵，另一封寄给隆尚，以免那位侯爵把她的信当厕纸用。等她从蒙特默伦西嘴里撬出细节以后，她的警告就会更加站得住脚了。

餐具柜没有上锁。里面放着十几瓶剩余量参差不齐的酒，外加几只玻璃水瓶，以及各式玻璃酒杯与高脚器皿。但她还没吃东西，喝酒恐怕是个坏主意。或许该等到仆从机械人把她的午餐送来以后再说。

现在该怎么办？在她设想的场景里，她会制造骚动，直到有人把她带到蒙特默伦西的私人办公室里，而她会在狭小的空间里与他独处。愤怒驱使着她，但极度的伤心又把她变成了傻瓜，所以她才会想当然地以为他在熔炉这边有自己的办公室，正快活地跟发条学者共事。她觉得理所当然，是因为这就像是背信弃义的人会做的事。她的愤怒让她疏忽大意了，没能分辨出复仇幻想与事实的差别。

在幻想版本里，当她将他假设中的办公室门堵死，剜出他的眼睛的时候，附近不会有喀拉客能听见蒙特默伦西的叫声。在公会的这座大陆总部里，没有喀拉客！

耶稣基督啊。路易斯的死让她变得粗心了。让她变得愚蠢了。

贝蕾妮斯在窗边坐下。她做好了长时间等待的准备。

在与机械人仆从有关的事上，人类的观察力往往欠佳。但粗心是一回事，愚蠢就是另一回事了。这些制造喀拉客的男人和女人绝对算不上愚蠢。

贾克斯费了九牛二虎之力才压下焦虑。发现自己置身于公会实验室——置身于大熔炉内部——的恐惧感折磨着他，感觉就像他的每一根轮齿都裂开，每一只棘轮都破损，每一根主轴都在空转，而每一根弹簧都拉伸到塑性变形的极限。他的脑袋不由自主地摇摆着，仿佛一扇没插门闩的门。他身体的其余部分则不断发出电报般的啾啾声，而这多半会把技师的注意力吸引过去。贾克斯强迫自己放松下来。

我被困在熔炉里了，他心想，这儿是这块大陆上我绝对不该来的地方。亚当临终前的画面——关于细雨天里的国会大厦的记忆——在他的脑海里回放。(这样的记忆是怎么实现的？难道他颅骨里的发光透镜其实是魔法提灯，正朝他眼球的阴暗面投射影像吗?)那份热量,那股硫黄的气味,人类群体野蛮的吼声……**也许很快就轮到我了。**

但他随即想起了贝蕾妮斯指出的那件事。在整个新世界,他的制造者最不可能想到他会藏在这儿。如果藏在敌人眼皮底下的策略真的可行,这就是个实验的好机会。理论上是这样。贾克斯专注地打量周围,以此转移自己的注意力。

那个女发条学者找来了她的某个同事,说明了情况,随即跟贝蕾妮斯离开了。那个外貌意外年轻的家伙佩戴着和其他公会人员同样的玫瑰十字架项链,命令贾克斯跟着他。他打开一扇门的锁,率先走进一间楼梯井。他们来到的地方就是贾克斯当初和凡·奥特乌斯一家瞥见的那口巨坑的边缘之下。没过多久,他们进入了一座洞窟,到了这里,路径呈弧状伸向两个方向。从曲率判断,贾克斯怀疑这条隧道环绕着那口大坑,或许位于地表和坑底的中间。炼金术灯照亮了隧道,没有热度的光芒从铭刻着银色印记的壁突式灯台喷涌而出。经过了几道外观颇为相似的房门以后,贾克斯的护送者打开某道门的门锁,命令他进去。

贾克斯在房间中央停下脚步,吓得全身僵硬。他正站在喀拉客的停尸房里。数十只手臂、大腿、臀部、脚踝,以及比较难以分辨的内部元件挂在钩子上。钩子装在天花板上的长轨道里,或者插在木桶里,就像伞架里的雨伞。这些是备用零件和货物。如果他是人类,恐怕已经开始呕吐了。

从本质上说,大熔炉就是一种嘲弄,针对的是喀拉客种族最深的禁忌。对他们的制造者来说,喀拉客的本体感只是批量生产出来的幻觉:喀拉客仅仅是可交换零件的集合体,仅此而已。这样的想法能让最顽强的机械人发自内心地感到恐惧。

他好不容易才强迫自己打量周围,寻找想要的线索。半透明的箱子里装着成堆的小型身体部件:水晶眼球、主发条、主轴、擒纵机构。数量庞大的神秘工具堆满了一排排的架子,或者用挂钩挂在墙上,全都涂着新鲜蛋黄的颜色。一只架子上放着三颗玻璃珠,每一颗都固定在同心环里。这些玻璃不会发光,也不浑浊。它们清澈透明,就像一副崭新的老花镜。

他在这儿看不到炼金术的迹象,也没有用来铸造新型炼金术合金的设备,没有用来在部件上铭刻印记的印章和魔法描画针。从架子上垂下的肢体看起来就像肉铺里挂着的长条牛肉,已经刻上了深奥难懂的炼金术文字。(它们刚才是抽动了一下,还是被开门时的风吹动的?)这里是修理破损机械人的地方。从零开始制作身体,赋予它们智能,再为他们的自由意志套上枷锁——这些都发生在别处。在这座地下迷宫的某处,这些发条学者正在设计新的型号。事实上……

以脑袋晃动为借口,贾克斯四周察看着那些喀拉客部件来。乍看之下,那些就像是标准的仆从型零件,但仔细观察后,他发现了它们和仆从型构造的微妙差异。法兰和锁眼盖上散布着无数细小的孔洞,双臂和双腿上有涟漪状的细微突起,就像人类的血肉之下的网状血管。

要不是颈部的损伤,他是没法像这样仔细打量周围的。无人管辖、正在等候人类主人的机械人应该一动不动地站着才对。就像家具。

一个技师来了。他盯着贾克斯像风向标那样上下左右摇晃着的脑袋看了不到一分钟,然后从墙上取下一件工具,将一只手推车推到贾克斯身边。他用比贝蕾妮斯快得多的速度——以及少得多的咒骂——拆下了贾克斯脖子周围的法兰。贾克斯密切注意着这位正在检查他的技师,以免他发现那颗小心收藏在他躯干内的环氧树脂球囊——更糟糕的事故是不小心弄破它。

打开贾克斯的身体之前，技师一言不发。他戴上一只头箍，上面装着一块硕大的镜片，镜片中央有个洞。他翻下镜片，这么一来，他在经由那个孔洞察看的同时，镜片会将光线反射进贾克斯的脖子里。他皱了皱眉，哼了一声。又过了一会儿，他说："机器。你的主人擅自摆弄或者改造过你吗？"

贾克斯说："没有，先生。自从被制造出来以后，我从未受到过构成对租约之违反、又或是触发我的人类安全超禁制的改动或检查。"

发条匠声称，禁止这种事是出于安全理由。反正他们是这么说的。但贾克斯知道这是个谎言。这个发条学者没有意识到，贾克斯也能够撒谎。因此他不假思索地全盘接受了贾克斯的说法。

技师转过身去，一边低声自语，一边寻找适当的工具，以便探查贾克斯受损脖颈的脆弱内部。贾克斯利用自己难以固定的故障，再次扫视房间，确保这儿没有门窗，不会让外面的人看到他的所作所为。他决定，聪明的做法是让这个发条学者修好他脖子的损伤，之后再开始寻找这里存放的化学制品。无法让头部对准一处让他非常恼火。更重要的是，如果他不等完工就制服这个人，缺失的法兰会让贾克斯在熔炉内部行动时无法不引人注目。

"机器，你的名字是？"

贾克斯料到会有此一问，他早就构思好了包含制造场地在内的假名。"我名叫格拉斯特里波维西斯特洛万图斯，先生。"

修理工取下镜子，戴上了另一件小型器具。那是悬在一只眼睛上方的级联式放大镜。他将贾克斯的某只法兰盘的内侧举到灯光下，将那些放大镜翻到眼睛前方，仔细观察那块金属。

在海牙的大熔炉进行定期维护的时候，贾克斯曾多次目睹这一仪式。那是序列号,他恍然大悟地想着,他要将我的身份与维修历史进行对照。这时,他明白贝蕾妮斯为什么有时候会说那种怪话了。如果他能叹气的话,他会这么做的。作为代替,他在脑海深处骂了一句:狗屎。不知为什么,这句诅咒让他感觉好了些。不太多,但确实好了些。难怪人类总是这么干。

发条匠当然会把记录的副本从旧世界带来。缺少了它们,大熔炉就不可能实现全部机能——在新世界行走的每一台机械人都是在别处铸造的。结果就是,当公会的修理工查阅贾克斯的序列号时,会发现这个号码所指的并非名为格拉斯特里波维西斯特洛万图斯的仆从机械人,而是贾莱克塞格西斯特罗万图斯……整个新尼德兰都在搜寻的那个叛逆喀拉客……

但那个技师只是把数字记录在一张纸上,然后把那张纸塞进口袋里。显然他打算随后再做对照,如果他真的会去做的话。也许这只是他这份工作中令人厌烦的一项手续而已。出现差异的频率能有多高?或许每个人类的职业生涯中还碰不到一次。贾克斯放松下来。

修理工灵巧的手指忙碌起来。他的手法比缺乏经验的贝蕾妮斯轻柔得多。几乎算得上舒适。每当这位发条学者拧紧或者松开某个紧固件,贾克斯都几乎觉得那是天使——或者蚂蚁——在照料他。就这样,他的身体受到的破坏逐渐得到了修复。

但那人咒骂一声,丢下了工具,然后摇了摇头。他站起身,打开了灯(贾克斯注意到,他的双手在颤抖),重新将镜片遮在眼前,然后再次看向贾克斯的脖子内部。

"机器。再告诉我一次。你的主人擅自摆弄或者改造过你吗?"

"先生,没有,先生。自从被制造出来以后,我从未受到过构成对租约之违反——"

"这样的话，"那个发条学者说，"告诉我这东西是怎么进到你身体里面的。"

说到这儿，他用一副长镊子伸进贾克斯体内，拿出了一块金属碎片。那是贝蕾妮斯用来磨削他的某个零件的锉刀的碎片。

"狗屎。"贾克斯说。

然后他以肉眼难辨的速度身体前倾，将那个发条学者举到空中，没等他惊叫出声，便用手捂住了他的鼻子和嘴巴。他牢牢抓住那个男人，将他的嘴巴掩得密不透风，但又不至于压碎骨骼或者撕裂血肉。他的挣扎动作很快停止了。贾克斯从修理箱里拿出备用的细钢丝，捆住失去知觉的男人的手腕和脚踝，以轻柔的动作将他放进某只橱柜里。他尽可能确保钢丝不会阻断他的血液循环，同时又让他难以挣扎，或是发出较大的噪音。他把一块抹布塞进那人嘴里，又用一条钢丝固定。他又确保那团抹布不至于太大，免得让他有窒息的危险。

制服受害者以后，贾克斯离开了实验室。如同出笼猛虎的叛逆喀拉客，正置身于制造者的大本营里。

第十九章

巴克斯特说到做到。她离开后没多久，有个仆从型机械人就端着一盘面包、奶酪、苹果片外加一大瓶水走进房间。贝蕾妮斯的肚子咕咕直叫。她接过托盘和水，但那个仆从型没有离开。

贝蕾妮斯说："我不需要你喂我吃东西。"

"我是被派来为您提供服务与舒适的。"它说。

巴克斯特大概觉得，让喀拉客陪她和那个法国人见面是在帮她的忙。但如果蒙特默伦西被情欲冲昏头脑，他才不会顾虑区区一双不会眨动的宝石眼睛。这个仆从机械人还会在贝蕾妮斯想要伤害他的瞬间出手干预。该死。这些发条学者就连做善事的时候都会给她添乱。

"你的存在让我非常不舒服。"她让自己的嗓音带着颤抖，"我自己的仆从毁了我。所以走吧。如果需要什么，我会叫你的。"

它不情愿地照做了。

成功地骗过那些发条匠以后，兴奋结束的疲惫感——更别提炉火的温暖与饱腹的舒适了——让她昏昏欲睡，粗心大意。她不听话的眼皮自己动了起来，越垂越低，破坏了她保持警惕的努力。她两度在惊慌中猛然醒来，对前几分钟发生的事毫无印象。

她已经好几天没睡好了,熔炉外那场充满活力的表演更让她身心俱疲。多亏了壁炉架上的那口钟,至少她知道时间过去了多久。这些可恨的发条匠,他们拥有真正的计时器,跟新法兰西的蜡烛和沙漏之类的可悲工具完全不同。半梦半醒之间,她不断想着贾克斯那边会是什么情况。

维持清醒的努力让她难以专心,差点没看到在仓库的铜铸奴隶之海中穿行的那两人。卡特里娜·巴克斯特陪同着一个男人。但直到他们离开贝蕾妮斯的视野,她也没能认出他来。他们走得很快,看上去在进行一场激烈的对话。

贝蕾妮斯从躺椅上跳起身,背对着窗户,以免蒙特默伦西的视线让她出其不意的优势泡汤——如果那个男人真的是他的话。模糊的说话声从背后传来。她犹豫着是偷听对话还是先找到一个有利位置。接着,她快步穿过房间,站在壁炉与它噼啪作响的樱桃木余烬前面。她调整了软帽的位置,仿佛是为了抵挡残留的寒意才戴着它。帽檐遮住了她的脸。

门闩传来一声"咔嗒"。她低下头去,颤抖着深吸了几口气,仿佛因痛哭而精疲力竭。

"她就在里面。"富有同情心的发条匠卡特里娜·巴克斯特说。有趣的是,她决定亲自来办这件事,没有交给仆从机械人。也许并非公会的每个成员都是心肠歹毒的恶魔。但贝蕾妮斯还是从壁炉边的钩子上取下了拨火棍,捅了捅壁炉里焦黑的木柴,让火势转旺。她把拨火棍尖端的倒钩埋在灰烬堆里。

另一个嗓音用糟糕的荷兰语——带着典型的法国阿卡迪亚海岸口音,蒙特默伦西就是在那儿长大成人的——说了句话:"我想跟这位女士单独谈谈。"

贝蕾妮斯松了口气。幸好你是个好色之徒,你这狗娘养的。

片刻的沉默后,巴克斯特对贝蕾妮斯说:"你很走运,女士。蒙特默伦西先生好心地答应与我们会面。你还有其他需要吗?"

我们。考虑到她先前关于蒙特默伦西的警告,这句话的意思是:要我留下来陪你吗?

贝蕾妮斯背靠着房门,摇了摇头。她用愤怒和疲劳充当锉刀,磨粗了她的嗓音:"没有了,谢谢。"

巴克斯特转身离开。房门传来咔嗒的响声。蒙特默伦西的脚步声穿过房间,来到贝蕾妮斯身后。他走到餐具柜那边。"我听说你历经了千辛万苦,"他说,"或许你想来杯喝的? 然后你可以跟我说说你在边境遇上的麻烦。"

贝蕾妮斯吸了吸鼻子。他把这个反应当成了同意。她听着水晶玻璃的叮当声,水瓶在取出瓶塞时发出的清脆响声,还有液体的汩汩声。壁炉朝烟道喷出萤火虫般的火星,而她拨弄着炉膛里的柴堆和灰烬。她让拨火棍的尖端始终嵌在滚烫的木炭里。他的脚步声靠近了。她歪过头,努力想用眼角余光去看。他停下脚步,伸出手臂,把杯子递给她。

"您的酒,女士。"

贝蕾妮斯猛地一转身。她手里的拨火棍一个上挑,将弯曲的倒钩插进他的两腿之间。那股冲击打得他跳了起来,发出一声惨叫。两只玻璃杯里的波特酒泼洒而出,杯子落地,却并没有摔碎。他疼得踮着脚尖,瞪大眼睛看着她。

"你好啊,亲爱的。想再来一次吗?"

他的裤子正在闷燃。但这个狗娘养的却摆出温和的表情,仿佛来自他过去的幽灵没有将滚烫的倒钩插进他的下体似的。他努力踮起脚尖,以免体重压在拨火棍上,目光来回扫过她的脸。

"你的眼睛不太相衬,"他吃力地用法语说道,"我没记错的话,以前并非如此。"

"你说这个?"贝蕾妮斯用指尖按了按眼窝的边缘,"这没什么。如果你想看自己背叛造成的后果,你有三十七次机会站在三十七座坟墓前。包括路易斯的。"

她猛地拉扯和扭动那根壁炉拨火棍,以此强调她这番话。蒙特默伦西惨叫起来。他的脸失去了血色。这一次,她实实在在地感觉到钩子刺穿和压扁了某个东西。考虑到他弯下腰咳嗽和呕吐的样子,贝蕾妮斯猜他的一颗睾丸遭了殃。她蹲在跪地的他身边,让钩子继续埋在他的双腿之间。织物烧焦的气味变成了毛发闷燃与血肉烧灼的恶臭。

他深吸一口气,想要大叫。但她正等着这一刻呢。她再次用力拧动钩子,让他剧烈喘息起来。

"呼救的事想都别去想,"她从靴子里抽出刀子,"我敢打赌,我能在机械人把我拉开之前就毁了你这张脸。"

"你这婊子,"他呻吟道,"你这该死的婊子。"

"你该庆幸我现在的举动只是像个婊子。你该后悔自己背叛了国王。你该后悔操了我。"她再次扭动拨火棍。这回他把胃里的东西全吐了出来。奶油冻般的黄色呕吐物里包含着能够辨认的少许芦笋尖。它泼洒在壁炉上,散发出陈年灯油的气味。"说到这个,你操了我不止一次,对吧? 一次是用这玩意儿,"她再次用力一拉,而他叫出了声,"还有一次是用你跟郁金香的契约。"

有人敲了敲门。"一切都还好吧?"

"是的,"贝蕾妮斯大声答道,"一切都还好,谢谢你。"她三步并作两步地穿过房间,给门挂上了锁,"请暂时不要来打扰我们。"

"如你所愿。"巴克斯特说着,离开了门边。她的语气带着讽刺。

等贝蕾妮斯转身看向蒙特默伦西的时候，他仍旧躺在地板上，但他虚弱的手却想从衬衫里掏出某样东西。那是个拴着链子的银色管状物。贝蕾妮斯跑了过去，踢向他的手。但踢歪的这一脚没能迫使他丢下那件东西，于是她再次扭动拨火棍。公爵全身痉挛起来，那东西从他的指间滑落，但它却悬在空中，与他戴在脖子上的链子相连。

她蹲在他身旁。那只哨子触感冰冷。她用力扯了两下，才拉断链条。鲜血从他勒伤的皮肤处泉涌而出。

"你的新主人对你管得很严，是吗？"

"不是管束，"他无力地摇摇头，"这是为了保护我。他们给我这个，是为了防止法国密探找到我。"

"啊哈。好吧，我更希望暂时没人来打扰我们。"贝蕾妮斯把哨子丢进炉膛。它叮叮当当地撞在耐火砖上，然后落进灰烬里，"那么，告诉我吧，公爵大人。郁金香是怎么买通你的？这是我最不明白的部分。你的钱足够在任何地方过一辈子富足生活了。"

他想翻身，却被拨火棍勾到了敏感的地方，于是缩起身子。他只好用衬衣的绣花袖口擦了擦嘴唇上的呕吐物，"他们没有买通我。是我主动找他们的。"

"你这生病麋鹿长疣屁眼里的油腻粪渍。你究竟为什么要做这种事？"

"因为，你这个道貌岸然的荡妇，新法兰西注定属于历史的垃圾堆。法兰西是蠢人的美梦。荷兰人统治着世界……至少是他们愿意去征服的那些地方。"他咳嗽起来。她稍微放松了钩子，让他能够坐起身来。他也这么做了。鲜血从他裤子上的破洞流出，染红了地毯。"但你们这些怀着自由梦想的蠢货，你们夸张地幻想着新法兰西能够成为与帝国匹敌的对手……令人作呕……还不止。令人难堪。"

"那就走啊！你为什么要在离开的路上出卖我们所有人？"

"因为，"蒙特默伦西咳嗽着说，"我不喜欢你们。你，王位上那个谨小慎微的血友病患者，他称之为枢密院的白痴集会，还有其余那些天主教的狂信徒。你们拿着蜡烛藏在黑暗里，又他妈害怕比沙漏复杂的任何东西。"

"荷兰人给了你什么回报？"

"什么都没给。"

她抬起拨火棍，让他的身体开始扭动。她用另一只手将刀尖嵌进他的膝盖骨的边缘之下。他再次甩动手脚，抽泣起来。

"嘘，嘘，"她提醒他，"我刚才说过别发出声音了吧？"她警告式地轻推刀子，然后咂了咂舌，"那群自私的杂种。你把我们所有的化学知识都给了他们，而他们连块泡菜都没给你？我还以为他们至少会给你换掉你叫作'妻子'的那个饭桶呢。每晚换个不同的交际花？每晚给这玩意儿换个不同的洞？"拨火棍一扭，一拉。

为了翻身躲开，他在自己的呕吐物里打了个滚。贝蕾妮斯皱了皱鼻子。

"我爱我妻子。"他呻吟着说。

怒意淹没了她。

"我爱我丈夫。"她嘶声道。然后她把刀子刺进了他的膝盖骨下面。他尖叫起来。

哎呀。

巴克斯特开始砸门，"先生？女士？里面出什么事了？"

贝蕾妮斯加快了语速："世界的统治者本来可以满足你的任

何愿望，可你却拒绝了。你还真是清心寡欲啊。"

该死的，她心想。面对她的折磨，蒙特默伦西毫不掩饰地抽泣起来。他想拍开她的手。

巴克斯特开始踢门了，"让我进去！小姐，你受伤了吗？"

"航道。"他喘息着说。

"抱歉，公爵大人，您说什么？我没怎么听清。"

"圣劳伦斯河。整条河的两边。这就是我在新法兰西陷落后的酬劳。"

荷兰人打算从新法兰西的尸体里扯出还在跳动的心脏，然后丢给他们的走狗蒙特默伦西。"噢，真不错！还有运费吧？"

"百分之三十。"他呜咽着说。

"喔唷，喔唷，喔唷。"贝蕾妮斯说。

巴克斯特在外面抬高了嗓门。沉重的脚步声让楼梯平台摇晃起来。门把咯咯作响。蒙特默伦西用手肘拄起身体。尽管颤抖不止，他却挤出了笑容。

"我还会得到另一样酬劳。"他说。

"是什么呢，亲爱的？"

"我可以亲眼看着你死掉。"

一颗金属拳头砸穿了上锁的房门。贝蕾妮斯匆忙爬起身来，血液和呕吐物也弄脏了她的衣服。她朝灰烬里那只因高热而变色的哨子看了一秒钟——她这才意识到，那是一只因高热而变色的炼金术狗哨。然后，第二个喀拉客撞碎窗户，闯进了房间。

贾克斯真希望贝蕾妮斯没有把破损工具的碎片留在他体内。他真希望自己没忘记提醒她对工作成果进行复核。他真希望她没那么自信。他真希望她没那么擅长说服人。

最重要的是，贾克斯真希望自己没有被迫在组装完毕之前制服那个修理工。他的脑袋仍旧像暴风雨中的浮标那样上下晃动，在缺少几块法兰盘的情况下到处走动同样会引起注意。

该死的贝蕾妮斯。

他才从修理车间走出十几码，金属双脚嘎扎嘎扎地踩在洞穴的地板上，还没绕过隧道里的第一个弯道，便遇到了两位正在关着的房门外交谈的发条学者。起先他以为他们会毫无察觉地让他通过，但两名女子中个子较高的那位瞥了贾克斯一眼。

她说："仆从，到这儿来。"

贾克斯照做了。他站在距离两名人类一臂之遥的位置，思索着自己是否也得制服他们。个头较矮的女子这时也察觉到了问题。她们一个戴着玫瑰十字架项链，另一个则是胸针。

"你为什么不待在修理车间里？你的维修还没完成呢。"

"是的，女士。您说得对，女士。我接受了维修，女士，但负责修理我的那位可敬的发条学者发现修理车间里缺少关键元件的储备。他派我去另一个修理车间取回零件，而他自己则要去提出投诉。女士，我还有什么能为公会效劳的吗？"

矮个子发条学者对她的同伴说："你瞧，我早说过会这样了。我们急着完工的时候总会发生这种事。混乱中总会遗漏一些小细节。"

高个子女人朝同伴翻了个白眼。她对贾克斯说："继续你的差事吧。但注意别让任何平民看到你这副样子。"

"好的，女士。遵命，女士。"

贾克斯一言不发地转过身，背对着那两人。他想象着她们目送着他绕过弯道，无情而怀疑的眼神不断烧灼他的外壳。他不知道另一个修理车间的位置,也不清楚该如何寻找通过走私渠道运来此地的化学制品储罐。但如果这些发条学者在使用化学制品,或者准备使用,那么他就应该能找到连接着储罐与熔炉本身的管道。如果能找到管道,就可以从熔炉顺藤摸瓜,前往储罐所在之处。

他循着热量与硫黄的臭气前进。它们领着他不断向下,沿着大坑边缘绕起了圈子,就像维吉尔引领但丁穿过层层地狱那样①。但这个地狱只会惩罚一项罪恶:贾克斯的罪恶,自由意志之罪。每朝着地下深入一步,都会让他更加相信自己无法逃脱,也让他更为后悔自己答应了贝蕾妮斯的计划。她想做什么的时候,说服力简直强得可怕。但此时此刻,她不在这儿,没法巩固他动摇的决心。

他可以放弃这项自杀使命。他仍然相信帮助贝蕾妮斯达成目标就等于帮助他自己么?这些行为显然无法增加他获得自由的可能性。至少眼下不能。他只靠自己就成功逃脱了好几周的追捕。而他在北河河底的长途跋涉也表明,他先前的想法——藏身于海床的想法——并不是多么糟糕的主意。大海并不远。说实话,这里就完全可能有引入海水的进水管,或者通向大海的出水管,用于将熔化的炼金术废料倾倒在海中。也许最明智的做法就是立刻转身,开始寻找出去的路径。绕过新阿姆斯特丹,经过法国阿卡迪亚地区的海岸,潜入北极圈的冰面之下,几个月或者几年后再从北方的冰冻荒原现身。就让贝蕾妮斯去打她自己的仗吧。她真的会介意他能否逃脱吗?她究竟把他看作盟友,还是筹码?

但他已经向她许诺过了。而且,贾克斯吃惊地意识到,他不

①译注:此处引用的是但丁所著《神曲》。

希望自己的诺言变得毫无意义。你可以自由抉择,做出承诺,可以基于你的自由意志打造你希望建立的关系——结果却要将这一切破坏掉。这么做的意义何在呢。不,他留给世间的绝对不能是这种行为。

再说,如果发条学者真的掌握了让化学防线失效的能力,帝国就能轻易蹂躏新法兰西。到了那时候,自由的喀拉客能逃去哪儿?贾克斯必须这么做:不只是为了他自己,也是为了后来者。

于是他朝着熔炉心脏的深处悄然进发。在岩床里开凿出来的那条竖井通道(花岗岩上整齐到完美的凿痕证明它出自发条劳工之手)加快了他向下的速度,但同时也让他远离修理车间,让他很难为缺失的法兰给出可信的理由。与他爬上飞艇停泊桅杆的过程不同,贾克斯的下落迅速而吵闹。就算隐藏他经过时发出的响动也没什么意义。他最好的策略,他唯一的策略,就是像在自己的地盘上那样横冲直撞。他想象着贝蕾妮斯在这种情况下会怎么做,然后加以模仿。于是,他在叮当声和喀拉声中不断深入硫黄瘴气,故意做出无所顾忌的举止,以此伪装自己。当他到达竖井底部时,地狱的气息包围了他。他尽可能找回信心,然后打开检修口,踏入最深处的隧道。

然后撞上了一名拧颈卫士。

贾克斯摇晃起来,被那台机械半人马的庞大重量撞得失去了平衡。他撞上了它打磨光滑的侧面,就像撞上了一座山。冲击时那阵"叮当-咣"的响声回荡在长长的洞穴里。

半人马人立而起。转过身来。耸立在他面前。

噢,就这样了,他心想,我品尝过了自由,它的滋味是如此美妙。但在他们给我加上新的枷锁之前,我会迫使他们把我熔化成废料。我不想回到那样的生活。

不会说话的拧颈卫士凝视着他。它的四条手臂依次折叠与伸长。

贾克斯做了浮现于他脑海的第一件事：他震动起来。他强迫自己尽可能剧烈地颤动，努力表现得像个正因未能履行的重要禁制而痛苦的仆从机械人。他的齿轮传动链咔嗒作响，仿佛随时都会四散飞走。在他身体化作的牢笼里，钢索发出"嘣"和"砰"的噪音。他回想着等待亚当出现时的剧痛，以及那天下午妮柯莱命令他带她回家时那种超出限度的折磨。就在那一天，费舍牧师给了他那架显微镜，改变了他的一生。这让贾克斯想到了另一个主意。

他说："我已被发条学者与炼金术士神圣公会的御林管理办公室的代理人征用。我的租约已被取消，而我从前的禁制全数解除，我将为公会、王室与帝国效命，而这将取代所有家用与商用方面的禁制。我受命来到这座熔炉，以便接受修理——"说到这里，他后仰身体，让那个拧颈卫士能够看清贾克斯脖子上因为缺失法兰而出现的孔洞，"——并清除我的记忆，从而以白板一块的状态为御林管理办公室效力。"他颤抖得更加强烈了，脚趾在洞穴的地板上划出道道刻痕，就像那天在新教教堂的大理石地板上一样。"而且我迷路了。"他总结道。

拧颈卫士猛地伸出离他最近的那条胳膊。它的手指变成了钩子，箍住贾克斯的手臂。动作并不粗暴，也算不上温柔。贾克斯用不着伪装发抖，恐惧已经足够让他颤抖不已了。

噢，上帝啊，如果您真的存在……我是不是自投罗网了？

那头半人马领着他穿过洞穴。这条隧道同样环绕大坑，但曲率半径较小。它领着他来到隧道里靠坑那侧的一扇房门前。

它将另一条手臂伸向前方,再次重塑手指的形状,这次变成了一把钥匙。它打开门锁,然后催促贾克斯进门。贾克斯本想减轻震动,因为接近目标以后,禁制造成的痛苦会大大减弱。但眼前的景象让他很难把心思集中在伪装上。

他站在由熔炉本身提供照明的房间里。熔炉是个巨大的金色晶体,闪耀着人造太阳那样的强光。它悬在一座巨型天体仪的中央,后者由数十枚同心金色圆环组成。在和凡·奥特乌斯一家前来侦察的时候,他曾亲眼看着他们将其中一枚圆环放入坑内。此时这些圆环正在不同的轴上,以不同的速度旋转着。有些呼啸着飞转,令阴影舞动不停,另一些的转速慢到难以察觉。这场永无休止的舞蹈模拟着天体运转,以及它们对世间万物的神秘影响。这是以发条装置呈现的天空。刻在金属环上的炼金术印记机器将闪闪发亮的奥妙文字投射在大坑的墙壁上,他现在才看到,墙面上了釉。这间实验室与熔炉本身之间隔着用炼金术处理过的玻璃窗,即使有它的过滤,来自那颗"地狱天体"的热量仍旧让他想起了未能履行的禁制带来的灼热痛楚。在他的制造者们拥有的这个发条宇宙的中心,那颗闪耀光芒的人工太阳就像纯粹的强制力。贾克斯很想知道,人类在面对它的时候会有怎样的感受。

炼金术太阳的顶端不断喷洒出大量的火花。它们缓缓落下,像发光的雪花,在圆环转动所带起的乱流中盘旋打转,最后落在布置于大坑周围的漏斗状收集器里。

这一层是装配场。呈环状排列的房间——全都跟他刚才进入的地方相仿——围绕着大坑的最底部,每一间都悬吊在坑底之上,又位于天体仪之下。传送带、缆线、气动管道穿过房间之间的空隙。装满成堆矿石的矿车在金属轨道上咔嗒咔嗒地前进。贾克斯抬起头,看到了位于大坑不同高度的平台。

他找到了熔炉,这个可以融化他灵魂的地方,也是他曾经不惜一切代价也要避开的地方。

拧颈卫士关上了门。贾克斯专注地看着天体仪令人着迷的运行方式,只依稀察觉到了上锁的声音。类似的景象,他在旧世界见过一次,也只有那么一次:在他得到自我意识的那一天。从那以后,他在公会的定期维护从不需要他前往熔炉中央。现在的他是个不同的造物了。他很好奇,面对掠过大坑墙壁,在实验室、走廊和装配线上闪闪发光的炼金术印记,他原本会做出怎样的反应。

他努力将目光从可怕的奇观的方向挪开。在这些装配间的下方,在大坑的底部,放着一批仿佛镀铬鸡蛋的储罐。它们在熔炉的照耀下闪闪发亮。管道从那些储罐蜿蜒伸出来,与上方的装配间相连。其中一条管道穿过这个房间的地板……这一点不一样。在他118年前获得意识的那个地方,并没有可以放出化学制品的水龙头。

直到这时,他才注意到躺在装配台上的那个不寻常的喀拉客。它符合普通仆从型的身体构造,但看上去却是用贾克斯先前见过的奇怪零件制成的。它的锁眼盖上有几十个细小的孔洞;其他地方则与血管凸显于人类皮肤表层的样子十分相似。贾克斯本以为它只是堆在那儿的一堆零件。但它却在看着他。

发条匠在撒谎,陌生的机械人说。

发条匠在撒谎,贾克斯说。

贾克斯再次看向熔炉。大坑所能容下的最大圆环的直径约为五十码,那么熔炉核心的直径至少有六英尺。

够壮观的,对吧? 另一个喀拉客说,何况我们还是从类似的东西里诞生的。

没错。我正在想同一件事呢。震撼人心，而且可怕。

那个喀拉客发出齿轮卡死的唧啾声，这是机械人式的倒吸凉气。然后它说：老天啊！贾克斯？真的是你吗？

身躯深处回荡的拨弦声暴露了贾克斯的惊讶。他努力恢复镇定，答道：恐怕你弄错了。但能见到你我很高兴。

陌生的仆从机械人站起身来。不，不，是你！噢，当然，你不认得我了。我已经——说到这里，他发出表示极度羞愧的断续咔嗒声——变了。但我们在你主人大海那边的住处见过一面。我是德怀尔。他顿了顿，思索起来。然后开始震动。那些关于你的传闻是真的吗？

不。不，不，不可能。不可能发生这种事。

德怀尔？在这种地方？贾克斯用智谋挫败了半个城市的追兵，逃离了士兵和疏浚，又舌灿莲花骗过了发条学者。看在上帝的份上，甚至骗过了拧颈卫士。却因为在熔炉内部碰巧遇见了与他有过一面之缘、渴望交流的孤独机械人，全部的努力就这么付诸流水？或许上帝真的存在，而且跟模仿他的外形创造出来的人类同样残忍。

抱歉，德怀尔。我的名字简称是格拉斯。我肯定很像你认识的某个人。

德怀尔的震动变成了剧烈的颤抖。正如贾克斯的自由意志暴露给克里普和维克的那一刻，超禁制掌控他们时的反应。噢，不，他说，不，不，不，你在撒谎。那是，噢，不，不，那是真的对吧？请别逼我这么么么么么做做做做。我喜欢欢你所以不不不想做这这这这种事。好痛痛痛痛痛。他大喊道。

德怀尔的嘴巴猛地张开。

我很抱歉歉歉歉贾克斯我没没没没法法法抵抗抗抗抗。

贾克斯把一只手伸进自己的身体,解开了贝蕾妮斯的最后一颗环氧树脂手雷的包裹物。它本该用来破坏这座熔炉的化工设施。但眼下,哪怕只能找到尝试的机会,贾克斯就该谢天谢地了。

我不能让你这么做。

他把那颗手雷掷向德怀尔的脸。孤单的喀拉客没有闪避,没有躲开。他迎面接下了这一击。液囊破裂,翡翠的光泽包裹了德怀尔。液体瞬间硬化,他就像被封在琥珀里的虫子。化学反应释放出一股热浪(在熔炉的炽热光辉中很难察觉)以及臭鼬般的臭味(在无所不知的硫黄臭味中难以分辨)。但贾克斯这一掷正中目标。大部分液体流进了德怀尔的喉咙,卡住了让他发声的机械装置,也让德怀尔没能压抑的叛逆喀拉客警报彻底停止了。

化学牢笼咔嗒作响。贾克斯将一只手放在德怀尔的茧上。

抱歉。

茧的内部传来微弱的嘶嘶声,就像水从浇水软管的破洞里漏出的声音。封住德怀尔脑袋的环氧树脂就像过热的蜡烛那样融化了。

狗屎,贾克斯心想,我们的推测没错。

然后,德怀尔尖叫起来。

一个机械士兵撞进了窗户。接着一台仆从型急于进门,扯下了门板。两者都只用了几分之一秒就评估了状况。他们的注意力集中在贝蕾妮斯身上,因为她站在显然受了伤的蒙特默伦西身前。玻璃破碎的叮当声和木头碎片敲打地面的啪嗒声归于

403

寂静，能听到的唯有焦虑的嘀嗒声和伸出刀刃的可怕嗡鸣。那是贝蕾妮斯的噩梦中的声音。

她躲在公爵身后，后者趴在地上，挡在她和机械人之间。她在他的体液里滑了一跤，不得不抓住壁炉架来维持平衡，也因此丢掉了拨火棍。

喀拉客们从房间两侧向这边逼近。贝蕾妮斯蹲了下来。她抓住蒙特默伦西的头发，将他的脑袋向后拉扯，又将刀尖贴在他的颚骨下方。他缩了缩身子，咽了口唾沫，然后又缩了缩身子。

"你这头狡猾又该死的黄鼠狼。"她对他耳语道。

"他们相当喜欢我。"机械人再次逼近，士兵的刀刃反射着火光，"但不怎么喜欢你。"

她向后退去，拉着蒙特默伦西一起，直到背脊贴着壁板。仆从型从左边接近，灵巧地跳过家具。士兵则从右方逼近。为了避开障碍物，它跳向天花板，然后像只发条蜘蛛那样飞快地爬了过来。或者像她实验室里的那台机械人。那对利刃……

公爵的手肘重重撞上她的腹部。这一击把她肺里的空气全部撞了出来，也撞飞了她手里的刀子。他试图逃开。她忍着肺部剧痛朝他扑去，一只手抄起拨火棍，将它转了一圈，将握柄处抵住他的喉咙。黑暗侵蚀着她的视野边缘。她将目光集中于放在公爵头部两侧的双手上，用力拉动铁棍，将他的脑袋往回拉。但她没法呼吸。黑暗吞没了更多的视野，偷走了她的力气。在远方某处，黑暗中传来发条的嘀嗒声——

她猛烈喘息起来，呼吸随之恢复。贝蕾妮斯将空气吸进肺里，抓紧了放在蒙特默伦西喉咙下的铁棍。他扭动起来。

仆从型就在几英尺外。机械士兵贴着彩色天花板，转动身体，让双脚朝向贝蕾妮斯。她用力拉着铁棍，迫使她的人质站起身来,以免被压断气管。蒙特默伦西只能勉强站立,但这块脆弱的人肉盾牌救了她的命——就在同一瞬间,士兵猛地拧转身体,从脚踝刺出的长枪随之偏离了目标。它没有将贝蕾妮斯刺个对穿,而是砸碎了一块耐火砖。大量火星朝烟道喷出,它收回钢索连接的长枪时,灰烬也在房间里飘舞起来。

"它们比你更快,也更强。"他喘息着说,"你连一个都抵挡不了,更别提两个了。"

"是啊,但我会确保他们救不了你这副该下地狱的皮囊。"她的双手再次用力,试图阻断他的呼吸。他挣扎起来。她躲开了他的另一次肘击。他的颈背变成了红色,然后是鲜红色。

两台喀拉客同时动了起来。仆从型向前冲去,迅速抢走了拨火棍,与此同时,机械士兵像空中飞人那样从天花板垂挂下来,用双手抓住蒙特默伦西,把他拉到安全的地方。半秒钟之内,它们就缴了贝蕾妮斯的械,并释放了她的俘虏。

该死,该死,该死。

"先生,您急需医疗看护,"仆从型说,"请躺下来,让我为您评估伤势。"

公爵想要大笑,但笑声却变成了咳嗽。他揉搓着喉咙,用嘶哑的嗓音说:"看到没?"

贝蕾妮斯没有答话。她的注意力集中在那个士兵身上。它眼睛里的遮光板发出咔嗒和呼呼声,就像她初次察看那台城墙上的喀拉客之时,后者做出的反应。那之后,那台机械人毫不费力地屠杀了三十多人,其中大部分都是训练有素的士兵。

"所以新法兰西才会陷落。"公爵说,"你们这些心胸狭隘的白痴却为了神授的生存权利,错误地拖延不可避免之事。"仆从型检查他双腿之间的伤势时,他痛得缩起了身子。("先生,我谦卑地请求您保持静止。")他继续侮辱贝蕾妮斯的信仰,"新法兰西不是国家,只是个可悲的仿造品。西方马赛的所谓'财富',甚至比不上代尔夫特最无能的制陶匠一年的利润。你们不是历史悲剧的高贵幸存者,只是逝去的时代留下的古董。只是原始的过去遗留的痕迹。是该扫除的尘埃。你和我之间的区别,亲爱的贝蕾妮斯,在于我认出了那把扫帚,没有挡它的道。"

"噢,用铁棍子操你自己去吧。"她说,"不过我们好像已经干过这种事了?"

蒙特默伦西对机械士兵说:"别杀她。她的名字是贝蕾妮斯·夏洛特·德·莫尔奈-佩里戈尔。她是德·拉瓦尔女子爵,塞巴斯蒂安国王的枢密院的一员。而她的另一个身份,"他带着恶毒的喜悦补充道,"是塔列朗。你的主人会想审问她的。充分审问。"

这让那台机器迟疑了片刻,重新评估起制服她的策略来。利刃伴随着另一阵嗡鸣,消失在它的前臂里。

"你这满身粪便的自私混蛋。我刚才真该割掉你的舌头。"贝蕾妮斯本想继续谩骂蒙特默伦西,却把灰烬吸进了鼻子里。她不由得弓起身子,连连咳嗽。那个机械士兵跳到她身后。它抓住她的双腕,力道恰好不至于折断骨头。

"她非常危险,"公爵说,"把她脱光。她的衣服底下可能藏着任何东西。"

"操你。"她说。如果他们脱掉她的衣服,就会找到那只袋子。

"不了,谢谢。一次就够了。"

刀尖从机械士兵的前臂伸出。并非整把利刃,因为它的目的并不是刺穿她。仅仅几英寸如剃刀般锋利的钢铁,足以切碎她的衣物。模糊的影子靠近她的喉咙，微弱的空气撕裂声传来，她的软帽随即滚落在地。那台机器转过了她的身体。贝蕾妮斯看到卡特里娜·巴克斯特正站在房门的残骸里，其余的发条学者也聚集在门外。对蒙特默伦西来说，光是获胜还不够。光是能幸灾乐祸还不够。不，他非得狠狠羞辱她才行。那个狗娘养的。她真该把便壶里的东西倒进他喉咙里。她真该强迫他吃下自己的内脏。

士兵的手再次化作一团模糊。但它只从她衬衣上切下了一颗纽扣，然后便住了手。它开始剧烈抽搐，就像被蒸汽鱼叉刺穿了似的。接着，它放开了她。机械仆从原本朝着公爵弯下腰去，此时挺直了背脊，嘴巴猛地张开。机械士兵也一样。

震耳欲聋的嚎叫声震动了地板，让炼金术玻璃的碎片从窗框里叮当落下。贝蕾妮斯看到那些发条学者痛苦地抽搐起来，双手捂住耳朵。紧接着，她也被迫掩住双耳，以免那恶魔般的尖叫将她逼疯。这阵尖叫仿佛要溶解她的大脑，让它通过双耳、双眼与鼻子流出来似的。不只是她。这栋建筑物里的每个人类都一样。她倒在地上，完全没察觉自己膝盖发软。鲜血从她的鼻子滴落。它流过她的嘴唇，用温热金属的味道裹住了她的舌头。她尖叫起来。

噪音停止了。两台喀拉客钻出破碎的窗户，离开了房间。

贝蕾妮斯挣扎着爬起身来。鲜血从同样挣扎起身的发条学者们耳中滴落。他们连滚带爬地跟在那些机械人身后。在行政楼层，人类以痛苦的姿势四散倒地，而这栋大楼里的每个机械人都朝着楼梯井飞奔而去。

刚才究竟发生了什么？或许她把这句话说出了口，但强烈的耳鸣让她根本听不见自己的话声。

蒙特默伦西的嘴唇动了。她听不见他的话。她再次拾起壁炉的拨火棍，将它作为拐杖，同时寻找她的刀子。她的耳鸣缓缓消退。他试图站起身。

"——疯子！叛逆？在这儿？你疯了吗？你为了获胜不惜任何代价，是吗？"

她这才意识到，那是叛逆喀拉客警报。

这就能解释他们的倾巢出动了。警报触发了最罕见、但同时也是最高级别的阶层式超禁制之一。很显然，捕获并制服叛逆的强制力甚至高于逮捕敌方间谍。这阵喧嚣肯定扰乱了她的大脑，因为直到这时，她才意识到那件事。活见鬼。他们发现了贾克斯。

想抓住这个最渺茫的机会逃出生天的话，她就必须立刻离开，趁着那些机械人都忙得脱不开身。但她在这里的事还没了结。她那把刀子的柄从壁炉前的沙发椅下探了出来。她拖着仍在颤抖的身体蹒跚向前，弯腰去拿。但是，凶狠的一拳将她的脑袋打得向前一栽，甚至让她眼窝里那颗玻璃飞了出去。它弹跳着滚过地毯。

贾克斯将双手围住了德怀尔的喉咙。

很抱歉，德怀尔。我不想这么做的。

甚至当贾克斯捏碎他的发声装置时，警报禁制也限制着他，让这个尖叫着的机械仆从保持彻底静止。孤独的喀拉客无助地看着贾克斯袭击自己。德怀尔脖子周围的擒纵装置起皱变形，嚎叫声逐渐减弱，最后化作金属扭曲时的尖鸣声，簧片折断时的拨弦声，以及被消声的禁制的嗡嗡声。细密的化学喷雾从他的法兰的空洞中飘出，这是融化的树脂结晶，从他的躯干流下，然后是他的双臂和双腿,在地板上形成一块无色的泥泞。

抱歉,抱歉,贾克斯说,他们会修好你的。请不要恨我。

但为时已晚。其余机械人也开始发出警报。噪音呈指数级别增长,越来越多的喀拉客屈服于超禁制,开始嚎叫。大坑里回荡着叫声。它化作了一间共振室,尖锐的警笛声甚至震碎了炼金术玻璃。大坑上过釉的墙壁上出现了参差不齐的裂缝,看起来就像叉状闪电。震撼大地的噪音让两只圆环脱落了。它们从轴承中滑脱,沿着轨道震颤不止,发出金属摩擦的巨响。

贾克斯看向房间外。其他机械人都因示警而无法动弹,如果他想趁这时逃跑,就必须尽快跑过熔炉边。根据上一次警报的经验,他还有几分钟的时间可以——

警报声停止了。

狗屎,贾克斯心想。

他们已经把我重造过一次了,德怀尔说。他的腿抬起得太快,贾克斯没能躲开这一脚。他们把德怀尔打造得比贾克斯所知的任何机械仆从都要快。公会赋予他的并不只是化学制品的防御能力,他们让他成了全新的存在。德怀尔鸟爪似的脚正中贾克斯重心前方的腰关节,让他四仰八叉地倒向装配间。贾克斯在空中旋转身体,将自己折叠成最适合以墙壁借力的构造。但没等他与墙壁接触,德怀尔就纵身扑向贾克斯,在禁制的强迫下,试图当场制服或者逮捕这个叛逆。

装配间外的洞穴回荡着雷鸣般的机械人蹄声。机械人的奔跑声化作木料粉碎的声音,一名拧颈卫士径直冲进了门里。或许就是陪同贾克斯来到装配间的那一个。

德怀尔撞上他的前一瞬间,贾克斯闪身避开。贾克斯扑向房间里的管道系统——就是它将熔炉喷出的火花送往装配间墙壁上的神秘设备。他的手指在某根管道上留下了几个窟窿,在德怀尔抓住他的双腿、将他拉倒在地之前,他成功爬到了发出尖鸣的金属管道上。那个拧颈卫士大步穿过装配间,扔开挡住它去路的搁板桌和设备。贾克斯再次将手伸进自己体内。德怀尔抓住了管道的底部边缘。他双手用力,将整个管道系统从天花板扯了下来。贾克斯摔了下来。他无法阻止自己的坠落,因为他的一只手仍旧卡在胸腔里。他的身体滚过地板。他真希望自己还有一颗没多大用处的环氧树脂液囊,或者后备计划,什么都好。但他什么都没有。他只是抱着疯狂的希望,想在最后的自由时刻弥补从前的过错。

他用双脚和一只手匆忙后退,远离拧颈卫士。他成功抽出另一只手的时候,德怀尔再次朝他扑来。贾克斯将自己的身体折叠成球,利用德怀尔的动量,和他一起滚动,远离无情的拧颈卫士。他们撞穿了墙壁,进入了隔壁的装配间。贾克斯没去尝试挣脱德怀尔的手,而是用双腿和一条手臂固定住了那台孤单的机械人。他知道自己没有挣脱德怀尔的力气,所以与其白费功夫,他选择抱住这位同胞,用空出的那只手猛拍在德怀尔的背上,发出仿佛两只煎锅相撞的响声。拧颈卫士快步穿过墙壁,拓宽了贾克斯和德怀尔弄出的窟窿。它甩开另一张搁板桌,仿佛它是纸糊的。贾克斯摊开手掌,将那颗发光的玻璃松果体——贝蕾妮斯从机械士兵的体内取出,又用费舍的玻璃珠改变了的那块玻璃——贴上德怀尔的身体。

接触的位置喷出火花。臭氧的气味弥漫在房间里。德怀尔抽搐起来。他的手放松了些。你感觉如何?贾克斯咔嗒作响,通过身体接触传达着这个问题。拧颈卫士朝他们投下阴影。

我什么都……感觉不到,德怀尔说,他的手松开了,我……

我感觉不到禁制。你做了什么?

我解放了你。你可以走了。装作继续跟我搏斗吧!表演给那个拧颈卫士看。让他们以为你仍旧被束缚着。别给他们任何怀疑的理由。静候时机,保持耐心,等待逃脱的机会。

德怀尔问,为什么?

因为你有温柔的灵魂。在遥远的北方,有跟我们相似的同胞存在。等找到机会,你就逃跑,穿过边境,不要停步,直到你找到麦布女王为止。你可以一劳永逸地摆脱孤独了,德怀尔。

这番对话发生在几分之一秒内。拧颈卫士耸立在他们身前。它的四条胳膊伸得更长,弯曲成九十度,用矛头般的四只手对准了两个机械仆从。德怀尔站到一旁,不断发出咔嗒声,仿佛禁制仍在强迫他制服贾克斯,只是对御林管理办公室的顺从才让他忍耐下来。

德怀尔说,我见过的喀拉客里,你是最善良的一个。再见了,贾克斯。

然后,他纵身扑向拧颈卫士。

快跑!

贾克斯惊恐地跳起身来。德怀尔用他的自由换取了自杀的机会。就算新身体强化了他的力量,德怀尔仍旧不可能跟身躯庞大的拧颈卫士匹敌。两台机械人扭打在一起,半人马的四条胳膊对抗德怀尔的双臂与双腿。他们的炼金术合金相互碰撞,迸发出更多的火星。

"这不是我希望的结果。"贾克斯说。当他解放飞艇巨兽的时候,为的是自己的利益,而他自私的举动让那头宏伟的造物迎来了末日。但这次的无私之举,导致的依旧是悲剧。

跑啊,该死的!

"真的很抱歉，德怀尔。"

贾克斯转过身，面对大坑。他观察着圆环的轨道，计算着跳跃的时机。他撞穿了一扇窗户，跃入熔炉那毫无遮掩的炽热气浪。他的轨迹离某只圆环仅有一臂之遥。他抓住圆环，然后乘着天体仪远离装配间。

他转过身，恰好看到那个拧颈卫士将德怀尔的身体刺出了三个窟窿。半人马将无力抵抗的仆从型撕成了碎片。齿轮从孤独喀拉客破裂的身体里飞出，就像圣诞爆竹里迸出的彩色纸屑。

贝蕾妮斯蹒跚向前，蒙特默伦西那一拳让她失去了平衡。她倒向一块奥斯曼地毯，摔了个倒栽葱。拨火棍咔嗒一声落在地板上。受伤的蒙特默伦西像醉汉那样摇摇晃晃地走过来，抓起铁棍，将倒钩部分刺向她的脸。她滚到一边。铁棍带起的空气吹动了她的头发。钩子刺穿了地毯，卡在地板里。蒙特默伦西奋力去拔的时候，她扭转上半身，背靠地面，脚踝狠狠踢中了他残破的腹股沟。

他惨叫起来。拨火棍从他的指间落下。她希望自己踢碎了他仅剩的那颗睾丸。如果目光能杀人的话，公爵透过痛苦的泪水投来的目光足以将她五马分尸。

贝蕾妮斯匆忙爬向餐具柜——她的玻璃眼球滚到了那下面。家具下面太过黑暗，她没法只用单眼看清。她的手指慌张地摸索，拼命寻找着光滑玻璃的触感。感谢上帝，她找到了。她把眼球放进嘴里，用唾沫快速清洗了一遍，然后把它塞回眼窝。贝蕾妮斯吐了口口水，尝到了灰尘、蛛网和更加糟糕的味道。蒙特默伦西一手抓住她的脚踝。

"傲慢又虚荣，"他喘息着说，"路易斯究竟喜欢你哪一点？"

她一脚踢中了他的脸。她听到了一声"嘎扎"，他的鼻子随即血流不止。他哀号起来。

"你的保护者抛弃了你。"她说着取回了拨火棍和刀子，补充道，"或许对你那些新朋友来说，你没有自己想象的那么重要。"

然后，因为她想这么做，因为她今天过得很辛苦，因为她不喜欢被人渣殴打，因为她有几分确信自己吃下了一块老鼠屎，也因为她太想念路易斯了——她用尽全力，将铁棍砸在公爵的侧腹。她下手很重，足以听到肋骨断裂时那仿佛折断芹菜梗的声音。钩尖刺穿了他的皮肤，她希望也刺穿了他的肾脏。蒙特默伦西发出像被勒住脖子的啜泣声，就好像他的喉咙表达痛苦的能力到达了极限。他在干涸的呕吐物里蜷缩成团，双臂护住脑袋。一败涂地，哭泣不止。

"这一棍是为了路易斯。他死在我的臂弯里。"不听使唤的眼泪打湿了她的脸颊，也冲淡了她嗓音里的狂怒。

她很想再用拨火棍痛打那个狗娘养的。她想在他身上戳出一百个小洞，让他慢慢失血而死。但缺少了房门，窗户又被撞得粉碎，她与蒙特默伦西独处的时间持续不了多久。他们会抓住可怜的贾克斯，如果还没抓到的话。然后他们会抓住她。他们会把贾克斯丢进熔炉核心——说不定还会把那天定为公休假日，那些嗜血的混蛋——然后给她戴上枷锁，送去御林管理办公室。说不定还会把她运到海那边。等首席园丁处理完贝蕾妮斯的时候，蒙特默伦西的伤势就该恢复到校园殴斗留下的轻微瘀伤的程度了。

她必须离开这儿。但她首先必须弄清蒙特默伦西背叛到了什么程度。

贝蕾妮斯把他翻过身来的时候，他正毫不掩饰地呜咽着。

他甩动双臂,仿佛想抵挡她的下一击。她跪在他胸口,将他的双臂压在膝盖下,又将刀尖抵住他的眼球下方。不至于割破他的皮肤,又用力到让他不敢挣扎。

"好了,亲爱的亨利。你把什么东西给了那些郁金香?"

"化学制品储备。全部。"

"还有呢?"他想摇头,她增加了刀子上的力道,"还有呢?"

"配方。公式,"他轻声道,"制造过程。"

"你真该死。还有什么?"

"没了。没别的了。"说这句话的时候,公爵偏开了目光。就像每个骗子会做的那样。

"还有。"她更用力了些,鲜血从他的下眼皮处滴落,"什么?"

他的嘴唇颤抖起来,呼吸带着不新鲜的呕吐物的气味。"地图,"他说,"土地。"

"你这狗娘养的蠢货。那些是郁金香本来就会拿走的东西。你背叛新法兰西的时候,就已经把领地送给他们了。"

他想否认。但她已经受够他了。

"刚才那些是为了路易斯。但这一下是为了我自己。"她说,"因为,公爵大人,你知道吗? 我也不喜欢你。"

然后她把刀子插进了他的眼睛。看起来,这位前任德·蒙特默伦西公爵并没有失去惨叫的能力。

那个拧颈卫士找到贝蕾妮斯的时候,她仍在用刀刃刮着他的眼眶,一圈一圈又一圈,用骨头磨钝着刀锋。

拧颈卫士使出了全部的力量和速度,还是没能跟上贾克斯。

但熔炉内有不少与他相同的仆从型,甚至还有几个军用型。受制于超禁制,它们全都会来抓捕贾克斯。它们从坑壁上的台地朝他扑来，落在不断旋转的圆环上，黄铜身躯在熔炉如人工太阳的地狱火光中闪闪发亮。它们纷纷涌上神秘的圆环，仿佛一场致力于抓捕贾克斯的黄铜暴雨。

天体仪开始倾斜，以及呻吟。不断变化且不够均匀的重量分布加大了发条装置的负荷。圆环从轴承上脱落。熔炉颤抖、卡死，又在撼动大地的摇晃中重新启动。贾克斯意外松开了手。他滑向下方，但在径直掉到坑底之前，他成功抓住了刻在圆环上的一截炼金术符文。

他翻身回到圆环上，但他的腰部和肩膀却发出不自然的叮当声。他的移动变得吃力，身体无法完全做出他希望的动作。熔炉的热量让他的合金膨胀了。

圆环不断向上、向上、向上倾斜，在人工太阳的上方划出长长的弧线。轨迹的变动让他悬吊在那颗炽热的晶体上方。贾克斯用双拳和脚踝紧紧夹住金色圆环的边缘。有个士兵从某只经过的圆环——上面印有黄道十二宫的符号——跳了过来。它落在贾克斯附近。贾克斯顺着圆环的底侧匆忙爬开。有那么一瞬间，天体仪那复杂的芭蕾舞步让他几乎径直坠向下方的熔炉。没有了重叠的障碍物的隔阻，熔炉的热气让他的镀层不断膨胀，毁掉了仅剩的抛光剂。尘埃、小块烂泥，以及他的冒险历程中沉积下来的其他污渍突然着了火。它们燃烧了一瞬间，随即消失不见，将蜡烛熄灭般的煤烟味混入熔炉的硫黄气息之中。天体仪的运行轨道让贾克斯穿过从人工太阳飘出的大团火花。它们在他的金属皮肤上嘶嘶作响，带来类似逾期禁制的灼热痛楚，那种他再也不想体验的感受。

士兵朝着贾克斯的手猛拍一掌。合金膨胀，加上机械士兵的超凡力量，贾克斯只勉强在最后一刻抽开了手指。此时他悬在空中,与圆环只有三个接触点。刀刃切下了贾克斯原先抓住的那枚炼金术印记。

粉红色的火焰从受损的炼金术符号中喷出。天体仪更加剧烈地震动起来。摇晃扭曲了本就超负荷的圆环。它开始扭动、上下摇摆、再次扭动,接着,在雷鸣般的响声中一分为二。它甩开了那名机械士兵,让贾克斯笔直落向熔炉。机械士兵用刀刃充当钢锥,刺进大坑上釉的墙壁,固定住了身体。与此同时,贾克斯向下坠去。

濒死之前注意到的事是如此陌生,又如此古怪,他心想。这座熔炉,发条学者的人工太阳,其实只是另一件玻璃制品,由粗细宛如古老橡树的钉子固定住,仅此而已。在实验室里瞥见那些无色的玻璃珠时,他没有意识到那其实就是熔炉的模型。这件巨型玻璃制品跟费舍的玻璃珠——贝蕾妮斯称之为"松果体棱镜"的东西——也同样相似。看着这一切的时候,他感到自身热度逐渐增长,他的灵魂(真是他的灵魂吗?)也在焖烧,嘶嘶作响。同时燃烧的还有他的思考、决定、想要做什么的能力……

他撞上了另一只圆环,冲击让不堪虐待的轴承发出刺耳的尖鸣。他原本会因为反弹而飞向虚空,但他抓住了某个机械仆从的腿。它不想死——自卫本能也是阶层式超禁制之一,虽然优先级较低。在贾克斯把它拖进火坑之前,它挣扎着想要阻止自己的滑落。

在此期间,折断圆环的末端撞上了其他圆环。刮擦表面,留下凹痕,破坏外观,或者将它们撞得脱离轴承。破坏的洪流向着下方席卷而去,影响了一个又一个圆环。熔炉的恒星开始脉动:黯淡、亮起、再次黯淡。

机械仆从一脚踢向贾克斯,鸟爪般的脚趾在他的锁孔周围留下了长长的凹痕。它弓起身子,再次踢出。麻木感在贾克斯的双臂蔓延,尽管熔炉就在附近,他却感到了寒意。

这个机械仆从想要抹消他——损毁为他注入永恒动力的印记,破坏让他的发条装置永远运转的炼金术变位词。但强烈且不均匀的热膨胀同样影响了这个机械人。它脚踢的动作缓慢失衡。贾克斯歪过身体,抓住对方下一次踢来的脚。他猛地一拉。

"抱歉。"他说着,目送那个机械仆从——它看起来很像贾克斯,只是保养得更好——滑下圆环,落入深渊。它在下落的途中撞上了另一只圆环,让后者脱离了轴承,接着弹开,径直落入堆放在大坑底部的化学制品储罐。那台机械仆从的冲击撞碎了一只储罐,让散发出臭鼬气味的石灰绿色泡沫四下飞溅。熔炉里喷出的一颗火星点燃了泄露的化学制品。三名仆从型跳向坑底,想扑灭火焰。

天体仪那复杂的动作不再流畅。某只圆环卡死的时候——有时候不止一只——房间里就会充斥着金属扭曲时的刺耳尖鸣,直到某个部件弯曲,金色圆环在中央熔炉的轨道上重新转动为止。贾克斯挣扎着想要站稳。热浪让他的身体不肯合作,额头的凹痕让他双臂麻木,天体仪时断时续的运转让他的双手随时可能被圆环甩开。

又有两个机械士兵跳上他所在的圆环。它们笨拙地上下摇晃,仿佛超载的钟摆。它们比贾克斯更敏捷也更强壮,转眼之间就朝他包抄而来。他试图挪开。他用两只脚和一只手爬着,另一只手伸进躯干里,就像在跟德怀尔搏斗时那样。但没等他逃开,机械士兵就抓住了他。它们将他抬起,各自牢牢抓住他的一条胳膊,让他无法动弹。

就像绞刑台上的亚当,贾克斯回想起来。

两名机械士兵用脚踝长矛在摇摆不定的圆环上固定住身体。破损的印记里喷出翡翠色与青玉色的冰冷火焰。士兵们抓住贾克斯的双臂和双腿，前后摇摆着他，就像两个人类工人正准备将一袋面粉丢上运货马车。

求求你，上帝，贾克斯心想，不要这样。他们要把我丢进熔炉。拜托，不要。

他挣扎起来。他试图让自己那只手挣脱开来，拿出那块拥有改变能力的松果体玻璃，打破这些机械士兵的禁制。但他遍体鳞伤，恐惧又让他手脚僵硬。

拜托拜托拜托，他用咔嗒声说，请别这么做。

三个喀拉客的重量让圆环的构造负担超载了。它震颤着停了下来。机械士兵们重新校准了摇摆的角度。

我可以让你们喜欢我，他说，我可以解放你们。

他们所在的圆环猛地恢复了转动。它爬高了几码，然后再次卡死。这一次，润滑油加热的气味伴随着金属扭曲时的哀鸣传来。紧接着，一个新的声音响起。那是每个机械人都害怕的声音——棘轮齿被切断时的"噼啪－砰"。

圆环向后滑去。它与下一个棘轮齿咬合，骤然停了下来。但在另一声"噼啪－砰"之后，圆环继续向后滑去，速度越来越快。开裂声回荡在大坑里。贾克斯抬起头，望向脱落的铆钉和粉碎的玻璃发出迸裂之声的方向：一根轮轴让圆环脱离了坑壁。天体仪开始崩塌。它们的圆环撞上了下一个棘轮齿，径直将其切断，片刻都没有停留。它们在逆行轨道上加速，接连摧毁着嵌入轮轴，以及承受了过大压力的棘轮齿。

轴壳的碎片落入坑底，仿佛一场发条冰雹。化学制品从破裂的储罐涌出，助长着火势。

贾克斯舞动手脚,但仍旧缺乏挣脱机械士兵的力气。平台在加速,天体仪的构造接连坍塌,但它们也在重新调整着角度。疲劳过热的合金发出的金属气味取代了熔炉的硫黄味。

天体仪的更多部件开始卡死。圆环震动破碎,在粉碎的棘轮和光秃秃的轮轴上毫无阻碍地转动。熔炉的夹具之一失灵了。人工太阳向一侧倾斜。重新分布的质量压迫着天体仪一侧的轴承与机构,与此同时却减轻了别处的压力。半数圆环努力转得更快,另外一半渐渐停滞。炼金术合金粉碎。熔炉颤抖起来,像沉重的钟摆那样朝另一个方向晃去。

一切都停止了。在那个短暂的瞬间,贾克斯能听到机械士兵身体发出的滴答声,下方的化学火焰的噼啪声,金属受损的尖鸣,甚至是矿车里链条的咔嗒声。

熔炉支架剩余的部分彻底损坏了。

轮轴四分五裂。圆环纷纷脱落。碎裂的金属发出白热的光辉,喷射出成团的火花,在女妖尖叫般的响声中刮过上釉的坑壁,向下坠落。但自始至终,那两个机械士兵都没有放开贾克斯。驱使它们的是喀拉客种族所知的最严厉的超禁制之一:摧毁叛逆。因此,即便面对毁灭,它们依旧坚守职责。

熔炉落入了熊熊燃烧着的化学制品储罐。

贾克斯也一样。

终　章

　　她并不打算挑起战争,还是说她真是这么打算的? 她自己也说不清。愤怒和失落让她盲目,这样的日子已经累积到数不清了。

　　拧颈卫士们把贝蕾妮斯拖到远离起火熔炉的地方,但在这之前,他们搜走了她衬衣下的那只袋子,以及藏在里面的玻璃珠。她没看到它们对它做了什么。她也没看到蒙特默伦西的下场。她能看到的东西很少——夜幕降临了,地狱烈焰产生的烟雾也刺痛了她的双眼。那并非营火烟雾无害又短暂的刺激,而是袭击着她的鼻窦的刺痛感。大火向周围的山丘投去地狱般的光辉,几十台喀拉客正在奋力延迟灾难的到来。

　　机械半人马把她绑在某棵针叶树上的时候,大团的积雪从枝头落下。雪块拍打在那台机器的外壳上——砰,砰,叮——也让贝蕾妮斯头皮发麻。雪花沾在她的头发上,让冰冷的融水流进她的衣领里。她伸长脖子,想让某道融雪水顺着额头流下,洗去她眼睛的刺痛感。把她绑紧以后,那个拧颈卫士快步返回战场。

　　身在山丘上的她眯起眼睛,透过模糊的视野与自己呼出的白气，看着火焰与重力不断毁灭大坑周围的建筑物。每次起火的建筑物朝着地下的烈焰倾斜或者坍塌，其中都会传出一阵尖叫声的新合唱。各式各样的喀拉客在废墟中横冲直撞，将它们的制造者拖到安全地带，其余的机械人徒劳地想要控制火势。但事实证明，连机械人的力量与速度都无法对抗吞没了熔炉中心的巨大灾难。

这是失控的魔法点燃的化学之火。火焰呈现出樱桃红、宝石蓝、黄、绿与紫罗兰的色彩，将玫瑰与硫黄的气味送入夜空。

风向变了，风势也随之加强。它将焖烧的余烬与烟雾吹过北河的河口，送往新阿姆斯特丹的灯火。这阵风很冷，但贝蕾妮斯没有发抖。远处的大火温暖了她的脸颊和心灵。

我就在这儿。贝蕾妮斯·夏洛特·德·莫尔奈-佩里戈尔就在这儿，你们这些杂种。这是我丈夫的火葬堆，我深爱的、遭到你们屠杀的丈夫。

虽然她并不是独力办到的。她很想知道贾克斯做了些什么，又是否成功逃脱了。

撤离建筑物的那些人类看起来无甚大碍，正三两成群地相互照看。她寻找了一番，却没看到其中有卡特里娜·巴克斯特的身影。他们与她这个因犯保持着距离，但依旧投来了愤怒的眼神。贝蕾妮斯知道，要不了多久，殖民地总督和玛格丽特女王就会朝着圣劳伦斯河的方向投去同样的眼神。贝蕾妮斯并不打算让战火重燃，但郁金香的这次挫败，最起码能为她的同胞赢得准备的时间。她希望他们善加利用。

没过多久，第一批增援部队就从新阿姆斯特丹赶到了这里。机械人立刻投入这片混乱，仿佛划破夜空的燃烧流星。他们的人类指挥官则建立起岗哨，以便协调搜救行动，营救幸存者、文物以及秘密。看到贝蕾妮斯的时候，他们迟疑了片刻，但他们有太多自己的事要忙，没空去管这个绑在松树上的女人。

一个男人一边向三名拧颈卫士发号施令，一边慢步跑上山丘，与新来的那批人会合。他们说话的声音太低。在噼啪的火声，房屋的倒塌声，以及仍旧困在屋内的人们的尖叫声中，她没法听清内容。她能听见的只有零散的字词，这还是因为她正在凝神倾听。戴着玫瑰十字架项链的男人说到"塔列朗"这几个字的时候，那位军官的目光猛地转向了贝蕾妮斯。

帐篷很快架了起来。他们把她赶了进去，在那之后，她什么也看不到，也没有人来看她。贝蕾妮斯料到了。归根结底，他们不希望她被捕的消息传到新法兰西。至少要等到充分审问她之后。

一个钟头后，在仍旧噼啪作响的火焰声中，马车到了。这也在她意料之中——他们肯定想在某个安全又安静的地方进行长时间审问。但她没料到那是两名拧颈卫士拉着的马车。发条学者把她塞进车厢，让她避开其他人好奇的目光。没等她坐稳，机械半人马就飞奔起来。她的双手被绑住，没法扶稳身体，因此脑袋撞上了座椅，力道重到足以耳鸣。

贝蕾妮斯本以为这是一场进入城区的短途旅行。但并非如此。他们很快就进入了新阿姆斯特丹。但随后，马车转向北方，并未停下。车窗涂上了油漆，车门也上了锁，她没法记下地标。城市的声音和气味逐渐淡去，就连熔炉燃烧的烟味也消失了。但他们依旧没有停下。拧颈卫士疾驰着穿过一段水路，她猜那是布朗克河。很快，蹄子碰撞石面的金属音变成了泥土路上较为轻柔的踩踏声。

在尝试踢碎炼金术玻璃的过程中，她耗尽了气力。脚踝刺痛的她在硬邦邦的座椅上蜷缩身子，想小睡一会儿。最后她终于睡着了。

黎明之前，当某个拧颈卫士冰冷的金属大手抓住她的肩膀时，她惊醒过来。在层云低挂的天空下，日出时的粉色光辉为那台机器染上了玫瑰色调。它切断了她的束缚，把她推出车外，动作意外地温柔。她的靴子踩在碎石铺成的车道上。正常的血液循环回到了她麻木的双腕里，带来针扎般的剧痛。贝蕾妮斯一边揉搓着双手，一边审视周围。

肾上腺素带来的刺激已然消散，抓住蒙特默伦西、让她的敌人付出惨痛代价时的正义感也已远去。她不再是塔列朗，也不再是为丈夫复仇的妻子。不再愤怒。今天，在曙光初现的这一天，她只是个囚犯。又冷又饿，而且害怕的囚犯。

因为她本以为自己会被囚禁在偏远地区的某座公会的秘密站点。她没想到自己会被安置在一座庞大的庄园里。他们可以在任何地方审问她。但这儿不一样。太夸张了。无论他们有什么企图，都绝非单纯的审问。但他们会做到何种程度，又出于怎样的理由，她根本无从猜测。

然后她想起了贾克斯关于那位牧师的描述。他的举手投足全都变了，他是这么说的。她当时不明白这句话的意思。她现在也不明白。但贝蕾妮斯再次看向那栋宅邸时，胃里突然一阵恶心。

费舍那不可思议的转变就是这样开始的吗？她的直觉表示了肯定。

在梦里，他被烈焰焚身。

休眠中的喀拉客失去了制造者的宠爱，又因为罪孽而被投入火池。起伏的火焰吞没了他那聚集了破损的发条装置与彻底改变的魔法、但却无法动弹的身体。在那儿,在碎片与其他坠落者的纠缠下,毁灭烈焰舔舐着他平静的心灵。

休眠中的机械人不会做梦。无法做梦。这是他们的制造者施加的限制。只不过,他跟其他机械人不同。这就是他的罪孽。

正因如此,他不知为何做起了梦。他大脑中的幻灯机播放着一幕幕影像:化作凤凰的飞艇与化作火蜥蜴的机械仆从在不断打转。在烈火、折磨与恐惧中度过的永恒。人类痛苦地尖叫,地狱的合唱显现于他的脑海。

但这座欣嫩子谷①出自凡人之手。而凡人,就像他们的作品那样,是有极限的。尖叫声不会永远持续,火焰也不可能永恒地肆虐。

时间过去。它闷燃、熔化、蒸发。

某种东西刺穿了他的额头。它扭动起来,像螺丝刀那样刺进了他的第三只眼睛。与他在早先的存在中——在他坠落之前——体验过的痛楚相比,这微不足道。转向齿轮的咔嗒声在他头壳内响起。

"嘿。"有个人类的声音说。奇怪的是,这个人抬高嗓门是为了吐字清晰,而非表示哀悼,"我想这一台还在运作。"

这几个字就像一颗小石子儿,引发了自我意识的山崩。是的,他意识到,我还在运作。我是火蜥蜴吗?

他回想起了自己的最后时刻。天体仪在他周围崩溃瓦解时,他选择进入休眠。在大熔炉那灼热的中央引擎坠入化学液体,点燃了地狱烈焰的时候,他就关闭了自己。作为自由的造

---

①译注:出自《圣经·马太福音》,位于耶路撒冷的一座小山谷,是"地狱"或者"火焰之湖"的代名词。

物,这是他最后也最容易做出的决定:他只用了不到百分之一秒,就明白自己宁愿拥抱突如其来的黑暗,也不想让得来不易的灵魂遭到焚毁,消除他宝贵的自由意志。他没有设想过恢复意识的情况。他本以为自己会死。

也许他只是梦见了自己进入休眠。又或许他还在那儿,却梦见了自己的苏醒。

火蜥蜴睁开了双眼。他正躺在烟雾缭绕的天空下。一根乳白色的杆状物悬浮在他的视野边缘,仿佛他是一头独角兽。或者是独角鲸?他确实曾经潜入……

有个男人耸立在他面前。男人抓住那根角,扭动起来。隐藏机制那"喀拉-咔嗒"的碰撞声再次晃动了机械人的脑袋。不,那不是角,而是钥匙。是用来重构蚀刻在他额头的螺旋状变位词的工具。

他想起了一块玻璃,黑色的玻璃。铭刻在他金属肉体上的强制印记原本与他的永久动力密不可分,而那块炼金术棱镜切断了其中的魔法联系。他额头的锁孔早就被剥夺了力量。它没法强迫他。但这依旧令他不快。

他坐起身来。他的头就像虚掩的铁门那样摇晃不停。他的目光看到了一片毁灭的景象。数十名机械人正在烧焦的废墟中搜寻。他们脚下的地面就像破损的陶器那样开裂。损毁的熔炉发出窑炉般的热度,烤干了深坑周围的淤泥。他的更多同胞正在坑内忙碌,在仍旧散发余热的残骸堆之间快步穿行。他们不时砸开碎石,取出因火烤而扭曲的器具、骨头或者齿轮。

他想起了被他制服的那个男人,那个被他绑起来、塞住嘴、又丢进柜子的男人。无法呼救,也无法自救。火蜥蜴留下他等死,虽然这并非他的本意。他本来是想手下留情的。

这儿也有活着的人类,正在调查这片废墟。有些穿着军装,另一些戴着玫瑰十字架。周围弥漫着臭鸡蛋和焦猪肉的味道。

有个女人来到拿着钥匙的男人身边。"看起来它的脖子受了损伤,"她说,"但除此之外,它似乎完好无损。"

"拧颈卫士是从池底把他捞上来的。那儿没有氧气,所以它没法燃烧。又或许是残骸隔离了一部分热量。"

"如果真是这样,我们早就找到其他能够修好的机械人了。这台恐怕是唯一的例外。"

那个男人耸耸肩,"谁知道呢。"

但我跟其他机械人不一样,火蜥蜴心想,我在落入火池之前就改变了。

女性发条学者命令道:"把你的真名告诉我们,机器。"

他头颅的摆动再次让他的目光扫过大片闷燃着的残垣断壁。熔炉被摧毁了,连同它的记录一起。在海牙的大熔炉送来资料之前,发条匠公会无法确认他的身份,而那是许多天以后的事了。这些发条学者只能相信他的话。

"我名叫格拉斯特里波维西斯特洛万图斯。"他撒了谎。

他有过另一个名字。但那是他作为仆从苏醒过来的那一天就强加给他的名字。如今他作为截然不同的存在苏醒,因此有资格得到另一个名字。或许他还可以选择别的名字。他可以像人类换衣服那样随意改换名字。但话说回来,他跟其他机械人本来就不一样。

他曾经还有别的称呼:叛逆。恶魔。但火蜥蜴没有把这些告诉他们。

"你的租约属于何人?"

他想起了一位牧师。"御林管理办公室借调了我,先生。我仍在等候新的差事。"

发条学者们讨论起来。只要公会的运作仍在混乱状态,他的借调就毫无意义。除非征用了它的那个人自己前来认领——前提是当事人还活着——否则没人知道它要做的工作。他们甚至没法修好它仿佛风向标的脑袋。他们缺少工具。在此期间,与迫在眉睫的急救、搜寻、救援和保安需要相比,御林管理办公室的工作只是次要的。他成了一台献身于无用目标的仆从。

"我们该拿它怎么办?"

"我现在没时间也没精力去处理这种事。"那个女人说,她看起来像是很久没睡了,她揉着充血的眼睛,"找个愿意接手的人,是谁都没关系。"

她的同事拦住一个穿军装的男人。没过多久,火蜥蜴就被再次借调出去,这次是调到殖民地卫队的地方部队。他偷听着那些军官的对话,后者满以为他已经成了他们的忠仆。他们愤怒地咕哝着新法兰西与报复,以及对敌方领土的试探性袭击。他们想要的是更多的机械士兵,但在这种紧要关头,他们也能接受损坏了的机械仆从。面对法国武器,炮灰多多益善。

命令于黄昏时到来。他们向北行军,沿着河道,走了一夜、一天、又一夜。火蜥蜴随时都可以抛下部队,逃入新尼德兰的荒野。但他决定避免过早暴露身份——他太清楚这么做的后果了。于是他借着军事行动的机会,来到了单凭他自己不可能到达的地方。他让殖民地卫队护送他到达了终点。

他们进入了新法兰西,却浑然不知身边有个兴高采烈的叛逆。

十万支蜡烛照亮了圣文森特广场的子夜弥撒现场。信众的泪水反射着摇曳的烛光。

他们来自白雪皑皑的魁北克和阿卡迪亚，来自圣劳伦斯山谷的各个角落，来自五大湖，以及遥远北方的哈德逊湾的冰冻海岸。他们是来哀悼教皇克雷芒，以及他英勇的私人秘书的。他们祈祷着，为遇刺的教皇，为他们自己，为日益减少的和平希望，为新法兰西能在即将到来的苦难中存续下去。对其中的很多人来说，压倒一切的悲伤或者愤怒让他们无法像上帝所说的那样，送上另一边的脸，因此他们祈祷那个刺客能够尽快面对天主的怒火。

几个世纪之前的"红衣主教大迁徙"之后，克雷芒十四世是第一位死于非自然原因的教皇。凶手成功逃脱了追捕。守口如瓶的瑞士近卫队甚少提及调查详情，更别提教皇遭到扼杀的可怕传闻了。但所有人都知道——或者担心——这条线索终究会和荷兰扯上关系。

他是因为新阿姆斯特丹熔炉被毁而遭到报复性谋杀的吗？新尼德兰的殖民地总督认定那是法国间谍的破坏行动。但他们不禁好奇，如果真是如此，国王塞巴斯蒂安又为何要挑起他打不赢的战争？塔列朗肯定早有安排，他们这么说。有人甚至因为那座熔炉的毁灭而感到宽慰。那是天主的恩赐，他们这么说。是新法兰西喘息的机会。虽然没人敢断言它会持续多久，后果又会如何。

在安静的人群之中，没有人比那个头上缠着绷带、手指绑着夹板的家伙哭得更伤心。他的痛苦让许多人想起了圣母怜子像①。这一位，那些有幸见到他模样的人说，是个圣人。因为他

---

①译注：指米开朗琪罗于1499年完工的雕像，刻画的是圣母怀抱着死去的耶稣基督哭泣的情景。

的悲伤毫无疑问来自精神上的痛苦。他们看到了他的泪水，却没看到他的躁动。

他在圣文森特广场的边缘逗留酗酒，最后，出于只有他知道的理由，他转过身去，前往码头。稳定的哀悼人流仍在汇入广场。在匆忙赶去河边的途中，他撞到了好几个人。但当他们看到蚀刻在他脸上的悲伤时，便不再介意了。他们反而对他同病相怜。

大量涌入的朝圣者意味着这里有许多船只，随时准备将乘客带往任何地方。那个哭泣的男人，缠着绷带、绑着夹板的男人，他雇了一条船。

它带着他前往上游，前往西方马赛。